IRENE HANNON
CRANBERRYSOMMER

IRENE HANNON

Cranberrysommer

Über die Autorin:
Irene Hannon studierte Psychologie und Journalistik. Sie kündigte ihren Job bei einem Weltunternehmen, um sich dem Schreiben zu widmen. In ihrer Freizeit spielt sie in Gemeindemusicals mit und unternimmt Reisen. Die Bestsellerautorin lebt mit ihrem Mann in Missouri.

Bibliografische Information der Deutschen Nationalbibliothek
Die Deutsche Nationalbibliothek verzeichnet diese Publikation in der Deutschen Nationalbibliografie; detaillierte bibliografische Daten sind im Internet über http://dnb.dnb.de abrufbar.

2. Auflage 2021
ISBN 978-3-96362-006-5
Alle Rechte vorbehalten
Copyright © 2015 by Irene Hannon
Originally published in English under the title:
Hope Harbor
German edition © 2018 by Francke-Buch GmbH
35037 Marburg an der Lahn
Deutsch von Silvia Lutz
Umschlagbild: © iStockphoto / Julia_Sudnitskaya
Umschlaggestaltung: Francke-Buch GmbH
Satz: Francke-Buch GmbH
Printed in Czech Republic

www.francke-buch.de

Kapitel 1

Bis 13. Juni geschlossen.

Michael Hunter starrte auf das handgeschriebene Schild am Büro des *Gull Motel*, atmete seufzend aus und fuhr sich mit den Fingern durchs Haar.

Das war nicht die Begrüßung, die er nach einer 36-stündigen Fahrt quer durchs Land bis an die Pazifikküste von Oregon erwartet hatte.

Wo sollte er wohnen, bis das Motel in drei Wochen wieder aufmachte?

Nur mühsam unterdrückte er den Drang, wütend gegen die Tür zu treten. Er ging dicht an die Glasscheibe heran, beugte sich vor und spähte in das halbdunkle, menschenleere Büro. Missmutig rüttelte er an dem unnachgiebigen Türgriff. Dann ließ er seinen Blick über den leeren Parkplatz schweifen.

Das Schild log nicht. Das Motel hatte definitiv geschlossen.

Er drehte sich zum Hafen herum, der am Fuß des Hügels lag und in dem mehrere Boote auf den sanften Wellen schaukelten. Das Motel mochte ein Reinfall sein, aber wenigstens war Hope Harbor so malerisch, wie er gehört hatte. Pflanztöpfe mit bunten Blumen dienten als Absperrung zwischen dem Gehweg und den Klippen, die zum Wasser führten. Auf der anderen Seite der breiten Straße waren schlichte Ladenfronten mit Blick zum Meer. In einem kleinen Park, in dem die gewundene Geschäftsstraße an einem Fluss endete, stand ein weißer Pavillon. Die Straße, die dahinter lag, war von weiteren Geschäften gesäumt, von denen viele mit hellen Markisen und freundlichen Blumenkästen geschmückt waren.

Die Stadt war so, wie er erwartet hatte.

Aber da das einzige Motel geschlossen hatte, sah es nicht so aus, als würde Hope Harbor während seines Aufenthalts an der Nordwestküste sein vorübergehendes Zuhause werden.

Ein Anflug von Ärger vermischte sich mit seiner Erschöpfung.

Warum hatte man ihn ein Zimmer buchen lassen, wenn das Motel mehrere Wochen geschlossen hatte? Und warum hatte in den dreißig Tagen, seit er seine Anzahlung geleistet hatte, niemand den Fehler korrigiert?

Gehörten solch schlampige Geschäftspraktiken zu dem allseits gelobten gemütlichen Lebensstil im Nordwesten? Darauf konnte er gern verzichten. Diese Schlamperei bedeutete, dass er sich jetzt einen anderen Platz suchen musste, wo sich sein müder Körper ausruhen konnte.

Er wollte das Handy von seinem Gürtel nehmen und runzelte die Stirn, als seine Finger ins Leere griffen. Ach, richtig! Er hatte es abgenommen, als er vor zwei Tagen in Chicago losgefahren war. Eine bewusste Strategie, um eine klare Trennung von seiner Arbeit zu vollziehen. Das war schließlich der Zweck seines unbezahlten Urlaubs.

Aber er hatte das Handy trotzdem dabei.

Er ging zu seinem Auto, öffnete den Kofferraum, kramte in der kleineren seiner zwei Taschen und zog das Handy heraus.

Als er es einschaltete, sah er, dass er drei neue Nachrichten bekommen hatte. Alle vom *Gull Motel*.

Er hörte die erste ab. Sie war von einer Frau namens Madeline, der Hotelmanagerin.

»Mr Hunter, wir hatten leider einen Kabelbrand und müssen für ungefähr drei Wochen schließen, bis die Reparaturen abgeschlossen sind. Bitte rufen Sie mich schnellstmöglich an, damit wir Ihnen helfen können, eine andere Unterkunft zu finden.« Sie nannte ihre Nummer.

Die zweite und dritte Nachricht waren ähnlich.

Die Schließung war also unerwartet und man *hatte* versucht, ihn anzurufen.

Langsam atmete er die frische Meeresluft ein und zwang die angespannten Muskeln in seinen Schultern, sich zu entspannen. Er hatte zwei Tage hintereinander fünfzehn Stunden im Auto gesessen und war heute bei Tagesanbruch losgefahren, um endlich ans Ziel zu kommen. Das hatte offenbar an seiner Toleranzgrenze gekratzt. Normalerweise war es eher seine Art, den Blick auf das Gute an einer Situation zu richten. Außerdem war er es gewohnt, spontan zu reagieren und kreative Lösungen für Probleme zu finden. Rückschläge lähmten ihn eigentlich nie. Es war auch seine Fähigkeit gewesen, an Schwierigkeiten zu wachsen, die Julie so an ihm geliebt hatte.

Julie.

Der Hafen verschwamm vor seinen Augen und er biss die Zähne zusammen.

Lass es los, Hunter. Durch Selbstmitleid änderst du nichts. Schau nach vorne. Hol dir dein Leben zurück.

Es war derselbe Rat, den er sich seit Monaten immer wieder vornahm, und er hatte die Absicht, ihn zu befolgen.

Nur wusste er nicht so genau, wie er das anstellen sollte.

Er verdrängte die Melancholie, die ihn überrollen wollte, und gab die Nummer ein, die ihm die Frau genannt hatte. Sein Zeigefinger war nicht so ruhig wie gewohnt. Einen Moment lang betrachtete er das Zittern, doch dann steckte er die Hand in die Tasche. Er war müde, das war alles. Er brauchte etwas zu essen und Schlaf. In dieser Reihenfolge. Je früher, umso besser. Morgen würde die Welt schon wieder besser aussehen.

Hoffentlich.

Wenn ihm diese Reise nicht half, sein Leben wieder auf die Reihe zu bekommen, wusste er nicht, was er sonst noch tun sollte.

Während er darauf wartete, dass am anderen Ende jemand abnahm, richtete er seinen Blick wieder auf den Hafen, zum langen Anlegesteg auf der linken Seite und den zwei Felseninseln auf der rechten, die die stürmischen Wellen zähmten und die Boote im Hafen schützten. Sein Blick wanderte über die ruhige Meeresoberfläche und weiter bis zum Horizont, wo das kobaltblaue Wasser auf den tiefblauen Himmel stieß. Von hier oben aus wirkte diese Szene wie aus einem Bilderbuch. Einfach perfekt.

Aber sie war nicht perfekt. Nichts war perfekt. Wenigstens nicht aus der Nähe. Perfektion war die Illusion des Abstands. Aus der Ferne wirkten Kanten weniger scharf, blieben Makel verborgen, waren unangenehme Details verhüllt.

Aber der Abstand veränderte auch die Perspektive.

Wenn er Glück hatte, dann würde diese Reise bei ihm diese Wirkung entfalten. Und hoffentlich noch mehr.

»Mr Hunter? Hier ist Madeline King. Ich habe versucht, Sie zu erreichen.«

Er wandte sich von dem friedlichen Panorama ab und hielt das Telefon näher an sein Ohr. »Ich bin quer durchs Land gefahren und hatte mein Handy ausgeschaltet. Ich stehe jetzt vor dem Motel. Was können Sie mir als Alternative vorschlagen?«

»Leider gibt es in Hope Harbor nicht viele Alternativen. Aber in Coos Bay und Bandon gibt es mehrere sehr schöne Hotels.«

Während sie anfing, die Namen einzelner Hotels aufzuzählen, verkniff er sich ein Seufzen. Er hatte nicht den weiten Weg zurückgelegt, um in diesen Städten zu wohnen. Er war gekommen, weil er in Hope Harbor sein wollte.

»Gibt es nichts, das näher liegt?«

Bei dieser abrupten Unterbrechung verstummte die Frau. »Ähm, nichts, das ich empfehlen würde. Ich könnte wahrscheinlich eine Frühstückspension finden, aber diese Pensionen sind teurer. Die meisten Touristen buchen eine Pension nur für eine oder zwei Nächte, und wenn ich Sie richtig verstanden habe, wollen Sie mehrere Wochen bleiben. Außerdem sind Frühstückspensionen eher auf Paare spezialisiert.«

Ein gutes Argument. Eine gemütliche Pension würde ihn nur daran erinnern, wie allein er war.

»Okay, könnten Sie mir dann etwas für ein paar Nächte organisieren, während ich mir überlege, was ich tun will? Bandon wäre mir lieber, da es näher ist.«

»Ich kümmere mich sofort darum.«

»Machen Sie sich bitte keinen Stress.« Er betrachtete das kleine Geschäftsviertel. »Ich schaue mich ein wenig in der Stadt um und gehe einen Happen essen.«

»Das klingt gut. Und bitte entschuldigen Sie nochmals die Unannehmlichkeiten.«

Als sie sich verabschiedet hatten, nahm er seine Jacke vom Rücksitz und verriegelte das Auto. Die Mittagssonne war warm, aber es wehte ein kühler Wind. Wenigstens fühlte er sich für ihn kühl an. Aber vielleicht war in Oregon in der dritten Maiwoche eine gewisse Frische in der Luft völlig normal.

Mit knurrendem Magen schlenderte er den Hügel hinab. Wenn

er nicht so einen Bärenhunger hätte, würde er die entgegengesetzte Richtung einschlagen und den großen, leeren Strand am Fuß der Klippen erkunden, den er während der Fahrt zum Motel am Stadtrand entdeckt hatte. Ein Spaziergang im Sand entlang der Brandungspfeiler, die vor dem Ufer aufgestellt waren, wäre wesentlich angenehmer als durch die – er warf einen Blick auf das Straßenschild – Dockside Drive. Schnell war er die kurze Uferstraße abgelaufen. Als er schon fast das Ende der Straße erreicht hatte, war ihm klar, dass sich das Essensangebot auf eine Bäckerei und einen Anglerzubehörladen beschränkte, der auf einem Schild Sandwiches zum Mitnehmen für Angler anbot.

Die richtigen Restaurants waren wahrscheinlich in der Hauptgeschäftsstraße, einer Parallelstraße, die etwas vom Ufer entfernt war.

Als er schon umkehren wollte, wehte ihm plötzlich ein köstlicher, appetitanregender Duft entgegen. Mit zusammengekniffenen Augen schaute er zum Ende des Häuserblocks, wo am Rand des winzigen Uferparks ein weißer Kleinbus mit einem großen Bedienungsfenster stand. *Charleys Fischtacos* war auf dem Schriftzug über dem Fenster zu lesen. Zwei Personen gaben gerade ihre Bestellung ab. Der Mann in dem Kleinbus hatte ein vom Wetter gegerbtes Gesicht und langes graues Haar, das er zu einem Pferdeschwanz zurückgekämmt hatte.

Bei dem verlockenden Duft begann unwillkürlich sein Magen laut zu knurren.

Egal, was es hier gab, er würde es essen.

Er änderte abrupt seine Richtung und überquerte die Straße.

»Hey! Passen Sie doch auf!«

Beim Klang der erschrockenen Frauenstimme fuhr er herum und sprang gerade noch rechtzeitig auf den Gehweg zurück, um einen Zusammenstoß mit dem Fahrrad zu verhindern, das direkt auf ihn zukam.

Die Radfahrerin hatte leider nicht so viel Glück.

Sie hatte den Lenker herumgerissen, um ihm auszuweichen. Das Fahrrad rollte schlingernd ein paar Meter weiter. Dann landete die Frau in einem Wirrwarr aus Armen, Beinen, Lebensmitteln und Fahrradspeichen auf dem Asphalt.

Er brauchte nur wenige Sekunden, um sich von seinem Schreck

so weit zu erholen, dass er ihr zu Hilfe eilen konnte, aber sie hatte sich schon wieder selbst auf die Beine hochgerappelt.

»Sind Sie verletzt?«

Ihre lebhaften grünen Augen schauten ihn finster an, sie rieb sich mit einer Hand die Hüfte und schob mit der anderen Hand ihr goldbraunes Haar zurück, das sich aus ihrem Pferdeschwanz gelöst hatte.

»Ich werde es überleben. Aber Sie sollten besser aufpassen, bevor Sie das nächste Mal die Straße überqueren.«

»Entschuldigung. Es tut mir leid.« Das war lahm, aber was konnte er sonst sagen? »Ich helfe Ihnen mit dem Fahrrad.« Als er sich bücken wollte, um es aufzuheben, kam sie ihm zuvor.

»Nicht nötig.« Sie stellte es auf und kontrollierte es schnell.

»Wenn etwas kaputtgegangen ist, komme ich selbstverständlich für den Schaden auf.«

Sie stellte das Rad auf den Ständer. »Es ist in einer besseren Verfassung als meine Einkäufe.« Mit gereizter Miene betrachtete sie die kaputten Eier auf dem Asphalt. Dann begann sie, die Dosen einzusammeln, die davongerollt waren.

Während sie damit beschäftigt war, hob er eine Packung Hackfleisch und einen halb zerdrückten Laib Brot auf. Außerdem lag eine zerdrückte weiße Bäckereitüte auf dem Boden. Durch das aufgerissene Papier entdeckte er eine Zimtschnecke, die ziemlich zerdrückt aussah.

Einen Moment später wurde ihm die Tüte aus der Hand gerissen. »Den Rest schaffe ich allein.« Sie hielt ihm die Hand hin, um ihm das Brot und das Fleisch abzunehmen.

Als er das Blut sah, das aus einer hässlichen Schürfwunde auf ihrer Handfläche tropfte, zog sich sein Magen zusammen. »Sie haben sich verletzt.«

Sie inspizierte die Schürfwunde kurz, während sie ihm das Fleisch und das Brot aus der Hand nahm. »So schlimm ist es nicht. Ich kümmere mich darum, wenn ich zu Hause bin.« Damit drehte sie ihm den Rücken zu und packte ihre Taschen wieder ein.

»Lassen Sie mich wenigstens die Lebensmittel ersetzen, die nicht mehr zu gebrauchen sind.«

»Zerbrechen Sie sich deshalb nicht den Kopf.« Sie stopfte die

Taschen in die Körbe auf beiden Seiten ihres Gepäckträgers und schwang ihr Bein schwungvoll über den Sattel. »Passen Sie einfach das nächste Mal besser auf, okay?«

Damit trat sie in die Pedale, wendete und radelte auf der Straße zurück.

Michael schaute ihr nach, bis sie um die Ecke verschwand. Dann steckte er die Hände in die Hosentaschen.

Lief denn heute alles schief?

Da ihm im Moment der Appetit vergangen war, steuerte er auf eine der Bänke zu, die am Ufer standen. Nett von der Stadt, den Bewohnern und Besuchern einen Platz einzurichten, an dem sie sich entspannen und ihre Sorgen davonfliegen lassen konnten.

Aber seine Sorgen flogen nicht davon.

Ganz im Gegenteil, die bekannte Leere und dunkle Verzweiflung, die seit anderthalb Jahren sein ständiger Begleiter waren, legten sich wieder wie ein grauer Schleier über ihn, der sich durch nichts abschütteln ließ. Weder durch das strahlende Sonnenlicht, noch durch die dreitausend Kilometer, die er zwischen sich und seine Erinnerungen gebracht hatte. Und auch der optimistische Name dieser Stadt, der ihn angelockt hatte, weil er eine bessere Zukunft versprach, zeigte keine Wirkung.

Hope Harbor, Hafen der Hoffnung?

Er stützte die Ellbogen auf die Knie, vergrub den Kopf in den Händen und sperrte die idyllische Aussicht aus.

Wer immer diesem Ort seinen Namen gegeben hatte, hatte einen Fehler gemacht.

☙

Anna Williams gab Charley Lopez das Geld für das Essen, das er ihr durch das Wagenfenster reichte. Sie schnupperte an der Tüte. »Das riecht köstlich. Welche geheime Zutat hast du heute in deiner Soße?«

Bei Charleys Lächeln traten zwei Reihen strahlend weißer Zähne in seinem milchkaffeebraunen Gesicht zum Vorschein. »Nichts Besonderes. Ein Fischtaco ist ein Fischtaco.«

»Nicht, wenn du ihn machst. Welchen Fisch hast du verwendet?«

»Hast du vor, mir Konkurrenz zu machen?«

Sie schnaubte. »Ich bin 69. Die Tage, in denen ich als Köchin gearbeitet habe, sind vorbei.«

Er stützte die Ellbogen auf die Theke, schaute nach links und rechts und senkte die Stimme. »Heilbutt mit einem Hauch Koriander. Der Rest ...«, er zwinkerte ihr zu und schnippte mit den Fingern, »... bleibt mein Geheimnis.« Er beugte sich zur Seite, schnappte sich eine andere Tüte mit einer Portion Tacos und hielt sie ihr hin. »Wärst du so nett und gibst das dem Mann auf der Bank da drüben? Er sieht so aus, als könnte er eine Aufmunterung gebrauchen.«

Anna drehte sich um. Der Mann, auf den Charley deutete, saß mit dem Rücken zu ihr, aber man musste nicht sonderlich viel Einfühlungsvermögen besitzen, um zu erkennen, dass er niedergeschlagen war. »Hast du eine Ahnung, wer das ist oder was mit ihm los ist?«

»Nicht die geringste.«

Der Taco-Spezialist der Stadt würde auch nicht versuchen, das herauszufinden. Diesem Mann entging kaum etwas von dem, was in Hope Harbor geschah, aber er stellte keine Fragen. Er redete nie über andere. Er verurteilte niemanden.

Vielleicht verstanden sie sich deshalb so gut.

»Ja, das kann ich machen.« Sie nahm die zweite Tüte entgegen. »Soll ich ihm etwas ausrichten?«

»Ja.« Charley nahm einen Zettel, kritzelte ein paar Worte darauf und faltete ihn in der Mitte zusammen. Er stützte sich mit dem Ellbogen auf die Theke, beugte sich vor und steckte den Zettel in eine Falte der Tacotüte. »Ich würde ihm die Tacos ja selbst bringen, aber ich habe Kundschaft.« Er deutete hinter sie, wo mehrere Männer die Straße überquerten und auf sie zusteuerten. »Die Baustellen auf der 101 sind zwar für die Autofahrer lästig, aber meinem Geschäft tun sie gut.«

»Bist du morgen hier?« Anna trat vom Fenster zurück, als sich die Fremden näherten.

»Das hängt vom Wetter ab und vom Fischfang und von meiner Stimmung.« Er bedachte sie mit einem weiteren Grinsen, dann wandte er sich den Neuankömmlingen zu.

Mit ihrer eigenen Tüte und einer zweiten für den Mann auf der Bank ging sie auf ihn zu. Charley war der Einzige, der sie überreden konnte, auf einen völlig Fremden zuzugehen. Selbst mit Menschen, die sie schon ihr Leben lang kannte, sprach sie kaum ein Wort. Wozu auch? Außer der eigenen Familie interessierte sich ja doch keiner für einen. Und wenn die Familie auch nicht mehr da war, war es am besten, sich damit abzufinden, dass man allein war.

Ihre Schritte stockten und sie drehte sich wieder zum Essenswagen um. Vor dem Fenster hatte sich eine Schlange gebildet und Charley hatte alle Hände voll zu tun. Wenn er nicht so viel zu tun hätte, würde sie zurückmarschieren und ihm sagen, dass er dem Mann das Essen selbst bringen solle.

Andererseits hatte er sie noch nie um einen Gefallen gebeten. Und seine freundliche Geste konnte sie ihm wirklich nicht verdenken.

Resigniert ging sie weiter und betrachtete den Fremden von Kopf bis Fuß. Er saß immer noch da und hatte den Kopf in die Hände gelegt. In seinem dunkelbraunen Haar entdeckte sie einige silberne Strähnen. Er war keiner der Landstreicher, die gelegentlich durch die Stadt zogen. Seine Jeans war zwar sehr abgenutzt, aber seine Lederschuhe waren auf Hochglanz poliert. Sie schüttelte den Kopf. Wie sich die Leute heutzutage anzogen! Dieser Mann könnte ein Yuppie sein – oder wie auch immer diese jungen, hoch qualifizierten Großstädter bezeichnet wurden, die gern den Konventionen trotzten und alles auf ihre Art machten. Vielleicht war er ein leitender Angestellter eines Start-up-Unternehmens im Silicon Valley, der einen Ausflug an die Küste unternommen hatte, um zu trauern, weil ein Millionengeschäft geplatzt war.

So jemanden brauchte sie nicht zu bemitleiden.

Sie warf die Schultern zurück und räusperte sich, um ihn auf sich aufmerksam zu machen. »Entschuldigen Sie bitte.«

Der Mann reagierte nicht.

»Sir? Entschuldigung.«

Bei ihrem jetzt nachdrücklicheren Tonfall ließ er die Hände sinken und drehte sich zu ihr herum.

Ihr stockte der Atem.

War das …?

Sie ließ seine Tüte mit den Tacos auf die Bank fallen und klammerte sich Halt suchend an die Rückenlehne.

»Ma'am?« Der Mann stand schnell auf und schaute sie mit besorgter Miene an. »Geht es Ihnen gut? Möchten Sie sich setzen?« Sie betrachtete seine Augen. Blau, nicht braun.

Das war nicht John.

Natürlich war er es nicht.

John hatte seit fast zwanzig Jahren keinen Fuß mehr in diese Stadt gesetzt. Und wahrscheinlich würde er das auch nie wieder tun.

Aber falls sich ihre Wege zufällig kreuzen sollten, würde sie ihn dank der vernetzten Welt sofort erkennen. Abgesehen von seiner Augenfarbe könnte dieser Fremde sein Zwillingsbruder sein. Die gleiche Haarfarbe, die gleiche Figur, ungefähr gleich alt, Mitte bis Ende dreißig, und wie John circa 1,85 Metern groß.

Was für ein sonderbarer Zufall.

»Ma'am?«

Sie atmete stockend ein. »Mir geht es gut. Sie … Sie erinnern mich nur an jemanden, den ich sehr lange nicht mehr gesehen habe.«

»Setzen Sie sich doch.« Er hob die Tacotüte auf, die sie hatte fallen lassen, und machte ihr auf der Bank Platz.

Sie wich zurück und schüttelte den Kopf. Sobald ihr Herz aufhörte, so zu hämmern, würde es ihr gut gehen. Es bestand kein Grund, sich noch länger hier aufzuhalten.

Noch einmal schaute sie diesen Mann an. Die Ähnlichkeit war wirklich verblüffend. Es wäre nicht schwer, sich vorzumachen, er wäre John.

Eine starke Sehnsucht befiel sie und schnürte ihr wieder die Luft ab. Aber diese Sehnsucht erstickte sie sofort im Keim. Durch Luftschlösser würde sich nichts ändern. Für einen solchen Unsinn war es zu spät. Was geschehen war, war geschehen.

Doch was schadete es schon, wenn sie ihrer Fantasie noch ein wenig Raum gab?

Sie nahm seine Einladung an und setzte sich auf die Bank, wenn auch nur auf die vorderste Kante.

Der Mann nahm ebenfalls wieder Platz und hielt ihr die Tacotüte hin.

Sie winkte ab. »Das ist für Sie. Mit freundlichen Grüßen vom Koch.« Sie deutete mit dem Daumen hinter sich zu Charleys Wagen.

Überrascht schaute er sie an. Dann drehte er sich zu Charley herum, der grüßend an das Schild seiner Baseballkappe tippte.

»Warum denn das?« Ihr Banknachbar untersuchte den Inhalt.

»Er hat eine Nachricht hineingesteckt. Hier.« Anna deutete auf die Ecke des zusammengefalteten Zettels.

Der Mann zog den Zettel heraus, las die Nachricht und bedachte Charley mit einem fragenden Blick. Dann steckte er den Zettel in seine Hemdtasche, ohne ihr zu verraten, wie die Nachricht lautete.

Trotz ihrer Neugier zügelte Anna den Drang, ihn danach zu fragen. Die Nase in anderer Leute Angelegenheiten zu stecken, führte nur zu Schwierigkeiten.

Als sich das Schweigen in die Länge zog, öffnete sie ihre Tüte, zog ihren eigenen in Papier gewickelten Taco heraus und deutete auf seinen. »Lassen Sie es sich schmecken. Das sind die besten Fischtacos an der Westküste.« Wenn Sie schon hier saß, könnte sie ihre Tacos auch gleich essen, solange sie noch heiß waren, statt sie wie üblich mit nach Hause zu nehmen.

Außerdem gab ihr das Essen einen Vorwand, die Begegnung mit diesem Mann noch ein wenig länger zu genießen.

Der Mann schlug langsam das Papier zurück. »Sie riechen umwerfend.«

»Charley ist ein umwerfender Koch.«

Der Mann biss in einen Taco. Während er kaute, verschwand die Anspannung aus seinem Gesicht. »Wirklich köstlich.« Er verschlang zwei Tacos, während sie noch mit ihrem ersten beschäftigt war.

»Sie müssen Hunger haben.« Sie wischte einen Klecks Soße weg, der auf das Papier getropft war, das auf ihrem Schoß lag. Warum mussten gute Sachen nur immer so kleckern?

»Mein Hunger ist größer, als mir bewusst war. Ich war zweieinhalb Tage unterwegs und habe nicht viele Essenspausen eingelegt.«

»Woher kommen Sie?«

»Aus Chicago.«

»Das ist sehr weit. Sind Sie auf der Durchreise?«

Ein Schatten zog über sein Gesicht. »Wahrscheinlich schon. Ich hatte eigentlich die Absicht, ein paar Wochen hierzubleiben, aber das Motel hat geschlossen. Man versucht, eine Unterkunft in Bandon oder Coos Bay für mich zu finden, aber eigentlich wollte ich in Hope Harbor bleiben. Wenn ich woanders bin, ist es nicht das Gleiche.«

Ich, ich, ich. Kein Wort von einer Frau, obwohl er einen Ring trug.

Interessant.

»Waren Sie schon einmal hier?«

Er schloss die Augen und aß weiter. »Nein.«

In der plötzlichen Stille hallte seine Botschaft »Nicht weiterfragen!« laut und deutlich wider.

Auch gut. Jeder Mensch hatte ein Recht auf seine Privatsphäre, besonders wenn es um schmerzliche Themen ging. Niemand hatte es verdient, von neugierigen Fremden mit Fragen gelöchert zu werden. Oder von Freunden, die es gut meinten. Und diesem Mann war deutlich anzusehen, dass er einen Schmerz mit sich herumtrug. Einen Schmerz, der irgendwie mit Hope Harbor zu tun hatte.

Er aß seinen letzten Taco auf, zerknüllte das Papier und warf es in den kleinen Abfalleimer neben der Bank. »Danke, dass Sie mir das Essen gebracht haben. Ich gehe hinüber und bedanke mich beim Koch. Falls ich möglicherweise doch hier in der Stadt bleiben kann, hat er einen neuen ...« Er brach ab, zog sein Handy von seinem Gürtel und warf einen Blick darauf. »Die Managerin des Motels. Wahrscheinlich hat sie ein Zimmer für mich gefunden. Entschuldigen Sie mich bitte.«

Während er sich auf die andere Seite drehte, aß Anna ihren zweiten Taco und verfolgte das Telefonat.

»Sind Sie sicher, dass es in Bandon nichts gibt? ... Wann ist es zu Ende? ... Aber das würde bedeuten, dass ich am Montag schon wieder packen muss. .... Ja, wahrscheinlich.« Er seufzte und kramte in seinen Taschen nach Stift und Papier. »Geben Sie mir bitte die Adresse.«

Während er die Adresse notierte, packte Anna ihren dritten Taco ein. Sie wollte ihn zum Abendessen mit nach Hause nehmen. Madeline hatte ihm wahrscheinlich vom Oldtimer-Treffen in Bandon am kommenden Wochenende erzählt. Dieses jährliche Treffen war inzwischen so gut besucht, dass jedes Hotelzimmer ausgebucht war. Ihr Banknachbar würde in Coos Bay landen. Viel weiter weg von Hope Harbor, als er geplant hatte.

Es sei denn …

Die Idee, die ihr durch den Kopf schoss, war so überraschend – und so untypisch –, dass ihr der Atem stockte. Woher kam ihr plötzlich dieser absurde Gedanke? War sie verrückt? Dieser Mann war ein Fremder. Er könnte ein Krimineller sein. Oder ein Gammler. Oder einer dieser Betrüger, die sich an ahnungslose Senioren heranmachten und sie dann über den Tisch zogen.

Nein. Diesen letzten Punkt musste sie streichen. *Sie* war auf *ihn* zugegangen, nicht umgekehrt.

Trotzdem: Wie konnte sie auch nur auf den Gedanken kommen, so etwas anzubieten?

Weil er wie John aussieht.

Ihre Finger verkrampften sich um die Tüte auf ihrem Schoß, auch wenn das Papier protestierend knisterte. Was für ein alberner Grund, jetzt plötzlich zum barmherzigen Samariter zu werden! Sollte er doch in Coos Bay wohnen und nach Hope Harbor pendeln. So weit war die Fahrt auch wieder nicht.

»Anscheinend habe ich ein Zimmer.« Der Mann steckte sein Handy wieder an seinen Gürtel und stand auf. Sein müdes Lächeln verriet eine tiefe Erschöpfung. »Ich mache mich jetzt besser auf den Weg. Nochmals vielen Dank.« Er reichte ihr die Hand.

Verabschiede dich und wünsch ihm alles Gute, Anna.

Während sie sich erhob, hatte sie immer noch den Taco und die leere Tüte in der Hand. »Ich wohne hier in der Stadt. Ich könnte Ihnen vielleicht ein Ferienapartment anbieten.« Ihre Worte klangen steif. Abgehackt.

Er sah sie mit großen Augen an und ließ die Hand sinken. »Wie bitte?«

Dieser Mann konnte nicht schockierter sein, als sie es selbst war. Das hatte sie *nicht* sagen wollen.

Aber aus irgendeinem Grund hatte sie das Gefühl, dass es richtig war, ihm das Apartment anzubieten. Sie konnte es sich selbst nicht erklären.

Wovor sollte sie sich schon fürchten? Es war ja nicht so, dass sie ihn in ihrer eigenen Wohnung aufnehmen würde.

Sie ließ sich von ihren Instinkten leiten und steckte den Taco wieder in die Tüte. »Ich habe einen kleinen Anbau an meinem Haus mit eigenem Eingang. Ein Einzimmerapartment mit Dusche und Kochnische. Früher habe ich es an Touristen vermietet, aber es war ein so großes Kommen und Gehen, dass es zu viel Arbeit machte. Wenn Sie länger bleiben wollen, könnte ich mir vorstellen, es Ihnen zu vermieten. Es wäre viel preiswerter als ein Motelzimmer.« Sie nannte ihm den Mietpreis, den sie früher immer verlangt hatte.

Er schaute sie immer noch an, als hätte sie ihn eingeladen, mit ihr zum Mond zu fliegen. »Aber Sie wissen doch nicht einmal, wie ich heiße.«

In ihrer gewohnten pragmatischen Art sagte sie: »Das lässt sich leicht ändern. Darf ich mich vorstellen? Ich heiße Anna Williams. Ich wohne in Hope Harbor, seit ich vor über vierzig Jahren meinen Mann geheiratet habe. Ich habe den größten Teil meines Lebens in der Schulküche gearbeitet. Jetzt koche ich noch für Pater Murphy und Pastor Baker. Wenn Sie Referenzen wollen, können Sie gern mit den beiden Pfarrern sprechen. Ihre Kirchen befinden sich auf den entgegengesetzten Seiten der Stadt, aber wahrscheinlich sind sie wie jeden Donnerstagnachmittag auf dem Golfplatz. Sie können aber auch zur Polizeiwache fahren und mit der Polizeichefin sprechen. Ich war ihre Babysitterin. Und Sie sind?«

»Michael Hunter.«

»Werden Sie steckbrieflich gesucht?«

Er blinzelte. »Nein. Ich, ähm, habe mich von meiner Arbeit in Chicago freistellen lassen. Aus persönlichen Gründen.«

»Nichts, das mit Alkohol oder Drogen zu tun hat, hoffe ich.« Sie bedachte ihn mit dem gleichen strengen Blick, mit dem sie früher die Schüler eingeschüchtert hatte, die versucht hatten, in der Mensa Kekse zu stibitzen.

»Nein.« Ein Anflug von Belustigung flackerte in seinen Augen auf und erweckte sie für einen kurzen Moment zum Leben. »Wenn Sie wollen, können Sie mich von Ihrer Polizeichefin überprüfen lassen.«

»Vielleicht mache ich das.« Sie legte ihre Handtasche und die Tüte mit dem Taco auf die Bank, zog ein Notizbuch heraus und schrieb ihre Adresse auf. »Wenn Sie sich das Apartment ansehen möchten, können Sie in zwei Stunden kommen. So lange brauche ich, um alles in Ordnung zu bringen.« Sie riss den Zettel aus dem Block und reichte ihn ihm. »Haben Sie Interesse? Wenn nicht, will ich mir den Nachmittag nicht unnötig mit Putzen verderben.«

Er schaute sie an und nickte langsam. »Ja. Ich glaube schon.« Er kramte in seiner Tasche und zog eine Visitenkarte heraus. »Hier sind noch ein paar Informationen über mich, die Ihre Polizistin nachprüfen kann.«

Sie rückte ihre Brille zurecht, als er ihr die Karte reichte. *Michael P. Hunter, Geschäftsführer des St. Joseph-Zentrums*, das laut der Karte Menschen zu »Menschenwürde, Selbständigkeit und finanzieller Unabhängigkeit« verhelfen wollte. Anscheinend irgendeine christliche Organisation, die Menschen half, auf eigenen Füßen zu stehen und ein produktives Leben zu führen.

Beeindruckend, vorausgesetzt, er log sie nicht an.

Ihre Intuition sagte ihr, dass er die Wahrheit sagte.

Sie steckte die Karte ein und reichte ihm die Hand. »Es ist mir eine Freude, Sie kennenzulernen, Mr Hunter.«

Sein Griff war warm und fest. »Die Freude ist ganz meinerseits.« Nach einem festen Händedruck deutete er mit dem Kopf zum Taco-Stand. »Dann gehe ich jetzt mal und bedanke mich für die Tacos. Auf Wiedersehen. Bis heute Nachmittag.«

Damit schlenderte er zum Wagen hinüber und wartete an der Seite, während Charley seine Kunden bediente.

Anna ging in die andere Richtung, blieb aber an der Ecke noch einmal stehen. Charley stützte sich auf die Theke und unterhielt sich mit Michael. Ein entspanntes Lachen drang an ihre Ohren. Interessant. Dem Tacokoch war es gelungen, ihrem ernsten Banknachbarn ein Lachen zu entlocken. Das freute sie für ihn. Der Mann aus Chicago sah aus, als könnte er ein Lachen gut vertragen.

Aber wer war er?

Die beiden Männer verschwanden aus ihrem Blickfeld, als sie um die Ecke bog. Plötzlich wurde sie unsicher. Die Visitenkarte, die Michael ihr gegeben hatte, konnte genauso gut gefälscht sein. Vielleicht gab es das St.-Joseph-Zentrum überhaupt nicht, auch wenn sie das im Internet leicht nachprüfen könnte. Warum hatte sie einen Fremden auf der Straße angesprochen und zu sich eingeladen?

Wenn er bei genauerem Nachdenken genauso viele Zweifel hatte wie sie, würde er in zwei Stunden vielleicht gar nicht auftauchen. Wahrscheinlich wäre das sowieso besser.

Aber dann bist du enttäuscht.

Sie verdrängte die lästige leise Stimme und beschleunigte ihre Schritte. Na gut, vielleicht hoffte sie tatsächlich, dass er sein Wort hielte und kam, aber seine Ähnlichkeit mit John hatte nichts damit zu tun, wie sie sich fühlte. Die unerklärliche Ähnlichkeit hatte sie vielleicht anfangs zu ihm hingezogen, aber wirklich angerührt hatte sie die Leere in seinen Augen. Dieser junge Mann war hierhergekommen, weil er auf der Suche nach Linderung für einen Schmerz war. Vielleicht suchte er eine Antwort oder Lösungen oder musste eine Entscheidung fällen. Warum sollte sie ihm nicht helfen, wenn sie konnte?

Wenn es das Schicksal gut meinte, wäre er vielleicht bei seiner Suche erfolgreicher als sie.

Denn sie selbst hatte in den letzten zwanzig langen Jahren nichts von alle dem gefunden.

Kapitel 2

Tracy Campbell bog in die Einfahrt zu *Harbor Point Cranberries* und verzog auf dem schmalen Fahrradsitz schmerzhaft das Gesicht. Wer hätte gedacht, dass auf den drei Kilometern zur Cranberryfarm so viele Fahrrillen und Schlaglöcher auf der Straße waren und dass sie jedes Schlagloch mitnehmen würde? Und warum waren sie ihr erst heute aufgefallen, obwohl sie diesen Weg schon tausendmal gefahren war?

Andererseits hatte sie den Weg auch noch nie mit einem Bluterguss an der Hüfte und einer wunden Handfläche zurückgelegt. Und das alles nur wegen eines unvorsichtigen Fußgängers, der, ohne zu schauen, einfach auf die Straße getreten war.

Wenigstens war sie schon kurz vor dem Ziel.

Sie richtete den Blick auf die Schlaglöcher auf der Schotterstraße und betrachtete die von Deichen eingeschlossenen Cranberryfelder auf beiden Seiten. Die Pflanzen standen gut im Saft und bildeten mit ihren hellrosa Blüten ein herrliches Farbenmeer. Atemberaubend. Ihre liebste Jahreszeit auf der Farm. Die Zeit bis zum Herbst, wenn die dunkelroten Cranberrys in den gefluteten Feldern an die Oberfläche schwammen und wie schwimmende rote Inseln vom strahlend blauen Himmel abstachen, war unglaublich schön.

Im Grunde hatte jede Jahreszeit hier ihre eigene Schönheit.

Wenigstens für dich.

Als sich dieser Einwand, bei dem sich ihr Magen zusammenzog, in ihrem Kopf regte, verkrampfte sie die Hände um den Lenker. Jetzt war nicht der richtige Zeitpunkt, um sich bei der Vergangenheit aufzuhalten. Sie musste mit Onkel Bud einiges besprechen, das weitreichende Folgen für die Zukunft hatte.

Sie entdeckte ihn auf dem Feld neben dem Haus, in dem sie den größten Teil ihres Lebens gewohnt hatte. Es war nett von ihrem Onkel und seiner neuen Frau gewesen, Tracy einzuladen, wieder hier einzuziehen. Aber als sie den beiden erklärt hatte, dass der kleine

Bungalow nicht groß genug sei für sie und ein frisch verheiratetes Ehepaar, da hatten die beiden ihr nicht allzu sehr widersprochen. Das kleine Cottage, das sie am Stadtrand gemietet hatte, genügte ihr vorerst. Wenn sie genügend Geld gespart hätte, würde sie sich ein eigenes Haus bauen. Hier auf diesem Land, das seit drei Generationen von den Sheldons bearbeitet wurde.

Falls ihnen das Land noch so lange gehörte.

Während sich der Kloß in ihrem Bauch enger zusammenzog, hob sie die Hand und winkte ihrem Onkel zurück. Er kam auf sie zu, während sie ihr Fahrrad an einen der wilden Rhododendronbüsche lehnte, die die Farm zierten.

»Ich habe nicht damit gerechnet, dich heute Nachmittag zu sehen. Aber ich freue mich, dass du hier bist.« Er zog seine Arbeitshandschuhe aus und drückte sie herzlich.

Sie atmete scharf ein und befreite sich aus seiner Umarmung. »Darf dich dein Onkel denn nicht mehr umarmen?«

»Natürlich, aber ich hatte heute Morgen eine schmerzhafte Begegnung mit dem Asphalt, als ich mit dem Fahrrad unterwegs war und auf dem Heimweg vom Einkaufen einem Fußgänger ausweichen musste. Ich habe mehrere farbenfrohe Souvenirs davongetragen.« Sie deutete auf ihre Hüfte und hielt ihre verbundene Hand hoch.

Sein braun-silbernes Haar fiel ihm in die Stirn, während er ihre Finger zwischen seine rauen Hände nahm und Sorgenfalten über seine Stirn zogen. »Bist du sicher, dass mit dir alles in Ordnung ist? Du hast dir hoffentlich nicht den Kopf angeschlagen?«

Eine große Liebe stieg in ihr auf. Seit dem Tag, an dem er und Tante Carol sie vor 22 Jahren bei sich aufgenommen hatten, hatten sie sie wie ihre eigene Tochter behandelt. Ihre Eltern hätten sie nicht mehr lieben können als diese beiden Menschen. »Nein. Mir geht es gut.«

»Ist das andere Opfer jemand, den wir kennen?«

»Nein. Ich habe diesen Mann noch nie zuvor gesehen. Wahrscheinlich ein Tourist. Und er war kein Opfer. Er ist zurückgesprungen, als ich schrie, und ist unbeschadet davongekommen. Das kann man von meinen Einkäufen leider nicht sagen.«

»Oh! Ich wollte dich eigentlich fragen, ob du mir beim Insektizidsprühen helfen kannst, aber bei deinen Verletzungen will ich dich damit nicht quälen. Die Feuerwürmer danken dir.« Er verbeugte sich scherzhaft und seine strahlend blauen Augen funkelten. »Gehst du ins Haus zu Nancy? Ich habe heute Mittag gerochen, dass sie einen Kuchen gebacken hat. Inzwischen ist er wahrscheinlich abgekühlt.«

»Vielleicht später. Aber vorher muss ich noch mit dir sprechen.«

Er musterte sie aufmerksam. Sein gegerbtes Gesicht war ein Zeugnis für das halbe Jahrhundert, das er bei Wind und Wetter auf diesen Feldern tagein, tagaus verbracht hatte. »Wir stecken in ernsten Schwierigkeiten, nicht wahr?«

Bei seiner leisen Bemerkung schaute sie ihn mit zusammengekniffenen Augen an. »Woher weißt du, worüber ich mit dir sprechen will?«

Seine Mundwinkel zogen sich nach oben, aber seine Augen waren traurig. »Mit Zahlen konnte ich noch nie viel anfangen, aber immerhin lese ich die Wirtschaftsnachrichten. Ich kenne zwar nicht den genauen Betrag des Verlustes, den wir Tag für Tag einfahren – das ist dein Fachgebiet –, aber ich sehe, wohin der Trend geht. Der Preis für Cranberrys fällt immer weiter und die Kosten steigen ständig. Man muss nicht Einstein sein, um zu merken, dass das auf Dauer nicht gut gehen kann. Immer mehr Familienbetriebe, die Cranberrys anbauen, müssen aufgeben.« Er verstärkte den Griff um seine Arbeitshandschuhe. »Wie schlimm ist es?«

Sie deutete zum Deich. »Wollen wir uns nicht setzen?«

»So schlimm?«

»Ich will einfach meine schmerzende Hüfte ein wenig entlasten. Außerdem habe ich die Finanzunterlagen mitgebracht. Sie sind in meinem Fahrradkorb.«

»Wenn du willst, können wir ins Haus gehen.«

»Nein, bleiben wir lieber hier.« Ihr Blick wanderte über die terrassenförmig angelegten Felder. Das schwache, summende Geräusch der Bienen, die die Blüten bestäubten, war genauso vertraut und tröstend wie die Brandungspfeiler im Meer und der Geruch der Fischtacos bei Charleys Wagen. Das alles waren, solange sie zurückdenken konnte, Konstanten in ihrem Leben gewesen. Nichts davon veränderte sich jemals.

Nur schade, dass es auch Dinge gab, die sich doch veränderten.

»Dann setzen wir uns hierher.« Er ließ sich auf dem Deich nieder. Ihre Gedanken kehrten in die Gegenwart zurück. Sie holte den Ordner und nahm neben ihm Platz.

Er warf einen Blick auf die Unterlagen. »Bevor du den Ordner aufmachst, solltest du mir am besten die schlechten Nachrichten direkt sagen. Danach können wir ins Detail gehen.«

Typisch Onkel Bud, dass er die schlechte Nachricht ohne Umschweife hören wollte. Er liebte diesen Ort, aber er war auch realistisch. Wie er immer zu ihr sagte: Den Kopf in den Sand zu stecken, um Problemen auszuweichen, funktioniert nur, wenn man ein Krebs ist.

»Obwohl wir beide zusätzliche Teilzeitjobs angenommen haben, um unsere Einnahmen zu verbessern, und die Betriebskosten auf ein Minimum reduziert haben, geht es mit der Farm in den letzten fünf Jahren immer weiter bergab. Wenn sich dieser Trend fortsetzt, können wir in diesem Jahr kaum unsere Unkosten decken. Und im nächsten Jahr sind wir in den roten Zahlen.« Sie rieb sich die Stirn. »Ich liebe diese Farm genauso sehr wie du, aber ich habe keine Ahnung, wie wir unter diesen Bedingungen weitermachen sollen.«

»Findest du, wir sollten an einen größeren Unternehmer verkaufen, auch wenn es ihm nur um den Profit geht?« Sein Tonfall blieb ruhig, aber seine Nasenflügel blähten sich auf.

Sie zupfte an dem Ableger einer Pflanze, die sich bis auf den Deich ausgebreitet hatte. »Das wäre eine Möglichkeit. Aber das will ich erst tun, wenn alle anderen Möglichkeiten ausgeschöpft sind.«

»Das sehe ich genauso. Diese achtundzwanzig Hektar sind mein Leben.« Er ließ seinen Blick über die Felder schweifen. »Ich kann mir nicht vorstellen, dass wir irgendeinem großen, gesichtslosen Unternehmen das Feld überlassen. Dein Großvater und deine Großmutter haben vor sechzig Jahren im Schweiße ihres Angesichts ihre ersten acht Felder angelegt. Und die nächsten vier Felder waren auch nicht leichter. Schon als Kinder haben dein Vater und ich im Frühling und Sommer das Unkraut in den Cranberryfeldern gejätet und im Herbst geerntet. Wir kannten nichts anderes. Und du später auch.« Er schüttelte den Kopf. »Es wäre schade, wenn dieses Vermächtnis sterben würde.«

»Ja, das stimmt.« Gedankenverloren strich sie mit dem Zeigefinger über die umgeknickte Ecke der Mappe, an der sie in den letzten Tagen bis spät in die Nacht gearbeitet hatte. »Aber Zahlen lügen nicht und ich finde nichts, wo wir noch kürzen könnten. Wir haben bereits alle Ausgaben auf ein Minimum reduziert und unsere Geräte werden alt.«

»Wir selbst auch. Ich gebe es nur ungern zu, aber mit jeder neuen Saison fällt mir die Arbeit schwerer.« Onkel Bud seufzte und ließ seinen Blick über die blühenden Felder schweifen. »Vielleicht sollten wir die Farm tatsächlich aufgeben. Ich will dir nicht das Joch eines verlustreichen Betriebs – plus einen Berg Schulden – aufladen. Du bist jung und klug und hast einen guten Beruf. Da draußen wartet eine große Welt, die dir ein leichteres, besseres Leben bieten kann.«

Sie schüttelte den Kopf. »Ich habe diese Welt kennengelernt. Dort mag es leichter sein, zu Geld zu kommen, aber das Leben ist nicht besser. Ich gehöre hierher, Onkel Bud. Hier schlägt mein Herz. So war es schon immer und so wird es auch bleiben. Es muss eine Lösung geben.«

»Ich könnte mehr Stunden auf dem Golfplatz übernehmen. Sie würden mich sofort nehmen, da es so wenige zuverlässige Arbeiter gibt, die das Gelände pflegen.«

»Das glaube ich gerne, aber mir gefällt der Gedanke nicht, dass deine ohnehin schon langen Arbeitstage noch länger werden.« Sie riss einen hartnäckigen Löwenzahn aus.

»Vor der Arbeit habe ich mich nie gedrückt. Und Nancy hat neulich abends gesagt, dass sie mich zwar sehr liebt«, er zwinkerte ihr vielsagend zu, »aber dass sie trotzdem die Frauen vermisst, mit denen sie im Café zusammengearbeitet hat. Ich glaube, sie wollte damit andeuten, dass sie nichts dagegen hätte, wieder zwei oder drei Schichten in der Woche zu übernehmen.«

Das würde nicht sehr viel Geld einbringen, aber jeder Cent zählte.

Sie zerdrückte das Unkraut in ihrer Hand und warf es dann beiseite. »In der Stadt haben einige neue Geschäfte aufgemacht. Ich könnte fragen, ob sie einen Buchhalter brauchen.«

»Wie viel zusätzliches Geld müssten wir denn in dieser Saison verdienen, um nicht nur eine schwarze Null zu erreichen, sondern sogar ein kleines finanzielles Polster anzulegen?«

Sie schlug die Mappe auf, rechnete schnell und nannte ihm dann eine Zahl.

»Wenn wir alle eine zusätzliche Arbeit annehmen, sollten wir das doch schaffen, findest du nicht?«

»Ja. In diesem Jahr.«

»Dann verfolgen wir diesen Plan. Im Herbst können wir uns dann neu zusammensetzen und entscheiden, wie wir danach weitermachen. Es hat keinen Sinn, uns den ganzen Sommer über den Kopf darüber zu zerbrechen. Es ist am vernünftigsten, wenn wir unser Bestes geben und den Ausgang Gott überlassen.« Er stand auf. »Jetzt geh ins Haus und iss ein Stück Kuchen. Nancy freut sich über deine Gesellschaft.«

»Warum kommst du denn nicht auch mit?« Sie stand ebenfalls auf und bemühte sich, nicht vor Schmerzen die Miene zu verziehen.

»Vielleicht komme ich nach. Aber vorher muss ich hier draußen noch ein paar Dinge erledigen.« Das bedeutete, dass sie mit Nancy allein Kaffee trinken und Kuchen essen würde. Irgendeine Arbeit würde ihren Onkel wie üblich ablenken und er würde bis zum Abendessen auf den Feldern arbeiten.

Aber vielleicht brauchte er heute auch ein wenig Zeit für sich, um ihre schlechten Nachrichten zu verarbeiten. Und um sich damit abzufinden.

»Okay. Bis später.« Sie umarmte ihn.

»Sei mit deinen Kratzern und Blutergüssen vorsichtig.«

»Wird gemacht.« Mit einem Winken ging sie zur Straße zurück, steckte die Mappe in den Korb und fuhr zum Haus weiter.

Als sie sich umdrehte, stand er bereits zwischen den Cranberrypflanzen, bückte sich, um eine Blüte zu untersuchen, und war in die Welt eingetaucht, die er kannte. Eine Welt, die sie beide liebten und um jeden Preis erhalten wollten. Eine andere gab es für ihn nicht.

Aber während sie ihr Fahrrad über die Schotterstraße schob, hatte sie das schmerzliche Gefühl, dass sie nur das Unausweichliche weiter vor sich hergeschoben, egal, wie sehr sie alle arbeiteten.

Denn um *Harbor Point Cranberries* zu retten, wäre ein Wunder nötig.

Und Wunder passierten nur ganz selten.

☙

Das war verrückt.

Mit einem Stirnrunzeln verlangsamte Michael sein Tempo und bog in Anna Williams' Straße ein.

Warum in aller Welt zog er in Erwägung, das Angebot einer Fremden, deren Referenzen er nicht einmal nachgeprüft hatte, anzunehmen und bei ihr einzuziehen? Zu Hause traf er seine Entscheidungen nie ohne gründliche Nachforschungen und Analysen.

Aber Hope Harbor war nicht Chicago. Es war auch nicht der ruhige, friedliche Ort, den er am Ende seiner langen Fahrt erwartet hatte. Stattdessen war er mit einer ungebetenen Überraschung im Motel, einem Beinaheunfall mit einer Radfahrerin, einem kostenlosen Mittagessen von einem philanthropischen Tacokoch und einem Wohnungsangebot von einer Fremden begrüßt worden. Kein Wunder, dass er das Gefühl hatte, aus dem Gleichgewicht geworfen zu werden.

Er wollte den Zettel mit Annas Hausnummer aus seiner Hemdtasche holen, zog aber stattdessen die kryptische Nachricht von Charley heraus. Er fuhr an den Straßenrand, faltete den Zettel mit einer Hand auseinander und las das Bibelzitat noch einmal.

Hiob 14,7-9.

Sonderbar. Er hatte den Mann bei ihrem kurzen Gespräch nicht für besonders religiös gehalten.

Seine Neugier war geweckt und er zog sein Handy heraus. Während er immer noch über Anna Williams' Angebot nachdachte, wollte er wissen, worum es in dieser Bibelstelle ging.

Als er das Kapitel gefunden hatte, scrollte er nach unten und las die Verse, die Charley aufgeschrieben hatte.

»Für einen Baum gibt es immer noch Hoffnung, selbst wenn man ihn gefällt hat; aus dem Stumpf wachsen wieder frische Triebe nach. Auch wenn seine Wurzeln im Erdreich absterben und der Stumpf langsam im Boden vertrocknet, erwacht er doch zu neuem

Leben, sobald er Wasser bekommt. Neue Triebe schießen empor wie bei einer jungen Pflanze.«

Michael las die unbekannte Stelle ein zweites Mal und verstärkte seinen Griff um das Handy. Wie hatte der Tacokoch erkannt, dass ein Fremder, der auf einer Bank saß, mit einem vertrockneten Herzen rang?

Und woher hatte er die perfekte Bibelstelle für seine Situation gekannt? Sie war viel erbaulicher als die oft zitierten Verse aus den Psalmen und aus dem Matthäusevangelium, die normalerweise genannt wurden, wenn Worte des Trostes oder der Hoffnung gebraucht wurden.

Sonderbar.

Wenn jeder Tag in Hope Harbor so aufwühlend wäre, sollte er vielleicht doch lieber in eine andere Stadt weiterziehen.

Er steckte den Zettel wieder ein, zog den anderen Zettel heraus, den ihm Anna gegeben hatte, und tippte damit auf sein Lenkrad. Vielleicht sollte er die ganze Sache vergessen und zu der Adresse fahren, die die Frau vom *Gull Motel* für ihn gefunden hatte.

Nein. Es wäre grob, eine freundliche ältere Frau zu versetzen, die in den letzten zwei Stunden für ihn geputzt hatte. Aber er war nicht verpflichtet, das Apartment zu mieten. Wenn er noch mehr sonderbare Dinge erlebte, könnte – und würde – er das Weite suchen.

Er gab wieder Gas und fuhr weiter durch die Straße, bis er unter der Adresse, die sie ihm genannt hatte, ein Haus mit weißen Balken entdeckte. Der versprochene Anbau befand sich auf der rechten Seite. Neben den Säulen, die die kleine Veranda vor dem Haus abstützten, blühten Rosen und das Grundstück war von einem verwitterten Holzzaun umgeben. Die Straße war ruhig und das Haus ordentlich, gepflegt und vom Hafen zu Fuß zu erreichen.

So weit, so gut.

Er zog die Handbremse an. Während er ausstieg, bemerkte er eine Bewegung hinter dem Fenster. Anna. Oder ihr Mann, wie er aus dem Ehering schloss, den er an ihrem Finger gesehen hatte. Der Ehemann fragte sich zweifellos, was in seine Frau gefahren war, dass sie einen Fremden auf einer Parkbank angesprochen und ihn als Mieter ins Haus geholt hatte. Michael wäre jedenfalls auf der Hut.

Er trat durch das Gartentürchen und stand nach wenigen, langen Schritten auf der Veranda.

Anna kam beim ersten Klingeln, aber sie öffnete die Tür nur halb. »Ich war nicht sicher, ob Sie kommen würden.«

»Ich hatte auch so meine Zweifel.« Ehrlichkeit verdiente Ehrlichkeit.

»Ich auch.« Sie deutete zur Seite des Hauses. »Wir treffen uns beim Eingang zum Apartment. Die Tür ist hinten.« Sie schloss die Tür wieder. Einen Moment später wurde ein Schlüssel umgedreht.

Interessant.

Diese Frau war also in gewisser Hinsicht genauso vorsichtig wie er.

Ein Teil der Anspannung in seinen Schultern löste sich. Wenn sie *ihm* gegenüber vorsichtig war – eine vernünftige Reaktion von einer ehrlichen, gesetzestreuen Frau –, war sie nicht verrückt. Und in dieser kleinen Hafenstadt, in der Radfahrerinnen, die bei Unfällen verletzt wurden, nicht mit einer Anzeige drohten und Tacoköche kostenloses Essen und eine gesunde Portion Hoffnung verteilten, erschien ihm die Gastfreundschaft einer freundlichen, aber vorsichtigen Fremden plötzlich gar nicht mehr so seltsam.

Er stieg die Stufen wieder herunter und ging um das Haus.

Am Anbau blieb er stehen. Der Garten hinter dem Haus war genauso gepflegt wie der Vorgarten. Das Gras war gemäht, ein Tisch und ein einzelner Stuhl standen in der Mitte einer sauberen Terrasse. Gepflegte Sträucher umgaben den Garten.

Falls die Unterkunft genauso makellos war wie das Äußere des Hauses, würde er seine Großstadtvorsicht über Bord werfen und das Apartment nehmen.

Anna schob die Schiebetür auf der Rückseite des Hauses auf und kam zum Anbau. Sie schloss auf, öffnete die Tür und winkte ihn herein. »Lassen Sie sich Zeit. Klopfen Sie an die hintere Tür, wenn Sie sich entschieden haben.«

Mit diesen Worten ließ sie ihn stehen und verschwand im Haus.

Jedenfalls war seine potenzielle Vermieterin nicht redselig. Eine Sorge weniger und ein starkes Argument, das für dieses Apartment sprach, da er nicht hierhergekommen war, um Leute kennenzulernen, neue Freunde zu finden oder Gesellschaft zu suchen.

Spontane Entscheidungen waren zwar normalerweise überhaupt nicht seine Art, aber als er über die Türschwelle trat, war er zu 95 Prozent sicher, dass er den richtigen Platz gefunden hatte. Das Apartment war geräumig mit einem Einzelbett im hinteren Teil, der durch eine spanische Wand von einem Sofa und einem Sessel im vorderen Bereich abgetrennt war. Rechts war eine winzige Kochnische mit Kühlschrank, Mikrowelle und zwei Kochplatten sowie einem Tisch für zwei Personen. Die Küchenschränke waren mit mehr Geschirr, Töpfen und Küchenutensilien gefüllt, als er in zwei Jahren bräuchte, geschweige denn in zwei Monaten. Das Badezimmer enthielt alles Nötige und eine Dusche entsprach ihm sowieso eher als eine Jacuzzi-Badewanne. Insgesamt war das Apartment viel größer als ein Motelzimmer. Und alles war ordentlich und sauber.

Seine Entscheidung war schnell getroffen.

Er verließ das Apartment, ging zu der Glasschiebetür, die von der Terrasse ins Haupthaus führte, und klopfte.

Als Anna die Tür aufzog, wehte ihm ein Duft entgegen, bei dem ihm das Wasser im Mund zusammenlief. Frisch gebackene Plätzchen.

»Ich nehme das Apartment.« Michael zog sein Scheckheft aus der Tasche. »Es ist viel schöner als ein Motelzimmer.«

Die leichte Anspannung in ihrem Gesicht löste sich. »Okay. Gut.« Sie wischte ihre mehlbestäubten Hände an dem Geschirrtuch ab, das über ihrer Schulter lag, und trat zu ihm auf die Terrasse. »Sie können den Scheck hier auf dem Tisch ausstellen.«

Immer noch keine Einladung, ins Haus zu kommen, obwohl er für mehrere Wochen auf ihrem Grundstück wohnen würde. Diese Frau war so vorsichtig, dass sie ihre Freundin, die Polizeichefin, bestimmt seine Angaben hatte überprüfen lassen, und wusste, dass er kein Verbrecher war. Trotzdem wollte sie ihn nicht in ihrem Haus haben.

Sonderbar.

Er trat zum Tisch, setzte sich und klappte sein Scheckheft auf. »Wie viel soll ich Ihnen im Voraus zahlen? Ich plane, ungefähr sechs Wochen zu bleiben, plus minus ein paar Tage.«

»Sagen wir zwei Wochen. Für den Fall, dass einer von uns seine Meinung ändert.«

Ein vernünftiger Vorschlag. Aber er konnte sich nicht vorstellen, dass er seine Meinung ändern würde.

»Das klingt fair.« Er trug die Summe ein, unterschrieb den Scheck und reichte ihn ihr. »Kann ich meine Sachen schon ins Apartment bringen, bevor ich Lebensmittel einkaufen fahre?«

»Natürlich. Sie können auf der rechten Seite der Einfahrt parken. Lassen Sie mir nur genügend Platz, dass ich in die Garage komme. Ach, und im Mietpreis ist inbegriffen, dass einmal in der Woche geputzt wird. Samstagnachmittags. Es sei denn, dieser Tag passt Ihnen nicht.«

Eine unerwartete Dreingabe. Bei den meisten Unterkünften, die man für längere Zeit mietete, musste man selbst putzen.

»Samstag ist gut.«

Sie steckte den Scheck in ihre Schürzentasche. »Falls Sie irgendetwas brauchen, klopfen Sie einfach an die Hintertür. Für den Fall, dass ich nicht zu Hause bin, habe ich einen Zettel mit meiner Handynummer in die linke Küchenschublade gelegt. Ansonsten respektiere ich Ihre Privatsphäre.«

Kein Wort von einem Ehemann.

Sie musste geschieden oder verwitwet sein.

»Danke.«

Sie nickte kurz und trat dann einen Schritt zurück. »Ich wünsche Ihnen einen hilfreichen Aufenthalt.«

Er legte den Kopf schief. Eine interessante Wortwahl. Die meisten würden einen schönen Aufenthalt wünschen.

Verfügte jeder in dieser Stadt über eine außergewöhnliche Wahrnehmungsgabe?

»Danke.« Er trat zur Seite des Hauses. »Ich lasse Sie weiterbacken und hole meine Taschen.«

Als er mit seinen Sachen zurückkam, war sie nicht mehr da. Er hatte Hunger und wollte sich nicht lange aufhalten. So köstlich diese Tacos geschmeckt hatten, das Mittagessen war längst vorbei. Ein paar Grundnahrungsmittel zu kaufen und ein paar Eier in die Pfanne zu schlagen, stand für heute Abend ganz oben auf seiner Prioritätenliste.

Eier.

Er kniff die Augen zusammen, als ihm das Bild von der schlanken Frau auf dem Fahrrad durch den Kopf schoss. Sie war schwer gestürzt. Die Schürfwunde an ihrer Hand hatte schlimm ausgesehen. Welche anderen, weniger sichtbaren Verletzungen hatte sie erlitten? Hatte sie immer noch Schmerzen?

Dieser Gedanke behagte ihm überhaupt nicht.

Wirklich schade, dass er nicht wusste, wer sie war. Sich entschuldigen war das Mindeste, was er tun sollte.

Er stellte seine zwei Taschen neben das Bett. Könnte ihm seine Vermieterin sagen, wer diese Frau war, wenn er sie ihr beschrieb? Hope Harbor war nicht sonderlich groß. Die Stadt hatte höchstens drei-, viertausend Einwohner. Und Anna wohnte seit Jahrzehnten hier. Vielleicht fragte er sie, wenn sich dazu eine Gelegenheit ergab.

Aber als er eine Stunde später vom Einkaufen zurückkam, war sie nirgends zu sehen. Gleich am ersten Abend an ihre Tür zu klopfen, hielt er nicht für weise. Wenn er sie zu oft belästigte, würde sie ihn nach den zwei Wochen Probelauf wahrscheinlich hinauswerfen.

Mit den Einkaufstüten in der Hand schloss er die Tür auf und stieß sie dann mit der Schulter ganz auf. Doch dann blieb er überrascht stehen. Der Duft, der aus Annas Haus geströmt war, erfüllte jetzt sein Apartment. Er brauchte nur eine Sekunde, um herauszufinden, woher dieser Duft kam.

Ein Teller mit frisch gebackenen Keksen stand in der Mitte des kleinen Tisches.

Nachdem er seine Einkäufe auf der Arbeitsplatte abgeladen hatte, steuerte er geradewegs auf das Gebäck zu, hielt aber abrupt inne, als er den Tisch erreichte. Sie dufteten und sahen aus wie seine Lieblingsplätzchen, Ingwerplätzchen.

Die Plätzchen, die Julie immer gebacken hatte.

Er nahm eins. Die Wärme aus dem Ofen drang an seine kalten Finger, während er vorsichtig abbiss.

Nein.

Sie schmeckten nicht ganz so wie Julies Plätzchen. Der Geschmack war eine Nuance anders.

Aber die Ähnlichkeit war doch so groß, dass ihm ein leichter Schauer über den Rücken lief. Es war fast so, als würde ihn seine Frau in der Stadt, die sie so geliebt hatte, begrüßen.

Während das Plätzchen in seiner Hand abkühlte, schüttelte Michael den Kopf. Lächerlich. Zeichen, Symbole, Omen. Das war alles Unsinn. Ein letzter Versuch verzweifelter Menschen, die eine Bestätigung oder eine Antwort suchten. So verzweifelt war er auch wieder nicht.

Doch während er noch das Plätzchen aß, konnte er das, was heute alles passiert war, unmöglich als reinen Zufall abtun. Julie hätte das bestimmt nicht gemacht. Sie hatte in allem immer Gottes Hand gesehen. Wie an jenem Tag, als sie zu einem längst überfälligen Ausflug aufs Land zum Picknicken unterwegs gewesen waren und mitten in einem wolkenbruchartigen Regen einen Platten gehabt hatten. Zu allem Überfluss hatte Julie auch noch ihr Handy zu Hause gelassen und bei seinem war der Akku leer gewesen. Und das Tüpfelchen auf dem i: Ihr Ersatzreifen hatte nicht viel Luft gehabt.

Während er geschimpft und gemurrt hatte, hatte sie seinen Arm getätschelt und ihm versichert, dass dies kein Weltuntergang sei. Der Regen würde irgendwann aufhören und bis dahin könnten sie doch einfach die Warnblinker einschalten und ihr Picknick im Auto genießen.

Irgendwann hatte sie es geschafft, ihn wieder aufzumuntern. Als sie bei der Nachspeise angekommen waren, hatte der Regen nachgelassen. Ein anderer Autofahrer war stehen geblieben, um zu fragen, ob sie Hilfe bräuchten. Dann hatte er für sie die Pannenhilfe angerufen.

»Heute könnte Ihr Glückstag sein«, hatte der ältere Mann gesagt und sein Handy wieder eingesteckt.

Michael hatte nicht einmal versucht, seine Skepsis zu verbergen. »Ich kann mir nicht vorstellen, was eine Reifenpanne mit Glück zu tun haben sollte.«

»Ich weiß ja nicht, wohin Sie beide unterwegs waren, aber ungefähr zwanzig Kilometer weiter ist ein Unfall passiert. Ein sehr schlimmer Unfall.« Er hatte das Gesicht verzogen und in die Richtung gedeutet, aus der er gekommen war. Die Richtung, in die sie hatten fahren wollen. »Mit mehreren Fahrzeugen. Es sah so aus, als hätte es Tote gegeben. Diese Reifenpanne hat Sie auf jeden Fall vor dem Stau bewahrt und vielleicht sogar vor dem Unfall.«

Julie hatte kein Wort gesagt, aber er hatte gewusst, dass sie innerlich Gott für diese Panne gedankt hatte, während sie schweigsam auf den Pannenservice gewartet hatten. Und sie hatte auch für die Menschen gebetet, die an dem Unfall beteiligt gewesen waren und nicht so glimpflich davongekommen waren wie sie.

Während er zu den Schränken in Annas Apartment trat und begann, seine Einkäufe wegzuräumen, wusste Michael genau, was Julie sagen würde, wenn sie jetzt hier wäre.

»Es tut mir leid, dass dein Urlaub so holprig begonnen hat, aber gib diesem Ort eine Chance. Alles geschieht aus einem Grund. Vertraue Gott und lass dich von ihm führen.«

Er stellte die Eier in den Kühlschrank und war sich nicht sicher, ob die Frau auf dem Fahrrad mit ihren Blutergüssen und Abschürfungen diesen Worten auch zustimmen würde.

Aber er hatte die feste Absicht, sich hier zu erholen, jeden Tag seines Aufenthalts hier so zu nehmen, wie er kam, und Hope Harbor die Chance zu geben, seinem Namen alle Ehre zu machen.

Kapitel 3

Während die Gemeinde den Refrain des letzten Liedes sang, hörte Michael damit auf, so zu tun, als würde er singen, und legte sein Gesangbuch weg.

Er gehörte nicht hierher.

Nur weil er diese kleine Kirche entdeckt hatte, als er in den letzten zwei Tagen die Stadt erkundet hatte – und nur weil er hier säße, wenn Julie bei ihm wäre –, bedeutete das nicht, dass er allein hätte kommen sollen. Gottesdienste waren in den letzten eineinhalb Jahren nicht Teil seines Lebens gewesen. Und sie standen auch in den nächsten Wochen nicht auf seinem Plan.

Die letzten Orgeltöne verklangen und er strömte zusammen mit allen anderen aus der Kirche. Einige Besucher nickten ihm höflich zu und lächelten freundlich, aber niemand sagte mehr als ein kurzes Hallo. Kein Problem. Er war heute nicht in die Kirche gekommen, um jemanden kennenzulernen. Und ehrlich gesagt war er auch nicht gekommen, um mit Gott zu sprechen. Er war nur hier, weil Julie gewollt hätte, dass er an seinem ersten Sonntag in Hope Harbor in den Gottesdienst ging.

Aber ohne sie an seiner Seite war der Gottesdienst genauso schal gewesen wie ein Glas Limonade ohne Kohlensäure. Die Lieder waren nett gewesen, die Bibelstellen bekannt, die Predigt gut strukturiert und einfühlsam vorgetragen, aber er fühlte sich leerer als vor einer Stunde, als er durch diese Tür getreten war.

Ein Gottesdienst sollte erbauen und nicht deprimieren.

Am nächsten Sonntag würde er lieber ausschlafen.

Im Strom der Gottesdienstbesucher bewegte er sich langsam zur Tür. Er trat in einen Tag hinaus, der genauso grau war wie seine Stimmung. Die launische Oregon-Sonne konnte jeden Moment die Wolken durchbrechen und das trübe Wetter vertreiben, so wie sie es gestern getan hatte, aber seine Welt würde sich dadurch nicht aufhellen.

In einer trüben Stimmung trat er aus der Schlange der Leute, die darauf warteten, sich vom Pfarrer zu verabschieden, und zog den Reißverschluss seiner Windjacke zu. Small-Talk mochte er noch weniger als Gottesdienstbesuche.

Viele Gottesdienstbesucher steuerten auf einen Tisch auf dem Rasen zu, auf dem Kaffee und Donuts angeboten wurden, aber er hatte während des Rasierens schon seine Tagesration an Koffein hinuntergekippt und bei dem Gedanken, einen mit Zuckerguss getränkten, frittierten Teigklumpen zu essen, drehte sich ihm fast der Magen um.

Ein Spaziergang am Strand erschien ihm viel verlockender.

Während er seinen Fluchtgedanken nachhing, fiel sein Blick auf einen anderen Tisch neben dem Kaffee und dem Gebäck. Die anderen Leute versperrten ihm die Sicht, aber er vermutete, dass es der Informationstisch für das gemeinnützige Projekt war, das die Kirche unterstützte und das der Pfarrer erwähnt hatte. Eine kluge Strategie, diesen Tisch gleich neben dem kostenlosen Gebäck zu platzieren.

Es entstand eine kleine Lücke zwischen den Leuten und sein Blick fiel auf lockiges goldbraunes Haar. Er erstarrte.

War das die Radfahrerin?

Obwohl er sich zur Seite beugte, um sie besser sehen zu können, versperrten ihm die anderen Leute wieder den Blick.

Er steckte die Hände in seine Jackentaschen und trat näher. Wenn er Geduld hatte, würde sich irgendwann wieder eine Lücke auftun und er könnte sie genauer in Augenschein nehmen.

Keine halbe Minute später hatte er die Antwort auf seine Frage.

Heute sah sie jedoch ganz anders aus. Ihre Haare fielen in weichen Wellen um ihre Schultern und ihr dezentes Make-up lenkte seinen Blick auf ihre großen Augen und die weichen Lippen. Die grüne Bluse und ihre enge Kakihose schmeichelten ihrer schlanken Figur.

Falls er noch irgendwelche Zweifel gehabt hätte, wer sie war, wurden sie von dem Verband an ihrer Hand ausgeräumt. Und von ihrem schmerzhaft verzogenen Gesicht, als die andere Frau hinter dem Tisch sich vorbeugte, um irgendeine Broschüre zu nehmen, und sie dabei versehentlich anrempelte.

Vielleicht war sein Gottesdienstbesuch also doch nicht ganz vergeblich gewesen. Jetzt könnte er sich besser entschuldigen, als er es am Donnerstag auf der Straße getan hatte. Außerdem brauchte er seine verschlossene Vermieterin nicht mit der Frage nach dem Namen dieser jungen Frau belästigen. Er musste nur ein wenig warten, bis der Andrang an ihrem Tisch nachließe. Dann könnte er sie ansprechen.

Während er auf seine Gelegenheit wartete, lehnte er sich an einen Baumstamm und beschäftigte sich mit seinem Smartphone, um zu verhindern, dass ihn jemand ansprach.

Als die Gottesdienstbesucher zehn Minuten später nach und nach das Gelände verließen, trat er auf sie zu.

Die Frau war jetzt allein hinter dem Tisch. Sie war in die Hocke gegangen, da sie ihre Broschüren in einem Karton auf dem Boden verstaute. Der größte Teil ihres Körpers wurde von dem Banner verdeckt, das vor dem Tisch hing. Auf dem Banner stand: »*Helfende Hände* braucht Ihre Hilfe.«

»Entschuldigung.«

Aufgeschreckt fuhr sie mit dem Kopf nach oben und verlor dabei das Gleichgewicht. Einen Moment später landete sie mit einem lauten Keuchen auf dem Boden und verzog das Gesicht vor Schmerzen.

So viel zu seinem Plan, bei seiner zweiten Begegnung mit dieser Frau einen besseren Eindruck zu machen!

»Entschuldigen Sie. Zum zweiten Mal. Ich wollte Sie nicht erschrecken. Ich bin eigentlich gekommen, um mich für meinen letzten Fehltritt zu entschuldigen. Darf ich Ihnen aufhelfen?«

Er wollte um den Tisch herumgehen, aber sie kam von allein auf die Beine und hielt ihre verletzte Hand hoch. »Ich denke, es ist sicherer, wenn Sie mir nicht zu nahe kommen.«

Aufgrund ihrer bisherigen Begegnungen konnte er ihr diese Aussage nicht übel nehmen.

»Okay.« Er ging wieder auf die andere Seite des Tisches. »Aber ich würde mich trotzdem gern entschuldigen.«

»Entschuldigung angenommen.« Sie stützte sich auf den Tisch und er betrachtete ihre langen, schlanken Finger. Nett. Ihre kurzen, nicht lackierten Fingernägel passten irgendwie nicht zu ihrem sonstigen Äußeren. Er hatte sie für eine Frau gehalten, die zur Maniküre ging und …

»Brauchen Sie sonst noch etwas?«

Bei ihrer gezielten Frage richtete er den Blick wieder auf ihr Gesicht. »Ähm, nein. Ich würde nur gern das, was am Donnerstag passiert ist, wiedergutmachen.«

Sie legte den Kopf schief und schaute ihn spekulierend an. »Machen Sie hier Urlaub?«

Er brauchte eine Sekunde, um diesem abrupten Themenwechsel zu folgen. »In gewisser Weise. Aber ich bleibe länger hier.«

»Wie lange?«

»Ein paar Wochen.« Jetzt war es an ihm, neugierig zu sein. »Warum?«

»Sie könnten sich als ehrenamtlicher Mitarbeiter bei *Helfende Hände* eintragen.« Sie tippte auf das Formular auf dem Tisch. »Wie Sie sehen, haben sich nicht viele Leute eingetragen.«

Er überflog das Formular. Es war wirklich schade, dass er in Gedanken nicht bei der Sache gewesen war, als der Pfarrer diese Organisation vorgestellt hatte.

»Ich, ähm, weiß nicht genau, worum es dabei geht.«

»Ich kann es Ihnen gern erklären: *Helfende Hände* ist eine ehrenamtliche Organisation, die das tut, was der Name sagt. Wir bieten jedem in der Stadt, der Hilfe benötigt, unsere tatkräftige Unterstützung an. Man ruft bei uns an und wir kommen. Oder wir organisieren jemanden, der helfen kann. Es ist ein Gemeinschaftsprojekt von Grace Christian«, sie deutete auf das Gebäude mit dem Kirchturm hinter ihm, »und St. Francis auf der anderen Seite der Stadt. Beide hatten ähnliche Bemühungen, um den Menschen in unserer Stadt zu helfen. Vor ungefähr fünf Jahren haben sie beschlossen, sich zusammenzuschließen. Egal, was Sie können, wir haben dafür sicher Verwendung. Auch wenn es nur für einige Wochen ist.« Sie hielt ihm den Stift hin. »Möchten Sie sich eintragen?«

Er betrachtete das Schreibgerät. Auf keinen Fall! Er wollte hier in Hope Harbor Antworten finden und klären, wie es für ihn weiterging. Er wollte auf gar keinen Fall irgendwelche Verpflichtungen eingehen, und schon gar nicht Verpflichtungen, die ihn mit den Problemen anderer Leute belasteten.

Genau das hatte ihn ja in Schwierigkeiten gebracht!

Bevor er eine diplomatische Absage formulieren konnte, zog die Frau ihre Hand zurück, verschränkte die Arme vor sich und durchbohrte ihn mit einem klugen Blick. »Sie überlegen, wie Sie mir höflich eine Absage erteilen können, nicht wahr?«

Er verlagerte sein Gewicht. »Ich denke einfach, dass ich in der kurzen Zeit, die ich hier bin, nicht viel ausrichten kann. Außerdem habe ich keine Talente, die ich einbringen könnte.« Er überflog das Formular auf dem Tisch, in dem die Leute ihre Fertigkeiten eingetragen hatten. »Ich bin kein Installateur, kein Zimmermann und kein Maler. Ich habe keine medizinische Ausbildung, niemand würde das, was ich koche, freiwillig essen ...« Er hielt ihr seine leeren Hände hin.

»Was machen Sie denn beruflich?«

Entweder war diese Frau begriffsstutzig oder sehr hartnäckig.

Ihre intelligenten grünen Augen legten die zweite Vermutung nahe.

Er hätte nach dem Gottesdienst sofort zum Strand gehen sollen.

»Im Moment nichts. Ich habe mich freistellen lassen.«

»Und was haben Sie davor gemacht?«

Plötzlich spürte er, dass er Kopfschmerzen bekam. »Hören Sie, ich bin nicht an Ihren Tisch gekommen, um mich ausfragen zu lassen. Ich wollte mich nur bei Ihnen entschuldigen.« Seine Gereiztheit war seiner Stimme deutlich anzuhören, obwohl er versuchte, höflich zu sein.

Aber seine Verärgerung schien die Frau, die ihm gegenüberstand, kein bisschen zu beeindrucken. »Sie haben aber auch gesagt, dass Sie das, was am Donnerstag passiert ist, gern wiedergutmachen würden. Ich biete Ihnen dazu eine Gelegenheit.«

»Ich habe eher daran gedacht, Ihren Schaden zu ersetzen oder Sie zum Essen einzuladen.«

Sie blinzelte und war von dieser Einladung aus heiterem Himmel unübersehbar genauso überrascht wie er.

Sie erstarrte, neigte den Kopf nach vorn und sammelte die Papiere auf dem Tisch wieder ein. »Das ist beides nicht nötig.« Während sie sich bückte und die Sachen in eine Tasche auf dem Boden packte, fiel ihr das Haar nach vorne und versteckte ihr Gesicht.

Aber ihr Ehering war gut sichtbar.

Michael verkniff sich ein Stöhnen. Na toll! Wahrscheinlich dachte sie, er wolle sich an sie heranmachen. Eine Kirchgängerin wie sie war von einem Mann, der eine verheiratete Frau zum Essen einlud, bestimmt nicht begeistert.

Er musste dieses Missverständnis sofort aufklären.

»Nur zu Ihrer Information: Ich habe Ihren Ehering erst jetzt bemerkt. Ich hätte das nicht gesagt, wenn ich ihn eher gesehen hätte.«

Sie richtete sich auf und schaute ihn verwirrt an. »Wie bitte?«

»Ihr Ring.« Er deutete auf ihre linke Hand.

Sie schaute nach unten. »Ach. Nein, das war nicht …« Sie brach ab. Dann rieb sie sich mit ihrer unverletzten Hand über ihre Hose. »Hören Sie, es tut mir leid, dass ich Sie wegen *Helfende Hände* unter Druck gesetzt habe. Die Not ist groß und wir haben nicht genug Ehrenamtliche, um die vielen Anfragen zu bewältigen, aber Sie wohnen ja nicht einmal hier. Vergessen Sie einfach, dass ich Sie gefragt habe.«

Während sie sich ihre Tasche über die Schulter hängte und begann, das Klebeband zu entfernen, mit dem das Banner vorne am Tisch befestigt war, nagten Schuldgefühle an ihm.

»Es ist nicht so, dass ich kein Mitgefühl hätte.« Er trat auf die andere Seite des Tisches und half ihr mit dem Klebeband. »*Helfende Hände* klingt nach einem sehr guten Projekt.«

»Das ist es auch. Ich bin seit zwei Jahren ehrenamtliche Mitarbeiterin, aber seit ich letztes Jahr in den Vorstand gewählt wurde, wurden mir die Augen geöffnet. Die beiden Pfarrer tun zwar ihr Möglichstes, um alles zu organisieren und zu koordinieren, aber sie haben noch viele andere Aufgaben und sind darauf angewiesen, dass die Ehrenamtlichen den größten Teil der täglich anfallenden Arbeiten übernehmen. Ehrlich gesagt, habe ich den Eindruck, dass uns die Sache über den Kopf wächst, da die Anfragen so stark zunehmen. Keiner von uns kann mehr als ein paar Stunden in der Woche in dieses Projekt einbringen und das reicht einfach nicht.«

Sie kamen in der Mitte des Tisches aufeinander zu. Sie entfernte das letzte Stück Klebeband und hob das Kinn.

Ihre grünen Augen waren zwar sorgenvoll, aber trotzdem atemberaubend.

Neue Schuldgefühle machten sich bei ihm breit, dieses Mal jedoch aus einem völlig anderen Grund. Er war nicht dreitausend Kilometer weit gefahren, um eine andere Frau zu bewundern, auch wenn sie noch so attraktiv war. Und auch nicht, um sie zum Essen einzuladen. In seinem Herzen war kein Platz für eine andere Frau, außer für Julie. Allein schon eine andere Frau zu *bemerken,* fühlte sich irgendwie falsch an.

Sie senkte das Kinn und trat ein paar Schritte zurück. »Wenn Sie an dem einen Ende festhalten, kann ich das Banner aufrollen.«

»Klar.« Seine Antwort klang heiser und aufgewühlt.

Schweigend hielt er das Banner und blieb stehen, wo er war.

»Danke.« Sie klopfte mit dem Ende der Rolle auf den Tisch, zog ein Gummiband darum und drehte sich wieder zu ihm um, jedoch mit einem deutlichen Abstand. »Ich wünsche Ihnen einen angenehmen Aufenthalt hier. Hope Harbor hat viel zu bieten.«

Ohne ihm die Gelegenheit zu geben, ihr zu antworten oder sich noch einmal zu entschuldigen, drehte sie sich um und steuerte auf den Pfarrer zu. Kurz darauf waren die beiden in ein angeregtes Gespräch vertieft.

Verschwinde von hier, Hunter.

Er drehte sich auf dem Absatz um und ging zum Strand, wo er sich jeden Tag aufhielt. Mit etwas Glück hätte er den langen Sandstrand heute beim Spazierengehen wieder für sich. Nur die Brandungspfeiler würden schweigend im Meer stehen, wenn er seinen Spaziergang unterbrach, um einen Kiesel oder ein Stück Treibholz oder angeschwemmten Seetang zu betrachten. Es war der perfekte Ort, um sich zu entspannen, um nachzudenken, um wieder einen klaren Kopf zu bekommen.

Aber heute hatte er das Gefühl, dass seine Gedanken um die namenlose Frau von dem Fahrradunfall kreisen würden. Die namenlose *verheiratete* Frau, die für ihn tabu war. Selbst wenn er Interesse hätte, sie etwas näher kennenzulernen. Aber das hatte er nicht.

Am besten vergaß er sie einfach. Er hatte sich entschuldigt und sie hatte die Entschuldigung angenommen. Damit sollte die Sache erledigt sein, auch wenn er gern mehr unternommen hätte, um sich bei ihr zu entschuldigen.

Das kannst du immer noch. Trage dich bei Helfende Hände *ein.*

Er beschleunigte seine Schritte und ignorierte die Stimme seines Gewissens. Auf keinen Fall! Das war genau das, was er hier unter allen Umständen vermeiden wollte.

Es muss keine große Verpflichtung sein. Wenn du bei einer kleinen Sache ein paar Stunden hilfst, vertreibt das vielleicht deine Schuldgefühle wegen des Unfalls. Und die Sorge aus den grünen Augen dieser Frau.

Er ging die Anhöhe hinauf zu den Klippen. Von hier hatte man einen wunderbaren Blick auf den Strand. Dabei versuchte er, diesen Gedanken zum Schweigen zu bringen.

Aber er war hartnäckig und wollte einfach nicht verstummen.

Michael atmete schwer aus und beschleunigte sein Tempo. Warum hatte er nur so ein feines Gewissen, das ihm nichts durchgehen ließ und ihm immer deutlich zeigte, was er tun sollte? Er könnte es ignorieren, wie er es gelegentlich machte, aber meistens bereute er das später.

Und er bereute schon so vieles, dass es für den Rest seines Lebens reichte.

Die Alternative war, das zu tun, was die Frau gesagt hatte, und sich bei *Helfende Hände* als freiwilliger Helfer einzutragen.

Aber dabei fühlte er sich auch nicht wohl.

Vielleicht sollte er einfach eine Nacht darüber schlafen. Hope Harbor war eine Stadt voller Überraschungen. Bis jetzt war nichts so gekommen wie erwartet. Wer konnte schon sagen, was der morgige Tag bringen würde?

Vielleicht bliebe ihm das Engagement bei *Helfende Hände* ja doch erspart.

ॐ

Onkel Bud stellte den Aufsitzrasenmäher ein und richtete sich dann auf. »Jetzt müsste er wieder laufen. Ich habe ihn am Wochenende überholt. Bist du sicher, dass dir das nicht zu viel ist?«

Tracy setzte ihre Baseballkappe auf. Sie konnte sich etwas Besseres vorstellen, als an diesem Montagmorgen mit ihrer schmerzenden Hüfte auf dem Rasenmäher über die Deiche zu schaukeln, aber das Gras musste gemäht werden und ihr Onkel war bei der Ausbringung des Insektizids weitaus schneller als sie. Sie beide mussten sich bis zum Sonnenuntergang ranhalten, um ihr Pensum zu schaffen.

»Mir geht es gut.« Sie zog ein Paar Arbeitshandschuhe aus der Hosentasche und streifte sie sich über.

»Ich habe übrigens mit dem Verwalter des Golfklubs gesprochen. Ab Ende dieser Woche kann ich meine Arbeitsstunden dort problemlos aufstocken. Und im Café haben sie sich gefreut, dass sie Nancy wiederhaben.«

Tracy schaute ihn betrübt an. »Ich habe ein richtig schlechtes Gewissen. Du bist so fleißig. Am Freitag kam ein Fall bei *Helfende Hände* herein. Deshalb hatte ich keine Chance, mich bei den neuen Geschäften in der Stadt zu melden und anzubieten, ihre Buchhaltung zu übernehmen. Ich kümmere mich morgen auf jeden Fall darum.«

Ihr Onkel legte den Kopf schief. »Lass mich raten. Eleanor Cooper hatte wieder keine Milch oder Eier oder Butter im Haus. Und als du ihr brachtest, was sie brauchte, hat sie dir die Ohren vollgequasselt?«

»Was soll ich sagen?« Sie zuckte die Achseln. »Diese Frau ist 87 und kommt kaum noch aus dem Haus. Sie ist einsam. Und kein anderer Ehrenamtlicher hatte Zeit.«

»Oder war bereit, sich die Zeit für sie zu nehmen.«

Sie tat seine Bemerkung mit einer Handbewegung ab. »Diese Leute sind alle sehr freundlich und hilfsbereit. Sie hatten nur viel zu tun.«

»Du auch.« Onkel Bud stemmte die Fäuste in seine schmalen Hüften. »Du weißt, dass ich dein Engagement für dieses Projekt bewundere, aber ich mache mir auch Sorgen, dass du dich übernimmst. Dein ehrenamtliches Engagement und diese Farm können dein ganzes Leben verschlingen, wenn du das zulässt.«

»Und?« Sie stieß ihn neckend mit der Schulter. »Ich kann mir nichts Besseres für mein Leben vorstellen.«

»Ich schon. Wenigstens etwas, das mindestens genauso befriedigend ist.«

Oh, oh! Sie wusste, worauf er hinauswollte.

Irgendwie schaffte sie es, ihn anzulächeln. »Seit du Nancy kennst, bist du ein richtiger Romantiker geworden.«

»Romantik ist gut für die Seele.«

Sie beugte sich vor und gab ihm einen schnellen Kuss auf die Wange. »Das kann schon sein. Ich freue mich für dich. Nancy ist eine wunderbare Frau und du verdienst diese zweite Chance. Ich hingegen bin mit meiner aktuellen Situation vollauf zufrieden. Ehrlich. Deshalb schlage ich vor, dass wir dieses Gespräch jetzt beenden. Außerdem muss ich den Rasen mähen.« Vorsichtig kletterte sie auf den Rasenmäher.

»Ich weiß, dass du meinst, du wärst glücklich, aber …«

Schnell startete sie das Gerät, sodass der Motorenlärm seine Worte übertönte.

Er kniff die Augen zusammen und verschränkte die Arme vor seiner Brust. Seine Lippen bewegten sich zwar, aber sie konnte kein Wort verstehen.

Perfekt.

Sie deutete auf ihr Ohr, zuckte unschuldig die Achseln, legte den Gang ein und fuhr davon.

Als sie sich noch einmal kurz umschaute, stand Onkel Bud immer noch da und beobachtete sie. Seine entschlossene Haltung verriet ihr, dass dieses Thema noch nicht vom Tisch war.

Mit einer Hand hielt sie das Lenkrad fest und schlug mit der anderen nach einer lästigen Biene. Sie wusste ja, dass er es nur gut meinte. Ihr ganzes Leben lang hatte er immer nur ihr Bestes im Sinn gehabt. Aber in dieser Sache stand er einfach auf verlorenem Posten. Eine Ehe hatte in ihrem weiteren Lebensplan einfach keinen Platz.

Abgesehen davon gab es in Hope Harbor sowieso nicht viele Männer, die dafür infrage kämen. Selbst der Mann, der für den Bluterguss an ihrer Hüfte verantwortlich war, hatte einen Ring getragen. Aber seltsam war es schon, dass er beide Male, als sie ihn gesehen hatte, allein gewesen war. Er hatte immer *ich* und nicht *wir* gesagt, als er von seinem Aufenthalt hier und seinen Plänen gesprochen hatte. Und er hatte sie zum Essen eingeladen. Das alles passte nicht zu dem Ring.

Aber welche Rolle spielte das schon? Selbst auf die winzige Chance hin, dass er nicht verheiratet wäre, hatte sie kein Interesse.

Andererseits. Wenn sie an seine tiefblauen Augen, sein markantes

Kinn und die sportliche Figur dachte … Ein attraktiver Mann fiel jeder Frau auf. Das war völlig normal.

Aber das war auch alles.

Sie verscheuchte eine weitere lästige Biene, legte einen höheren Gang ein und nahm den ersten Deich in Angriff.

Onkel Bud dachte vielleicht, sie würde eine zweite Chance in der Liebe verdienen, aber er irrte sich.

Das hatte Craig bewiesen.

Ein Tsunami an Schuldgefühlen überrollte sie. Die grausamen Erinnerungen raubten ihr den Atem und das Bedauern und die Angst meldeten sich wieder. Dieses Mal so stark wie seit Monaten nicht mehr.

Sie verkrampfte die Hände, die auf dem Lenkrad lagen, und knirschte mit den Zähnen. Die Vergangenheit neu zu durchleben war sinnlos. Das, was passiert war, konnte sie nicht mehr ändern. Sie konnte nur in die Zukunft blicken und durfte die schmerzhafte Erkenntnis, die sie aus diesem traumatischen Erlebnis gewonnen hatte, nie vergessen:

Tracy Sheldon Campbell eignete sich einfach nicht als Ehefrau.

Kapitel 4

Seine Vermieterin war wie vom Erdboden verschluckt.

Mit dem leeren Plätzchenteller in der Hand betrachtete Michael die Schiebetür, die von ihrem Haus auf die Terrasse führte. Die Jalousien an der Tür waren zugezogen. Nun, eigentlich waren alle Jalousien zu. Ließ sie eigentlich nie Sonnenlicht ins Haus? Kam sie je heraus, um den gepflegten Garten oder die Terrasse zu genießen? Der kleine Tisch mit dem einzelnen Stuhl war in den vier Tagen, seit er hier wohnte, kein einziges Mal benutzt worden. Und er hatte in dieser Zeit keine Spur von Anna Williams gesehen.

Wenn diese Frau so zurückgezogen lebte, wie es den Anschein hatte, warum hatte sie ihm dann ihr Apartment angeboten?

Verblüfft wollte er schon zurück in sein Apartment gehen. Doch als er einen elektrischen Garagenöffner hörte, blieb er stehen.

Entweder kam Anna gerade nach Hause oder sie fuhr weg.

Er beschleunigte seine Schritte und ging um das Haus herum, wo er gerade noch sah, wie ihr Auto in der Garage verschwand. Das Tor schloss sich wieder, als der Wagen vollständig in der Garage verschwunden war. Wie sollte er an sie rankommen?

Nachdenklich betrachtete er den Teller in seinen Händen. Wenn er ihn mit einer Dankeskarte auf dem Tisch in seinem Apartment stehen ließ, würde sie ihn am Samstag finden. Da kam sie zum Putzen.

Die ganze Nacht über hatte er wegen *Helfende Hände* mit seinem Gewissen gerungen und diesen Kampf schließlich verloren. Jetzt musste er wissen, wie die Radfahrerin hieß. Er könnte den Pfarrer ausfindig machen und ihm die Sache erklären, aber es wäre viel einfacher, wenn Anna ihm sagte, wer die Frau war. Bei ihrer zurückhaltenden Art würde ihn seine Vermieterin wahrscheinlich nicht so sehr löchern und von ihm wissen wollen, warum er den Namen der Frau erfahren wollte. Beim Pfarrer konnte das anders sein.

Auf halbem Weg zur vorderen Veranda blieb Michael stehen. Sie hatte gesagt, dass er an die Hintertür klopfen solle, falls er etwas brauche, und es wäre klug, sich an ihre Regeln zu halten, wenn er seinen inoffiziellen Mietvertrag nach den zwei Wochen Probezeit verlängern wollte.

Er änderte die Richtung, ging um das Haus herum zu ihrer Terrasse und klopfte an die Schiebetür.

Dreißig Sekunden vergingen.

Fünfundvierzig.

Eine Minute.

Als er schon dachte, sie würde ihn ignorieren, drehten sich die Lamellen der senkrechten Jalousien und wurden nach links geschoben. Anna tauchte in seinem Blickfeld auf. Sie schloss auf und öffnete die Tür nur einen Spaltbreit.

Er bedachte sie mit seinem freundlichsten Lächeln. »Entschuldigen Sie die Störung, aber ich wollte den Teller zurückgeben und mich bedanken. Die Plätzchen waren köstlich.«

Sie nahm den Teller, den er ihr hinhielt, ohne eine Miene zu verziehen. »Pater Murphy liebt dieses Rezept. Ich backe ihm jede Woche welche. Bestimmt hat er gar nicht gemerkt, dass es dieses Mal ein paar weniger waren.« Sie wollte die Tür wieder zuschieben.

Keine Einladung, sich noch weiter zu unterhalten.

Vielleicht müsste er doch den Pfarrer nach dem Namen der Radfahrerin fragen.

»Falls er sie doch vermisst, dann sagen Sie ihm bitte, dass Sie damit ein gutes Werk getan haben«, startete er einen neuen Versuch, sie in ein Gespräch zu verwickeln, und lächelte sie ein wenig breiter an.

Doch sein Lächeln verfehlte seine Wirkung.

Die säuerliche Miene der Frau schien in Stein gemeißelt zu sein.

»Es wird ihm nicht auffallen. Es ist nicht seine Art, Kekse zu zählen.«

Plötzlich ertönte im Inneren des Hauses ein lautes Krachen.

Erschrocken fuhr sie herum, die Hand immer noch an der Tür.

Im Halbdunkel des Raums hinter ihr entdeckte Michael eine Bewegung auf dem Fußboden. Er spähte in den Schatten hinein.

»Ist das ein Hase?«

Sie schaute nach unten. »Meine Güte! Anscheinend habe ich den Käfig nicht richtig zugemacht.«

Sie ließ die Tür einen Spaltbreit offen und wollte das kleine, zitternde Tier einfangen. Aber als sie sich ihm näherte, hüpfte der Hase davon.

Sie versuchte es erneut. Mit dem gleichen Ergebnis.

»Zu zweit können wir ihn leichter fangen.« Michael schob die Tür ein kleines Stück weiter auf, drückte sich ins Zimmer und näherte sich dem Hasen von der anderen Seite.

Das kleine Tier kauerte nieder, dann machte es einen Satz auf die offene Schiebetür zu.

Michael ging auf ein Knie. »Hier geblieben, Klopfer!«

Der Hase hüpfte hinter einen Ecktisch, als ihn Michael packen wollte, und verhedderte sich in einem Kabel. Die Lampe auf dem Tisch schaukelte. Michael fing sie mit einer Hand auf. Irgendwie gelang es ihm, mit der anderen den Hasen zu packen. Aber als er ihn hochheben wollte, glitt ihm das Fellknäuel aus der Hand. Die Lampe stand wieder sicher auf dem Tisch, aber während er mit dem sich windenden Hasen kämpfte, fiel ein gerahmtes Foto vom Tisch. Glas zerbrach und der kleine Kerl sprang davon.

Michael stürzte sich auf ihn und hatte das flinke Tier endlich gefasst.

Ruhe kehrte ein.

Nachdem er kurz Luft geholt hatte, erhob er sich vom Boden und hielt den Hasen energisch, aber sanft in den Händen. »Was diesem Kerl an Größe fehlt, macht er durch seine Geschwindigkeit wett.«

Anna schloss die Tür und nahm ihm dann den Hasen ab. Er ließ das Tier los und sie drückte das zappelnde Fellknäuel an ihre Brust. »Na, na, ist ja gut.« Sie streichelte den verängstigten Hasen und redete sanft und tröstend auf ihn ein. »Wenn du siehst, was ich dir vom Einkaufen mitgebracht habe, geht es dir gleich wieder besser.«

Michael starrte die Frau an. Die strenge Miene in ihrem Gesicht, die harte Linie ihres Mundes, der Blick, der keinen Unsinn duldete, waren verschwunden. Stattdessen sprachen Sanftheit, Wärme und Zuneigung aus ihrem Gesicht.

War das die Frau, die sie früher gewesen war?

Und wenn ja, was hatte die Freude und Zärtlichkeit aus ihrem Leben vertrieben?

»Danke für Ihre Hilfe.« Ihr Blick wanderte von dem Hasen zu Michael. Auch wenn ein Teil ihrer gewohnten Distanziertheit wieder in ihren Tonfall zurückgekehrt war, war trotzdem noch ein wenig Wärme darin zu hören. Konnte er sie jetzt nach der Radfahrerin fragen?

»Gern geschehen.« Der Hase begann erneut, sich zu winden. Michael deutete mit dem Kopf auf das Tier. »Vielleicht fühlt er sich in seinem Käfig wohler, bis er sich beruhigt hat.«

»Ja.« Sie zögerte. »Ich bin gleich wieder da.«

Während sie fort war, stellte er die Lampe wieder an ihren Platz, entwirrte das Kabel und sammelte vorsichtig die Glasscherben ein. Mit den Scherben in einer Hand hob er mit der anderen den Bilderrahmen auf und wollte ihn wieder auf den Tisch stellen.

Er stockte und blinzelte langsam.

Der junge Mann auf dem Foto sah genauso aus wie er vor zwanzig Jahren.

»Er ist wieder im Käfig und ich habe …«

Während Anna sprach, drehte er sich um.

Ihr Blick wanderte von seinem Gesicht zu dem Foto in seiner Hand, und sie verstummte.

Er wartete darauf, dass sie weitersprach. Dass sie ihm eine Erklärung gab. Ihr war die ungewöhnliche Ähnlichkeit bestimmt auch aufgefallen und sie würde vermutlich etwas dazu sagen.

Aber das Schweigen zog sich in die Länge.

Schließlich stellte er den Bilderrahmen wieder auf den Tisch und hielt die Hand hoch, in der er noch die Scherben hatte. »Kann ich das irgendwo loswerden?«

»Der Abfalleimer ist in der Küche.« Sie deutete auf die Tür hinter sich.

Er trat an ihr vorbei in eine saubere, aber altmodische Küche mit Resopaloberflächen und avocadofarbenen Geräten.

»Er steht da drüben, rechts.« Sie führte ihn zu einem Plastikabfalleimer in der Ecke.

Während er das Glas entsorgte, schaute er sich kurz in dem Raum um, der früher ein Frühstückszimmer gewesen sein musste. Jetzt war er mit allen möglichen Käfigen und Kästen für Vögel und andere Tiere gefüllt. Neben Klopfer, der hinter seinen Gitterstäben saß, gehörten auch ein kleiner Vogel und ein Waschbärenjunges zu Annas Sammlung.

Plötzlich landete ein roter Fleck auf dem Fliesenboden.

»Sie müssen sich geschnitten haben.« Anna beugte sich vor, um seine Hand zu untersuchen.

Obwohl er aufgepasst hatte, hatte er sich mit einer Glasscherbe in den Zeigefinger geschnitten.

»Das ist keine große Sache. Da reicht ein kleines Pflaster.«

»Ich habe genügend Pflaster hier.«

Bevor er widersprechen konnte, ging sie an einen Schrank, der vom Boden bis zur Decke reichte. Neben Pflastern waren darin auch Vogelfutter, Augentropfen, dicke Handschuhe, Mullbinden, Wasserschalen in verschiedenen Größen – alles, was sie brauchte, um verletzte und ausgesetzte Tiere zu versorgen.

»Das Blut können Sie sich in der Spüle abwaschen.« Sie deutete hinter ihn.

Er folgte ihrer Anweisung und trocknete den Schnitt mit einem Papierhandtuch ab, das sie ihm reichte.

»Das ist eine antibiotische Salbe.« Sie drückte etwas davon auf ein Pflaster und klebte es dann um seinen Finger. »Tut mir leid, dass Sie in diese Sache hineingezogen wurden. Mir ist bis jetzt noch nie ein Tier ausgebüxt.«

»Ich hoffe, er hat außer dem zerbrochenen Glas von dem Bilderrahmen keinen weiteren Schaden angerichtet.«

Sie ignorierte seine Anspielung auf den jungen Mann auf dem Foto.

»Nichts, das der Rede wert wäre. Ich hatte Blumen auf dem Kamin stehen, aber mein Herz hing nicht an der Vase. Sonst ist nichts kaputtgegangen.«

Bis auf den Bilderrahmen.

Anscheinend ein Tabuthema.

»Sie haben hier eine recht interessante Sammlung.« Er deutete auf das Tierlazarett.

Sie zuckte die Achseln. »Ich kann die Augen nicht verschließen, wenn ein Tier verletzt ist. Besonders wenn es noch jung ist. Diese Tiere habe ich im Wald gefunden, wo ich jeden Tag spazieren gehe. Sie waren verletzt und hilflos.« Sie bedachte jeden ihrer drei tierischen Mitbewohner mit einem kurzen Blick. Ich nehme sie zu mir, bis sie alt genug sind, um allein überleben zu können. Platz genug habe ich ja. Das Haus ist für eine einzige Person groß genug.«

»Wohnen Sie schon lange allein hier?« Eine indirekte Frage, ob sie Witwe war. Er wusste nicht, wie er diese Information sonst bekommen sollte. Und warum sie ihm wichtig war. Außer dass er neugierig war. Die Frau war so schweigsam und reserviert. Aber für ein paar Sekunden hatte sie ihre Schutzmauer fallen lassen. Was lag nur unter der abweisenden Fassade, die sie der Welt präsentierte?

»Fast ein ganzes Leben lang.« Die Worte klangen zitternd. Sie drehte sich um und machte den Schrank wieder zu. Als sie weitersprach, lag in ihrer Stimme der gewohnte Tonfall, der keinen Unsinn zuließ. »Genauer gesagt, seit fast zwanzig Jahren. Noch einmal Danke, dass Sie mir mit dem Hasen geholfen haben.«

Sie wollte, dass er wieder ging. Dabei hatte er die Frage, die ihn hierher geführt hatte, noch gar nicht angesprochen.

»Gern geschehen.« Er ging durch das kleine Wohnzimmer zu der Schiebetür, blieb dort aber noch einmal stehen. Am besten fragte er sie einfach. Wer wusste schon, wann er sie wiedersehen würde? »Ich hatte noch einen anderen Grund, warum ich zu Ihnen gekommen bin. Ich weiß, dass Sie schon lange in Hope Harbor wohnen, und dachte, Sie könnten mir helfen, den Namen einer Frau herauszufinden, mit der ich sprechen muss. Am Sonntag nach dem Gottesdienst habe ich kurz mit ihr gesprochen. Sie engagiert sich ehrenamtlich bei einem Projekt, das *Helfende Hände* heißt.«

»Ich kenne diese Gruppe. Aber sie haben viele Mitarbeiter. Wie sah sie aus?«

Er beschrieb sie. »Außerdem hat sie erwähnt, dass sie im Vorstand ist.«

»Das müsste Tracy Sheldon sein. Nein, sie heißt ja jetzt Campbell. Die meisten anderen weiblichen Vorstandsmitglieder sind deutlich älter.«

»Wissen Sie, wie ich sie erreichen kann?«

»Sie ist erst vor zwei Jahren in die Stadt gezogen, aber die meiste Zeit ist sie draußen auf der Farm.«

»Farm?«

»*Harbor Point Cranberries*, ungefähr drei Kilometer südlich der

Stadt. Auf der Bundesstraße steht ein Schild. Ein Familienunternehmen. Wenigstens bis jetzt noch.« Sie warf einen vielsagenden Blick auf die Uhr an der Wand. »Ich muss den Plätzchenteig für Pastor Baker machen.«

Diese Frau redete nicht um den heißen Brei herum. Aber es bestand ja auch kein Grund dafür, sie noch länger aufzuhalten. Er hatte die Informationen, die er brauchte.

»Ich habe auch etwas zu erledigen.« Zum Beispiel zu der Cranberryfarm fahren. Er trat durch die Tür auf die Terrasse, doch dann blieb er noch einmal stehen und grinste sie an. »Welche Plätzchensorte mag der Pastor?«

Ihre Lippen zuckten leicht, als wollten sie sich nach oben bewegen, hätten aber vergessen, wie das ging. »Schokonuss. Und er zählt seine Plätzchen auch nicht, falls Sie ein paar mögen.«

»Zu Plätzchen sage ich nie Nein.«

Mit einem Nicken machte sie die Tür zu, schloss ab, zog die senkrechten Jalousien zu und isolierte sich erneut vom Rest der Welt.

Während Michael in sein Apartment zurückging, seine Schlüssel einsteckte und seine Jacke nahm, hatte er das Gefühl, dass ihre selbst auferlegte Isolation nichts mit Feindseligkeit gegenüber ihren Mitmenschen zu tun hatte, sondern mit einem tief sitzenden Schmerz, der ihr die Freude geraubt hatte.

Auch wenn sein Leben und das dieser Frau in jedem anderen Bereich völlig verschieden waren, war das eine Sache, die er und seine Vermieterin gemeinsam hatten.

☙

Tracy lenkte den Rasenmäher an seinen Platz im Geräteschuppen, schaltete den Motor ab und wischte sich mit dem Ärmel ihres T-Shirts die Stirn ab. Der Morgen war anstrengend gewesen. Den oberen Teil am Deich rund um die Felder hatte sie gemäht, sie hatte das Gras, das in der Mitte der Schotterstraße wuchs, gekürzt und das Gelände um die Geräteschuppen und Pumpenhäuser herum sauber gemacht.

Keine schlechte Leistung in vier Stunden.

Jetzt kam die schönste Arbeit.

Sie rümpfte die Nase und trank einen Schluck aus ihrer Wasserflasche.

Die Motorsense an den beiden Seiten des Deiches hin und her zu schwingen gehörte zwar nicht zu ihren Lieblingsbeschäftigungen auf der Farm, aber jedes Feld, das sie und Onkel Bud selbst pflegten, sparte ihnen Geld, auch wenn sie den Jugendlichen, die sie beschäftigten, nur einen Mindestlohn zahlten.

Sie dehnte sich, trank noch einen Schluck Wasser und schraubte die Flasche wieder zu. In ungefähr einer Stunde würde sie Onkel Bud abholen und dann mit ihm das Mittagessen genießen, das Nancy heute gekocht hatte. Bis dahin würde sie sich mit der Sense vergnügen.

Sie nahm die Motorsense und wog sie in der Hand ab. Das Gerät war nicht allzu schwer, und wenn sie erst einmal den richtigen Rhythmus gefunden hatte, käme sie schnell voran. Der Muskelkater, der sie morgen daran erinnern würden dass sie dem Gras zum ersten Mal in diesem Jahr zu Leibe gerückt war, ließ sich leider nicht vermeiden.

Sie hievte das Gerät auf ihre Schulter, trat aus dem Geräteschuppen und marschierte zum ersten Feld, wo sie das beruhigende Surren der Bienen und das gelegentliche Zwitschern eines Vogels begrüßten. Konnte es auf der Erde einen friedlicheren Ort geben?

Kurz darauf war es mit dem Frieden vorbei, da das Knirschen von Wagenrädern auf dem Schotter die Stille störte, gefolgt von Sheps und Ziggys Bellen, die ihre Jagd auf Sumpfratten unterbrachen, um zu sehen, wer der Störenfried war.

Sie hob die Hand, um ihre Augen vor der Mittagssonne abzuschirmen. Wenn Nancy keinen Gast erwartete, war es wahrscheinlich irgendein Tourist, der ihr Schild gelesen hatte und von der Straße abgebogen war, um leuchtend rote Beeren schwimmen zu sehen und einen selbst gebauten Verkaufsstand mit Cranberryprodukten aufzusuchen.

Ihre Mundwinkel zuckten. Es war immer amüsant zu beobachten, wie überrascht die Leute waren, wenn sie begriffen, dass die Cranberryfelder fast das ganze Jahr über trocken waren und dies ein Betrieb ohne Touristenattraktionen war.

Ein dunkelgrauer Ford Focus tauchte in ihrem Blickfeld auf.

Langsam rollte er über die Schotterstraße. Energisch ging sie auf den Wagen zu, um die ungebetenen Besucher abzuwimmeln.

Die zwei großen Collies sprangen neben ihr her und bellten immer noch. Der Wagen blieb stehen.

Sie bückte sich, um die Hunde zu streicheln. Ihre Begleiter wirkten zwar vielleicht Furcht einflößend, aber wirklich fürchten mussten sich nur Tiere, die die Cranberryfelder plündern wollten.

Sie trat näher an das Auto heran und blieb in einem gewissen Abstand stehen. Shep und Ziggy würden sie wahrscheinlich verteidigen, falls sie bedroht würde, aber warum sollte sie es darauf ankommen lassen?

Die elektrischen Fensterheber wurden betätigt und das Seitenfenster ging auf. Trotz der Sonnenbrille, die seine blauen Augen verbarg, konnte sie den Fahrer sofort identifizieren. Er war für ihren Fahrradunfall verantwortlich.

Verfolgte dieser Mann sie?

»Was machen Sie hier?« Sie musste die Stimme erheben, damit er sie trotz der bellenden Hunde verstehen konnte.

»Ich suche Sie. Ich habe ein Friedensangebot dabei.« Mit einer Hand hob er einen Styroporbecher und mit der anderen eine weiße Bäckertüte von Sweet Dreams hoch. »Riskiere ich mein Leben, wenn ich aussteige?« Er betrachtete ihre bellenden Beschützer.

»Vielleicht.« Mit zusammengekniffenen Augen sah sie ihn an. »Woher wussten Sie, wo Sie mich finden?«

»Ich habe meine Quellen. Sind Sie nicht neugierig, was hier drinnen ist?« Er wedelte mit der Tüte.

»Nein.«

Er schaute sie einige Sekunden an, betrachtete die Hunde und machte dann die Autotür auf.

Sie wich einen Schritt zurück.

Die zwei Collies liefen zu ihm und beschnupperten ihn. Dann hörten sie auf zu bellen und ließen es sich gern gefallen, dass er sie streichelte.

So viel zu ihrem Schutzschild!

Aber es bestand kein Grund, nervös zu sein. Onkel Bud war in Rufweite und sie würde wetten, dass sie schneller laufen konnte als dieser Mann in seinen eleganten Lederschuhen, auch wenn er längere Beine hatte als sie. Außerdem hatte sie eine Motorsense über der Schulter. Wenn sie dazu gezwungen war, konnte sie damit gefährlich zuschlagen.

Sie ließ das Gerät sinken, hielt es vor sich und umfasste es mit beiden Händen. Wie einen Speer.

Zwei Falten bildeten sich auf seiner Stirn. Er stellte den Becher auf die Motorhaube seines Autos und nahm seine Sonnenbrille ab. »Ich fürchte, ich muss mich schon wieder bei Ihnen entschuldigen. Ich wollte Sie nicht erschrecken.«

Sie hob das Kinn. »Das haben Sie nicht.« *Lügnerin, Lügnerin!*
»Wir bekommen hier draußen nur nicht so oft Besuch.«
»Eigentlich bin ich gekommen, um meine Hilfe anzubieten.«
Sie runzelte die Stirn. »Sie wollen auf der Farm arbeiten?«
»Nein. Ich meinte *Helfende Hände*. Ich habe es mir überlegt und bin zu dem Schluss gekommen, dass ich wenigstens für ein paar Wochen meine Hilfe anbieten möchte. Damit und hiermit …« Er hielt die Tüte wieder hoch. »…hoffe ich, dass ich das, was letzten Donnerstag passiert ist, endlich wiedergutmachen kann.«

Sie lockerte ihren Griff um die Motorsense und ließ sie ein kleines Stück sinken. Wenn dieser Mann sein Angebot ernst meinte, sollte sie vielleicht ein wenig freundlicher zu ihm sein.

»Warum haben Sie es sich denn plötzlich anders überlegt?« Ihre Stimme klang eher interessiert als aggressiv. Gut.

»Ich halte es für richtig, auch wenn ich nicht viel handwerkliches Geschick habe. Wenn Sie mich trotzdem brauchen können, bin ich bereit, mich für ein paar Stunden zu melden.« Er hielt ihr die Tüte hin. »Wir könnten darüber sprechen, während Sie das hier essen.«

Sie stellte die Motorsense auf den Boden und nahm das Friedensangebot an. Sofort kamen die Hunde und wollten daran schnüffeln, aber sie schob sie mit dem Bein weg und spähte in die Tüte.

Eine Zimtschnecke von *Sweet Dreams*. Ihr Lieblingsgebäck.

»Ein Ersatz für das Gebäck, das am Donnerstag zerdrückt wurde.« Er lehnte sich an seinen Wagen. »Ich hatte auch wegen des Brotes und der Eier ein schlechtes Gewissen, aber dass durch meine Unachtsamkeit Ihr Kuchen Schaden genommen hat, musste ich unbedingt wiedergutmachen.«

Er brauchte nicht zu wissen, dass sie die zerdrückte Zimtschnecke trotzdem gegessen hatte.

»Danke.«

Er nahm den Kaffeebecher und hielt ihn ihr hin. »Für den Fall, dass Sie essen wollen, während wir über *Helfende Hände* sprechen.«

Shep und Ziggy liefen zu den Cranberryfeldern zurück, da sie es offenbar interessanter fanden, vierbeinige Eindringlinge zu jagen.

»Ich weiß nicht einmal, wie Sie heißen.«

Er nahm den Becher in seine linke Hand und reichte ihr die rechte Hand. »Michael Hunter aus Chicago. Ich wohne bei Anna Williams. Wenn ich sie richtig verstanden habe, kocht sie für Ihren Pastor.«

Sie schaute ihn mit großen Augen an.

Dieser Mann wohnte bei Anna Williams?

»Wie in aller Welt haben Sie das geschafft? Sie hat ihr Apartment seit Jahren nicht mehr vermietet.«

»Keine Ahnung. Ich saß im Hafen auf einer Parkbank und sie hat sich zu mir gesetzt. Das Angebot, bei ihr zu wohnen, kam wie aus heiterem Himmel.«

Das passte überhaupt nicht zusammen. Dieser Mann mochte zwar Charisma haben – ganz zu schweigen von einem betörenden Lächeln –, aber Anna war gegen beides immun. Und sie würde auch nie einen Fremden in ihr Haus einladen.

Er ließ die Hand sinken. »Wenn Sie meine Geschichte nachprüfen wollen, können Sie sie gern anrufen.«

Ihre Wangen begannen zu glühen. War sie so leicht zu durchschauen?

»Ich kann Ihre Skepsis gut verstehen. Ich wäre an Ihrer Stelle auch skeptisch. Mrs Williams ist nicht gerade die … leutseligste Person. Ich gebe zu, dass ich am Anfang auch ein wenig misstrauisch war. Rückblickend würde ich jedoch sagen, dass es Vorsehung war.« Er hielt ihr wieder die Hand hin. »Wollen wir es noch einmal versuchen?«

Sie wischte sich die Hand an ihrer Jeans ab und reichte sie ihm dann. »Tracy Campbell.«

Sein Griff war fest, warm und irgendwie beruhigend.

»Können wir uns irgendwo hinsetzen, während wir über *Helfende Hände* sprechen?« Er blickte sich um.

»Normalerweise setze ich mich auf den Deich.« Sie deutete auf den Erdwall, der die Felder umgab, und betrachtete seine fleckenlose Jeans und sein sauberes Baumwollhemd. »Aber Sie sind nicht dafür angezogen, sich auf die Erde zu setzen.«

»Schmutzige Hosen kann man waschen.« Ohne auf ihre Antwort zu warten, ging er auf den Deich zu und setzte sich.

Gut zu wissen, dass der Mann kein Problem damit hatte, seine Kleidung – oder seine Hände – schmutzig zu machen.

Während sie ihm folgte, betrachtete sie ihn unauffällig. Er schien in ausgezeichneter körperlicher Verfassung zu sein. Ein perfekter Kandidat, um Eleanor Coopers Regenrinne zu befestigen, die schon viel zu lange auf der To-do-Liste von *Helfende Hände* stand. Jedes Mal, wenn Tracy mit einem Einkauf oder einem Medikament kam, das sie für die alte Frau besorgt hatte, hing die Rinne jedes Mal weiter nach unten. Für diese Arbeit war nicht allzu viel handwerkliches Geschick nötig. Wenn sie Zeit hätte – und keine Abneigung gegen Leitern –, würde sie es selbst erledigen.

Als sie sich neben ihn gesetzt hatte, warf sie wieder einen Blick in die Tüte. Der Zimtgeruch stieg ihr in die Nase und sofort begann ihr Magen zu knurren. Langsam atmete sie den Duft ein. Wenn sie die ganze Schnecke essen würde, hätte sie keinen Appetit mehr auf Nancys Mittagessen, aber ein paar Bissen konnten nicht schaden.

»Ich kann den Kaffee halten, während Sie essen.« Michael betrachtete das riesige Gebäckstück, das sie herauszog und auf die Tüte legte. »Ich hoffe, es ist noch warm. Ich habe es extra aufwärmen lassen.«

Sie brach ein Stück ab. »Ja, es ist perfekt. Möchten Sie auch ein Stück?« Sie schob ihm die Tüte näher hin.

»Nein, danke, ich bin satt. Ich konnte nicht widerstehen und habe mir auch eine gekauft, als ich in der Bäckerei war. Sie können ja den Rest, den Sie nicht schaffen, für später aufheben.«

Sie widersprach ihm nicht. Die Zimtschnecken von *Sweet Dreams* waren einfach köstlich. »Haben Sie schon konkrete Ideen, was Sie für *Helfende Hände* tun wollen?« Es wäre höflicher, ihm die Chance zu geben, selbst Vorschläge zu machen, bevor sie ihm die Regenrinne aufdrückte.

»Ich kann einfache Reparaturen vornehmen. Ganz einfache.«

Perfekt.

Sie biss in die warme Schnecke und ließ sich den Zuckerguss auf der Zunge zergehen. »Wie stehen Sie zu Regenrinnen?«

Er legte den Kopf schief. »Wie meinen Sie das?«

»Regenrinnen wieder anbringen. Wir haben eine ältere Frau auf unserer Liste, die jemanden braucht, der die Regenrinne an der Vorderseite ihres Hauses wieder befestigt.« Sie nahm den Kaffee und trank einen Schluck.

»Ich denke, das könnte ich schaffen.«

»Gut. Damit begleichen Sie alles, was Sie mir schuldig zu sein glauben. Und Eleanor Cooper, das ist die Frau mit der Regenrinne, wird Ihnen sehr dankbar sein.«

Sie reichte ihm wieder den Kaffeebecher und brach ein weiteres Stück von der Schnecke ab. Dabei musterte sie ihn verstohlen. Hm. Vielleicht war sie mit der Regenrinne zu voreilig gewesen. Michael Hunter wirkte eher wie ein Büromensch. In diesem Bereich hatten sie auch einen großen Bedarf. Falls er zufällig Anwalt oder Computerfachmann war, müsste Eleanors Regenrinne doch noch etwas warten.

»Sie haben mir nie gesagt, was Sie beruflich machen. Wir haben auch Leute, die mit ihrem Computer oder bei behördlichen Dingen und Rechtsfragen Hilfe brauchen, falls das eher Ihre Stärke ist.«

Als er ihr keine Antwort gab, hörte sie auf zu kauen und schaute ihn von der Seite an.

Oh, oh.

Seine verschlossene Miene verriet deutlich, dass sie zu weit gegangen war. Die gleiche Reaktion wie gestern, als sie nach seinem Beruf gefragt hatte. Aber warum machte er eine so große Sache daraus? Sie hatte ihn schließlich nicht nach seinem Alter oder Gewicht gefragt. Oder warum er ohne seine Frau hier war.

Sie bemühte sich, die Situation mit einer lockeren Bemerkung wieder in Ordnung zu bringen. »Upps. Sie haben anscheinend einen streng geheimen Beruf. Arbeiten Sie beim CIA oder beim FBI? Vergessen Sie bitte, dass ich gefragt habe.«

Ein paar Sekunden vergingen, ohne dass er etwas sagte.

Dann kramte er langsam in seiner Tasche, zog eine Karte heraus und reichte sie ihr.

Sie wischte sich an einer Serviette, die in der Tüte gelegen hatte, die Hände ab, nahm die Visitenkarte entgegen und las sie.

Michael Hunter war Geschäftsführer einer gemeinnützigen Organisation?

Das hatte sie nicht erwartet.

Warum wollte er nicht sagen, dass er einen so bewundernswerten Beruf hatte?

Sie drehte die Karte in ihrer Hand. Dahinter steckte eine längere Geschichte, und auch wenn sie sein Privatleben absolut nichts anging, wollte sie mehr wissen.

Aber sie hatte das Gefühl, dass dieser Mann sofort Reißaus nehmen würde, wenn sie nicht mit sehr viel Fingerspitzengefühl und Diskretion vorging. Dann würde sie weder seine Geschichte erfahren noch auf seine Hilfe zählen können.

Kapitel 5

Damit hätte er eigentlich rechnen müssen.

Als Tracy seine Visitenkarte las und ihn dann neugierig anschaute, zog sich Michaels Magen zusammen. Schon gestern hatte sie ihn nach seinem Beruf gefragt; es war dumm gewesen zu glauben, er könnte weitere Fragen vermeiden, indem er anbot, einfache Reparaturarbeiten zu übernehmen.

Sie hielt die Karte hoch. »Ist das etwas in der Art wie *Helfende Hände*?«

Ihr vorsichtiger Tonfall und ihre Körpersprache verrieten ihm, dass seine Signale bei ihr sehr wohl angekommen waren. Aber gut! Vielleicht gab sie sich ja mit ein paar Fakten zufrieden.

»Nicht ganz. Wir versuchen, Menschen, die mit verschiedenen Problemen kämpfen – Obdachlosigkeit, Sucht, Gewalt in der Familie – zu helfen, die Kurve zu kriegen und ihr Leben zu meistern. Die Philosophie der Organisation ist das alte Sprichwort: Wenn man einem Menschen einen Fisch gibt, wird er für einen Tag satt; wenn man ihm eine Angel gibt, wird er sein Leben lang satt.«

»Das klingt nach einer lohnenden, wertvollen Arbeit.« Diese Bemerkung war beiläufig, aber immer noch schaute sie ihn aufmerksam an.

»Sie kann einen auch auffressen.«

Halt!

Woher war *das* jetzt gekommen? Er wollte Fragen vermeiden und sie nicht heraufbeschwören.

»Ich kann mir vorstellen, dass eine solche Arbeit ein hohes Burn-out-Risiko in sich birgt.« Sie schaute ihn an und er hatte das Gefühl, dass sie viel mehr sah, als er preisgeben wollte. »Haben Sie sich deshalb freistellen lassen?«

Er schloss die Faust um ein Grasbüschel und ließ seinen Blick über die Felder schweifen. Zusätzlich zu ihren vielen anderen Attributen hatte diese Frau auch sehr gute Instinkte. »Zum Teil.«

Er stellte sich auf die nächste Frage ein, aber sie kam nicht.

Hatte sie endlich kapiert, dass sie ihn in Ruhe lassen sollte?

Er schaute sie von der Seite an. Sie richtete ihre Aufmerksamkeit jetzt auf die Zimtschnecke, brach ein weiteres Stück ab und drehte es in ihrer Hand, aß es aber nicht.

Mit seiner vagen Antwort hatte er sein Ziel erreicht und weitere Fragen abgewehrt, aber ihr gerötetes Gesicht verriet ihm, dass er ihr das Gefühl vermittelt hatte, neugierig und lästig zu sein.

»Ich bin nicht nach Oregon gekommen, um über mein Leben in Chicago zu sprechen, okay? Mir war wichtig, alles hinter mir zu lassen. Aber ja, ich bin in meiner Arbeit ausgebrannt. Und ich habe vor eineinhalb Jahren meine Frau verloren.«

Ihr Kopf fuhr herum. Ihre Augen waren jetzt weit aufgerissen und verrieten ihren Schock.

Michael blinzelte. Über diesen Schmerz sprach er normalerweise nicht einmal mit seiner Familie oder seinen Freunden. Warum verriet er das jetzt dieser fremden Frau?

Das alles ergab überhaupt keinen Sinn.

»Das tut mir sehr leid.«

Bei ihren leisen, einfühlsamen Worten wurden Gefühle wach, denen sofort ein starkes Gefühl von Panik folgte. Wie war es dieser Frau gelungen, Gefühle bei ihm freizusetzen, die er seit Monaten tief vergraben hatte?

Darauf wusste er keine Antwort. Er wusste nur, dass er einen deutlichen Abstand zu ihr aufbauen musste.

»Danke.« Er erhob sich und passte auf, dass er ihren Kaffee nicht verschüttete. »Meine Handynumer steht auf der Karte. Rufen Sie mich an, wenn Sie wissen, wann ich die Regenrinne reparieren soll.« Er hielt ihr den Becher hin.

Als sie sich erhob und den Kaffee entgegennahm, wandte er sich schon zum Gehen.

»Ich will Sie wirklich nicht bedrängen, aber wären Sie vielleicht bereit, statt der Regenrinne eine andere Aufgabe zu übernehmen?«

Zögernd drehte er sich wieder zu ihr um. »Und die wäre?«

»Ich habe doch gestern erwähnt, dass unsere ehrenamtlichen Vorstandsmitglieder ziemlich überfordert sind. Uns würden eine professionelle Einschätzung und einige Empfehlungen, wie wir unsere Effektivität verbessern können, sehr guttun. Bei Ihrer Erfahrung als Geschäftsführer einer gemeinnützigen Organisation wäre eine solche Einschätzung für uns viel wertvoller als eine reparierte Regenrinne.« Ihre Worte klangen gehetzt und nervös.

Eine Biene summte an seinem Ohr. Er hob die Hand, um sie zu verscheuchen.

Wirklich schade, dass er ihre Bitte nicht genauso leicht verscheuchen konnte.

Leider hatte sie recht. Obwohl die meisten Mitarbeiter fest angestellt waren und sie über ein ausreichendes Budget verfügten, stand das St.-Joseph-Zentrum immer wieder vor großen Herausforderungen. Eine rein ehrenamtliche Organisation mit begrenzten finanziellen Mitteln zu leiten musste sehr schwer sein. Wenn er sich die Struktur und die Arbeitsweise von *Helfende Hände* anschaute, würde er wahrscheinlich einige konstruktive Ideen einbringen können. Sich einen allgemeinen Überblick zu verschaffen, sollte nicht allzu lang dauern.

Das Beste dabei war, dass er den größten Teil davon in der Privatsphäre seines Apartments erledigen könnte.

»Ich denke, das ließe sich machen.« Seine Zusage klang etwas gezwungen. Das war nicht seine Absicht gewesen.

Trotzdem strahlte ihr Gesicht. »Danke. Ich spreche mit den anderen Vorstandsmitgliedern, hole ihre Ideen ein und schreibe unsere konkreten Ziele auf, bevor wir Sie einschalten. Ich will Ihre Zeit nicht unnötig in Anspruch nehmen.«

»Das klingt vernünftig. Rufen Sie mich an, wenn Sie so weit sind. Meine Nummer haben Sie ja.«

Eine Biene begann, summend die Zimtschnecke in ihrer Hand zu umkreisen, ohne sich von ihren Ausweichmanövern abwehren zu lassen.

Er trat ein paar Schritte vor, verscheuchte die Biene und nahm wieder ihren Kaffeebecher. »Sie sollten den Rest wahrscheinlich lieber wieder in die Tüte stecken. Es sei denn, Sie wollen ihn jetzt gleich essen.«

»Ich hebe mir den Rest für später auf.« Sie brauchte mehrere Versuche, um das klebrige Gebäck wieder einzupacken. Das Zittern in ihren Fingern war dabei auch nicht gerade hilfreich.

War er die Ursache dafür?

Gut möglich.

Während ihres Gesprächs war er nicht gerade die Herzlichkeit in Person gewesen.

»Jetzt kann ich ihn wieder selbst nehmen.« Sie griff nach dem Kaffee.

Er gab ihr den Becher zurück und versuchte, ein neutrales Thema zu finden, bei dem sie sich entspannen konnte und das seinem Besuch einen ungezwungenen, lockeren Abschluss gab. »Das ist ein ziemlich großes Gelände. Wie viele Hektar haben Sie hier?«

»Achtundzwanzig. Sieben davon sind mit Cranberrys bepflanzt. Unsere zwölf Felder sind zwischen einem halben und einem Hektar groß und über das ganze Gelände verteilt, um einen terrassenförmigen Anbau zu ermöglichen.« Ihr Blick wanderte über das Land. Aus ihren Augen sprach ein unübersehbarer Stolz. »Diese Farm ist seit drei Generationen in Familienbesitz.«

»Mütterlicherseits oder väterlicherseits?«

»Väterlicherseits.«

»Dann haben Sie und Ihr Mann den Betrieb übernommen?«

Ihre Schultern wurden steif. »Ich bearbeite die Farm mit meinem Onkel. Mein Mann ist … Er starb vor zwei Jahren.«

Michaels Brust zog sich zusammen. Diese lebensfrohe junge Frau war Witwe?

Er brauchte einige Sekunden, um diese traurige Nachricht zu verkraften. Dann atmete er hörbar ein. Offenbar war er nicht der Einzige, der großes Leid erlebt hatte.

»Das tut mir auch sehr leid.«

Als Antwort senkte sie das Kinn. »Ich rufe Sie an, wenn ich mit dem Vorstand gesprochen habe. Und noch einmal danke für das hier.« Sie hob den Becher und die Tüte mit der halb gegessenen Zimtschnecke hoch und trat einen Schritt zurück.

Ihr Gespräch war beendet.

Noch vor fünf Minuten wäre er dankbar gewesen, wieder verschwinden zu können. Aber jetzt hatte er es plötzlich nicht mehr so eilig. Er wollte bleiben und diese Frau trösten, die so allein wirkte und einen mitfühlenden Zuhörer zu brauchen schien.

Oder projizierte er seine eigenen Bedürfnisse auf sie?

Schwer zu sagen, aber ihre verkrampfte Körperhaltung verriet ihm, dass jetzt nicht der richtige Zeitpunkt war, dieser Frage auf den Grund zu gehen.

Er zog seine Autoschlüssel aus der Tasche. »Gern geschehen.«

Dann ging er zu seinem Wagen, setzte sich hinters Lenkrad und ließ den Motor an. Während er wendete und langsam zur 101 zurückfuhr, kamen die Hunde angelaufen. Tracy rief sie zurück und sorgte dafür, dass ihm die Collies nicht vors Auto liefen.

Als er an ihr vorbeifuhr, begegneten sich ihre Blicke für einen kurzen Moment. Er hob die Hand und sie grüßte mit ihrem Kaffeebecher.

Dann war er an ihr vorbei.

Er fuhr weiter auf die Straße zu und warf noch einen letzten Blick in den Rückspiegel, bevor er um eine Kurve bog und diese Szene aus seinem Blickfeld verschwand. Sie hatte den Kaffee auf einen Felsen gestellt und beugte sich vor, um die Hunde zu streicheln. Sie musste die weiße Tüte hochhalten, als die Collies ihre Schnauzen hoben und sie wahrscheinlich mit ihren großen braunen Augen flehentlich anschauten.

Er bog auf die 101 und fuhr in die Stadt zurück. Wenn sie so nett und großzügig war, wie er vermutete, war vom Rest der Zimtschnecke bald nichts mehr übrig.

Obwohl sich eine leise Alarmglocke in seinem Kopf meldete, stellte er plötzlich fest, dass er sich darauf freute, sie wiederzusehen, und dass er sich fragte, ob er seiner wortkargen, verschlossenen Vermieterin mehr Informationen über diese junge Frau entlocken könnte.

ଓଃ

Anna passte gut auf, dass sie keine Fingerabdrücke hinterließ, während sie die neue Glasscheibe in den Bilderrahmen legte, das Foto daraufschob und die Rückseite des Rahmens befestigte. Dann drehte sie das Bild um und betrachtete den lächelnden, jungen Mann.

John Phillip Williams.

Ihr Sohn.

Mit dem Bild in der Hand setzte sie sich an das kleine Tischchen neben ihrer Tierauffangstation. Genau dort hatte früher der große Esstisch gestanden, an dem sie, George und John so viele Mahlzeiten miteinander eingenommen hatten. Es war gar nicht so leicht gewesen, den riesigen Familientisch loszuwerden; aber warum hätte sie ihn behalten sollen, wenn sie ihn doch nicht wieder brauchen würde? Jedes Mal, wenn sie an diesem Tisch gesessen hatte, war ihr schmerzhaft bewusst geworden, wie einsam ihr Leben geworden war? Es war viel besser, diesen Raum für etwas Positives zu nutzen.

Die Meise stieß einen leisen Pfiff aus – lang, kurz, kurz. Anna warf einen Blick auf den Vogel, den sie gesund gepflegt hatte. Bald müsste sie ihren gefiederten Freund freilassen.

Anna seufzte. Loslassen war immer schwer. Alle Tiere, die in ihrem Haus Zuflucht fanden, hatten ihren Charme und ihre einzigartige, liebenswerte Persönlichkeit. Aber wenn sie so weit waren, flügge zu werden – im buchstäblichen oder im übertragenen Sinn –, blieb ihr nichts anderes übrig, als sie freizulassen und das Beste zu hoffen.

Sie konzentrierte sich wieder auf das Foto, aber das Bild verschwamm vor ihren Augen, während sie Johns Gesicht betrachtete. Von George hatte er die geschwungenen Lippen geerbt, die oft lächelten, und die fröhlichen, funkelnden Augen. Annas Beitrag war die zu schmale Nase und das markante – besser gesagt, das eigensinnige – Kinn. Wie oft waren sie aneinandergeraten, weil diese Eigenschaft bei ihnen beiden stark ausgeprägt gewesen war?

Zu oft, um es zählen zu können.

George war es mit seiner sanften, freundlichen Art immer gelungen, sie aus ihrem Starrsinn herauszuholen, wenn sie sich wegen irgendeiner Lappalie festgebissen hatten.

Sie fuhr mit dem Finger Johns eckiges Kinn nach. Wären sie und er besser miteinander ausgekommen, wenn George noch gelebt hätte, als es zwischen ihnen kriselte und die Auseinandersetzungen einen Keil zwischen sie getrieben hatten? Ihre Meinungsverschiedenheiten waren so unerbittlich gewesen, dass keiner von ihnen je versucht hatte, sie beizulegen?

Vielleicht.

George, der große Vermittler, hätte zweifellos einen Weg gefunden, um die letzte Szene abzuwenden, die in einem Ultimatum, gegenseitigen Anschuldigungen und zornigen Worten geendet hatte, die nicht mehr zurückgenommen – oder vergessen – werden konnten.

Aber ohne George war der Streit eskaliert und innerhalb eines halben Jahres hatte sie nicht nur ihren Sohn, sondern auch ihren Mann verloren.

Wenn es nur möglich wäre …

Diesen Gedanken erstickte Anna sofort im Keim und wischte sich über die Augen. Was geschehen war, war geschehen. Es war albern, jetzt wegen etwas zu weinen, das vor fast zwei Jahrzehnten passiert war. Selbst wenn am Anfang eine Versöhnung vielleicht möglich gewesen wäre. Jetzt war es jedenfalls zu spät, um an der Situation noch etwas zu ändern.

Sie warf die Schultern zurück, ging ins Wohnzimmer, durchquerte das halbdunkle Zimmer und stellte das Foto wieder auf den Tisch in der Ecke.

Während sie es hinstellte, drang das schwache Geräusch von einer Tür, die auf- und wieder zuging, durch die Wand. Sie hielt inne. Entweder kam ihr Mieter gerade nach Hause oder er verließ das Apartment.

Sie trat an die vertikalen Jalousien und spähte zwischen zwei Lamellen hinaus. Nichts zu sehen. Schwer zu sagen, ob er …

Im nächsten Moment hörte sie durch die Wand das Geräusch von fließendem Wasser.

Ihre Frage war beantwortet. Ihr Mieter war zu Hause.

Sie ließ die Jalousie wieder los und drehte sich noch einmal zu dem Bild herum. Michael war die Ähnlichkeit gestern aufgefallen, als er den Hasen eingefangen hatte. Auch wenn er die Frage nicht laut ausgesprochen hatte, die in seinen Augen gestanden hatte, war seine Neugier entfacht gewesen. Unerwartet ein Foto von jemandem zu entdecken, der der eigene Zwillingsbruder sein könnte, musste beunruhigend sein.

Aber John war ein Thema, über das sie mit niemandem sprechen wollte. Was vor so vielen Jahren passiert war, ging niemanden …

Plötzlich drang eine leise Musik durch die Wand. Sie spitzte die Ohren. War das *Rhapsody in Blue*? Das Stück, das John bei seinem letzten Klavierkonzert so meisterhaft gespielt hatte, bevor er ans

College gegangen war und seinen Schwerpunkt auf andere Fachgebiete als auf Musik gelegt hatte?

Ja.

Wie stolz sie an jenem Abend auf ihn gewesen waren! Und der wohlverdiente Applaus, den er bekommen hatte!

Aber wenn sie ihn ermutigt hätten, eine Musikerkarriere einzuschlagen, hätten sie ihm damit einen Bärendienst erwiesen. Darin waren sie und George sich einig gewesen. John hatte sich mit der Realität abgefunden, dass ein Musikerleben nicht unbedingt der lukrativste und sicherste Beruf war. Deshalb hatte er lieber Betriebswirtschaft studiert.

Und er hatte dabei gut abgeschnitten.

Sehr gut sogar.

Anna drehte sich zum Computer um, der an der anderen Wand stand. Auf den Bildschirm fiel ein Sonnenstrahl, der durch den Schlitz zwischen den Jalousielamellen fiel. Es war nicht nötig, heute im Internet nach ihrem Sohn zu suchen. Es sei denn, er war seit Januar wieder befördert worden.

Trotzdem wäre es tröstlich, sein Foto auf dem Bildschirm zu sehen, auch wenn diese Beziehung flüchtig und einseitig wäre.

Sie ballte die Fäuste, um sich zu der nötigen Selbstdisziplin zu zwingen. Sie hatte beschlossen, sich darauf zu beschränken, ihn nur zweimal im Jahr im Internet zu suchen.

Aber was konnte es schon schaden, wenn sie sich diese kleine Freude gönnte, bevor sie Pastor Baker seine Plätzchen brachte und zum Pfarrhaus von St. Francis fuhr, um in der Küche die Vorräte zu überprüfen und ihre wöchentliche Einkaufsliste zu erstellen?

Der Sonnenstrahl wies ihr den Weg und der Klang von *Rhapsody in Blue* trieb sie an. Schließlich gab sie den Kampf auf.

Es wäre nett zu sehen, ob es in Johns Leben etwas Neues gab. Und für ein paar Minuten so zu tun, als wäre sie noch Teil seines Lebens.

ଓଃ

»Für jemanden, der seit Tagesanbruch schwer schuftet, hast du nicht viel Appetit.«

Bei Onkel Buds Bemerkung blickte Tracy von ihrem Essen auf, das sie kaum angerührt hatte, und stellte fest, dass er und Nancy sie beobachteten.

»Geht es dir gut, Liebes? Sonst lässt du doch von meinem Schmorbraten nichts übrig.«

»Mir geht es gut. Und das Essen schmeckt köstlich, Nancy.« Sie spießte eine Karotte auf. Dass sie zu viel von der Zimtschnecke gegessen hatte, die ihr Michael Hunter vor einer Stunde gebracht hatte, war kein Grund, das Essen, das Nancy liebevoll zubereitet hatte, nicht aufzuessen. »Mir geht heute einfach vieles durch den Kopf.«

Onkel Bud nahm ein Brötchen aus dem Brotkorb und bestrich es mit Butter. »Gehört dazu auch der junge Mann, mit dem du heute gesprochen hast?«

Sie unterdrückte ein Stöhnen. »Ich habe dich nicht gesehen, als er da war.« Sie kaute die Karotte, schnitt sich ein Stück Fleisch ab und widmete dem Essen ihre ganze Aufmerksamkeit.

»Ich hatte Probleme mit dem Kupferspray und war im Geräteschuppen. Dabei habe ich euch aus der Ferne gesehen.«

»Ah, ja.« Sie spießte das Fleisch mit ihrer Gabel auf und überlegte, wie sie Michaels Besuch erklären konnte, ohne dass ihr Onkel auf Verkupplungs-Modus schaltete. »Konntest du das Problem mit dem Kupferspray lösen?«

»Ja.« Seine Augen begannen zu funkeln. »Wer war dieser junge Mann? Ihr zwei scheint eine lebhafte Unterhaltung geführt zu haben. Und was habt ihr gegessen?«

Mit zusammengekniffenen Augen sah sie ihn an. »Wie konntest du das alles vom Geräteschuppen aus sehen?«

Jetzt konzentrierte er sich auf das Essen auf seinem Teller. »Ich wollte ja zu euch rüberkommen, aber als ich näher kam, hielt ich es für besser, nicht zu stören.«

Nancys Blick wanderte zwischen den beiden hin und her. »Anscheinend habe ich etwas sehr Interessantes verpasst. Etwas, das sich direkt vor meiner Nase abgespielt hat. Erzählt mir mehr.«

»Mehr weiß ich auch nicht.« Onkel Bud tunkte mit der Gabel ein Stück Fleisch in die Soße. »Den Rest muss Tracy uns erzählen.«

Sie schob ihre Karotten zu einem ordentlichen Häufchen zusammen und dachte schnell nach. Am besten wäre es, ihnen kurz die

Fakten zu nennen und zu versuchen, die ganze Sache herunterzuspielen.

»Er heißt Michael Hunter und ist für das hier verantwortlich.« Sie hielt ihre verbundene Hand hoch. »Er kam, um sich zu entschuldigen.«

»Sehr freundlich von ihm. Und wie hat er dich gefunden?« Onkel Bud schenkte sich noch ein Glas Eistee ein.

»Ich nehme an, Anna Williams hat ihm gesagt, wer ich bin. Er wohnt in ihrem Apartment.«

Nancys Augen weiteten sich. »Du machst Scherze!«

»Nein. Angeblich hat sie ihn angesprochen, als er im Hafen auf einer Bank saß, und ihm angeboten, bei ihr zu wohnen.«

Nancy legte ihre Gabel ab. »In den fünf Jahren, die ich in dieser Stadt wohne, hat Anna noch nie auch nur Hallo zu mir gesagt. Ich lächle immer und grüße sie, wenn wir uns begegnen, aber ihre einzige Antwort ist ein steifes Nicken.«

»So geht es jedem mit ihr. Ich verstehe auch nicht, was los ist. Und Michael offenbar auch nicht.« Tracy trank einen Schluck Wasser.

»Sehr interessant.« Onkel Bud stützte die Ellbogen auf den Tisch. Sein Essen war vergessen. »Der Mann muss sehr charmant sein, wenn Anna Williams so auf ihn reagiert.«

Mit reiner Willenskraft zwang sich Tracy, nicht zu erröten. »Er ist ganz nett.«

»Hat er dir gesagt, warum er hier ist?« Nancy widmete sich wieder ihrem Essen.

Tracy gab ihnen eine kurze Zusammenfassung über ihn. Eine sehr kurze.

Als sie fertig war, nahm Onkel Bud noch ein Stück Schmorbraten. »Klingt nach einem sehr anständigen Mann. Man arbeitet nicht in einer gemeinnützigen Organisation, wenn man nicht anderen Menschen helfen will.«

»Das stimmt vermutlich. Wie dem auch sei, um den Unfall am Donnerstag wiedergutzumachen, hat er eingewilligt, uns bei *Helfende Hände* zu beraten.«

»Wie alt ist er?«, wollte Nancy wissen.

Als Tracy zögerte, mischte sich ihr Onkel ein. »Mitte bis Ende dreißig. Ein Typ, den du und deine Freundinnen einen Adonis nennen würdet.«

Nancys Brauen schossen in die Höhe. »Wirklich? Echt schade, dass ich ihn nicht gesehen habe. Ist er verheiratet?«

Tracy wand sich auf ihrem Stuhl, als beide sie erwartungsvoll anschauten. »Er ist Witwer.«

Mitgefühl trat in ihre Gesichter, aber das leichte Funkeln in den blauen Augen ihres Onkels entging Tracy trotzdem nicht.

Das hatte ihr gerade noch gefehlt!

Sie zerknüllte die Serviette auf ihrem Schoß und bedachte ihn mit einem warnenden, finsteren Blick. »Komm jetzt auf keine dummen Ideen, Onkel Bud!«

»Wo denkst du hin?« Er zwinkerte und warf Nancy einen belustigten Blick zu.

»Der Mann macht hier nur Urlaub.« Sie betonte bewusst jedes Wort. »Er ist höchstens ein paar Wochen hier.«

»In ein paar Wochen kann viel passieren. Kann ich bitte noch ein Brötchen haben, Nancy?« Ihr Onkel hielt seiner Frau die Hand hin, um den Korb in Empfang zu nehmen, wandte aber den Blick nicht von seiner Nichte ab.

Sollte sie ihm noch einmal widersprechen oder die Sache einfach auf sich beruhen lassen?

Lass das Thema fallen. Denk an das Shakespeare-Zitat, dass man nicht zu heftig widersprechen sollte.

Richtig.

Außerdem war es höchst unwahrscheinlich, dass sie Michael öfter begegnen würde. Vielleicht ein oder zwei Treffen wegen *Helfende Hände* mit dem ganzen Vorstand. Ihr Kontakt bliebe sachlich und rein geschäftlich. Wenn er ihnen seine Empfehlungen und seine Analyse gegeben hatte, würde er sich wieder dem widmen, wozu er hierhergekommen war, und sie konnte sich in aller Ruhe einen Plan zur Rettung von *Harbor Point Cranberries* überlegen.

Bis dahin musste sie dafür sorgen, dass sich ihr Onkel auf die Arbeit konzentrierte und nicht auf den Fremden in der Stadt.

»Ist schon der ganze Dünger geliefert worden? Ich habe am Wochenende das Material überprüft. Die Pottasche war noch nicht da.

Soll ich den Lieferanten noch einmal anrufen?« Sie aß ihre Kartoffeln auf und bemühte sich, keine Miene zu verziehen.

Da seine Augen immer noch funkelten, durchschaute er vermutlich ihre Strategie. Aber er erlöste sie und konzentrierte sich während des restlichen Essens auf geschäftliche Themen.

Als die Mittagspause zu Ende war und sie wieder an die Arbeit auf den Feldern zurückkehrten, wo sie bis zum Abend schuften würden, glaubte Tracy, sie hätte ihren Onkel und seine Frau davon überzeugt, dass die Begegnung mit dem Gast aus Chicago völlig belanglos gewesen war.

Doch als sie sich beim Geräteschuppen trennten, machte Onkel Buds Bemerkung diese Hoffnungen zunichte.

»Du hast mir immer noch nicht verraten, was ihr gegessen habt, als ihr euch auf dem Deich unterhalten habt.«

Sie nahm die Motorsense, obwohl ihre schmerzende Schulter laut protestierte. »Eine Zimtschnecke. Die Schnecke, die ich mir letzten Donnerstag gekauft hatte, war dem Fahrradunfall zum Opfer gefallen.«

»Ein süßes Gebäckstück von einem attraktiven Mann.« Er wackelte mit den Augenbrauen. »Kein Wunder, dass du beim Mittagessen keinen Hunger hattest.«

Mit diesen Worten nahm er das Insektizid und schlenderte davon.

Tracy schaute ihm nach und seufzte laut. Onkel Bud entging aber auch wirklich nichts. Und er war ein unverbesserlicher Romantiker.

Gut. Michael Hunter war attraktiv. Und ja, ihre Hormone waren ein wenig in Bewegung gekommen. Aber er war nur eine flüchtige Bekanntschaft und mehr wurde daraus auch nicht. Denn sie hatte nicht die Absicht, sich je wieder zu verlieben, egal, wie sehr Onkel Bud dagegenarbeitete.

Ende der Geschichte.

Kapitel 6

Michael blieb an der Tür zu seinem Apartment stehen, um sich den Sand von den Schuhen zu schütteln. Dabei fiel sein Blick auf den Terrassentisch mit dem einsamen Stuhl. Das wäre ein netter Platz, um die Sonne zu genießen, die am Ende seines täglichen Strandspaziergangs hinter den Wolken hervorgekommen war. Und es wäre viel reizvoller, die nächsten Kapitel seines Krimis hier zu lesen statt in seinem Apartment.

Er schlüpfte wieder in seine Schuhe und warf einen Blick auf Annas Seite des Hauses. Das Haus war genauso fest verschlossen wie die Seeanemonen, die sich schützend zusammenrollten, wenn er ihnen bei seinen Strandspaziergängen zu nahe kam. Sie hatte zwar nicht gesagt, dass er die Terrasse benutzen durfte, aber warum sollte sie etwas dagegen haben? Er hatte sie noch kein einziges Mal im Garten gesehen. Die Gartenarbeit erledigte jedenfalls der Gartenservice, der gestern hier gewesen war.

Er entschied sich, es zu probieren, nahm sein Buch und ein Getränk und ging auf die Terrasse. Er würde für eine Stunde bleiben oder so lange, bis die launische Sonne wieder hinter den Wolken verschwand, je nachdem, was eher der Fall wäre.

Eine halbe Stunde später hörte er, wie die Schiebetür hinter ihm aufging.

Oh, oh.

Er stellte sich seelisch darauf ein, getadelt zu werden und auf die 35 Quadratmeter verbannt zu werden, die er gemietet hatte. Er nahm seine Sonnenbrille ab, stand auf und drehte sich zum Haus herum.

Doch statt ihn zu schelten, trat Anna auf ihn zu und stellte einen Teller mit Plätzchen, die mit einer Klarsichtfolie bedeckt waren, auf den Tisch. Schokonussplätzchen, wenn er sich nicht irrte. Die Plätzchen, die nun bei Pastor Bakers Portion fehlten!

»Die stehen seit gestern Abend bei mir in der Küche. Ich habe ein paarmal geklopft, aber Sie waren nicht da.«

»Danke. Die sehen ja köstlich aus.« Er deutete zu dem Tisch und Stuhl. »Ich hoffe, es stört Sie nicht, dass ich Ihre Terrasse benutze. Es ist so ein schöner, ruhiger Ort, um die Sonne und ein gutes Buch zu genießen. Aber ich möchte Sie natürlich auf keinen Fall belästigen.«

»Das tun Sie nicht.« Ihr Blick wanderte über den Garten und ein Anflug von Melancholie schwang in ihrer Stimme mit. »Früher habe ich oft hier gesessen, aber irgendwann wurde es *zu* ruhig.« Sie wandte sich ab. »Sie können die Terrasse jederzeit benutzen.«

»Sie haben bestimmt viel zu tun, aber hätten Sie Lust, mit mir ein oder zwei Plätzchen zu genießen?« Diese spontane Einladung kam aus seinem Mund, bevor er es verhindern konnte.

Sonderbar.

Warum sollte er sich mit seiner wortkargen Vermieterin unterhalten wollen?

Er hatte auf eine Gelegenheit gehofft, sie nach Tracy zu fragen. Außerdem faszinierte ihn diese geheimnisvolle ältere Frau fast genauso wie die attraktive Besitzerin einer Cranberryfarm, wenn auch aus ganz unterschiedlichen Gründen.

Aber egal, was seine Motivation war, seine Neugier schien heute nicht gestillt zu werden. Sie spielte mit ihrer Schürze und ging ein paar Schritte zurück. »Warum?«

Nicht die Antwort, die er erhofft hatte.

»Warum nicht?«

»Warum wollen Sie sich mit mir unterhalten?«

»Nun ja ...« Sein Verstand arbeitete auf Hochtouren und suchte nach einer plausiblen, aber trotzdem vagen Antwort. »Allein zu essen ist einsam. Und hier draußen ist es wirklich sehr ruhig, wie Sie schon sagten.«

Sie deutete zu seinem Buch und wich weiter zum Haus zurück. »Sie haben ja das da als Gesellschaft.«

Er fuhr mit dem Daumen über die Seite und eine plötzliche Traurigkeit regte sich in ihm. »Ehrlich gesagt, ist es mehr Ablenkung als Gesellschaft. Manchmal schiebt man es gern vor sich her, über schwierige Dinge nachzudenken.«

Während sein Geständnis zwischen ihnen in der Luft lag, runzelte er die Stirn. Was hatte ihn veranlasst, so viel von sich preiszugeben?

Trotzdem blieb sie stehen.

»Ich lese auch viel.«

Er betrachtete ihre vorsichtige Miene. War das ein Zeichen, dass sie zu einem weiteren Gespräch bereit war, oder nur eine höfliche Antwort?

Es gab nur eine Möglichkeit, das herauszufinden.

»In eine fremde Geschichte einzutauchen kann eine gute Ablenkung sein.« Er klappte das Buch zu. Vielleicht würde er sie mit ein paar weiteren ehrlichen Geständnissen aus der Reserve locken können. »Meine eigene Geschichte war in den letzten Monaten nicht besonders fröhlich. Ich habe vor eineinhalb Jahren meine Frau verloren. Und ich kämpfe immer noch mit Schuldgefühlen.«

Ein Schatten trat in ihre Augen. »Schuldgefühle wird man nur schwer wieder los. Manchmal quälen sie einen viel länger als eineinhalb Jahre. Besonders wenn es um Menschen geht, die wir lieben.«

Hatten ihre Schuldgefühle mit dem jungen Mann zu tun, dessen Bild er umgestoßen hatte? Mit ihrem Mann? Mit beiden?

»Das glaube ich Ihnen gerne. Wenn Sie mir einen Rat geben können, wie man damit leben kann, wäre ich für Vorschläge dankbar.«

Sie stieß ein kurzes, humorloses Lachen aus. »Da fragen Sie die Falsche. Vielleicht kann Ihnen Tracy Campbell ein paar Tipps geben.«

Was sollte das jetzt heißen?

»Ich habe gestern mit ihr gesprochen. Aber ich verstehe nicht, was Sie meinen.«

Anna zuckte die Achseln. »Ich gehe davon aus, dass sie Schuldgefühle hat. Aber trotzdem scheint sie ganz gut damit zurechtzukommen. Sie muss ein Geheimnis kennen, das uns verborgen ist.«

»Was für Schuldgefühle?«

Annas Schultern versteiften sich und ihr Gesicht wurde betrübt und verschlossen. »Das muss sie Ihnen selbst erzählen, wenn sie will. Ich habe schon zu viel gesagt. Hinter dem Rücken anderer zu reden, ist eigentlich nicht meine Art. Was ist nur in mich gefahren?« Sie verkrampfte die Hände vor sich.

Michael zögerte. Sie hatte ihn zwar neugierig gemacht, aber er befürchtete, Anna würde dichtmachen, wenn er wegen Tracy nachbohrte. Im Moment sollte er sich lieber auf die Geheimnisse der Frau konzentrieren, die vor ihm stand.

»Ich sehe, dass Sie eine Frau sind, die die Privatsphäre anderer respektiert, und dass Sie auch niemanden in Ihre Privatsphäre eindringen lassen. Das bewundere ich.« Er suchte nach einem harmlosen Thema, um das Gespräch nicht abbrechen zu lassen. »Ähm … wie geht es dem Hasen?«

Ihre Haltung entspannte sich ein wenig. »Bestens.«

»Es freut mich, das zu hören. Es tut mir leid, dass der Bilderrahmen zerbrochen ist.« Er bemühte sich, einen beiläufigen Tonfall beizubehalten. »Ich würde das Glas gern ersetzen, da ich es bei der Verfolgungsjagd nach unserem Klopfer zerbrochen habe.«

»Das ist schon erledigt.« Sie strich über ihre Schürze und wischte einen getrockneten Krümel weg. »Das war das Schulabschlussfoto von meinem Sohn. Ihnen ist bestimmt aufgefallen, dass er viel Ähnlichkeit mit Ihnen hat.«

»Ja.« Wenn sie bereit war, über das Foto zu sprechen, machten sie auf jeden Fall Fortschritte. »Die Ähnlichkeit ist verblüffend. Wohnt er hier in der Gegend?«

»Nein. In Seattle.«

»Das ist nicht allzu weit weg. Sehen Sie ihn oft?«

Sie verzog das Gesicht. »Nein. Wir haben seit zwanzig Jahren nicht mehr miteinander gesprochen.«

Sie und ihr Sohn hatten seit zwei Jahrzehnten keinen Kontakt mehr?

Kein Wunder, dass sie so traurig wirkte!

»Das tut mir sehr leid.«

Sie drehte sich zu ihrem Haus mit den geschlossenen Jalousien um. Ihr Verhalten war jetzt wieder abweisend und unpersönlich. »Das ist eine alte Geschichte. Aber das Leben geht weiter. Genießen Sie die Plätzchen.«

Bevor er noch etwas antworten konnte, ging sie schon ins Haus und schloss die Tür hinter sich ab.

Langsam setzte sich Michael wieder und betrachtete die Plätzchen, die sie ihm gebracht hatte. Anna hatte zwar seine Einladung, sich zu ihm zu setzen, nicht angenommen, aber was sie ihm erzählt hatte, war viel persönlicher gewesen.

Was mochte diese tiefe Kluft zwischen Sohn und Mutter ausgelöst haben? Offensichtlich liebte sie ihn immer noch.

Auch ihre Bemerkung über Tracy weckte in ihm Fragen. Mit welchen Schuldgefühlen quälte sich die junge Witwe? Waren sie vielleicht so ähnlich wie seine?

Nein.

Er nahm seine Getränkedose und trank einen großen Schluck. Tracy wirkte auf ihn wie eine Frau, die klare Prioritäten hatte. Die die Menschen, die sie liebte, immer an die erste Stelle setzte.

Vielleicht hatten ihre Schuldgefühle mehr mit Annas anderer Bemerkung zu tun, dass *Harbor Point Cranberries* ein Familienunternehmen war. Noch. Steckte die Farm in finanziellen Schwierigkeiten? Hatte Tracy betriebswirtschaftliche Fehler gemacht, die die Farm gefährdeten? So etwas konnte auf jeden Fall Schuldgefühle auslösen.

Aber irgendwie hatte er das Gefühl, dass ihre Schuldgefühle persönlicher waren.

Konnten sie mit ihrem verstorbenen Mann zu tun haben?

So viele Fragen, so wenige Antworten.

Michael trank noch einen Schluck, schlug seinen Krimi auf und las an der Stelle weiter, wo er unterbrochen worden war, weil Anna auf die Terrasse gekommen war.

Aber auch wenn das Buch von der Fachpresse als spannend und fesselnd gelobt wurde, konnte er nicht wieder darin eintauchen.

Denn die Rätsel, die er in Hope Harbor vorfand, beschäftigten ihn viel mehr.

03

»Darf ich stören oder bekomme ich dann einen verbrannten Hackbraten?«

Anna drehte sich um und sah Pastor Baker an der Küchentür stehen.

Hm.

Der Pfarrer störte sie selten, wenn sie hier war, um seine Mahlzeiten für die Woche zuzubereiten und seinen Kühlschrank zu füllen. Genauso wie alle anderen in Hope Harbor hatte er verstanden, dass sie nicht gern plauderte und ihre Ruhe haben wollte.

Es musste um eine ernste Sache gehen, die er mit ihr besprechen wollte.

»Sie stören bei keiner wichtigen Arbeit. Ich bin schon beim Aufräumen.« Sie wischte sich die Hände an ihrer Schürze ab.

Er kam näher. »Lassen Sie sich von mir nicht aufhalten. Ich kann reden, während Sie weiterarbeiten. Oder soll ich Ihnen helfen?«

»Nein, danke. Ich habe mein festes System.«

Der Pastor schmunzelte und setzte sich auf einen Hocker. »Sie reden genauso wie meine Esther, als sie noch lebte. Sie war der freundlichste Mensch, den ich je gekannt habe, aber die Küche war ihr Revier. Wehe der armen Seele, die ihr in der Küche im Weg stand. Hin und wieder durfte ich ihr beim Geschirrspülen helfen, aber meistens habe ich versucht, ihr nicht in die Quere zu kommen.«

Anna lehnte sich an die Arbeitsplatte. »Ich glaube, sie wäre mir sehr sympathisch gewesen.«

»Jeder hat sie gemocht. Ich kann immer noch nicht ganz glauben, dass sie schon seit acht Jahren tot ist.« Er nahm eine Weintraube aus der Obstschale, die sie auf den Tisch gestellt hatte. »Es war trotzdem eine weise Entscheidung, nach ihrem Tod hierher zu ziehen. In eine neue Stadt und in eine neue Gemeinde. Ein Tapetenwechsel kann helfen, mit der Vergangenheit seinen Frieden zu machen. Und man ist gezwungen, das Leben neu anzupacken.«

Der Pfarrer war heute wirklich in Gesprächslaune.

So wie sie heute mit Michael auf der Terrasse. Aber sie hatte nicht die Absicht, denselben Fehler ein zweites Mal zu machen.

»Das mag sein.« Sie wischte einen Fleck Tomatensoße von der Arbeitsplatte. »Aber es spricht auch einiges dafür, am selben Ort zu bleiben. Besonders wenn man fast das ganze Leben dort verbracht hat. Eine vertraute Umgebung hat auch ihre Vorteile.«

»Das ist auch wieder wahr. Glückliche Erinnerungen aufzugeben ist bestimmt schwer.«

Ja, das stimmte.

Die unglücklichen Erinnerungen hingegen würde sie gern aufgeben.

Aber die ließen sich nicht so leicht abschütteln.

»Worüber wollten Sie mit mir sprechen?« Sie schrubbte weiter die Arbeitsfläche. Wenn sie weiterarbeitete, könnte sie sich anhören, was er zu sagen hatte, ohne ihm in die Augen schauen oder sich am Gespräch beteiligen zu müssen.

»Ich wollte mich einfach bei Ihnen bedanken.«

Sie unterbrach ihre Arbeit und schaute ihn an. »Wofür?«

»Dafür, dass Sie Michael Hunter bei sich wohnen lassen. Wussten Sie, dass er Geschäftsführer einer gemeinnützigen Organisation ist?«

»Ja.« Sie putzte weiter. »Er hat mir an dem Tag unseres Kennenlernens seine Visitenkarte gegeben.«

»Tracy Campbell hat ihn überredet, sich *Helfende Hände* anzusehen, solange er hier ist, und uns zu beraten. Das haben wir dringend nötig. Pater Kevin und ich hatten die besten Absichten, als wir die Organisation gegründet haben, aber keiner von uns ahnte, dass es so kräfteraubend sein würde. Wir sind mit unserem Latein am Ende und wissen nicht, wie wir die vielen Anfragen bewältigen sollen. Dank Ihrer Großzügigkeit ist jetzt Hilfe da. Ohne Ihre Gastfreundschaft hätten wir Michael Hunter während seines Aufenthalts in Oregon vielleicht nie kennengelernt. Das ist ein Geschenk Gottes und die Erhörung vieler Gebete.«

Sie tat ihren Anteil bei der Sache mit einer Handbewegung ab. Ihre Gastfreundschaft hatte nichts mit Großzügigkeit zu tun, sondern mit seiner verblüffenden Ähnlichkeit mit John.

»Sie sollten lieber Charley dafür danken. Wenn er mich nicht gebeten hätte, dem Fremden auf der Parkbank eine Tüte Tacos zu bringen, wäre ich an dem Mann vorbeigegangen, ohne ihn anzusprechen. Außerdem hat Michael sich sowieso nach Tracy erkundigt.«

»Ja. Sie hatte seinetwegen einen kleinen Fahrradunfall und er wollte sich bei ihr entschuldigen.« Die Miene des Pfarrers wurde nachdenklich. »Wenn man bedenkt, wie viele Puzzleteile zusammenpassen mussten, damit es dazu kam, ist das wirklich erstaunlich. Gott wirkt Wunder, nicht wahr?«

Anna bedachte ihn mit einem skeptischen Blick. Er war klug genug, ihr nicht groß mit Gott zu kommen. Sie und Gott waren seit Jahren geschiedene Leute. Das hatte sie Pastor Baker deutlich gemacht, als er dieses Thema das erste Mal angesprochen hatte.

»Sie wollen das immer noch nicht hören, wie ich sehe.« Der Mann steckte sich die nächste Traube in den Mund und schaute sie eher amüsiert als tadelnd an.

»Meinen Standpunkt kennen Sie, Herr Pastor.«

»Ja. Das haben Sie von Anfang an unmissverständlich klargestellt. Und ich respektiere Ihren Wunsch. Aber ich muss zugeben, dass ich mich immer gefragt habe, was passiert ist. Ich weiß, dass Sie und Ihre Familie früher aktive Mitglieder dieser Gemeinde waren.« Er hob eine Hand, als sie zum Sprechen ansetzte. »Das war nur eine Feststellung, keine Frage. Aber falls Sie irgendwann beschließen, dass Sie darüber sprechen möchten, steht Ihnen meine Tür immer offen. Wir würden uns freuen, wenn Sie wieder in unserer Gemeinde wären.«

Sie wischte einen letzten Fleck von der Arbeitsplatte und drehte den Wasserhahn auf, um die Töpfe abzuspülen, die für die Spülmaschine zu groß waren. »Danke, dass Sie das sagen. Aber ich bin mit meinem Leben, so wie es ist, ganz zufrieden.«

»Wirklich?«

Sie schepperte mit den Töpfen. »Ja.«

Der Hocker kratzte über den Boden. »Für den Fall, dass sich daran etwas ändern sollte, wissen Sie hoffentlich, dass meine Einladung steht. Und egal, ob Sie sich entscheiden, sie anzunehmen oder nicht, glaube ich nach wie vor, dass Ihre Gastfreundschaft ein Teil von Gottes Plan war. Ich bin Ihnen also wirklich sehr dankbar.«

Sie hörte, dass sich seine Schritte entfernten und immer leiser wurden. Dann war es still.

Sie spülte zwei Töpfe, bevor sie einen argwöhnischen Blick hinter sich warf.

Der Pfarrer war fort. Und mit ihm sein Gerede über Gott.

Gut.

Sie tauchte das Backblech in die Spüle und machte sich an den verkrusteten Rändern zu schaffen, an denen der Teig kleben geblieben war. Sie hätte das Blech vorher spülen sollen, bevor der Teig hatte hart werden können. Es war immer leichter, etwas sauber zu kriegen, solange der Schmutz frisch war.

Ein Prinzip, das für Beziehungen genauso galt wie für Töpfe und Pfannen.

Ihre Hände erstarrten und sie atmete tief ein. Zu schade, dass sie das nicht schon vor Jahren erkannt hatte. Bevor es zu spät gewesen war. Bevor die Kluft zwischen ihr und John so groß geworden war, dass nur Gott sie noch überbrücken könnte.

Aber warum sollte er? Die Bibel war voll mit Versen, die Herzenshärte verurteilte, und ihr Herz hatte sich schon vor langer Zeit verhärtet. Genauso wie die Teigreste auf diesem Blech.

Sie schrubbte an einem besonders eigensinnigen Teigklumpen.

Eigensinnig.

Das war sie. Das war sie schon immer gewesen.

Aber das war nicht gut.

Pastor Baker hielt sie vielleicht für eine verlorene Seele, aber sie kannte ihre Bibel. Sie wusste, was sie über verhärtete Herzen, halsstarrige Menschen und Stolz sagte. Und auch über Gericht und Vergebung.

Sie wusste auch, dass sie in jeder Hinsicht versagt hatte. Und dass sie dadurch ihren Sohn verloren hatte.

Und dass sie ihn nie zurückbekommen würde.

Denn auch nach so vielen Jahren konnte sie sich nicht dazu durchringen zuzugeben, dass sie vielleicht – nur vielleicht – ein bisschen zu hart gewesen war. Nicht dass es falsch gewesen wäre, John zu verurteilen. Nein. Sünde war Sünde und er hatte seine Schuld zugegeben.

Dampf stieg vom Wasser auf. Anna hob den Arm, um sich den Schweiß von der Stirn zu wischen.

Es war nicht so, dass sie ihn aus ihrem Leben ausgesperrt hätte. Hatte sie nicht immer gehofft und gebetet, er würde anrufen und ihr sagen, dass er sein Tun bereute und bereit sei, es in Ordnung zu bringen?

Aber die Tage waren vergangen. Die Wochen. Die Monate. Die Jahre. Und immer noch kein Wort von ihrem Sohn.

War er möglicherweise derjenige, der darauf wartete, dass *sie* sich entschuldigte?

Sie schüttelte den Kopf. Warum musste das Leben so kompliziert sein?

Endlich löste sich das letzte harte Teigstück und sie hielt das Blech unter das fließende Wasser, um es zu spülen. Als sie sich an dem heißen Wasser die Hand verbrannte, zuckte sie zurück.

Sie drehte das kalte Wasser auf, schob das Blech auf die Arbeitsplatte und hielt ihre schmerzende Hand unter das kühlende Wasser. Besser. Aber dieser rote Fleck würde ihr ein oder zwei Tage bleiben. Sich die Finger zu verbrennen, gehörte zum Berufsrisiko von Köchen. Und von Müttern.

Während das kalte Wasser über ihre Finger floss, schaute sie durch das Fenster zu, wie zwei Seemöwen mit lautem Geschrei einen Kampf austrugen.

Wie sie und John.

Mit einem schmerzhaften Seufzen beugte sie sich vor und drehte das Wasser ab. Es war Zeit, diese beunruhigenden Gedanken hinter sich zu lassen und nach Hause zu fahren.

Aber die Gedanken ließen sie nicht los. Sie folgten ihr zur Tankstelle, hingen in der Luft, während sie ihr Auto volltankte, und begleiteten sie dann weiter durch die Dockside Drive zu Charley.

»Du kommst gerade noch rechtzeitig, Anna. Ich wollte in einer Minute schließen.« Charley wischte sich die Hände an einem Handtuch ab und bedachte sie mit einem freundlichen Grinsen. »Du willst ein spätes Mittagessen?«

Wollte sie das? Es war schon Nachmittag, aber sie hatte keinen Hunger.

Warum war sie dann hierher gefahren?

Einen Rückzieher konnte sie jetzt nicht mehr machen, da sich Charley bereits auf seine Theke stützte und auf ihre Bestellung wartete.

»Ja, ich glaube schon.« Er begann, ihren Taco fertig zu machen, und redete unbeirrt weiter. »Wie läuft es mit deinem Mieter?«

»Woher weißt du, dass ich einen Mieter habe?«

»Michael hat mich nach dir gefragt, als er sich neulich für die Tacos bedankte. Er sagte, du hättest ihm angeboten, dass er dein Apartment mieten kann. Ich habe dich wärmstens empfohlen.« Seine weißen Zähne funkelten.

»Ja, aber woher wusstest du, dass er mein Angebot angenommen hat?«

Der Mann hob die Schultern. »Das sollte so sein. Vorsehung.«

Sie kniff die Augen zusammen. »Fang du jetzt nicht auch noch damit an! Ich habe das gerade schon von Pastor Baker gehört.«

»Ein kluger Mann.« Charley gab eine großzügige Ladung Soße auf jeden Taco.

»Das ist lächerlich.« Ihre Stimme klang gereizt. »Das war reiner Zufall.«

»Aha.« Wie üblich war Charley nicht beleidigt, wenn ein Kunde schlecht gelaunt war. Im Gegenteil, sein Lächeln wurde noch breiter. »Du weißt, was man über Zufälle sagt? Sie sind Gottes Art, anonym zu bleiben.«

Schweigend betrachtete sie die Rückwand von Charleys Küche, die mit Zeichnungen tapeziert war, die ihm Kinder aus Hope Harbor im Laufe der Jahre geschenkt hatten. Hatte Gott bei dem Ganzen die Hand im Spiel?

Vielleicht.

Widerstrebend gestand sie es sich ein, denn es waren einfach zu viele Zufälle. Besonders Michaels Ähnlichkeit mit John.

»Gefällt es deinem neuen Mieter in Hope Harbor?«

Anna zog einen 10-Dollar-Schein aus ihrem Portemonnaie. »Keine Ahnung. Wir reden nicht viel.«

»Nicht? Schade. Ihr beide seid auf derselben Wellenlänge.«

Der Tacokoch von Hope Harbor steckte heute voller Überraschungen. »Ich kenne diesen Mann kaum, Charley.«

Er packte ihr Essen ein, steckte es in eine Tüte und reichte sie ihr zusammen mit ihrem Wechselgeld durchs Fenster. »Ich habe das Gefühl, dass ihr beide euch noch viel besser kennenlernen werdet.«

»Vielleicht will ich ihn gar nicht besser kennenlernen.«

»Was wir wollen und was Gott uns schickt, sind oft zwei verschiedene Dinge. Aber er hat immer nur unser Bestes im Sinn. Vergiss das nicht, okay? So, für heute ist geschlossen.«

Ohne auf eine Antwort zu warten, zog er das Aluminiumfenster zu.

Anna stand einen Moment lang da und betrachtete die Bank, auf der sie und Michael vor fünf Tagen gesessen hatten. An dem Tag war ihre Welt noch so ruhig und verschlossen gewesen wie seit fast zwei Jahrzehnten.

Aber jetzt? Jetzt lag eine leichte Spannung in der Luft. Ein beunruhigendes Gefühl, dass sich etwas ändern würde. Dass dem ruhigen, isolierten Leben, an das sie sich gewöhnt hatte, eine radikale Veränderung bevorsteht.

Das alles war natürlich Unsinn. Sie schenkte Charleys blumigen Bemerkungen viel zu viel Glauben. Was wusste er schon über sie? Oder über Michael? Auf keinen Fall so viel, dass er zu solchen Schlussfolgerungen kommen konnte.

Aber während sie hinter das Steuer ihres Autos rutschte und ihr der würzige Geruch der Tacos in die Nase stieg, hatte sie das sonderbare Gefühl, dass die Würze ihres Lebens bald nicht mehr nur auf Charleys Tacos beschränkt bleiben würde.

Und während sie mit einem unruhigen Kribbeln im Bauch losfuhr, war diese Unruhe mit einer guten Dosis Erwartung gewürzt. Und einem Gefühl, das sie sehr lange nicht mehr gekannt hatte:

Hoffnung.

Kapitel 7

Michael Hunter war schnell. Und gut.

Tracy lehnte sich von ihrem Laptop zurück und tippte mit einem Finger auf den Küchentisch, während sie den letzten Absatz seiner Bemerkungen zu *Helfende Hände* las, die er in seiner Mail angehängt hatte.

Kompetent, knapp, klug. Seine ersten Ideen und Fragen waren intelligent und praktisch.

Diese Analyse hatte er in nur eineinhalb Tagen zusammengestellt. In einem Bruchteil der Zeit, die sie gebraucht hatte, um den Vorstand zu einer Sondersitzung einzuberufen, auf der sie ihre Ziele formulieren wollten.

Noch einmal überflog sie seine Fragen. Einige müsste der Vorstand beantworten, vorzugsweise in Michaels Anwesenheit. Aber die Fragen, die sie selbst beantworten konnte, könnte sie eigentlich sofort klären. Onkel Bud würde von seiner Regel, dass außer während der Ernte sonntags nicht gearbeitet wurde, nicht abweichen, und die zwei Steuererklärungen für das zweite Quartal, die sie für ihre Klienten fertigstellen musste, würden bis nach dem Essen warten können.

Außerdem wäre es nett, Michaels Stimme zu hören. Sie mochte diesen vorübergehenden Einwohner von Hope Harbor und fand ihn sympathisch. Er war aufmerksam, freundlich, mitfühlend, sah gut aus und war Single.

Der letzte Punkt war das Problem.

Sie sollte Männern besser aus dem Weg gehen, vor allem wenn sie unverheiratet und viel zu attraktiv waren. Das führte nur zu Problemen. Eine feste Beziehung wollte und brauchte sie nicht. Craig mochte sie vieles schuldig geblieben sein, aber sie konnte wenigstens seinem Andenken treu sein.

Sie stand auf, steckte die Hände in die Hosentaschen und trat ans Fenster, das einen Blick aufs Meer bot. Nebelschwaden lagen in der Luft und raubten ihr den schönen Blick, aber die unablässigen, ruhelosen Wellen schlugen rauschend gegen die Brandungspfeiler. Genauso wie ihre Schuldgefühle und ihre Trauer gegen die Mauern ihres Gewissens.

Seit sie Michael Hunter begegnet war, war alles noch schlimmer geworden.

Ein Schauer erfasste sie. Hastig zog sie die Hände aus den Taschen und rieb sich über die Arme. Sie ließ zu, dass das graue Wetter unangenehme Erinnerungen in ihr weckte. Und sie beunruhigte.

Das war töricht.

Sie warf die Schultern zurück. Michael sollte kein Problem sein. Schließlich war ihr Kontakt zu ihm nicht privat. Er war rein geschäftlich. Solange sie das nicht vergaß, bestand kein Grund, sich Sorgen zu machen.

Sie verdrängte die leichten Zweifel an dieser Schlussfolgerung und kehrte zum Tisch zurück. Sie suchte in der Mail seine Handynummer und gab sie in ihrem Smartphone ein.

Beim zweiten Klingeln meldete er sich, aber seine Stimme war kaum zu verstehen.

»Michael? Hier ist Tracy Campbell.« Zu ihrer großen Erleichterung klang ihre Stimme beherrscht und professionell, auch wenn ihre Finger zitterten. »Ich habe Ihren Bericht gelesen und wollte versuchen, einige der Fragen, die Sie gestellt haben, zu beantworten. Passt es Ihnen jetzt?«

»Ja. Ich hatte vor ...« Die nächsten Worte waren nicht zu verstehen. »... wenn Ihnen das recht ist. Es sollte nicht ...« Wieder war seine Stimme weg.

»Michael?« Sie hielt sich das Handy noch dichter an ihr Ohr. »Ich kann nur die Hälfte von dem, was Sie sagen, hören.«

»Tut mir leid. Mein Empfang ... und schlecht hier. Ich bin in der Stadt. Ich könnte also ... kommen?«

Sie konnte einen großen Teil nicht verstehen, aber sie begriff, was er meinte.

Er wollte sich mit ihr treffen.

Ihr Puls schlug schneller. Das war keine gute Idee.

Andererseits tat ihnen dieser Mann einen Gefallen. Und bei den

Problemen mit seinem Handy wäre es leichter, die Fragen in einem persönlichen Gespräch zu klären.

Damit müsste sie leben.

»Gut. Wo wollen wir uns treffen?«

»Ich könnte zu Ihnen kommen.«

Dieser Satz kam laut und deutlich bei ihr an.

Ihre Hand verkrampfte sich um das Telefon. Michael Hunter hier in ihrem Haus? Das könnte ein Problem darstellen.

Sag Nein, Tracy.

»Ähm ... okay.«

Was sollte das?

»Dann geben Sie mir bitte Ihre Adresse.«

Ihr Herz begann zu hämmern. Wenn sie jetzt versuchte, einen Rückzieher zu machen, wäre das peinlich. Und welche Ausrede sollte sie vorbringen? *Ich finde Sie attraktiv und das macht mir Angst?*

Na klar.

Lieber sollte sie die Dinge laufen lassen und sich darauf konzentrieren, dass ihr Gespräch professionell und sachlich blieb.

Sie nannte ihm ihre Adresse und beschrieb ihm den Weg. »Das ist am südlichen Stadtrand über den Klippen. Ich wohne im Cottage hinter dem Haupthaus.«

»Verstanden. Ich bin in zehn Minuten da.« Dann war die Verbindung unterbrochen.

Einige Sekunden lang blieb sie regungslos mit dem Telefon in der Hand stehen.

Ein Besuch von einem gut aussehenden Mann gehörte definitiv nicht zu ihren Sonntagsplänen.

Sie schaute sich im Haus um. Ihr Schlafzimmer war zwar chaotisch, aber das Wohnzimmer und die Küche waren präsentabel.

Von ihr selbst konnte man das jedoch nicht behaupten. Sie warf einen Blick auf die abgenutzte Jeans und das ausgeblichene T-Shirt, das sie nach dem Gottesdienst angezogen hatte. Diese Kleidung war viel eher dafür geeignet, auf der Farm zu arbeiten, als einen attraktiven Mann zu empfangen.

Du empfängst ihn nicht, Tracy. Du hast lediglich eine Besprechung mit ihm.

Genau.

Sie steckte ihr T-Shirt in die Hose und strich sich über die Hose. Ihr Outfit war in Ordnung. Es passte viel besser zu ihr als die elegantere Kleidung, die sie in die Kirche oder zu Treffen mit Klienten trug. Man putzte sich nur für jemanden heraus, den man beeindrucken wollte.

Und Michael Hunter wollte sie nicht beeindrucken.

Sie ging ins Badezimmer und betrachtete sich im Spiegel über dem Waschbecken. Ihre Haare waren von ihrem Strandspaziergang ganz zerzaust. Der Nebel, der über dem Land hing, hatte ihr Makeup abgewaschen, in ihren Augenwinkeln waren nach dem langen Tag gestern auf der Farm kleine Falten zu sehen, die ihre Müdigkeit verrieten.

Kein sehr attraktiver Anblick.

Aber wenn sich Onkel Bud und Nancy angekündigt hätten, käme sie auch nicht auf die Idee, sich herauszuputzen.

Plötzlich hörte sie durch das offene Fenster, dass der Schotter knirschte. Schlagartig griff sie mit einer Hand zur Bürste und mit der anderen holte sie ihre Schminktasche aus der Schublade.

Also gut.

Sie würde sich die Haare bürsten, ein wenig Lippenstift und Mascara auftragen und sich ein bisschen zurechtmachen.

Aber sie würde auf keinen Fall zulassen, dass ihr Gespräch länger als nötig dauerte oder dass etwas anderes daraus würde als eine sachliche Geschäftsbesprechung.

Egal, was ihr Herz ihr vorgaukeln wollte.

☙

Das Cottage hinter dem großen Ferienhaus über den Klippen war nett, wenn auch recht klein. Warum wohnte Tracy nicht auf der Cranberryfarm, die sie so liebte?

Ein weiteres fehlendes Teil in dem Puzzle, das Tracy Campbell darstellte.

Michael lenkte sein Auto neben einen älteren Honda Civic, nahm die Tasche vom Beifahrersitz und ging zur Haustür. Wenn er Glück hatte, konnte er heute vielleicht ein paar dieser fehlenden Teile einsetzen.

Sie öffnete ihm die Tür, als er klopfte. Ihre Wangen waren leicht gerötet. Hatte sie auf der anderen Seite der Tür schon auf ihn gewartet?

Das war ihm natürlich vollkommen gleichgültig. Er war nicht nach Hope Harbor gekommen, weil auf der Suche nach Aufmerksamkeit war. Und schon gar nicht von einer unverheirateten jungen Frau.

Außerdem standen bei einer Frau wie Tracy die Männer wahrscheinlich Schlange, falls sie für eine Beziehung offen war. Das war sie aber nicht, wie er aus ihrer niedergeschlagenen Miene geschlossen hatte, als sie vor ein paar Tagen ihren verstorbenen Mann erwähnt hatte.

Genauso wenig wie er.

»Hallo. Hatten Sie Probleme, das Haus zu finden?«

»Nein. Die Wegbeschreibung war perfekt.«

»Es freut mich, das zu hören. Ich habe meinen Onkel so oft den falschen Weg geführt, dass er sich nicht mehr von mir navigieren lässt. Er behauptet, ich wäre ohne jeden Orientierungssinn auf die Welt gekommen.« Sie bedachte ihn mit einem – nervösen? – Lächeln. »Kommen Sie rein.« Sie trat zurück und ließ ihn ins Haus.

Er kam in ein Zimmer, das ungefähr so groß war wie Annas Apartment, aber aufgrund der gewölbten Decke und der Oberlichter über der offenen Wohnküche wirkte es geräumiger. »Sie haben es nett hier.«

»Ich hatte Glück, dieses Cottage zu bekommen.« Sie schloss die Tür und trat zu ihm in die Mitte des Raumes. »Als Gegenleistung dafür, dass ich für die Eigentümer ein Auge auf alles habe, wohne ich hier zu einer geringen Miete und habe eine herrliche Aussicht.«

»Das klingt nach einem guten Geschäft, auch wenn es mich überrascht, dass Sie nicht auf der Farm wohnen.« Es konnte nicht schaden, wenigstens auf ein paar Fragen Antworten zu bekommen. Schlimmstenfalls ließe sie ihn abblitzen.

Doch statt ihn abblitzen zu lassen, gab sie ihm viel mehr Informationen, als er erwartet hatte.

»Früher habe ich mit meinen Eltern dort gewohnt, bis sie mit einem Kleinflugzeug abstürzten und tödlich verunglückten. Ich war damals zehn. Danach zogen mein Onkel und meine Tante in das Haus auf der Farm und übernahmen die Aufgabe, mich großzuziehen. Da sie keine eigenen Kinder hatten, funktionierte das ganz gut. Vor ein paar Jahren bin ich jedoch ausgezogen, nachdem ...« Sie brach ab. Dann atmete sie scharf ein und räusperte sich. »Als mein Onkel Nancy heiratete. Drei sind einer zu viel.«

»Sie müssen die Farm vermissen.«

Sie zuckte mit den Schultern. »Ja. Aber so Gott will, werde ich eines Tages dort mein eigenes Haus bauen. Ich kenne jemanden vom College, der in L.A. in einem Architekturbüro arbeitet und einen perfekten Entwurf für das Haus entwerfen könnte. Das Beste dabei ist, dass BJ plant, bald hierher zu ziehen.« Dieses Mal war ihr Lächeln ungetrübt.

Michaels Antennen schalteten sich ein. Tracy hatte einen Freund, der bereit war, Architekturaufträge in der Großstadt gegen kleine Projekte in Hope Harbor einzutauschen? Er konnte sich für eine solche Entscheidung nur einen einzigen Grund vorstellen. Und dieser Grund gefiel ihm überhaupt nicht.

Er bemühte sich um einen beiläufigen Tonfall. »Das ist bestimmt eine große Veränderung. Wenn Ihr Freund von LA in eine Kleinstadt umzieht, wird er sich sehr umgewöhnen müssen.«

Ihre Mundwinkel zuckten. »BJ ist eine Frau, auch wenn sie es gewohnt ist, dass man sie aufgrund ihres Namens für einen Mann hält.« Dann wurde sie ernst. »Sie hat ihre Gründe, warum sie umziehen will. Gute Gründe.« Als sie weitersprach, war ihr Tonfall sachlich und knapp. »Setzen wir uns doch an den Esstisch. Ich habe Ihre E-Mail auf dem Laptop geöffnet.«

Mehr würde er über ihre Freundin nicht erfahren.

Das war jetzt, da er wusste, dass es sich um eine Frau handelte, auch nicht nötig. Warum ihm das wichtig war, wollte er nicht genauer erkunden.

Michael setzte sich zu ihr an den Tisch und legte die braune Tüte darauf. »Ich habe etwas mitgebracht.«

Sie betrachtete die Tüte. »Aus dem köstlichen Duft schließe ich, dass Sie bei Charley waren.«

»Inzwischen bin ich Stammkunde bei ihm. Seine Tacos sind ein fester Bestandteil meines Speiseplans. Und da es schon fast Zeit zum Abendessen ist, dachte ich, wir könnten essen, während wir uns unterhalten. Es sei denn, Sie haben andere Pläne.«

»Nein. Mein Essen hätte aus Resten des Hähnchenfrikassees von gestern Abend auf der Farm bestanden. Nancy ist eine großartige Köchin, aber Charleys Fischtacos sind unvergleichlich. Diesen Luxus gönne ich mir manchmal, wenn ich etwas Geld übrig habe. Was möchten Sie trinken?«

»Wasser oder eine Limonade wäre nett.«

Als sie aufstand, um das Getränk zu holen, schaute ihr Michael nach. Die Fischtacos waren nicht teuer. Selbst bei seinem bescheidenen Gehalt würde er sie bestimmt nicht als Luxus bezeichnen.

Auf der Farm ging es scheinbar finanziell sehr knapp zu.

»Ich hoffe, Sie haben nichts gegen eine Diätlimonade.« Tracy setzte sich wieder.

»Absolut nicht.« Er öffnete den Deckel und ließ die Kohlensäure zischen, während Tracy von ihrem Wasser trank und nach ihrem Laptop griff. »Wollen wir zuerst essen und danach das Geschäftliche besprechen?«

Sie zögerte, doch dann kapitulierte sie. »Gar keine so schlechte Idee. Die Tacos sind großartig, aber man macht sich dabei die Finger schmutzig. Brauchen wir noch Servietten?«

»Nein. Ich habe inzwischen Erfahrung mit Charleys Tacos. Ich habe genügend Servietten mitgebracht.« Er holte sie aus der Tüte und teilte dann die zwei eingewickelten Päckchen auf.

»Brauchen Sie einen Teller?« Sie wollte wieder aufstehen.

»Nein, so ist es gut. Ich habe mir angewöhnt, auf einer Bank im Hafen zu essen. Ein Teller wäre zu viel Luxus und würde die Atmosphäre verderben.«

»Das stimmt. Einige Dinge sollte man pur genießen.« Sie begann, ihre Tacos auszupacken.

Rasch wanderte sein Blick über die zwanglose Kleidung, die einfache Frisur und das wenige Make-up seiner hübschen Gesprächspartnerin.

Ja. Sie strahlte etwas Reines, Natürliches aus.

»Charley ist ein interessanter Mensch.« Er zwang sich, an etwas anderes zu denken, und wickelte das Papier von seinem Essen zurück. »An manchen Tagen ist sein Wagen geschlossen. Und nirgends steht, wann wieder geöffnet wird. Wie kann er bei so willkürlichen Geschäftszeiten mit den Tacos seinen Lebensunterhalt verdienen?«

»Das muss er nicht.« Sie biss in einen Taco. Dann schloss sie die Augen und kaute langsam. »Mmm.« Erst als sie den ersten Bissen heruntergeschluckt hatte, sprach sie weiter. »Die Tacos sind für Charley nur ein Hobby. Das war schon immer so. Sein Stand ist eine Institution in der Stadt. Er blieb vor Veränderungen verschont, als das Hafengebiet vor einigen Jahren modernisiert wurde. Er sieht immer noch so aus wie in meiner Kindheit. Der Mann scheint nicht zu altern. Er verdient seinen Lebensunterhalt mit Malen.«

»Er streicht Häuser?«

Ihre grünen Augen funkelten belustigt. »Bestimmt nicht. Er ist ein sehr erfolgreicher Künstler. Mehrere angesehene Galerien im Land verkaufen seine Stücke. Charley sagt, durch den Taco-Stand kann er seine Kreativität auf andere Weise zum Ausdruck bringen. Er erinnert ihn an seine Wurzeln in Mexiko, wo er von seiner Großmutter kochen gelernt hat. Außerdem bekommt er dadurch die sozialen Kontakte, die er braucht. Und Gelegenheit, zusammen mit seinen Fischen auch philosophische Erkenntnisse an den Mann zu bringen.«

Michael schmunzelte. »Wie ich schon sagte, ein interessanter Mensch. Da gibt es einige in dieser Stadt.«

»Finden Sie? Welche anderen interessanten Menschen haben Sie denn bis jetzt kennengelernt?« Sie nahm ein Stück grüne Paprika und Krautsalat, die aus dem Taco gerutscht waren.

»Meine Vermieterin zum Beispiel.«

»Ah. Ja, Anna ist … interessant. Hatten Sie schon Gelegenheit, mit ihr zu sprechen?«

»Sie redet nicht viel.«

»Das können Sie laut sagen. Trotzdem haben Sie es irgendwie geschafft, sie für sich zu gewinnen. Man muss schon sehr viel Charme einsetzen, um in ihrem Apartment wohnen zu dürfen.«

»Ich glaube nicht, dass Charme dabei eine Rolle gespielt hat. Sie hat *mich* angesprochen. Ich denke, es hatte mehr damit zu tun, dass ich ihrem Sohn ähnlich sehe.«

Ihre Finger, die gerade ihren zweiten Taco auspacken wollten, stockten. »Sie wissen von Ihrem Sohn?«

»Ich weiß nur, dass sie einen hat.«

»Wie haben Sie das herausgefunden?«

»Ich habe sein Foto umgestoßen, als ich ihr dabei behilflich war, eines ihrer Tiere einzufangen, das aus dem Käfig ausgebüxt war.«

Tracy schaute ihn mit großen Augen an. »Anna hat Sie in ihr Haus gelassen?«

»Das kann man so nicht sagen. Ich stand an der Tür, als ein Hase durchs Wohnzimmer lief, und bin, ohne auf eine Einladung zu warten, ins Haus gegangen. Wir hatten beide zu tun, um den frechen Kerl einzufangen.«

»Ich habe gehört, dass sie Tiere hat, aber ich kenne sonst niemanden, der diese Tiere mit eigenen Augen gesehen hat. Es war seit Jahren niemand mehr in ihrem Haus.«

»Woher wissen Sie dann von den Tieren?«

Sie zuckte mit den Achseln. »Hope Harbor ist eine sehr kleine Stadt. Das heißt, dass man nicht viel Privatsphäre hat. Hier gibt es nicht viele Geheimnisse.«

Hm. Wenn Annas Geschichte allgemein bekannt war, könnte er vielleicht ein paar Fragen stellen, ohne zu neugierig zu wirken.

»Erzählen Sie mir von ihrem Sohn. Es ist schon komisch, wenn man im Haus einer fremden Frau ein Foto von einem jungen Mann findet, der der eigene Zwillingsbruder sein könnte.«

»Das kann ich mir vorstellen.« Sie biss wieder in ihren Taco und kaute schweigend. »Wahrscheinlich habe ich gelogen, als ich sagte, dass es hier keine Geheimnisse gibt. Was mit Annas Sohn passiert ist, weiß niemand. Er müsste jetzt knapp vierzig sein, denke ich. In der Schule war er ein paar Klassen über mir. Ich habe ihn also nicht persönlich kennengelernt. Aber nach den Geschichten, die ich gehört habe, war er ein netter Junge. Soweit man hört, war die Familie Williams eine ganz normale, glückliche Familie. Dann ging ihr Sohn, John, ans College, ihr Mann starb ... und ein paar Monate später kam John nicht mehr nach Hause.«

Michael legte den Kopf schief. »Das klingt aber seltsam.«

»Das können Sie laut sagen.« Sie biss in ihren dritten Taco. »Danach hat sich Anna zurückgezogen. Bis zu ihrem Ruhestand ist sie noch jeden Tag zur Arbeit gegangen. Sie war Schulköchin. Aber sie kam nicht mehr in die Kirche, zog sich aus allen sozialen Aktivitäten zurück und wurde eine Art Einsiedlerin. Noch dazu eine recht unfreundliche. Glauben Sie mir: Dass sie Sie eingeladen hat, in ihrem Apartment zu wohnen, ist Stadtgespräch.« Sie schaute ihn fragend an. »Glauben Sie wirklich, dass sie das getan hat, weil Sie sie an ihren Sohn erinnern?«

»Einen anderen Grund kann ich mir nicht vorstellen.« Er wickelte ebenfalls seinen letzten Taco aus.

»Interessant. Ein Rätsel in Hope Harbor.«

»Hier gibt es noch mehr Rätsel.«

Ups.

Eine dumme Bemerkung.

»Wie meinen Sie das?« Sie biss in ihren Taco und schaute ihn an, während sie kaute.

Da er ihr schlecht sagen konnte, was das andere Rätsel war, platzte er mit dem ersten Gedanken heraus, der ihm in den Sinn kam. »Wie Sie alle ehrenamtlich eine Organisation wie *Helfende Hände* am Laufen halten könnten, trotz der zunehmenden Nachfrage nach Hilfsdiensten, das ist zum Beispiel ein kleines Rätsel.«

»Das stimmt. Deshalb haben mich der Vorstand und unsere zwei Pfarrer ja auch gebeten, Ihnen ganz herzlich für Ihre Hilfe zu danken.« Sie aß ihren Taco auf, wischte sich die Hände an einer Serviette ab und zog ihren Laptop näher heran. »Wollen wir uns jetzt Ihrer Mail widmen, während Sie fertig essen?«

Nein. Ich würde Ihnen vorher lieber ein paar persönliche Fragen stellen, Tracy.

Diese unangemessene Antwort verkniff er sich und entschied sich für die einzige mögliche Alternative. »Gerne.«

In der nächsten halben Stunde beantwortete sie, soweit sie das konnte, die Fragen, die er im Rahmen seiner Analyse gestellt hatte. Bei einigen Punkten machte sie ihm deutlich, dass der Vorstand das klären müsse. Aber im Gegensatz zu vielen Vorständen, mit denen er bisher zu tun gehabt hatte, hatte er bei Tracy den Eindruck, dass sie selbst auch kräftig mit anpackte. Sie gehörte nicht zu denen, die ihren Namen gern fett gedruckt lasen, sich aber nicht die Hände schmutzig machen und nichts mit ihren »Klienten« zu tun haben wollten. Sie kannte die bürokratische Seite der Organisation bis ins Detail, aber sie sah auch die Menschen.

Wie um diese Vermutung zu bestätigen, klingelte das Telefon, als sie gerade fertig waren. Es war eine Klientin, die Tracy als Stammkundin von *Helfende Hände* beschrieb.

»Stört es Sie, wenn ich kurz drangehe?« Sie blickte von ihrem Telefon auf. »Es dauert nicht lang.«

»Kein Problem. Ich habe heute nichts mehr vor.«

Mit dem Telefon in der Hand stand sie auf und ging ein paar Schritte weg. Aber er konnte das Gespräch trotzdem problemlos verfolgen.

»Hallo, Eleanor. Wie geht es Ihnen? ... Oh, das tut mir leid. ... Ja, das stimmt, aber das Wetter hier ist immer launisch ... Ja, das weiß ich ... Mhm ... Mhm ... Nein, das ist mir nicht zu viel. Ich kann es Ihnen in spätestens einer Stunde bringen. ... Nein, nein, machen Sie sich deshalb keine Sorgen. Sie wohnen ja nicht weit weg. Ich komme bald zu Ihnen.«

Als sich Tracy wieder umdrehte, zog Michael eine Braue hoch. »Warum landen die Anrufe direkt bei Ihnen? Laut den Papieren, die ich durchgesehen habe, hat die Organisation doch eine Hotline.«

Sie setzte sich wieder und zupfte an einem Fischstückchen, das aus ihrem letzten Taco ragte. »Eleanor ist ein Sonderfall. Ich habe ihre erste Bitte um Hilfe im letzten Jahr übernommen und seitdem kümmere ich mich persönlich um sie. Sie ist 87 und mehr oder weniger ans Haus gebunden, da ihre Augen schlechter geworden sind und das Knie ihr Probleme macht. Wenn sie einsam ist, findet sie immer einen Vorwand, um mich anzurufen. Heute ist ihr die Milch ausgegangen, und da der Arzt ihr gesagt hat, dass sie drei Gläser am Tag trinken soll ...« Tracy zuckte mit den Schultern.

Mit anderen Worten, die Frau, die ihm hier gegenübersaß, hatte eine Schwäche für traurige Geschichten. Und die Leute nutzten das aus.

Aber daraus konnte er ihr keinen Vorwurf machen.

Plötzlich klingelte bei dem Namen und dem Alter der Anruferin etwas bei ihm. »Ist das die Frau mit der defekten Regenrinne?«

»Ja. Daran arbeite ich auch. Einer unserer neuen ehrenamtlichen Mitarbeiter, der sich nach unserem Aufruf letzte Woche in der Kirche gemeldet hat, ist Zimmermann. Ich habe ihn diese Woche schon wegen einer dringenden Deckenreparatur angerufen, aber in ein paar Tagen werde ich mich noch einmal wegen Eleanors Regenrinne bei ihm melden. Wir versuchen, niemanden unserer Ehrenamtlichen zu überfordern.«

»Und wie ist es mit Eleanor? Das geht Ihnen doch sicher an die Substanz, wenn Sie sich so bei der alten Dame engagieren.«

»Wollen Sie die Wahrheit hören? Es gibt Tage, an denen ich fast die Geduld verliere. Aber ich versuche, mich in ihre Situation zu versetzen und dankbar zu sein, dass ich jung und gesund bin.«

Michael aß seinen Taco auf und rang mit sich. In seinem Apartment wartete nur sein Krimi auf ihn. Und eine Vermieterin, die sich wahrscheinlich in ihrem abgeschotteten Haus verbarrikadiert hatte. Er war zwar nach Hope Harbor gekommen, um Zeit für sich zu haben, aber plötzlich fand er es gar nicht reizvoll, den Abend allein zu verbringen.

»Wissen Sie was? Ich fahre Ihnen zu Eleanor nach und repariere die Regenrinne.«

Sie blinzelte. »Aber Sie haben schon genug getan. Ihre Analyse ist für uns viel wertvoller als eine reparierte Regenrinne.«

»Zwei gute Taten sind besser als eine. Und wie ich schon sagte, ich habe heute Abend nichts mehr vor.«

»Wirklich?«

»Ja.« Er packte die Reste ihres Essens ein. »Wir sind hier fertig, oder?« Er deutete mit dem Kopf zu ihrem Laptop.

»Ja. Die restlichen Fragen müssen bei einer Vorstandssitzung geklärt werden. Bei dem Termin für diese Sitzung richten wir uns ganz nach Ihnen.«

»Dann fahren wir jetzt und ich repariere die Regenrinne.« Er stand mit dem Abfall in der Hand auf. »Wo wollen Sie ...«

Klopf, klopf, klopf.

Bei dieser unerwarteten Unterbrechung drehte er sich zur Tür herum.

»Achten Sie nicht darauf. Das ist nur Floyd, der etwas zu essen will.«

Das Klopfen ging weiter. Tracy stand auf und räumte die Gläser weg.

Michael runzelte die Stirn. Ein Obdachloser, den sie mit Namen kannte, bat sie um etwas zu essen und sie kümmerte sich gar nicht darum?

Das passte überhaupt nicht zu ihr.

Tracy war eine nette, einfühlsame Frau, die sich sehr für *Helfende Hände* engagierte. Die am Wochenende für eine alte Frau Einkäufe erledigte, die beim besten Willen kein Notfall waren.

Warum reagierte sie nicht auf diesen Hilferuf an ihrer eigenen Haustür?

Es sei denn ... Konnte das ein weiterer Stammgast von *Helfende Hände* sein, der lästig geworden war und ihre Hilfsbereitschaft zu sehr ausnutzte? Vielleicht zeigte er zu viel persönliches Interesse an einer bestimmten ehrenamtlichen Mitarbeiterin?

Der Kerl könnte sogar gefährlich sein.

Ein Adrenalinstoß schoss durch Michaels Adern.

»Soll ich ihn wegschicken?« Er hob die Stimme, damit sie ihn trotz des hartnäckigen Klopfens verstehen konnte.

»Nicht nötig. Irgendwann geht er von selbst wieder, wenn ich nicht reagiere.«

Er runzelte die Stirn. »Wenn Sie ihn loswerden wollen, könnte es vielleicht nicht schaden, wenn ein Mann an Ihrer Tür auftaucht und ihn wegschickt.«

Sie schaute ihn verständnislos an. Dann zuckten ihre Mundwinkel. »Ich glaube nicht, dass es für ihn eine Rolle spielt, ob ihn ein Mann oder eine Frau wegschickt.«

Seltsam. Sie schien durch die grobe Störung nicht im Mindesten verärgert, geschweige denn nervös zu sein.

Vielleicht machte er eine zu große Sache daraus.

»Das ist natürlich Ihre Entscheidung. Aber ich könnte es versuchen, wenn Sie möchten.«

»Gerne. Versuchen Sie es.« Sie lehnte sich an die Arbeitsplatte und verschränkte die Arme vor sich.

Er hatte immer noch die Abfälle von ihrem Essen in der Hand, als er zur Hintertür ging, aufschloss und dann die Tür aufzog.

Niemand war zu sehen.

Er warf Tracy über die Schulter einen fragenden Blick zu.

Sie lächelte jetzt übers ganze Gesicht und deutete zu seinen Füßen.

Er schaute nach unten. Eine Seemöwe stand nur wenige Zentimeter von seinen Schuhen entfernt auf ihrer Stufe und hob jetzt den Schnabel. Im nächsten Moment stieß sie ein lautes Krächzen aus.

»Michael, darf ich Ihnen Floyd vorstellen. Ich habe den großen Fehler gemacht, ihn zu füttern, als er die ersten Male hier war. Daraufhin hat er beschlossen, mein bester Freund zu werden, und kommt jeden Abend ungefähr um dieselbe Zeit. Wie Sie sehen können, ist er sehr hartnäckig, wenn ich ihm nicht öffne.«

Floyd breitete seine Flügel aus und schlug damit.

»Vielleicht ist in dem Abfall, den Sie in der Hand haben, noch ein bisschen zu essen übrig. Floyd ist nicht wählerisch.«

Michael wich vor dem kreischenden Vogel zurück. »Kommt er nicht erst recht wieder, wenn ich ihn füttere?«

»Er kommt sowieso. Und das ist auch okay. Ich denke, er ist einsam. Am Anfang hat er ein Weibchen mitgebracht, aber seit etwa vier Monaten kommt er allein. Wahrscheinlich ist ihr etwas zugestoßen.«

Ein Seemöwenpärchen.

Von dieser fantasievollen Vorstellung gerührt, zog Michael ein paar übrig gebliebene Tacostückchen aus der Tüte und warf sie Floyd hin, der sie gierig verschlang. »Vielleicht findet er bald ein neues Weibchen.«

»Vielleicht. Irgendwann. Aber Seemöwenpaare bleiben ihr Leben lang zusammen. Und dieser Vogel hier ist noch in der Trauerphase. Wenigstens frisst er jetzt wieder mehr.« Sie schlenderte hinüber und blieb neben ihm stehen. Ein schwacher, angenehmer Duft stieg ihm in die Nase. »In der ersten Zeit, in der er allein hier auftauchte, wollte er überhaupt nichts fressen, egal, was ich ihm anbot. Ich glaube, er wollte einfach an einem bekannten Ort sein und seine gewohnten Abläufe beibehalten. Kein schlechter Plan, wenn man in Trauer ist.«

Etwas, das in ihrem Tonfall mitschwang, verriet ihm, dass sie jetzt nicht mehr nur von Seemöwen sprach. Dass sie und ihr Freund Floyd ein ähnliches Trauma durchlebt hatten.

Er konnte das gut nachvollziehen.

Er ließ die Hand auf der Tür liegen und drehte sich zu ihr um. Sie stand dicht vor ihm. Leichte Sommersprossen überzogen ihre Nase. Aus ihren grünen Augen sprachen Schmerz und Einsamkeit und … War das ein Hauch von Sehnsucht, als sich ihre Blicke begegneten?

Einen kurzen Augenblick lang schwiegen beide.

Schließlich schluckte sie und trat abrupt einen Schritt zurück. »Sie kö-können die Tür jetzt zumachen. Er geht entweder wieder oder er setzt sich eine Weile auf die Treppe. Wir haben etwas anderes zu tun.«

Ja, das hatten sie.

Aber als sie in ihre Autos stiegen, um im Supermarkt die Milch zu kaufen und bei Eleanor vorbeizufahren, fragte er sich unwillkürlich, was er und Tracy außer einem Trauma in ihrer Vergangenheit vielleicht noch gemeinsam hatten.

Und wohin diese Gemeinsamkeiten sie führen könnten, falls sie beide womöglich doch für eine Beziehung offen wären.

Kapitel 8

»Ich kann Ihnen beiden nicht genug danken. Sind Sie sicher, dass ich Sie nicht zu einem zweiten Glas Limonade und einem Stück Schokokuchen überreden kann? Es ist noch genug da und ich weiß, dass Sie Schokolade mögen, Tracy.«

Sie umarmte Eleanor. »Nein, danke, aber der Kuchen schmeckt köstlich.«

»Das kann ich nur bestätigen.« Michael trat zu der alten Frau.

Tracy überließ ihm ihren Platz und schaute ihm zu, als er die Hand der älteren Frau in seine nahm. Dieser Mann war es offenbar gewohnt, mit älteren Leuten umzugehen. Er hatte lauter gesprochen, als er gemerkt hatte, dass Eleanor trotz ihres Hörgeräts nicht immer alles verstand. Und seine sanfte Berührung jetzt zeigte, dass er wusste, wie empfindlich die Haut von älteren Leuten war.

Er war in seinem Beruf bestimmt sehr gut.

»Sie können Ihren jungen Mann gerne jederzeit mitbringen, Tracy.« Die alte Frau musterte Michael von Kopf bis Fuß, dann zwinkerte sie Tracy zu. Das Funkeln in ihren Augen war trotz ihres Alters ungetrübt. »Sie sollten ihn nicht wieder gehen lassen.«

Tracy verkniff sich ein Stöhnen. Jetzt hatte Eleanor schon zum dritten Mal erwähnt, dass Michael »Ihr junger Mann« war. Und sosehr Tracy ihr auch widersprochen hatte, sie hatte sich nicht davon abbringen lassen.

»Er ist nur für ein paar Wochen zu Besuch hier, Eleanor.«

»Aber ich werde auf jeden Fall versuchen, Sie noch einmal zu besuchen.« Michael nahm den Hammer, der auf dem Geländer lag. »Ich bringe Ihre Leiter in den Schuppen zurück.«

»Danke.« Die Frau trat näher zu ihm vor, stützte sich schwer auf ihren Stock und deutete mit dem Kopf auf Tracy. Obwohl sie die Stimme senkte, waren ihre Worte in der stillen Abendluft gut zu hören. »Geben Sie sie nicht auf, hören Sie? Sie meint zwar vielleicht, dass das Thema Männer für sie abgeschlossen wäre, aber wenn Sie es richtig anpacken, ist sie dafür bestimmt wieder offen. Und es lohnt sich unbedingt, sich diese Mühe zu machen. Glauben Sie mir. Sie hat ein gutes Herz, sie ist einfühlsam, bildhübsch und klug. Sie ist Buchhalterin, wissen Sie.«

Oh, meine Güte!

Tracy packte Michael am Arm und zog ihn zu den Verandastufen. »Bis bald, Eleanor. Rufen Sie an, wenn Sie etwas brauchen.«

»Das mache ich, liebes Kind. Aber machen Sie sich keine Sorgen um mich. Konzentrieren Sie sich lieber darauf, Ihren jungen Mann hier glücklich zu machen.«

Endlich waren sie zur Tür hinaus.

Sie zerrte Michael den Gehweg entlang und blieb erst stehen, als sie bei ihren Autos ankamen.

Sie zog die Schlüssel aus der Tasche, schloss die Faust darum und zwang sich, Michael in die Augen zu schauen. »Entschuldigen Sie bitte. Ich weiß nicht, was in Eleanor gefahren ist. Ich hatte keine Ahnung, dass sie so direkt sein kann.«

»Machen Sie sich deshalb keine Sorgen.« Michael wirkte eher belustigt als verärgert, als er ihr den Hammer zurückgab, den er sich aus dem mageren Werkzeugbestand in ihrem Cottage geliehen hatte. »Ich finde, sie ist eine sehr nette Frau.«

»Das ist sie. Und normalerweise benimmt sie sich auch viel diskreter.«

»Ich schätze, in ihrem Alter nimmt man sich die Freiheit, die Dinge beim Namen zu nennen.«

Was sollte das jetzt heißen?

Tracy schaute ihn fragend an, aber die untergehende Sonne hinter ihm warf einen Schatten auf sein Gesicht.

Falls er damit sagen wollte, dass sich zwischen ihnen mehr entwickeln könnte, musste sie die Dinge unbedingt klarstellen.

Und zwar sofort.

»Hören Sie, Michael ...« Sie drehte sich von Eleanors Haus weg, um der 87-jährigen Kupplerin den Blick zu versperren, falls die alte Frau zufällig aus dem Fenster schauen und sie beobachten sollte. »Für den Fall, dass Sie meinen, ich würde ... wir könnten ... unsere Beziehung könnte ...« Sie brach ab. Dann atmete sie tief aus. »Tut mir leid. Ich bin bei so persönlichen Dingen nicht sehr gut.«

Die Belustigung verschwand aus seinem Gesicht. »Keine Sorge. Ich verstehe, was Sie sagen wollen. Ich kann Sie beruhigen. Ich liebe meine Frau immer noch. Eleanors Verkupplungsversuche waren zwar amüsant, aber ich bin auch nicht auf der Suche nach einer neuen Liebe. Meine Zukunft ist ohne Partnerin geplant.« Er vergrub die Hände in seiner Hosentasche. »Ich hoffe, das nimmt Ihnen den Druck.«

»Ja.« Und noch etwas anderes, auch wenn sie es nicht genau benennen konnte, war plötzlich verschwunden und ließ eine gewisse Leere zurück. »Danke für Ihre Offenheit.«

Leichte Nebelschwaden schoben sich zwischen sie. Michael deutete mit dem Kopf zum Meer. »Es zieht sich zu. Ich sollte lieber in mein Apartment zurückfahren, solange ich die Straße noch sehen kann. Geben Sie mir bitte Bescheid, wenn der Vorstand einen Termin festgelegt hat, an dem wir über die übrigen Fragen sprechen können. Danach kann ich Ihnen in ein bis zwei Tagen letzte Empfehlungen zukommen lassen.«

»Das wäre herrlich. Noch einmal danke für die Tacos. Und für die Reparatur der Regenrinne.«

Sein Lächeln erreichte nicht seine Augen. »Ich helfe immer gern, wenn Hilfe nötig ist.«

»Eine bewundernswerte Eigenschaft.«

Seine Lippen wurden schmaler. »Nicht immer.«

Was meinte er damit?

Aber bevor sie eine diplomatische Möglichkeit fand, ihm diese Frage zu stellen, marschierte er schon zu seinem Auto.

Eine halbe Minute später fuhr er mit einem Winken an ihr vorbei, verschwand im Nebel und ließ sie mit seiner sonderbaren Bemerkung stehen.

Warum sollte es keine bewundernswerte Eigenschaft sein, anderen zu helfen?

Während sie sich langsam hinter das Steuer ihres Autos setzte und den Schlüssel ins Zündschloss steckte, ging ihr das Gespräch über Rätsel und Geheimnisse durch den Kopf. Annas untypisches Verhalten und auch die Geschichte, die hinter dem Verschwinden ihres Sohnes stand, gehörten zu den großen Rätseln.

Aber auch Annas neuer Mieter.

Aus seiner Bemerkung vor einigen Minuten schloss Tracy, dass er seine Vergangenheit wohl eher für sich behalten würde. Solche Dinge vertraute man nur sehr engen, guten Freunden an. Oder einer Frau, an der man größeres Interesse hatte. Aber das hatte er nicht. Das hatte er gerade unmissverständlich klargestellt.

Zu derselben Schlussfolgerung war sie auch schon gekommen.

Was für ein Glück! Jetzt bräuchte sie sich nicht mehr den Kopf darüber zu zerbrechen, dass die Sache schwierig oder kompliziert werden würde.

Sie warf die Schultern zurück, legte den Gang ein und fuhr los.

Während das Haus mit der romantischen alten Frau hinter ihr verschwand, fühlte sie sich aber so gar nicht erleichtert. Sondern es war plötzlich so, als wäre ihr etwas genommen worden.

☙

Termin für Vorstandssitzung von *Helfende Hände* Donnerstag, 19 Uhr. Bitte geben Sie mir Bescheid, ob Ihnen dieser Termin passt.

Michael las die E-Mail von Tracy noch einmal. Sie war professionell. Sachlich. Knapp.

Und genauso lauwarm wie der Kaffee, den er mit nach Hause genommen hatte, als er einkaufen gewesen war.

Konnte er nach ihrem angespannten Abschied vor zwei Tagen bei Eleanor etwas anderes erwarten?

Mit einem Seufzen stellte er seinen Kaffee in die Mikrowelle, um ihn aufzuwärmen, schrieb Tracy, dass ihm dieser Termin passte, und schickte die Mail ab.

Sie hatte ihm am Sonntag eine Abfuhr erteilt. Vielleicht hätte er etwas diplomatischer darauf reagieren sollen.

Nein, das stimmte nicht ganz.

Eine Abfuhr war es nicht. Das war zu hart ausgedrückt.

Sie hatte nur versucht klarzustellen, dass sie trotz Eleanors Andeutungen kein Interesse an einer festen Beziehung zu einem Mann hatte. Das war nicht persönlich gegen ihn gewesen. Und er hatte die gleiche Einstellung. Er hatte auch nicht vor, sich wieder zu binden.

Warum hatte es ihn dann so irritiert, als sie die Grenzen für ihre Beziehung aufgestellt hatte?

Und warum hatte er so übertrieben reagiert und ihr gesagt, dass er seine Zukunft ohne Partnerin plane?

Er lehnte sich an die Arbeitsplatte, während sich der Teller in der Mikrowelle drehte. Es war Unsinn, dass er sich jetzt den Kopf über ihr Gespräch zerbrach. In wenigen Wochen war er wieder fort und würde Hope Harbor und seine Bewohner weit hinter sich lassen. Tracys plötzliche Distanziertheit spielte auf lange Sicht keine Rolle.

Aber seine abweisenden Worte hatten sie getroffen. Das hatte er ihr angemerkt. So als hätte er ihr einen Schlag in die Magengrube verpasst.

Er machte die Augen zu und versuchte, ihr schmerzverzerrtes Gesicht aus seinem Gedächtnis zu löschen.

Aber wo war die Löschtaste? Er konnte sie nicht finden.

Vergiss es, Hunter. Wenn du wieder in Chicago bist, wirst du sie nie wiedersehen. Wahrscheinlich siehst du sie schon nach der Vorstandssitzung am Donnerstag nicht mehr.

Das stimmte.

Warum fühlte er sich also nicht besser?

Die Mikrowelle klingelte und er nahm die Tasse heraus. Er trank einen Schluck und wartete, bis das Koffein wirkte.

Aber es wirkte nicht.

Stattdessen breitete sich die Müdigkeit und Verzweiflung aus, die er in Chicago hatte zurücklassen wollen. Er war dreitausend Kilometer gefahren, um Antworten zu finden. Doch stattdessen hatte er jetzt noch mehr Fragen.

Der Kaffee schwappte über und er stellte fest, dass seine Hände zitterten. Ein sichtbarer Beweis dafür, dass seine Flucht nach Hope Harbor ein Flop war.

Er verdrängte eine weitere Welle von Melancholie, die ihn überrollen wollte, und nahm sein Buch zur Hand. Wenn er für eine Stunde in seinen spannenden Krimi eintauchte, bekam er vielleicht den Kopf frei und konnte seine verworrenen Gedanken entwirren.

Mit dem Buch in der einen und dem Kaffee in der anderen Hand schob er mit der Schulter die Hintertür auf und ging über den Rasen.

Auf halbem Weg zur Terrasse blieb er stehen.

Wann war dieser zweite Stuhl an den Tisch gestellt worden?

Er runzelte die Stirn. Als er gestern herausgekommen war, um eine Stunde zu lesen, war der Stuhl noch nicht da gewesen. Und als er heute Morgen zu seinem Spaziergang am Strand aufgebrochen war, hatte er auch noch nicht dagestanden.

Erwartete Anna Besuch?

Nein. Das passte nicht zu dem Bild, das er und alle anderen in Hope Harbor von ihr hatten.

Aber was konnte es sonst bedeuten?

Egal. Sie hatte ihm gesagt, dass er die Terrasse benutzen könne. Warum sollte er sich also nicht auf einen der Stühle setzen, bis er aufgefordert wurde, die Terrasse zu räumen?

Keine fünf Minuten später, als er gerade anfangen wollte, in die düstere Welt der Spionage und des politischen Komplotts einzutauchen, ging die Schiebetür hinter ihm auf.

So viel zu seiner Flucht vor der Realität!

Er unterdrückte seine Enttäuschung, klappte das Buch zu, nahm seinen Kaffeebecher und drehte sich um.

Anna hatte ein Tablett in der Hand. Darauf war ein Teller mit Brownies, eine Tasse und eine Handvoll Servietten. »Bleiben Sie ruhig sitzen.«

Er war schon halb aufgestanden und zögerte jetzt. »Sind Sie sicher? Ich möchte nicht in Ihre Privatsphäre eindringen.«

»Ich habe da drinnen genug Privatsphäre.« Sie deutete mit dem Kopf zum Haus, während sie den Teller auf den Tisch stellte und die Servietten danebenlegte, ihn aber nicht anschaute. »Ich dachte, ich könnte mich eine Weile zu Ihnen setzen, wenn Sie nichts dagegen haben, und wir könnten ein paar Marmorbrownies essen.«

Sie lud ihn ein, sich zu ihr zu setzen? Sie wiederholte jetzt die Einladung, die er vor ein paar Tagen ausgesprochen hatte?

Erstaunlich.

Er setzte sich wieder und bemühte sich, seine Überraschung nicht zu zeigen. »Sehr gerne.«

Mit dem Kinn deutete sie auf den Teller und setzte sich auf den zweiten Stuhl. »Bedienen Sie sich.«

Er nahm einen Brownie und biss hinein, während sie sich ebenfalls einen nahm.

»Die schmecken gut.« Er versuchte, den leichten, aber doch unverkennbaren Geschmack auf seiner Zunge zu deuten. Es gelang ihm nicht.

»Danke. Ich habe das Rezept schon jahrelang. John hat diese Brownies geliebt. Und sie waren bei den Gemeindeessen immer der Renner, zusammen mit meinem Kartoffelgratin.«

»Sie haben einen einmaligen Geschmack.« Michael betrachtete den Rest seines Brownies. »Es schmeckt wie Mandeln. Aber die Nüsse sehen aus wie Pekan- oder Walnüsse.«

»Es sind Walnüsse. Der Geschmack ist Amaretto.«

Amaretto?

Wer hätte gedacht, dass seine puritanische Vermieterin Alkohol im Haus hatte und ihn sogar zum Backen verwendete?

»Die Brownies enthalten Alkohol?«

»Keine Sorge. Sie werden davon nicht betrunken.« Ein gewisser Humor schwang in ihren Worten mit. »Auf das ganze Blech kommen nur zwei Teelöffel. Lediglich die Köchin steht in Gefahr, betrunken zu werden, falls sie während des Backens wiederholt daran nippt. Aber das mache ich nie.«

Michael schaute sie mit zusammengekniffenen Augen an. War das ein Anflug von Humor in ihren Augen?

Das konnte nicht sein.

»Egal, welche Zutaten Sie hineingetan haben, das sind die besten Brownies, die ich je gegessen habe. Darf ich?« Er deutete zu dem Teller, während er den Rest seines ersten Stücks in den Mund schob.

»Natürlich. Deshalb habe ich sie ja mit auf die Terrasse gebracht.«

Sie kauten schweigend, während Michael nach einem Gesprächsthema suchte, das die Frau aus der Reserve locken könnte. Aber sie ersparte ihm die Mühe.

»Erzählen Sie! Was haben Sie so gemacht, seit Sie in Hope Harbor sind.«

Die wortkarge Anna wollte mit ihm plaudern?

Dieser Tag steckte voller Überraschungen.

Er kam ihrer Aufforderung nach und schilderte ihr seinen Besuch auf der Cranberryfarm, seine Arbeit für *Helfende Hände*, seine täglichen Spaziergänge am Strand, seine häufigen Besuche bei Charley.

»In nicht mal zwei Wochen haben Sie sehr viel unternommen.«

»Mehr, als ich erwartet habe, wenn ich ehrlich bin.«

»Ja.« Sie schaute ihn musternd an. »Ich hatte den Eindruck, dass Sie Ihre Ruhe haben wollten. Und viel Zeit für sich.«

»Ja, das stimmt.« Er nippte an seinem Kaffee. »Es ist schon sonderbar, dass es im Leben selten so kommt, wie wir es planen, nicht wahr? Ich rege mich über die unerwarteten Zwischenfälle oft auf, aber meine Frau hat sie immer Gottes Vorsehung genannt.«

»Mein George auch.« Sie brach ein Stück von ihrem Brownie ab. »Wirklich interessant, dass Sie das sagen. Ein ähnliches Gespräch hatte ich neulich mit Pastor Baker und Charley.« Mit den Fingerspitzen sammelte sie ein paar Krümel auf, die auf dem Tisch lagen, und legte sie in einem sauberen Häufchen auf ihre Serviette. »Übrigens meint Charley, dass Sie und ich Freunde sein könnten.«

Michael ließ sich das durch den Kopf gehen, während er seinen zweiten Brownie verdrückte. »Er könnte recht haben. Charley scheint ein sehr aufmerksamer Mensch zu sein. An dem Tag, an dem ich hier ankam, hat er mir ein Bibelzitat gegeben. Es ist mir ein Rätsel, woher er wusste, dass ich diese Worte brauchte.« Eines von vielen Rätseln in einer immer länger werdenden Liste, aber das behielt er für sich.

»Wie lautete es?«

»Es war aus dem Buch Hiob.« Er stellte seinen Kaffee ab, nahm sein Smartphone zur Hand, scrollte ein wenig hin und her und zeigte es ihr.

Sie las den Vers schweigend. Schließlich hielt sie ihm das Handy wieder hin. »Ich kannte diese Stelle nicht. Aber ich würde gern glauben, dass sie wahr ist.«

»So geht es mir auch. Ich denke, solange ein Mensch lebt, ist ein Neuanfang immer möglich. Nur der Tod kann uns diese Gelegenheit rauben.« Seine Stimme erstickte. Mit den Händen umschloss er seine Kaffeetasse, während sein Blick in die Ferne wanderte.

Einen Moment später berührte eine Hand mit von Arthritis gezeichneten Fingerknöcheln seinen Unterarm. »Ich gehe nicht mehr zur Kirche, Michael. Gott und ich haben nicht gerade das beste Verhältnis.« Anna sprach mit sanfter Stimme. In demselben Tonfall sprach sie auch mit ihren geretteten Tieren. »Aber ich glaube allmählich, dass er Sie aus einem bestimmten Grund in mein Leben geführt hat. Und dass für uns beide etwas Gutes dabei herauskommen wird.« Sie tätschelte seine Schulter und stand auf. »Ich überlasse Sie jetzt Ihrem Buch. Den Rest der Brownies können Sie mitnehmen. Sie sollen wissen, dass ich zwar schon lange nicht mehr gebetet habe, aber ich werde Gott bitten, Ihnen zu helfen, das zu finden, was Sie in Hope Harbor suchen.«

Er blieb sitzen, während sie zum Haus zurückging, und hatte Mühe, diese überraschenden Worte zu verarbeiten.

Anna Williams, die zurückgezogene Witwe, die mit so wenigen Menschen wie möglich sprach und sich von Gott und ihren Mitmenschen isoliert hatte, wollte für ihn beten.

Egal, ob ihm seine Reise die Antworten gab, die er suchte, oder nicht. Wenigstens nahm er dieses eine Wunder mit.

☙

»Ich glaube, das war's mit ihr, Tracy.« Onkel Bud richtete sich auf und schaute sie über den defekten Traktor hinweg an. »Das Getriebe hat endgültig den Geist aufgegeben. Es hätte keinen Sinn, mehrere Tausend Dollar in ein neues Getriebe zu stecken. Dafür ist Bessie schon zu alt und hat einfach zu viele andere Wehwehchen.«

Tracy rechnete im Geist und unterdrückte einen Anflug von Panik. Sie hatten nicht genug Geld auf dem Konto, um Bessie durch ein gebrauchtes Modell zu ersetzen.

»Nancy und ich können privat etwas zuschustern, Liebes.«

Tränen traten ihr in die Augen. Das sah ihrem Onkel ähnlich. Die Farm kam für ihn immer an erster Stelle. Seine eigenen Bedürfnisse stellte er dafür gern zurück. Dieser Mann war so selbstlos.

»Ich will nicht, dass ihr euer Rentenkonto plündert. Die magische 65, auf die du zusteuerst, ist nicht mehr weit.« Tracy versuchte, ruhig zu bleiben, aber das Beben in ihrer Stimme konnte sie nicht ganz verhindern.

»Dann arbeite ich eben noch ein oder zwei Jahre länger. Das ist keine große Sache. Ehrlich gesagt, bin ich gar nicht so sicher, ob der Ruhestand wirklich so schön ist, wie alle sagen. Außerdem will ich dich mit den ganzen Belastungen dieser Farm nicht alleinlassen. Das ist zu viel für einen allein.«

Dem konnte sie nur schwer widersprechen. Sie hatten leider auch kein Geld, um eine Teilzeitkraft einzustellen.

Aber es war auch nicht fair, Onkel Bud zu bitten, über die 64 hinaus noch zu arbeiten. Er hatte sich ein paar sorglose Jahre verdient, in denen er angeln und reisen konnte. Diese persönlichen Interessen hatte er immer zurückgestellt. Ganz zu schweigen davon, dass er Zeit für seine Frau brauchte, mit der er noch nicht lange verheiratet war.

»Wenn wir diese Farm wieder auf die Beine stellen können, schaffe ich es mit einer Saisonkraft. Das ist mein Ziel. Ich will, dass du in Rente gehen kannst.« Sie stieß mit der Schuhspitze gegen den bockigen Traktor. »Was Bessie angeht, können wir uns wahrscheinlich nicht allzu sehr beschweren. Sie hat uns weit über ihre normale Lebenserwartung hinaus gute Dienste geleistet, weil du dich immer selbst um die Reparaturen gekümmert hast. Aber ich hatte gehofft, wir würden diese Saison noch auf Bessie setzen können und ein paar Monate herausschinden, bis wir eine Idee haben, wie es nach Bessie weitergehen kann.«

»Wie viel haben wir auf dem Farmkonto?«

Sie nannte ihm den traurigen Betrag. »Bei mir stehen noch einige Rechnungen für das zweite Quartal aus. Dieses Geld dürfte in den nächsten zwei Wochen eintrudeln. Wenn wir alle unsere Ressourcen anzapfen, können wir das überstehen. Außerdem habe ich einen neuen Kunden gewonnen. Das hilft uns auf längere Sicht, aber im Moment müssen wir unsere Reserven auf null fahren. Wenn noch eine weitere unerwartete Ausgabe kommen sollte ...« Sie rieb sich die Schläfe, um die lästigen Kopfschmerzen loszuwerden.

»Wir sollten nicht zu pessimistisch sein.« Onkel Bud ging um den Traktor herum und legte den Arm um seine Nichte. Sein Griff war stark, beruhigend und tröstend. »Wir haben gesagt, dass wir die Dinge in Gottes Hand legen. Ich schlage vor, dass wir an diesem Plan festhalten.«

»Er scheint uns im Moment nicht sehr zu helfen.«

»Du hinterfragst Gott?« Er drückte sie beruhigend an sich.

»Fragst du dich nicht manchmal, warum so viel Schlimmes passiert?« Sie blickte in seine mitfühlenden Augen. Sein freundliches

Lächeln und sein Leben auf den Feldern hatten tiefe Falten in seinen Augenwinkeln hinterlassen.

»Natürlich. Ich bin auch nur ein Mensch. Aber am Ende gebe ich die Sache an Gott ab. Wir werden nie ganz verstehen, wie er handelt. Wir können nur unser Bestes tun und vertrauen, dass er bei allem, was passiert, bei uns ist und alles in der Hand hat.«

Früher war das auch einmal ihre Lebensphilosophie gewesen. Bevor eine Tragödie, Trauer und Schuldgefühle ihr Vertrauen zu Gott erschüttert hatten.

Sie lehnte sich an ihren Onkel und fand in seiner ruhigen, unerschütterlichen Stärke Trost. »Dann sollten wir uns jetzt um unser aktuelles Problem kümmern und beten, dass für den Rest der Saison nichts mehr passiert.«

»Amen dazu.« Onkel Bud drückte noch einmal ihre Schulter und ging zu seiner Werkbank. »Willst du das Unkraut von Hand sprühen, da Bessie kaputt ist? Ich kann dir helfen. Aber vorher muss ich ein paar Sprinklerköpfe gängig machen. Wenn es nicht regnet, müssen wir morgen gießen.«

»Klar.« Sie nahm ihre Arbeitshandschuhe und ging an das Regal mit den beiden 20-Liter-Sprühbehältern, die man sich auf den Rücken schnallte. »Heute Abend rufe ich einige Nachbarn an und frage, ob jemand einen älteren Traktor verkauft. Falls das zu keinem Erfolg führt, suche ich im Internet.«

»Ich bin sicher, dass wir bei der schweren wirtschaftlichen Lage, in der jeden Tag Betriebe aufgeben müssen, einen finden werden.« Er wandte sich ab, blieb dann aber noch einmal stehen. »Das hätte ich fast vergessen: Ich soll dich von Nancy fragen, ob du morgen Abend zum Essen kommst.«

»Sag ihr, dass ich gern kommen würde, aber wir haben bei *Helfende Hände* eine Sondervorstandssitzung. Ich werde nach der Arbeit nur kurz duschen und hinfahren.«

»Was gibt es denn Besonderes?«

Sie zog einen Kanister vom Regal. »Michael Hunter will einige Punkte mit uns besprechen, bevor er seinen Abschlussbericht schreibt. Er hatte noch ein paar Fragen, die ich ihm nicht beantworten konnte.«

Onkel Bud unterbrach seine Tätigkeit an der Werkbank und

schenkte ihr seine volle Aufmerksamkeit. »Du hast also noch einmal mit ihm gesprochen, seitdem er neulich hier war?«

Sie konzentrierte sich darauf, das Unkrautvernichtungsmittel vorzubereiten. »Einmal. Hauptsächlich lief unsere Kommunikation per E-Mail und war rein geschäftlich.« Er musste ja nicht unbedingt wissen, dass sie zusammen in ihrem Wohnzimmer Tacos gegessen hatten.

»Es könnte sich lohnen, ihn besser kennenzulernen. Er scheint ein netter Mann zu sein.«

»Vergiss es, Onkel Bud. Er hat unmissverständlich klargestellt, dass er kein Interesse an einer festen Beziehung hat.«

»Wirklich?« Er verschränkte die Arme. »Das hört sich so an, als hättet ihr über viel mehr als nur über Geschäftliches gesprochen.«

In diese Sackgasse hatte sie sich jetzt selbst hineinmanövriert.

Rudere zurück, Tracy.

Sie gab sich teilnahmslos und zuckte mit einer Achsel. »Er hat erwähnt, dass er seine Frau immer noch sehr liebt. Das war alles.« Sie steckte die Arme in die Tragegurte, schob sich den Kanister auf den Rücken und ging zur Tür.

»Ich habe deine Tante auch sehr geliebt, aber als ich Nancy kennenlernte, habe ich erkannt, dass uns Gott manchmal eine unerwartete zweite Chance gibt.«

Ihre Schritte verlangsamten sich. An der Tür blieb sie stehen und drehte sich langsam noch einmal zu ihm um. »Ich denke, es ist möglich, sich irgendwann von der Trauer zu erholen und in die Zukunft zu blicken. Bei Schuldgefühlen ist das etwas anderes. Sie lassen einen nie los.« Sie konnte nicht weitersprechen und schluckte schwer. Das hatte sie noch nie einem anderen Menschen eingestanden, doch das Mitgefühl in den sanften Augen ihres Onkels verriet ihr, dass er genau wusste, welche Last sie niederdrückte.

»Doch, das ist möglich. Wenn diese Schuldgefühle unberechtigt sind.«

»Meine sind aber berechtigt.«

»Vielleicht würde es dir helfen, wenn du …«

»Ich muss jetzt mit der Arbeit anfangen. Sonst bin ich heute Abend immer noch nicht fertig.« Sie hatte ihm zwar endlich ihre

Schuldgefühle gestanden, aber sie war nicht bereit, darüber zu sprechen. Und Ratschläge brauchte sie auch keine. »Bis später.«

Er ließ sie gehen, ohne ein weiteres Wort zu sagen.

Als sie an der frischen Luft war, blinzelte sie, um wieder klar sehen zu können, und eilte zu den Feldern, die ihr schon immer Trost gespendet hatten. Sie konzentrierte sich auf das gleichmäßige Summen der Bienen. Auf den fröhlichen Gesang der Meisen. Auf das verspielte Bellen der Hunde in der Ferne. Die ganz normalen Alltagsgeräusche, die sie schon immer beruhigt und getröstet hatten.

Aber heute konnte sie die Nervosität, die sie erfasst hatte, nicht von sich abschütteln.

Warum nur hatte sie Onkel Bud von ihren Gefühlen erzählt und diese Büchse der Pandora geöffnet? Es war viel besser, das alles für sich zu behalten. Jetzt würde ihr Onkel ihr klarmachen wollen, dass es nicht ihre Schuld gewesen sei. Es wäre so leicht, das zu glauben und sich von ihm überzeugen zu lassen, dass sie keine Schuld traf.

Aber sie wusste es besser.

Und Gott auch.

Daran konnten auch noch so viele gut gemeinte Worte nichts ändern. Selbst wenn ein attraktiver Geschäftsführer aus Chicago in ihr den Wunsch weckte, sie könnten es ändern.

Kapitel 9

So etwas Dummes!

Anna schluckte ihre Verärgerung hinunter und warf einen finsteren Blick auf Klopfer. So hatte Michael ihn genannt. Der Hase schaute sie aus kurzer Entfernung an.

»Das ist alles deine Schuld.«

Seine Schnurrhaare zuckten. Es sah fast so aus, als würde er sich ein Lachen verkneifen.

»Das ist nicht lustig.«

Der Unfall, den ihr pelziger Freund verursacht hatte, war absolut nicht lustig. Sie hätte nicht nach ihm springen sollen, als er einen zweiten Fluchtversuch unternommen hatte. Im Grunde hätte sie ihn schon vor Tagen freilassen sollen. Er war mehr als bereit, sich selbst durchs Leben zu schlagen.

Und jetzt hatte sie sich seinetwegen in diese Situation gebracht! Sie lag mit dem Rücken auf dem Boden und ihre Schulter schrie bei jedem Atemzug, den sie mühsam machte, vor Schmerzen.

Sie musste sich etwas gebrochen haben.

Schweißperlen traten ihr auf die Stirn und ihr Herz begann zu hämmern.

Sie brauchte Hilfe.

Und zwar schnell.

Sie versuchte, ihren Körper so wenig wie möglich zu bewegen, während sie langsam den Kopf drehte und sich in der Küche nach ihrem Handy umsah. Es lag nicht auf der Arbeitsplatte. Auch nicht neben ihrer Handtasche. Auch in der Ladestation war es nicht. Da! Es lag auf dem Wohnzimmertisch.

Nur drei Meter entfernt, aber trotzdem unerreichbar für sie.

Klopfer hüpfte näher heran. Nahe genug, dass ihre Finger sein weiches Fell streicheln konnten. Er spürte wohl, dass sie gerade nicht in der Lage war, ihn einzufangen und wieder in seinen Käfig zu sperren. War er gekommen, um sie zu trösten?

Sie streichelte seinen Rücken. Er war ein freundlicher, kleiner Kerl. Gesellig.

Wirklich schade, dass er ihr nicht das Telefon bringen konnte.

Und wirklich schade, dass sie nicht einfach bleiben konnte, wo sie lag, und warten konnte, bis jemand nach Hause kam und sie fand.

Aber außer ihr kam niemand mehr in dieses Haus. Es rief auch niemand mehr an. Außer Organisationen, die um Spenden baten, und Computerstimmen, die ihr eine neue Kreditkarte andrehen wollten.

Pater Murphy und Pastor Baker würde auffallen, wenn sie nicht zum Kochen kam, und nach ein paar Tagen würde sich Charley fragen, warum sie nicht auftauchte, um sich einen Taco zu kaufen. Aber sie konnte nicht warten, bis einer von ihnen merkte, dass etwas nicht stimmte.

Sie musste selbst Hilfe suchen.

Konzentriert richtete sie ihren Blick auf das Handy und versuchte, die Situation einzuschätzen. Wenigstens lag es auf der Tischkante. In Reichweite, falls sie es schaffte, sich aufzusetzen und hinüberzurutschen. Wenn sie es erst einmal in der Hand hatte, konnte sie problemlos die Notrufnummer wählen.

Sie konnte es schaffen.

Sie *musste* es schaffen.

Entschlossen biss sie die Zähne zusammen und rollte sich auf die rechte Seite.

Sie stöhnte laut, als sie das Gefühl hatte, ihre Schulter würde von Messerstichen durchbohrt und ihr würde die Luft abgeschnitten. Kalter Schweiß brach ihr aus und sie begann zu zittern. Es hörte gar nicht mehr auf.

Es war aussichtslos. Bis zum Tisch würde sie es auf keinen Fall schaffen. Sie würde vorher das Bewusstsein verlieren.

Aber welche andere Wahl blieb ihr?

Eine Träne lief ihr aus dem Augenwinkel. Mit zitternden Fingern wischte sie sie weg. Es war ihre eigene Schuld, dass sich niemand um sie kümmerte. Sendete sie nicht seit Jahren das eindeutige Signal: Lasst mich in Ruhe. Ich brauche niemanden.

Jetzt ließ man sie in Ruhe und sie war sich allein überlassen.

Das stimmt nicht. Ich bin immer bei dir.
Ihr stockte der Atem.
Warum ging ihr diese Verheißung aus der Bibel gerade jetzt durch den Kopf? Kam diese tröstliche Erinnerung von Gott?
Nein. Das war sehr unwahrscheinlich. Warum sollte er mit einer starrköpfigen Frau sprechen, die seit fast zwei Jahrzehnten nichts mehr mit ihm zu tun haben wollte?
Wenn Gott bei ihr war, würde er ihr vielleicht die nötige Kraft geben, um zum Telefon zu gelangen?
Sie betrachtete die drei Meter Entfernung, die sie von ihrem Handy trennten. Dieser Abstand war genauso schwer zu bewältigen wie eine fünfzig Kilometer lange Wanderung. Sie bräuchte definitiv mehr Kraft, als sie selbst besaß, um diesen Weg zurückzulegen.
Und da ihr niemand sonst zu Hilfe kommen würde, konnte sie die Sache nur in Gottes Hände legen und das Beste hoffen.

☙

»Michael, im Namen von Pater Kevin und dem gesamten Vorstand danke ich Ihnen noch einmal für Ihre Analyse und die Empfehlungen, die Sie erarbeitet haben, und dafür, dass Sie die letzten eineinhalb Stunden bei uns waren. Sie sind für uns eine Gebetserhörung.«
Während Pastor Baker die Sitzung abschloss und die Vorstandsmitglieder applaudierten, begann Michaels Gesicht zu glühen. »So viel habe ich auch wieder nicht gemacht. Außerdem werden Sie über meine Vorschläge nicht allzu glücklich sein, fürchte ich. Nach allem, was ich gehört habe. Ich werde Ihnen mehrere Möglichkeiten vorstellen, aber angesichts Ihrer begrenzten Ressourcen wäre es vielleicht die praktischste Lösung, einfach Ihre Dienste einzuschränken.«
»Mit diesem Gedanken haben wir auch schon gespielt, aber es ist schwer, Menschen, die uns um Hilfe bitten, abzuweisen.« Pater Kevin legte seine gefalteten Hände auf den Besprechungstisch und schaute ihn sorgenvoll an.
»Ich kann Ihr Dilemma gut nachvollziehen.« Viel besser, als er ahnte. »Aber in einem eingeschränkten Rahmen weiterzuarbeiten und einigen Menschen zu helfen ist besser, als ganz zuzumachen

und überhaupt niemandem zu helfen. Ich weiß, dass einige Ihrer Vorstandsmitglieder mit Anfragen von *Helfende Hände* bereits an den Rand ihrer Belastbarkeit gehen.« Sein Blick wanderte über die Personen, die um den Tisch saßen, und blieb einen Moment an Tracy hängen.

Sie senkte das Kinn und schob die Papiere zusammen, die vor ihr ausgebreitet waren.

»Das stimmt.« Pastor Baker nickte. »Und es fällt uns vielleicht leichter, eine so harte Entscheidung zu treffen, wenn die Empfehlung von einem erfahrenen Profi wie Ihnen kommt.« Er stand auf und deutete auf einen Tisch an der Seite, auf dem Gebäck und Getränke standen. »Ich hoffe, Sie bleiben noch ein paar Minuten, um einen Happen zu essen und unseren Mitgliedern Gelegenheit zu geben, Ihnen persönlich zu danken.«

»Das tue ich sehr gerne.« Michael erhob sich ebenfalls.

Während sich die Sitzung auflöste und mehrere Personen auf ihn zukamen, um sich mit ihm zu unterhalten, hielt der Pfarrer sein Handy ans Ohr und trat ein wenig von den anderen zurück.

Als Michael mit Kuchen und Kaffee abgefüllt war, beendete der Pfarrer das Gespräch und winkte Pater Kevin und Tracy zu sich. Während sich Michael weiter mit den anderen Vorstandsmitgliedern unterhielt, behielt er die drei in der Ecke im Auge. Aus ihrem Stirnrunzeln und ihrer ernsten Diskussion schloss er, dass wieder eine neue Anfrage bei *Helfende Hände* eingegangen war.

So viel zu seinem Plan, ein paar Worte mit Tracy zu wechseln!

Aber vielleicht war es so besser. Was sollte er auch sagen? Bei ihrem letzten Gespräch vor Eleanors Haus hatte er die Tür zu allen persönlichen Themen zugeschlagen. Und seine Arbeit für *Helfende Hände* war bald beendet. Es gab kein Grund mehr, Tracy anzusprechen.

Bis auf die Tatsache, dass er gern in ihrer Nähe war.

Das war die Wahrheit, auch wenn dieser Wunsch Schuldgefühle auslöste und gefährlich war.

Und auch wenn er keine Ahnung hatte, wie er damit umgehen sollte.

Er hatte sein Stück Kuchen gegessen und die anderen Vorstandsmitglieder hatten sich bereits von ihm verabschiedet. Aber die zwei

Geistlichen und Tracy hatten ihr Gespräch immer noch nicht beendet. Und da ihm kein Vorwand mehr einfiel, warum er noch länger hier herumstehen sollte, warf er seinen Becher und seinen leeren Pappteller in den Abfalleimer, nahm seine Mappe mit den Unterlagen von *Helfende Hände* und seinen Notizblock und verließ den Gemeindesaal.

Dichter Nebel war aufgezogen. Er stellte seinen Mantelkragen auf und war froh, dass er heute Abend nicht zu Fuß gekommen, sondern den Wagen genommen hatte.

Als er die Sitzungsunterlagen neben sich auf den Beifahrersitz gelegt hatte, ließ er den Motor an, legte den Gang ein und …

Er kniff die Augen zusammen und schaute durch die Windschutzscheibe. Gehörte das Fahrrad, das an der Kirche lehnte, Tracy?

Er schaute es genauer an. Es sah aus wie das Rad, mit dem sie bei dem Unfall unterwegs gewesen war. Bei dem schwachen Licht konnte er das jedoch nicht mit Sicherheit sagen. Aber sie war tatsächlich in letzter Minute etwas außer Atem und mit leicht gerötetem Gesicht in die Sitzung geeilt, als hätte sie kräftig in die Pedale getreten, um nicht zu spät zu kommen.

Mit gerunzelter Stirn trommelte er auf das Lenkrad. Die Heimfahrt bergauf über den Klippen außerhalb der Stadt wäre anstrengend und gefährlich, da die Dunkelheit und der Nebel ihre Sicht beeinträchtigten.

Dieser Gedanke gefiel ihm überhaupt nicht.

Sein Motor lief im Leerlauf, während die übrigen Vorstandsmitglieder aus dem Gebäude kamen. Pater Kevin marschierte über den Rasen zum Pfarrhaus. Pastor Baker eilte zu seinem Wagen.

Michael wartete immer noch.

Mehrere Minuten vergingen. Er öffnete das Fenster einen Spaltbreit, weil sich die Scheiben beschlugen. Das alles ging ihn wirklich nichts an. Er sollte nach Hause fahren.

Aber er fuhr nicht.

Sondern er schaltete den Motor wieder aus.

Zehn Minuten später erschien Tracy. Sie zog die Tür hinter sich zu und eilte zu ihrem Fahrrad.

»Tracy!« Er stieg aus dem Auto.

Sie fuhr herum. Obwohl eine Außenleuchte angegangen war, als sie aus dem Gebäude gekommen war, lag ihr Gesicht im Schatten. Aber die Überraschung war ihrer Stimme anzuhören. »Michael?«

»Ja.« Er ging auf sie zu. Zu dumm, dass er sich nicht vorher überlegt hatte, was er sagen wollte. Jetzt musste er spontan etwas aus dem Ärmel schütteln. »Ich, ähm, dachte, dass das Ihr Fahrrad wäre. Das Wetter ist nicht ideal zum Radfahren.« Hatte er sie erschreckt? Oder freute sie sich, dass er gewartet hatte?

»Ich bin dieses Wetter gewohnt.«

»Sie sind aber bei diesem Wetter nass und durchgefroren, bevor Sie zu Hause sind, auch wenn Sie die hier haben.« Er deutete auf ihre Regenjacke.

Sie hielt ihre Mappe von *Helfende Hände* wie einen Abwehrschild vor sich. »Ich komme schon klar. Und ich muss jetzt fahren. Es hat sich eine schwierige Situation ergeben, die sich nicht aufschieben lässt.«

»Ich habe bemerkt, dass Sie und die zwei Geistlichen vorhin etwas miteinander besprochen haben. Hat es mit *Helfende Hände* zu tun?«

»Ja. Ist etwas kompliziert.«

»Wollen Sie darüber sprechen?«

Sie zögerte. »Hier draußen ist es zu feucht, um lange herumzustehen und zu reden, und das Gemeindehaus habe ich schon abgeschlossen.«

»Wir könnten uns auch in mein Auto setzen.« Wenn er sie so weit bringen konnte, würde sie sich vielleicht von ihm nach Hause fahren lassen. Ihr Fahrrad konnte sie auch morgen früh noch abholen.

»Danke, aber es gibt nicht viel zu sagen. Über die Hotline kam ein Anruf von einer Mutter, die gerade erfahren hat, dass ihre sechzehnjährige Tochter schwanger ist. Sie ist völlig überfordert, ihr Mann tobt und die Tochter will am liebsten von zu Hause weglaufen. Sie versucht, einen neutralen Platz für ihre Tochter zu finden, wo sie eine Weile wohnen kann, bis sich alle beruhigt haben und in Ruhe überlegen können, was zu tun ist.«

»Schwierig.«

»Ja. Die Tochter hat sich in ihrem Zimmer eingeschlossen.«

»Was haben Sie jetzt vor?«

»Ich gehe die Liste der ehrenamtlichen Mitarbeiter von *Helfende Hände* durch und schaue, ob ich jemanden finden kann, der bereit ist, sie ein paar Wochen bei sich aufzunehmen.«

»Hat diese Familie denn keine Verwandten?«

»Hier in der Gegend nicht. Sie sind erst vor Kurzem hierher gezogen. Außerdem wollen sie nicht, dass sich das überall herumspricht.« Tracy massierte sich die Schläfe. »Jetzt muss ich aber wirklich gehen. Ich muss heute Abend noch die Lohnabrechnung für einen Klienten machen.«

Lohnabrechnung? Eleanor hatte gesagt, dass Tracy Buchhalterin war, aber …

»Ich dachte, Sie arbeiten auf der Cranberryfarm.«

»Die Buchhaltung ist ein Nebenjob, der mir hilft, die Rechnungen zu zahlen.« Der Nieselregen wurde stärker und sie wich zurück. »Nochmals danke für das Angebot, mich mitzunehmen. Der Vorstand ist auf Ihre Empfehlungen gespannt.«

Sie winkte kurz und eilte zu ihrem Fahrrad. Sie verstaute ihre Mappe in einer Satteltasche und verschwand. Wenige Sekunden später war das Licht ihres Scheinwerfers im Nieselregen nicht mehr zu sehen.

So viel zu seiner Überredungsgabe!

Ein Regentropfen tropfte von seiner Nase und zwang ihn, schnell wieder in sein Auto zu steigen. Falls sich dieser Nieselregen zu einem richtigen Guss steigerte, wäre Tracy trotz ihrer Regenjacke binnen weniger Minuten bis auf die Haut durchnässt.

Zum Glück wurde der Regen während seiner kurzen Fahrt zu Annas Apartment nicht stärker. Tracy hatte auch keinen allzu weiten Weg. Ungefähr einen Kilometer. Wenn sie kräftig in die Pedale trat, konnte sie …

Er trat auf die Bremse, als er in Annas Straße bog und ein blaues Warnlicht vor ihm aufflackerte. Trotz des Nebels konnte er einen Polizeiwagen und einen Krankenwagen ausmachen.

Beide standen vor Annas Haus.

Sein Magen zog sich zusammen, als er eilig weiterfuhr, in die Einfahrt bog und zu der offenen Haustür lief. In diesem Moment trugen zwei Sanitäter eine Trage aus dem Haus.

Es war Anna, die mit tiefen Sorgenfalten im Gesicht darauflag.

»Was ist denn passiert?« Er richtete seine Frage an den ersten Sanitäter.

»Sind Sie ein Verwandter?«

»Nein. Er ist mein Gast.« Anna schaute den Mann finster an. »Ich habe Ihnen doch schon gesagt, dass ich keine Verwandten habe. Mein Körper tut zwar weh, aber mein Verstand funktioniert bestens.«

Der Sanitäter grinste. »Das Schmerzmittel scheint zu wirken.«

»Was ist passiert?«, versuchte es Michael noch einmal.

Anna richtete ihre Aufmerksamkeit auf ihn. »Ich bin gestürzt und habe mich an der Schulter verletzt.«

»Wohin bringt man Sie?«

»Nach Coos Bay.« Diese Information gab ihm der zweite Sanitäter, der jetzt an ihm vorbeiging.

Michael ging neben Annas Trage her. »Soll ich jemanden anrufen?«

»Das haben wir sie schon gefragt«, sagte der erste Sanitäter, der sich dem Krankenwagen näherte.

»Nein. Es ... gibt niemanden, den man anrufen könnte.« Ihre Stimme war jetzt leiser.

»Sind Sie sicher?« Er berührte ihre eiskalte Hand.

Sie schloss zitternd die Augen und schluckte. »Ja.«

»Wir müssen sie einladen. Bitte gehen Sie jetzt zur Seite.«

Er zögerte. Eine Fahrt nach Coos Bay hatte er an diesem Donnerstagabend um halb zehn eigentlich nicht geplant. Aber wen hatte Anna sonst?

»Ich folge Ihnen.«

»Michael, nein. Das ist zu weit.« Ihre Worte waren kaum noch zu hören, da sie jetzt im Krankenwagen verschwand.

»Geben Sie mir bitte den Namen und die Adresse des Krankenhauses.« Michael merkte sich die Daten auswendig, die einer der Sanitäter herunterratterte, bevor er die Tür schloss. Einige Momente später rollte das Fahrzeug die Straße entlang zur 101.

»Wenn Sie dem Krankenwagen folgen wollen, sperre ich hier zu.« Ein Polizist tauchte mit einem Funkgerät aus dem Schatten auf.

»Danke. Das wäre sehr nett.«

Michael kehrte zu seinem Wagen zurück, gab den Namen des

Krankenhauses in sein Navi ein und versuchte, sich innerlich auf die kurvenreiche Straße und den dichten Nebel einzustellen.

Seine Begeisterung hielt sich in Grenzen.

Seine Hände umklammerten das Lenkrad und er zögerte. Anna hatte gesagt, dass er ihr nicht folgen solle. Und er würde den Rest seines Abends viel lieber mit einer Tasse Kaffee, einem Amarettobrownie und dem Roman, in dem er nicht weiterkam, verbringen. Das klang viel reizvoller als eine sterile, nach Desinfektionsmitteln riechende Notaufnahme.

Aber Anna hatte sonst niemanden. Wenigstens niemanden, zu dem sie Kontakt aufnehmen wollte. Und sie war auf ihn zugegangen. Sie hatte angeboten, für ihn zu beten.

Er musste fahren.

Seufzend trat er aufs Gaspedal und lenkte das Auto zur Hauptstraße.

Wie in aller Welt hatte er es nur geschafft, sich in nur zwei Wochen so sehr auf diese Kleinstadt einzulassen?

Das ergab einfach keinen Sinn.

Aber wenn Anna wieder zu Hause war, wenn er *Helfende Hände* seine Empfehlungen übergeben hatte, dann würde er sich auf das konzentrieren, wozu er eigentlich nach Hope Harbor gekommen war: Er würde sich Zeit für sich nehmen. Mehr am Strand spazieren gehen. Nachdenken. Planen. Vielleicht sogar selbst ein wenig beten. Er war hierhergekommen, um sein Leben auf den Prüfstand zu stellen und über seine Zukunft nachzudenken. Davon wollte er sich nicht ablenken lassen.

Er wollte vergessen: Anna und ihren Sohn, zu dem sie keinen Kontakt hatte, die sorgengeplagte Organisation *Helfende Hände* und die Cranberryfarmerin, die sich heute die Nacht um die Ohren schlug, um einer Familie in einer Krise zu helfen und gleichzeitig zwei Jobs zu bewältigen. Aber das Vergessen würde gar nicht so einfach sein.

Doch versuchen musste er es. Das Letzte, was er in seinem Leben brauchte, waren weitere Komplikationen.

Als der Regen immer stärker wurde und die Sicht noch weiter erheblich einschränkte, stellte er seine Scheibenwischer schneller. Ein Straßenschild nach Coos Bay tauchte kurz vor seinen Scheinwerfern auf und verschwand dann wieder in der Dunkelheit hinter ihm.

Komisch.

Vor zwei Wochen hatte er unbedingt in Hope Harbor bleiben wollen und ein nettes Hotel in Coos Bay abgelehnt. Annas Einladung war ihm wie ein Geschenk des Himmels erschienen.

Jetzt war er sich da nicht mehr so sicher.

Annas Großzügigkeit war vielleicht doch kein so großer Segen. Denn sie lenkte ihn von dem eigentlichen Grund ab, aus dem er hierhergekommen war.

Kapitel 10

»Ich glaube, sie wacht auf.«

Als sie die unbekannte Frauenstimme hörte, bemühte sich Anna, die Augenlider zu öffnen. Das war aber gar nicht so leicht.

Als sie sie endlich offen hatte, sah sie alles um sich herum verschwommen. Mit zusammengekniffenen Augen sah sie die zwei Personen an, die sich über sie beugten: eine Frau, die sie nicht kannte, und … Ihr Herz stockte. Konnte das sein?

»John?« Sie streckte die Hand nach ihm aus.

Er nahm ihre Hand und hielt sie in seinen warmen Händen. »Nein, Anna. Ich bin Michael. Ihr Mieter.«

Michael.

Natürlich.

John war schon lange nicht mehr Teil ihres Lebens.

Sie schluckte, blinzelte, um die Benommenheit zu vertreiben, und schaute sich um. War das ein Krankenhaus?

Ja.

Die Erinnerungen kehrten zurück. Der Sturz in ihrer Küche. Ihre gebrochene Schulter, als sie unter Schmerzen Zentimeter für Zentimeter zum Tisch gekrochen war und den Notruf gewählt hatte. Die Fahrt im Krankenwagen. Das Piken einer Infusionsnadel. Angenehme Linderung ihrer Schmerzen. Dann nichts mehr.

Sie schaute auf ihren linken Arm, der von einem Kissen abgestützt wurde und in einer Schlinge lag. Aber sie hatte keinen Gips.

Das war ein positives Zeichen, nicht wahr?

»Ich habe mir nichts gebrochen?« Sie deutete mit dem Kopf auf die verletzte Stelle.

»Nein. Sie haben sich die Schulter ausgerenkt.« Die Krankenschwester nahm die Hände von der Infusionsnadel und ging zur Tür. »Ich sage der Ärztin, dass Sie aufgewacht sind. Sie wird mit Ihnen sprechen wollen, bevor sie die Entlassungspapiere unterschreibt.«

Entlassungspapiere.
Was für wohltuende Worte!
Anna schloss die Augen. Sie konnte in ihr Haus, zu den Tieren und ihrem normalen Leben zurückkehren.
Danke, Gott. Für diesen Segen und dafür, dass du mir die nötige Kraft gegeben hast, um zum Telefon zu kommen.
Die stummen Worte kamen ungebeten. Aber sie waren angemessen. Es war nur richtig, dem zu danken, dem der Dank gebührte. Ohne Gottes Hilfe hätte sie sich mit ihren lähmenden Schmerzen unmöglich durchs Zimmer schleppen können.
»Wie fühlen Sie sich?«
Sie hob die Augenlider, als Michael den Platz der Krankenschwester neben dem Bett einnahm, und schaute ihn kritisch an. Er sah erschöpft aus. Und er musste sich dringend rasieren.
»Warum sind Sie gekommen? Ich habe Ihnen doch gesagt, dass das nicht nötig ist.« Ihre Worte waren schärfer als beabsichtigt.
Er zuckte die Achseln. Seine Miene blieb trotz ihrer Grobheit freundlich. »Ich dachte, dass Sie irgendwie nach Hause kommen müssen, wenn man Sie entlässt. Und eine Taxifahrt nach Hope Harbor wäre ziemlich teuer.«
Schuldgefühle regten sich in ihr. Dieser Mann schuldete ihr nichts und doch war er ihr barmherziger Samariter. Er verdiente auf jeden Fall einen herzlichen Dank. Und eine Entschuldigung für ihre schlechte Laune.
»Entschuldigung.« Die Worte klangen steif, wie ein Fenster, das seit Jahren nicht mehr geöffnet worden war und mit Gewalt und unter lautem Protest aufgemacht werden musste. »Das war nicht sehr nett von mir. Danke, dass Sie so freundlich sind. Wie spät ist es?«
Er sah auf seine Armbanduhr. »Halb acht.«
Sie schaute ihn stirnrunzelnd an. »Wie kann das sein? Ich habe die Rettungsleitstelle doch erst gegen neun Uhr angerufen.«
»Halb acht am Morgen.«
Sie blinzelte. »Ich war die ganze Nacht hier?«
»Ja. In der Notaufnahme ging es hoch her. Ein Verkehrsunfall auf der 101 im Nebel mit mehreren Verletzten, denen es schlechter ging als Ihnen. Als man Ihre Verletzung diagnostiziert hatte, wur-

den Sie nach hinten geschoben. Aber man hat Ihnen Schmerzmittel gegeben, bis Ihr ausgekugeltes Schultergelenk eingerenkt werden konnte.«

Seine Erklärung drang irgendwie zu ihr durch, aber sie war zu sehr damit beschäftigt zu verarbeiten, was er gerade gesagt hatte, um allzu sehr aufzupassen.

Michael hatte die ganze Nacht an ihrem Bett Wache gehalten.
Ihretwegen.

Vor ihren Augen verschwamm alles und sie tastete nach seiner Hand. »Sie müssen hundemüde sein.«

Sein müdes Lächeln, als er ihre Hand sanft drückte, verriet mehr als seine ausweichende Antwort. »Hin und wieder muss ich bei meiner Arbeit auch mal eine Nacht durchmachen. Ich kann den Schlaf nachholen, wenn wir zu Hause sind.«

Die Tür ging wieder auf und eine Frau in einem weißen Arztkittel kam mit einem Klemmbrett in der Hand herein. »Mrs Williams, ich bin Dr. Stevens. Wie fühlt sich die Schulter an?«

»Viel besser als gestern Abend.«

»Das überrascht mich nicht. Eine ausgekugelte Schulter kann sehr schmerzhaft sein, aber wenn die Kugel wieder eingerenkt ist, lassen die starken Schmerzen normalerweise schnell nach. Ich will nicht ins Detail gehen, aber Sie hatten eine Schulterluxation. Das ist bei Stürzen eine häufige Verletzung. Besonders wenn man versucht, den Sturz mit der Hand abzufangen. War das bei Ihnen der Fall?«

»Ja.«

»Die gute Nachricht ist, dass Sie keine anderen Schäden davongetragen haben. Die Bänder, Sehnen und Muskeln scheinen unversehrt geblieben zu sein. Deshalb sollte sich Ihr Gesundheitszustand recht schnell wieder bessern.«

»Wie schnell?«

»Ich schätze, Sie müssen den Arm drei bis vier Wochen in einer Schlinge tragen.«

»So lange?« Wie sollte sie mit einer Hand Auto fahren und für die Pfarrer kochen und das Haus und ihre Tiere versorgen?

»Sie sollten den Arm nicht zu schnell wieder voll belasten. Sonst könnten Sie das Schultergelenk verletzen oder sich die Schulter noch einmal auskugeln.«

Anna verkrampfte die Hand um das Bettlaken. »Aber ich habe Verpflichtungen. Und was ist mit den vielen Kleinigkeiten wie Kochen und Anziehen und …« Ihre Stimme verstummte, als ein Anflug von Panik sie erfasste.

»Gibt es jemanden, den Sie vorübergehend um Hilfe bitten könnten?«

»Nein.«

Die Ärztin blätterte in den Papieren auf ihrem Klemmbrett. »Dann könnten Sie in den ersten zwei Wochen die Dienste eines Haushaltsservices in Anspruch nehmen. Wir können Ihnen entsprechende Anbieter nennen.« Sie unterschrieb das oberste Blatt und reichte der Krankenschwester, die hinter ihr stand, das Klemmbrett. »Haben Sie noch irgendwelche Fragen?«

In Annas Kopf drehte sich alles. Sie war im Moment zu keinem zusammenhängenden Gedanken fähig. »Nein.«

»Ich schlage vor, dass Sie in den nächsten Tagen Ihren Hausarzt aufsuchen. Er kann Ihnen einen Physiotherapeuten empfehlen. Wenn die Schmerzen und Schwellungen abklingen, hilft Ihnen Schultergymnastik. Dadurch werden Ihre Schultermuskeln wieder gestärkt. Bis dahin sollten Ihnen rezeptfreie Medikamente gegen die Schmerzen helfen. Aber wenn die Schmerzen doch zu stark werden, habe ich Ihnen auch noch ein Rezept ausgestellt. Wir geben Ihnen alle Unterlagen mit. Ich wünsche Ihnen eine baldige Genesung.« Sie schloss ihre wie aus der Pistole geschossenen Erklärungen mit einem kurzen Lächeln, rauschte zur Tür hinaus und eilte weiter zum nächsten Patienten.

»Ich habe den größten Teil Ihrer Unterlagen hier.« Die Krankenschwester trat an ihr Bett. »Sie müssen ein paar Dinge unterschreiben. Dann helfe ich Ihnen, sich anzuziehen.«

Michael hatte sich während der Ausführungen der Ärztin im Hintergrund gehalten, aber jetzt trat er vor. »Ich warte draußen, bis Sie hier drinnen fertig sind. Wenn Sie gehen können, komme ich mit dem Auto zum Haupteingang.«

»Es dauert nicht lange.« Die Schwester hatte bereits die Kopfseite des Bettes hochgestellt und ging daran, die Infusionsnadel zu entfernen. »Bleiben Sie in der Nähe.«

»Wird gemacht.« Seine Aufmerksamkeit richtete sich auf Anna.

»Halten Sie durch, Anna. Sie schaffen das. Es sind nur ein paar logistische Fragen zu klären. Das alles lässt sich mit ein paar Anrufen regeln.«

Sie schaute den Mann an, der irgendwie in ihr Herz hineinzuschauen schien und ihre Sorgen verstand. Dieser Mann tat das, was ein Sohn in einem Notfall tun würde. Was *ihr* Sohn tun würde, wenn sie nicht so starrsinnig gewesen wäre.

Aber Michael war in ihrer Notlage ein perfekter Ersatz.

Ein weiterer Segen, den sie nicht verdiente.

Sie wischte sich mit der Hand über die Augen und zwang sich zu einem heiseren »Danke«.

Michael zwinkerte ihr zu und verließ das Zimmer.

Als er fort war, unterschrieb sie Blatt für Blatt und versuchte, alles zu verarbeiten, was ihr die Schwester sagte. Aber ihre Gedanken wanderten immer wieder zu den logistischen Fragen, von denen Michael gesprochen hatte. Sie musste wahrscheinlich eine Haushaltshilfe und ambulante Pflege in Anspruch nehmen. Aber Fremde in ihrem Haus? Ein Schauer erfüllte sie. Vielleicht gab es eine andere Lösung.

Aber als die Krankenschwester anfing, ihr beim Anziehen zu helfen, und sich diese einfache Aufgabe auch mit einem zweiten Paar Hände als schwierig gestaltete, musste sich Anna den Tatsachen stellen.

Egal, ob es ihr gefiel oder nicht, sie bräuchte Hilfe.

Und da John für sie unerreichbar war und sie in der Stadt keine wirklichen Freunde hatte, bliebe ihr nichts anderes übrig, als Fremde dafür zu bezahlen, dass sie Aufgaben erledigten, die eine Freundin oder ein Angehöriger aus Liebe übernehmen würde.

ෆ

Michael wischte sich müde übers Gesicht, verließ die Notaufnahme und atmete die kühle Morgenluft ein.

Krankenhäuser waren schrecklich und Notaufnahmen noch schlimmer. Sie waren eine erstickende, von Angst beherrschte Hölle.

Mit unruhigen Fingern schraubte er die Orangensaftflasche auf, die ihm die Schwester bei der Aufnahme angeboten hatte, und trank einen Schluck. Kaffee wäre zwar besser, aber der süße Saft half, den bitteren Geschmack aus seinem Mund zu vertreiben.

Nur schade, dass er nicht auch die bitteren Erinnerungen vertreiben konnte.

Er schraubte den Deckel wieder auf die Flasche und atmete langsam aus.

Lass die Vergangenheit ruhen, Hunter. Konzentrier dich auf die Gegenwart. Auf das Positive.

Richtig.

Das Positive heute war, dass Annas Verletzungen nicht allzu schlimm waren. Wenn sie verheilt wären, könnte sie ihr normales Leben weiterführen.

Bis es jedoch so weit war, bräuchte sie Hilfe.

Er nahm noch einen Schluck aus der Flasche. Nachdenklich lehnte er sich an die Mauer des Gebäudes und schaute zu, wie der sich auflösende Nebel an einigen Stellen den klaren blauen Himmel zum Vorschein brachte. Sein Entschluss, sein eigenes Ziel weiterzuverfolgen, würde zwar vielleicht noch einen oder zwei Tage warten müssen, während er Anna half, eine Haushaltshilfe zu finden, die …

Er erstarrte.

Moment.

Konnte es noch eine andere Möglichkeit geben?

Langsam schlug der Same einer Idee Wurzeln. Er wuchs. Und blühte auf.

Das war die ideale Lösung.

Aber er bezweifelte, dass Anna damit einverstanden war.

Trotzdem war es besser, als eine fremde Person einzustellen, die in ihr Haus eindrang und ihr die Privatsphäre raubte, die sie so sehr schätzte. Aber um sie davon zu überzeugen, musste er wahrscheinlich seine ganze Überredungskunst einsetzen.

Falls diese Option überhaupt noch zur Verfügung stand.

Das ließe sich leicht nachprüfen.

Er trank den Saft in drei großen Schlucken leer, warf die Flasche in den Mülleimer und holte sein Handy heraus.

☙

Wer rief denn so früh am Morgen an?

Mit müden Augen warf Tracy einen Blick auf die Uhr neben ihrem Bett. Fast acht?

Es war also nicht zu früh, es sei denn, man war bis zwei Uhr morgens wach gewesen, weil man an einer Krise bei *Helfende Hände* gearbeitet, die Lohnabrechnung für einen Klienten abgeschlossen und versucht hatte, einen gebrauchten Traktor als Ersatz für Bessie zu finden.

Noch ein paar Minuten Schlaf wären nett, bevor sie zur Farm hinausradelte, um dort den ganzen Tag zu arbeiten.

Mit einem Seufzen nahm sie das Telefon vom Nachttisch und meldete sich mit rauer Stimme.

»Tracy?«

Bei der bekannten Baritonstimme verflog der Nebel aus ihrem Kopf. »Michael?«

»Ja. Sie klingen ein wenig verschlafen.« Er schwieg einen Moment. »Entschuldigung, habe ich Sie geweckt?«

»Ähm, ich wollte sowieso aufstehen. Es ist gestern Abend spät geworden.« Sie schwang die Beine auf den Boden und stand auf. Wahrscheinlich hielt er sie für einen Faulpelz, wenn sie an einem Arbeitstag um diese Uhrzeit noch im Bett lag. Das war nicht der Eindruck, den sie bei ihm erwecken wollte. Aus Gründen, die sie nicht analysieren wollte. »Ich habe noch lange über eine Lösung für das schwangere Mädchen nachgedacht, und als ich mit der Lohnabrechnung fertig war, habe ich mir die halbe Nacht um die Ohren gehauen, um im Internet einen gebrauchten Traktor zu finden. Unser alter hat diese Woche endgültig den Geist aufgegeben. Zwei meiner drei Aufgaben konnte ich lösen. Also hat sich die Zeit, die ich investiert habe, gelohnt, auch wenn es echt spät geworden ist. Und was ist mit Ihnen?«

»Zwei von drei. Heißt das, dass Sie noch niemanden gefunden haben, der das Mädchen bei sich aufnimmt?«

»Ja, leider. Aber ich konnte auch nur mit sechs von den zehn Kandidaten sprechen, die auf der Ehrenamtlichen-Liste infrage kommen.« Sie ging ins Badezimmer. Schaute in den Spiegel. Verzog das Gesicht. Sie brauchte Koffein. Dringend. »Bei den anderen versuche ich es heute Vormittag. Ich würde sie ja selbst aufnehmen, aber ihre Eltern bestehen darauf, dass sie eine Aufsicht hat, und meine langen Tage auf der Farm machen es unmöglich, sie zu beaufsichtigen.« Sie tapste durch den Flur in die Küche.

»Ich glaube, ich könnte einen geeigneten Kandidaten haben.«

Sie blieb abrupt stehen, da sie sich den großen Zeh angestoßen hatte. »Au!«

»Was ist los?«

Sie hüpfte auf einem Fuß und begutachtete die Verletzung. »Ich habe mir den Zeh angestoßen. Was haben Sie gerade gesagt?«

»Ich glaube, ich habe jemanden gefunden, der das Mädchen bei sich aufnehmen könnte. Anna Williams.«

Sie stellte den Fuß vorsichtig wieder auf den Boden. »Das ist ein Scherz.«

»Nein. Ich erzähle Ihnen die ganze Geschichte.«

Sie hörte zu, während er die Ereignisse des letzten Abends und seine Nachtwache im Krankenhaus schilderte.

»Sind Sie immer noch im Krankenhaus?«

»Ja.«

Und sie dachte, sie hätte eine anstrengende Nacht gehabt!

»Sie müssen erschöpft sein.«

»Ich hole den Schlaf später nach. Es geht um Folgendes: Das Mädchen braucht einen Platz, wo es wohnen kann und von einem verantwortungsbewussten Erwachsenen beaufsichtigt wird. Diesen Anforderungen entspricht Anna auf jeden Fall. Und sie braucht in den nächsten zwei Wochen jemanden, der ihr im Haushalt hilft. Aber ihr gefällt der Gedanke nicht, dass Fremde von einem Haushaltsservice in ihre Privatsphäre eindringen.«

Tracy hob den Fuß erneut und massierte ihren pochenden Zeh. »Aber dieses Mädchen kennt Anna auch nicht. Und die Eltern genauso wenig.«

»Aber das Mädchen wäre keine bezahlte Hilfe. Sie würden sich gegenseitig einen Gefallen erweisen. Ich könnte mir vorstellen, dass Anna das eher akzeptieren könnte.«

»Haben Sie schon mit ihr darüber gesprochen?«

»Nein. Ich wollte erst klären, ob Sie schon jemand anderen haben.«

»Leider nicht. Aber ich muss bald jemanden finden. Wenn nicht, muss ich der Familie Bescheid geben, damit sie woanders Hilfe suchen kann.«

»Ich spreche auf dem Rückweg mit Anna und rufe Sie in spätestens einer Stunde an. Wir werden in den nächsten Minuten vom Krankenhaus aufbrechen. Können Sie so lange warten?«

»Ja. Aber ich mache mir keine allzu großen Hoffnungen.« Tracy stellte den Fuß wieder auf den Boden und gab Kaffeepulver in einen Filter, obwohl das Koffein jetzt kaum noch nötig war. Ihr Verstand war hellwach. »Ambulante Pflegedienste und Haushaltshilfen bleiben nur ein paar Minuten; Anna lädt nicht einmal jemanden zum Kaffee ein, geschweige denn zum Übernachten.«

»Einen Versuch ist es wert.«

»Wahrscheinlich.«

»Wissen Sie mehr über die Situation dieses Mädchens? Anna wird bestimmt nachfragen.«

»Ja.« Sie steckte den Filter in die Kaffeemaschine und goss Wasser hinein. »Pastor Baker hat von der Mutter die ganze Geschichte gehört. Wenigstens aus ihrer Sicht. Sie sind vor ungefähr einem halben Jahr aus dem Mittleren Westen hierher gezogen. Der Vater hat eine neue Arbeit in Hope Harbor angenommen. Grace – das ist die Tochter – hat sich schwer damit getan, mitten im Schuljahr umzuziehen, und sie hatte Probleme, hier Anschluss zu finden.«

»Ein einsamer Teenager und ein Haufen Hormone. Keine gute Kombination.«

»Das fasst das Problem in etwa zusammen. Die Eltern heißen Ellen und Ken Lewis, falls Anna fragt.«

»Hat das Mädchen irgendwelche anderen Probleme? Drogen, Alkohol?«

»Nach Meinung der Eltern nicht.«

»Verstehe. Ich rufe Sie bald zurück.«

»Ich habe das Handy dabei.« Der beruhigende Kaffeeduft erfüllte das Cottage und sie atmete tief ein. »Danke, dass Sie es wenigstens versuchen, egal, wie die Sache ausgeht.«

»Hoffentlich positiv. Für alle. Bis bald.«

Tracy hielt sich die Hand vor den Mund, da sie immer noch gähnen musste. Dann legte sie das Telefon auf die Arbeitsplatte und nahm eine Müslidose aus dem Schrank.

Wenn das keine Überraschung war! Wäre es nicht erstaunlich, wenn die Eremitin der Stadt bereit wäre, ihre selbst auferlegte Isolation zu beenden?

Michaels Freundlichkeit gegenüber dieser abweisenden Frau, die ihn bei sich aufgenommen hatte, war genauso außergewöhnlich.

Aber Freundlichkeit schien ihm im Blut zu liegen: Er entschuldigte sich mit Zimtschnecken, kam bei ihr mit Tacos vorbei, reparierte Eleanors Regenrinne, stellte dem Vorstand von *Helfende Hände* seine Erfahrung zur Verfügung und verbrachte eine schlaflose Nacht in der Notaufnahme. Und jetzt versuchte er auch noch, die Probleme einer schwangeren Jugendlichen zu lösen, die mit ihren Eltern nicht klarkam.

Das Wort *bemerkenswert* war viel zu schwach, um diesen Mann zu beschreiben.

Aber so überzeugend er auch sein mochte, Tracy hatte trotzdem das Gefühl, dass Anna selbst für ihn eine wirklich harte Nuss war. Ob es ihm gelang, sie zu knacken? Wie wollte er es anstellen, Anna dazu zu bringen, dass sie auf eine schwangere Jugendliche aufpasste, die ihr als Gegenleistung im Haushalt helfen würde? Sie war gespannt.

Kapitel 11

»Auf keinen Fall! Ein solches Mädchen kommt mir nicht ins Haus!« Anna schaute Michael mit zusammengekniffenen Augen an, während sie den Rest ihres Fast-Food-Essens auf dem Schoß hielt. »Haben Sie mir deshalb ein Frühstück gekauft? Um mich weichzuklopfen?«

Ihr Chauffeur wandte den Blick nicht von der Straße ab. Seine Miene blieb neutral und sein Tonfall sanft. »Nein. Wir brauchten beide etwas zu essen. Ich war kurz vor dem Verhungern und Ihnen schmeckt es doch auch, oder?«

Sie verzog das Gesicht. Natürlich hatte er Hunger gehabt. Dieser Mann hatte eine schlaflose Nacht in der Notaufnahme hinter sich. *Sie* hätte *ihm* ein Frühstück kaufen sollen und nicht umgekehrt.

»Entschuldigung.«

»Kein Problem. Wenn ich die ganze Nacht an einer Infusionsflasche gehangen hätte, wäre ich auch gereizt. Was meinen Sie mit ›ein solches Mädchen‹?«

Trotz seiner freundlichen Art war sie sofort wieder gereizt. »Ist das nicht offensichtlich? Ein anständiges Mädchen wird nicht mit sechzehn schwanger. Sie hat wahrscheinlich keine Moral.«

»Soweit ich es verstanden habe, war sie eher einsam als unmoralisch.«

Anna schaute ihn abwehrend an. »Billigen Sie ihr Verhalten etwa?«

»Nein. Aber gegenüber den Fehlern von anderen bin ich wahrscheinlich im Laufe der Zeit toleranter geworden. Das hat wohl auch mit meinen eigenen Fehlern zu tun. Ich finde, man sollte Menschen in einer Krise mit Mitgefühl begegnen und sie nicht verurteilen oder kritisieren. Ich versuche einfach, Gott das Urteil zu überlassen.«

»Hmpf.« Sie schaute aus dem Fenster. Eine Schulter war steif, die andere schmerzte, während seine Worte unangenehm in ihrem

Herzen widerhallten. Er hatte das natürlich nicht in Bezug auf ihre Vergangenheit gesagt. Michael kannte ihre Geschichte ja auch gar nicht. Niemand in Hope Harbor kannte sie.

Aber das, was er gerade gesagt hatte … genau das hätte George auch gesagt, wenn er da gewesen wäre, als sie und John in ihre Krise hineingeschlittert waren.

Diese Worte musste diese Familie auch hören.

Aber Michael war viel besser dafür geeignet, eine solche Botschaft weiterzugeben, als sie.

Sie lehnte den Kopf an die Kopfstütze und schloss die Augen. Nur das eintönige Geräusch der Reifen, die über den Asphalt fuhren, unterbrach die Stille, während sie einen Kilometer nach dem anderen zurücklegten.

Sie warf einen Seitenblick auf ihn. Wartete er darauf, dass sie noch etwas sagte? Dass sie vielleicht kapitulierte?

Da konnte er lange warten! Sie würde nicht nachgeben. Das Letzte, was sie in ihrem Haus brauchte, war eine schwangere Jugendliche mit fragwürdiger Moral. Und wenn das Mädchen versuchte, seinen Freund mitten in der Nacht heimlich ins Haus zu holen? Dann wäre Anna selbst mitten in diesem Chaos. Und sie hatte von solchen Konflikten genug. Schon seit fast zwei Jahrzehnten. Sie machte lieber einen weiten Bogen um Probleme. Das war sicherer.

»Anna.« Michaels sanfte Stimme brach schließlich das Schweigen. »Das ist die ideale Lösung. Sie brauchen für ein paar Wochen Hilfe im Haushalt, vorzugsweise von jemandem, der bei Ihnen wohnt. Falls dieses Mädchen bereit ist, sich an die Regeln zu halten, die Sie und ihre Eltern aufstellen, wäre es doch besser, sie im Haus zu haben als irgendwelche Fremde, die jeden Tag für ein paar Minuten kommen. Finden Sie nicht?«

Er gab nicht auf.

Aber sie auch nicht.

»Ich habe keinen Schlafplatz für sie.« Entschlossen richtete sie den Blick auf die Straße, das Kinn vorgeschoben, den Rücken stocksteif. »George hat aus dem zweiten Kinderzimmer ein Büro gemacht.«

»Und was ist mit dem ersten Kinderzimmer?«

»Das ist Johns Zimmer.«
»Könnte sie nicht darin schlafen?«
»Nein.«
Er hakte nicht weiter nach.
Kluger Mann.
»Haben Sie eine Schlafcouch?«
Sie rutschte unruhig hin und her. Die leere Essenspackung auf ihrem Schoß knisterte protestierend, als sie die Faust darum ballte. »Ja, aber sie ist nicht besonders bequem. Und der Raum, in dem sie steht, ist auch nicht in sich abgeschlossen.«
»Das stört diese Jugendliche wahrscheinlich am wenigsten. Sie will einfach nur fort von ihren Eltern, bis sich alle ein wenig beruhigt haben. Und die Couch wäre auf alle Fälle besser, als auf der Straße schlafen zu müssen, wenn sie von zu Hause wegläuft.«
Anna runzelte die Stirn. Würde dieses Mädchen wirklich weglaufen? Oder war das nur eine leere Drohung? Die Berichte, die sie in der Zeitung über Mädchen gelesen hatte, die von zu Hause weggelaufen waren, waren erschreckend. Wenn diese Grace tatsächlich im Grunde ein gutes Mädchen war, das einfach einen riesen Fehler gemacht hatte, wäre sie nicht mehr lange süß und unschuldig, wenn sie auf der Straße landete.
Aber war das ihr Problem?
Sie zerdrückte die verknitterte Verpackung noch mehr, bis ihr die Finger wehtaten. »Was sagt der Vater des Babys zu der ganzen Sache? Er und seine Familie sollten auch eine gewisse Verantwortung für das Mädchen übernehmen. Schließlich gehören zwei dazu, dass so eine Situation entsteht. Die Schuld liegt also eindeutig auf beiden Seiten.«
»Sie hat noch nicht verraten, wer er ist, weil sie Angst hat, dass ihr Vater ihn verprügelt. Oder den Vater des Jungen.«
Anna schnaubte. »Daraus könnte man ihm keinen Vorwurf machen.«
»Vielleicht nicht, aber damit würde das Problem nicht gelöst werden. Glauben Sie nicht, dass es eine bessere Lösung gibt?«
Sie hielt ihren Arm eng an ihrem Körper und versuchte, ihre Schulter in dem fahrenden Auto so ruhig wie möglich zu halten. Welche Lösungen konnte es geben? Die Jugendlichen waren beide

minderjährig. Viel zu jung, um zu heiraten. Und sie waren auch noch nicht alt genug, um ein Kind großzuziehen. Sie waren ja selbst fast noch Kinder.

»Keine Ahnung. Vielleicht könnten sie die Angelegenheit mit den Eltern des Jungen besprechen. Im Grunde sollten sie zu sechst über die ganze Sache sprechen und eine Lösung erarbeiten, mit der alle leben können.«

»Ein vernünftiger Vorschlag. Trotzdem wird damit das aktuelle Problem nicht gelöst.«

Das stimmte.

Wieder Schweigen. Sie starrte aus dem Fenster, ohne die Landschaft wirklich zu sehen. Verzweifelt versuchte sie, sich Argumente zurechtzulegen, um Michaels Vorschlag abzuschmettern.

Schließlich sprach er wieder. Sein Tonfall war beherrscht und ohne eine Spur von Verurteilung. »Die Entscheidung liegt natürlich bei Ihnen. Aber diese Familie braucht Hilfe, Anna. Falls die Situation eskaliert, könnte es zu Verletzungen kommen, die nie wieder heilen.«

Wie in deiner eigenen Familie.

Er brauchte diese Worte nicht auszusprechen, um ihr die Parallele vor Augen zu führen.

Auch wenn er das nicht wusste, war dies das wirkungsvollste Argument, das er hatte vorbringen können. Vielleicht war es zu spät, um die Beziehung zu ihrem Sohn zu retten, aber diese Familie hatte noch nicht alle Brücken hinter sich abgebrochen.

So sehr sie auch versuchte, an ihrer Ablehnung festzuhalten, begann ihre Abwehrmauer doch zu bröckeln.

Außerdem gab es praktische Gründe, warum sie die Lösung, die er vorschlug, in Erwägung ziehen sollte. Aber vielleicht ließen sich das Mädchen und ihre Eltern sowieso nicht darauf ein.

Sie lockerte den Griff um das verknitterte Papier und ließ das zerknüllte Knäuel auf ihren Schoß sinken. »Ich würde Ihre Idee erst dann ernsthaft in Erwägung ziehen, wenn ich mit der Familie gesprochen habe. Wäre das möglich?«

Ihr entging sein leises Aufatmen nicht. »Ich spreche mit Tracy. Sie koordiniert diese Angelegenheit. Ihre Bedingung klingt vernünftig.« Er bedachte sie mit einem herzlichen Lächeln. »Sie werden es nicht bereuen, Anna.«

Darauf erwiderte sie nichts.

Aber während sie einen Kilometer nach dem anderen zurücklegten und ihr bereits die ersten Zweifel kamen, ob sie richtig entschieden hatte, hoffte sie doch, er hätte recht.

☙

»Sie machen Witze.« Tracy stützte sich mit der Hand auf den halbvollen Düngerbehälter im Geräteschuppen. »Wie haben Sie das nur geschafft?«

»Ich könnte es meinem Charme zugutschreiben, aber ich glaube, Annas Entscheidung hatte praktische Gründe. Sie will die Familie allerdings erst kennenlernen, bevor sie sich festlegt.«

»Das lässt sich einrichten. Wann würde es passen?«

»Je früher, umso besser. Für beide Seiten. Zum Glück ist Anna Rechtshänderin, aber ich habe in der kurzen Zeit, die ich nach unserer Rückkehr bei ihr im Haus war, schon gemerkt, dass sie auf Hilfe im Haushalt angewiesen ist.«

»Ich bitte Pastor Baker, ein Treffen zu organisieren. Er hat sich bei den Referenzen, die die Eltern ihm genannt haben, ein wenig genauer über die Familie erkundigt. Es scheinen ehrliche und anständige Leute zu sein. Und er kennt Anna. Ich gehe also davon aus, dass er sie der Familie empfehlen wird. Ich hoffe, das funktioniert.«

»Ich auch. Ich gebe Anna Bescheid, dass sich der Pastor bei ihr melden wird. Und dann lege ich mich schlafen.«

»Das klingt nach einem guten Plan. Und, Michael, nochmals danke, dass Sie sich in dieser Sache so einsetzen. Ich habe mir große Sorgen gemacht, ob wir dieser Familie helfen können. Meine letzten vier Kandidaten waren sehr zweifelhaft.«

»Das habe ich gern getan.« Ein Gähnen kam durchs Telefon. »Entschuldigung.«

»Legen Sie sich schlafen. Ich gebe Ihnen später Bescheid, wie die Dinge weiterlaufen.« Sie beendete das Gespräch und wollte Pastor Bakers Nummer wählen, als sie Onkel Bud entdeckte, der sie von der Tür aus beobachtete.

»Für einen Mann und eine Frau, die kein Interesse aneinander haben, redet ihr zwei sehr viel miteinander.«

Sie schaltete ihr Handy wieder aus. Der Anruf konnte noch ein paar Minuten warten.

»Ich wünsche dir auch einen guten Morgen.« Sie steckte das Handy in ihre Hosentasche und begann wieder, den Düngerbehälter aufzufüllen. Dabei bemühte sie sich, so unbefangen wie möglich zu wirken. »Nur zu deiner Information: Das war ein dienstliches Gespräch. Eine Situation bei *Helfende Hände*.«

»Mmh.« Er trat in den Schuppen und ging schwerfällig zum Fungizid-Sprüher, den er vor zehn Jahren selbst gebaut hatte. »Es klang aber sehr freundlich.« Seine Stimme war heiser.

Tracy schaute ihn über die Schulter an. »Ist mit dir alles in Ordnung?«

»Ja.« Er wandte sich von ihr ab und machte sich an dem Sprüher zu schaffen.

Sie konzentrierte sich auf ihre Arbeit und stellte sich auf seine nächste Bemerkung oder Frage über Michael ein.

Aber es kam keine.

Ohne ihre Arbeit zu unterbrechen, warf sie einen argwöhnischen Blick auf ihn und beobachtete, wie er das Fungizid vorbereitete.

Hm. Normalerweise waren Onkel Buds Bewegungen schnell, präzise und effizient. Heute war er langsam und steif und bewegte sich, als tue ihm etwas weh.

Sie kniff die Augen zusammen. War sein Gesicht nicht auch ein wenig gerötet? Und wo war das verschmitzte Funkeln in seinen Augen, das seine neckischen Bemerkungen immer begleitete?

Er begann zu husten. Das kratzende Geräusch kam tief aus seinem Brustkorb.

Er konnte nicht aufhören zu husten.

Tracys Magen zog sich zusammen. Sie ging zu ihm.

Aus der Nähe sah er noch schlimmer aus. Seine Wangen waren eingefallen, und als sie die Hand auf seine Stirn legte, fühlte sie sich heiß an.

Zu heiß.

»Du bist krank.«

»Das wird schon wieder.«

»Onkel Bud.« Sie hielt ihn am Arm fest. »Du hast Fieber.«

»Aber nur ganz leicht. Das vergeht bald wieder.« Ein weiterer Hustenanfall erfasste ihn und er stieß gegen das Sprühgerät.

»Okay. Jetzt reicht es mit diesem ›Mich bringt nichts um‹-Gerede. Du hast Fieber. Und zwar ziemlich hohes Fieber. Du hustest. Aus deinen steifen Bewegungen schließe ich, dass dir alles wehtut. Habe ich noch etwas vergessen?«

Er tastete hinter sich nach dem Sitz des Sprühers und setzte sich. »Kopfschmerzen. Halsschmerzen. Müdigkeit.«

»Du hast Grippe.«

»Niemand bekommt im Juni Grippe.«

»Du bist eben ein Sonderfall. Weiß Nancy, dass du dich nicht gut fühlst?«

»Nein. Ich bin früh aufgestanden und aus dem Haus gegangen. Krank zu sein kann ich mir nicht leisten, schließlich gibt es ne Menge zu tun.«

»Ich gebe zu, dass der Zeitpunkt nicht ideal ist. Aber seien wir froh, dass es nicht zur Erntezeit ist.« Sie versuchte, so optimistisch wie möglich zu klingen. Aber er hatte recht. Sie hatte zwar einen neuen Traktor zu einem erschwinglichen Preis gefunden, aber durch diesen Kauf hatten sie keine Reserven, um für die nächsten Wochen jemanden einzustellen.

Das bedeutete, dass ihre langen Arbeitstage noch länger werden würden. Das Mähen, das Ausbringen des Fungizids und Düngers, das Gießen, die Reparaturen an einigen Stellen am Zaun, das alles lag dann auf ihren Schultern. Außer sie fand schnell eine Möglichkeit, etwas zusätzliches Geld aufzutreiben. Dann konnte sie zehn bis fünfzehn Stunden in der Woche einen Schüler beschäftigen. Und irgendwo zwischen all dem musste sie auch noch ihre Buchhaltungsklienten unterbringen.

»Ich höre, wie sich die Räder in deinem Kopf mit rasender Geschwindigkeit drehen.« Onkel Bud schob sich auf die Füße. »Ich kann zwar nicht stundenlang auf dem Düngerverteiler stehen, aber ich kann auf dem Sprüher sitzen und das Fungizid ausbringen.«

»Vergiss es.« Sie legte ihm den Arm um die Schultern und führte ihn zur Tür. »Ich bringe dich ins Haus zurück und übergebe dich Nancy.«

»Ich kann allein gehen.«

»Nein. Ich traue dir nicht. Du schleichst dich davon und reparierst die Zäune.« Sie ging weiter.

Er ließ die Schultern fallen. »Willst du die Wahrheit hören? Das würde nicht passieren. Ich habe kaum die Kraft, um ins Haus zurückzukommen.«

Er schleppte sich neben ihr her und der übliche Schwung in seinem Gang fehlte. Er blieb einmal kurz stehen, um zu husten. Durch den Ärmel seines T-Shirts spürte sie, wie heiß er war.

Auf der Veranda kam ihnen Nancy schon entgegen. Tiefe Falten standen auf ihrer Stirn. »Ich habe euch durch das Fenster gesehen. Was ist los?«

»Unser furchtloser Anführer hat Grippe.« Tracy tätschelte den Arm ihres Onkels, dann übergab sie ihn Nancy, während Shep und Ziggy angelaufen kamen.

Seine Frau half ihm die Stufen hinauf, legte ihm die Hand an die Stirn und schüttelte den Kopf. »Bud Sheldon, was hast du dir nur dabei gedacht, in diesem Zustand auf die Felder zu gehen?«

Die Hunde schnupperten an seinen Fingern und er streichelte beide. »Ich habe an Cranberrys gedacht.«

»In den nächsten Tagen denkst du an Hühnersuppe.« Nancy schob ihn zur Tür.

»Viel Glück dabei, ihn im Bett zu behalten! Kranksein verabscheut er noch mehr als Feuerwürmer und Sumpffratten.« Tracy stellte einen Fuß auf die unterste Stufe und zog ihre Baseballkappe fester über ihr Haar.

»Mach dir deshalb keine Sorgen. Mit Problempatienten kenne ich mich aus.« Nancy zwinkerte ihr über die Schulter zu. »Wenn du dich um die Farm kümmerst, kümmere ich mich um deinen Onkel.«

»Abgemacht.«

Die beiden verschwanden im Haus und Shep und Ziggy trotteten zu ihr. Als sie die Hunde kurz gekrault hatte, liefen sie davon und ließen sie allein.

Ganz allein.

Tracy atmete tief ein und ging langsam zum Geräteschuppen zurück, während sie versuchte, sich auf den vor ihr liegenden Marathon einzustellen.

Eine Wolke schob sich vor die Sonne und warf einen Schatten auf die Erde. Wie passend! Das ganze Jahr war von Schatten überzogen. Schlechte Bilanzzahlen. Ein kaputter Traktor. Onkel Bud mit Grippe. Und für ihr längerfristiges finanzielles Problem war keine Rettung in Sicht.

Sie schaute zum Himmel hinauf, der jetzt eher grau als blau war. *Sind diese ganzen kleineren Katastrophen eine Botschaft, Herr? Willst du uns damit sagen, dass es Zeit wird, die Farm aufzugeben? Den Ort aufzugeben, den unsere Familie seit drei Generationen liebt und bearbeitet? Willst du uns sagen, dass wir das Unausweichliche nur unnötig hinauszögern?*

Sie wartete und beobachtete die Wolken. Die Bienen summten weiter. Die Hunde bellten weiter. Die Vögel zwitscherten weiter.

Aber Gott blieb stumm.

Das überraschte sie nicht. Eine laute Stimme aus dem Himmel gab es nur in der Bibel.

Aber wie sollte sie seiner Führung vertrauen und seinen Willen erkennen, wenn sie seine Stimme nicht hören konnte?

Wir sollten unser Bestes geben und den Ausgang Gott überlassen.

Onkel Buds Rat hallte in ihrem Kopf wider. Das war vernünftig. Außerdem hatte sie wahrscheinlich sowieso keine andere Wahl.

Also warf sie die Schultern zurück, beschleunigte ihre Schritte und nahm sich vor, ihr Bestes zu geben.

༄

Die Spannung, die in der Luft lag, war zum Schneiden. Wie an jenem Tag, als John mit zwei gepackten Koffern das Haus verlassen hatte und nicht mehr zurückgekommen war.

Anna betrachtete die Gruppe, die in ihrem Wohnzimmer saß. Ellen und Ken Lewis saßen ihr gegenüber auf dem Sofa, nebeneinander, aber ohne sich zu berühren. Die Augen der Mutter waren niedergeschlagen und verwirrt, über ihr Gesicht zogen tiefe Sorgenfalten. Die Hände hatte sie auf ihrem Schoß verkrampft. Neben ihr saß der Vater des Mädchens. Seine dunklen Augen funkelten wütend und seine Haltung war so angespannt wie ein Gummiband, das jeden Augenblick reißen konnte. Er saß auf der Sofakante, als würde er bei der geringsten Provokation aufspringen. Er hatte das Kinn vorgeschoben, seine Schultern waren steif und seine Finger gekrümmt. Als würde er im nächsten Moment zuschlagen.

Grace hatte sich auf der anderen Seite des Zimmers in einen Sessel gesetzt. Sie war Teil der Gruppe, aber trotzdem mit einem unmissverständlichen Abstand. Ein ausgebeulter Rucksack lag neben ihr auf dem Boden. Für den Fall, dass sie hierblieb. Die langen braunen Haare des Mädchens waren zu einem Pferdeschwanz zurückgekämmt. Die strenge Frisur betonte ihr schmales Gesicht. Sie hatte die weichen Lippen ihrer Mutter und das markante Kinn ihres Vaters, aber ihre Augen waren ganz anders als die ihrer Eltern: braun und trotzig. Aus ihnen sprach eine unübersehbare Angst.

Pastor Baker, der die Familie abgeholt und zu ihr gebracht hatte, war auf Annas Bitte hin bei einer Tasse Kaffee in der Küche. Sie wollte ihn in der Nähe haben für den Fall, dass die Dinge außer Kontrolle gerieten. Aber da sie es war, die eine Fremde in ihrem Haus aufnehmen würde, wollte sie sich zunächst allein mit der Familie unterhalten.

»Sind Sie sicher, dass keiner von Ihnen etwas zu trinken will? Ich weiß, dass Pastor Baker Ihnen gern etwas bringen würde.«

»Nein, danke.« Ellen brachte ein schwaches Lächeln zustande. Ihr Mann schüttelte den Kopf. Grace gab keine Antwort.

»Also gut.« Anna verlagerte ihr Gewicht und hielt sich den Arm, während sie versuchte, eine bequemere Position zu finden. »Pastor Baker hat Ihnen meine Situation erklärt. Ich habe gehört, dass Sie einen sicheren, neutralen Ort für Grace suchen. Diesen Ort könnte ich Ihnen bieten.« Ihre nächsten Worte richtete sie an das Mädchen. »Ich brauche bei Routinearbeiten Hilfe. Beim Anziehen und anderen persönlichen Dingen, ein wenig Putzen, das Versorgen meiner Tiere, Kochen. Ich würde von dir erwarten, dass du tagsüber zur Verfügung stehst und bereit wärst, mir zu helfen. Ist dir das klar?«

»Ja, Ma'am.«

Das Mädchen hatte Manieren.

Ein Plus für sie.

»Hast du irgendwelche Fragen?«

»Nein, Ma'am.«

Anna konzentrierte sich wieder auf die Eltern. »Von meiner Seite aus müsste dieses Arrangement mindestens zwei Wochen dauern. Ist Ihnen das recht?«

»Ja.«

»Ich weiß nicht.«

Die Eltern sprachen gleichzeitig.

Ellen berührte den Arm ihres Mannes. »Ken, darüber haben wir doch gesprochen, bevor wir hierherkamen.«

»Das weiß ich.« Er sprang auf die Beine und ging auf und ab. »Aber durch Abwarten ändert sich gar nichts. Wir brauchen den Namen des Jungen und müssen etwas unternehmen.« Er blieb stehen, stemmte die Fäuste in die Hüften und schaute seine Tochter finster an. »Du weißt schon, dass ich seinen Namen in deinem Handyprotokoll finden kann.«

Grace stand ebenfalls auf und schaute ihn finster an. Die Farbe wich aus ihrem Gesicht. »Das ist eine Verletzung meiner Privatsphäre!«

»Ich zahle die Telefonrechnung und du bist minderjährig. Wenn du dich unverantwortlich verhältst, verlierst du das Recht auf deine Privatsphäre.«

»Ken.« Die Mutter stand auf und legte ihm die Hand auf den Arm. »Wir haben Grace versprochen, dass wir warten, bis wir uns alle beruhigt haben, und nichts überstürzen.«

»Ja. Aber ich bin mir nicht mehr so sicher, ob ich das will.«

Grace nahm ihren Rucksack. »Ich verschwinde.«

Sie klang genauso wie John an dem Tag, als er aus dem Haus gestürmt war, ohne sich noch einmal umzudrehen.

»Schatz, warte! Bitte.« Ellen trat einen Schritt auf ihre Tochter zu. Ihr Tonfall war besänftigend. Sie hatte immer noch eine Hand auf dem Arm ihres Mannes liegen. »Wegzulaufen löst das Problem nicht. Wir müssen einen klaren Kopf bewahren und in Ruhe nachdenken. Ken ...« Sie drehte sich wieder zu ihrem Mann um und nickte zum Sofa. »Wir waren uns einig, dass dies der beste Plan ist. Bleiben wir bitte dabei, okay?«

Er zögerte. Seine Schultern waren steif und er sah so aus, als würde er gleich explodieren und dann Dinge sagen, die er später bereuen würde. Ganz genauso wie Anna vor zwanzig Jahren.

Auf das Drängen seiner Frau hin setzte er sich wieder.

Auch Grace nahm langsam wieder Platz.

Das alles war Ellens Eingreifen zu verdanken. Sie war die Vernünftige in diesem Drama. Genau wie George es auch gewesen wäre an jenem längst vergangenen Tag. Wenn er noch gelebt hätte.

Vielleicht würde es diese Familie dank der friedenstiftenden Bemühungen der Mutter und mit etwas fremder Hilfe schaffen.

Diese Hilfe könnte sie bieten.

»Bitte verzeihen Sie.« Ellen schaute sie entschuldigend an. »Wie Sie sehen, sind wir alle ziemlich aufgewühlt.«

»Das ist verständlich.« Anna hielt sich den verletzten Arm, um etwas Druck von der Schlinge um ihren Hals zu nehmen. »Es ist eine schwierige Situation.«

»Das kann man wohl sagen.« Wut funkelte in Kens Augen auf.

»Aber wir werden einen Weg finden, richtig damit umzugehen, wenn wir alle wieder klarer denken können.« Ellen strich ihm über den Arm und sagte über den Tisch gebeugt: »Deshalb haben wir gedacht, dass eine kurze Trennung hilfreich sein könnte. Vorausgesetzt, Sie sind bereit, Grace bei sich aufzunehmen.«

Seit dem Moment, als Michael ihr diese Idee unterbreitet hatte, bis zu dem Augenblick, als diese Familie durch ihre Tür getreten war, war Anna wegen dieser ganzen Sache nervös gewesen. Doch jetzt erfüllte sie plötzlich eine unbeschreibliche Ruhe. Und ihre Entscheidung stand fest.

»Das mache ich gerne. Solange sie verspricht, in der Nähe zu bleiben und sich an die Regeln zu halten, die Sie aufstellen.«

»Die Regeln sind einfach: Kein Computer oder Handy, kein Kontakt mit diesem Jungen, solange sie hier ist, und sie läuft nicht weg.« Der Vater bedachte Grace mit einem Blick, der klar signalisierte: Leg dich nicht mit mir an!

Sie erwiderte seinen finsteren Blick. »Ich halte mich an diese Regeln, wenn du versprichst, mein Handy in Ruhe zu lassen und nichts kaputt zu machen.«

»Ich bin hier nicht derjenige, der etwas kaputt macht.«

»Ich denke, diesen Regeln können wir alle zustimmen.« Ellens Blick wanderte von ihrem Mann zu ihrer Tochter.

»Und ich will auch nicht, dass ihr hier ständig anruft.« Grace senkte das Kinn und spielte an dem abblätternden Nagellack an ihrem Daumen. »Ich brauche auch Zeit, um nachzudenken.«

Ken wollte etwas sagen, aber Anna kam ihm zuvor.

»Ich finde, das ist ein weiser Vorschlag. Ein wenig Abstand kann allen helfen, wieder die richtige Perspektive zu bekommen. Aber ich kann Sie gern jeden Tag anrufen, um Sie wissen zu lassen, wie es hier läuft.«

»Das wäre perfekt.« Dankbarkeit sprach aus Ellens Miene.

»Dann denke ich, ist für heute alles gesagt.« Anna wandte sich wieder an Grace. »Würdest du Pastor Baker bitte sagen, dass wir hier fertig sind?«

Das Mädchen stand wortlos auf und verschwand in Richtung Küche.

»Wir sind Ihnen wirklich sehr dankbar für Ihre Gastfreundschaft, Mrs Williams.« Ellen kam um den Wohnzimmertisch herum und reichte ihr die Hand. »Das ist für uns alle eine ungewohnte Situation. Grace war immer so ein braves Mädchen.«

Ken erhob sich ebenfalls. »Deshalb will ich ja gern diesen Kerl, der ihr das angetan hat, zwischen die Finger bekommen. Und unsere Tochter würde ich am liebsten bis zu ihrem achtzehnten Geburtstag in ihrem Zimmer einsperren.«

»Und da fragst du dich, warum ich gedroht habe, wegzulaufen?« Grace stürmte wieder ins Wohnzimmer. Der Pastor folgte ihr, jedoch deutlich langsamer. »Er hat nichts getan, bei dem ich nicht freiwillig mitgemacht hätte. War es ein Fehler? Ja. Tut es mir leid? Ja. Aber es ist nun einmal passiert. Und wenn wir keine Lösung finden, mit der wir alle leben können, dann mache ich mich aus dem Staub.«

»Grace, du bist erst sechzehn. Wo willst du denn hin? Außerdem sind wir eine Familie. Wir halten zusammen.« Ellen trat zu ihr.

Sie wich vor ihrer Mutter zurück. »Lasst mich jetzt erst mal beide in Ruhe. Okay? Ich bleibe hier. Wir denken alle in Ruhe nach. Vielleicht finden wir ja eine Lösung.« Das letzte Wort ging in einem Schluchzen unter.

Pastor Baker ließ seinen Blick über die Gruppe wandern. »Heißt das, dass Sie Grace bei sich aufnehmen, Anna?«

»Ja.«

»Ausgezeichnet. Das ist für alle eine gute Lösung, würde ich sagen. Dann lassen wir Sie beide jetzt allein, damit Sie alles Weitere besprechen können.«

Tochter und Eltern schauten sich an. Grace stand da wie ein Häufchen Elend, Ellens Augen glänzten feucht und Ken hatte sein Kinn herausfordernd nach vorn gereckt.

Schließlich nahm er den Arm seiner Frau und sie folgten Pastor Baker aus dem Haus.

Als hinter ihnen die Tür ins Schloss fiel, drehte sich Anna zu ihrer neuen Mitbewohnerin um. »Würdest du die Haustür bitte abschließen, Grace?«

Das Mädchen kam ihrer Bitte wortlos nach und ging in den Flur, durch den ihre Eltern gerade das Haus verlassen hatten.

Während das Klicken des Schlosses mit einer seltsamen Endgültigkeit in dem stillen Haus widerhallte, hoffte Anna, dass das dünne Eis, auf das sie sich hier gewagt hatte, nicht unter dem Gewicht dieses Konflikts einbrach und sie alle in die Tiefe riss.

Kapitel 12

War das Tracy?

Michael blieb stehen, rückte seine Sonnenbrille gegen das strahlend helle Sonnenlicht zurecht und schaute mit zusammengekniffenen Augen in die Ferne. Die Frau, die im Sand saß und sich an einen Felsen lehnte, sah aus wie sie. Aber er ging jeden Tag an diesem Strand spazieren und bisher waren sie sich noch nie über den Weg gelaufen.

Er ging wieder weiter. Wahrscheinlich war es irgendeine Touristin. Vielleicht die Frau dieses Mannes, der am Strand Kieselsteine und Treibgut suchte. Oder sie gehörte zu der Picknickgruppe, die sich am Strand ausgebreitet hatte.

Er behielt seinen gemütlichen Gang bei und blickte sich um. Am Strand waren mehr Leute als gewöhnlich, aber heute war schließlich Sonntag. Ein Tag der Ruhe und Entspannung.

Wenigstens für einige.

Mit den Füßen spielte er mit einem Stück Seetang, dessen Enden genauso verworren waren wie seine Gefühle. Die ballonähnlichen Blasen, die das Ganze über Wasser hielten, waren aufgebläht und sahen aus, als würden sie jeden Moment platzen. Wie seine Nerven.

Das war verrückt.

Warum war er jetzt gestresster als bei seiner Ankunft? Der Beginn seines Aufenthalts war zwar nicht so glatt verlaufen, wie er erwartet hatte, aber er hatte gestern seinen Bericht für *Helfende Hände* fertiggestellt, Anna hatte eine Mitbewohnerin, die ihr unter die Arme griff, und brauchte seine Hilfe nicht. Er konnte nun die Einsamkeit genießen und hatte Zeit für sich. Danach hatte er sich doch so gesehnt, als er Chicago verlassen hatte.

Aber er schaffte es einfach nicht abzuschalten und sich wie diese Frau dort bei dem Felsen völlig entspannt an den Strand zu setzen.

Als er an ihr vorbeiging, warf er noch einmal einen Blick auf sie.

Abrupt blieb er stehen.

Das *war* Tracy.

Er musterte sie. Mit dem Kopf lehnte sie sich an den Felsen, als genieße sie die Wolken, die über den blauen Himmel zogen, ihre Augen waren hinter ihrer Sonnenbrille verborgen. Kein ungewöhnlicher Anblick am Strand. Aber die schwarze Hose, die elegante, grüne Bluse und der Blazer, der über ihren Schultern lag, passten eher in die Kirche als an den Strand.

Warum war sie hier und warum war sie so gekleidet?

Er zögerte. Sollte er sie stören und versuchen, das herauszufinden, oder sollte er lieber weitergehen?

Geh weiter, Hunter.

Während er noch mit sich rang, erfasste plötzlich ein kräftiger Windstoß die Frisbeescheibe, die sich die Familie mit der Picknickdecke gegenseitig zuwarf, und segelte direkt auf Tracy zu.

Seine Reflexe waren hellwach. Er lief auf die fliegende Scheibe zu und fing sie in der Luft auf.

»Entschuldigung!« Eines der Kinder kam auf ihn zugelaufen.

»Kein Problem.« Er warf die Frisbee zurück und ein Junge fing sie auf.

Da sie laut gerufen hatten, rechnete er damit, dass ihn Tracy anschauen würde, wenn er sich umdrehte.

Aber das tat sie nicht.

Sie hatte sich kein bisschen gerührt.

Sonderbar.

Er ging näher zu ihr. Ihr Atem ging gleichmäßig und ihre Hände hingen schlaff herunter. Sie war eingeschlafen, deswegen hatte sie nicht reagiert.

Ihre Handtasche, die neben ihr lag, war für jeden Dieb eine leichte Beute.

Michael schaute sich noch einmal am Strand um. Hope Harbor war zwar vielleicht eine Kleinstadt, aber vor unangenehmen Überraschungen war man nirgends sicher. Er konnte nicht einfach weitergehen und sie so verwundbar hier sitzen lassen, oder?

Er ignorierte die Stimme in seinem Kopf, die ihn daran erinnerte, dass sie schon immer hier lebte und um die Risiken wusste, wenn man am Strand schlief und die Handtasche unbewacht neben sich liegen hatte. Er stapfte durch den Sand und bückte sich, um sie zu wecken.

Aber als er sie aus der Nähe betrachtete, verschlug ihm Tracy Campbell den Atem. Ihr schlanker Hals, die entspannten Gesichtszügen, ihre weichen Lippen und ihr feines Kinn. Schön.

Er musste verschwinden, bevor …

Sie rührte sich. Er war ihr so nah, dass er sehen konnte, wie sie langsam hinter den dunklen Brillengläsern ihre Augen aufschlug.

Jetzt hatte er keine Chance mehr zu entkommen.

Er sollte sie lieber warnen, dass sie nicht allein war, bevor sie ihn dabei ertappte, dass er sie beobachtete.

Er nutzte die erstbeste Ausrede, die ihm in den Sinn kam, und nahm ihre Handtasche und ließ sie vor ihr baumeln.

Mit einem leisen Seufzen richtete sie sich auf und drehte sich ihm zu.

»Ich hätte mich damit aus dem Staub machen können.«

»Michael.« Er bekam ganz weiche Knie, als sie mit schlaftrunkener Stimme seinen Namen aussprach.

Jetzt gingen alle Alarmglocken bei ihm an. Er musste sich von ihr fernhalten.

Hastig legte er die Handtasche wieder hin und trat zurück, während eine Wolke am Himmel vorüberzog und den hellen Sonnenschein trübte. »Vielleicht sollten Sie die lieber an sich nehmen.«

Mit einem trockenen Lächeln lehnte sie sich wieder an den Felsen. »Der Taschendieb, der die Tasche klaut, wäre enttäuscht. Er würde keine große Beute machen.« Ein Schatten zog über ihr Gesicht, der nichts mit den Wolken am Himmel zu tun hatte. Dann gähnte sie. »Entschuldigung. Ich bin noch nie am Strand eingeschlafen. Statt nach dem Gottesdienst hierher zu gehen, hätte ich mir lieber zu Hause einen kurzen Mittagsschlaf gönnen sollen, bevor ich meine To-do-Liste auf der Farm in Angriff nehme.«

»Sie arbeiten auch sonntags?«

»Wenn es nach Onkel Bud geht, wird sonntags nicht gearbeitet. Aber was er nicht weiß, macht ihn nicht heiß. Momentan liegt er mit Grippe im Bett. Außerdem bleibt mir kaum eine andere Wahl. Die Arbeit muss erledigt werden, und wenn plötzlich nur noch halb so viele Hände anpacken können …« Sie zuckte mit den Schultern.

Mit einem Stirnrunzeln setzte er sich neben sie in den Sand und nahm seine Sonnenbrille ab. »Wollen Sie damit sagen, dass Sie und Ihr Onkel diese ganze Farm allein betreiben?«

Sie nahm ebenfalls ihre Brille ab und er bemerkte die leichten Schatten um ihre Augen, die bei ihren früheren Begegnungen nicht da gewesen waren. »Sieben Hektar kann man den größten Teil des Jahres allein bewältigen, aber da wir beide noch eine andere Arbeit haben, müssen wir wirklich zu zweit sein. Während der Ernte stellen wir zusätzlich Saisonarbeiter ein.«

»Soll das heißen, dass Sie das da draußen ganz allein machen? Dazu noch den Buchhaltungsjob und Ihr ehrenamtliches Engagement für *Helfende Hände*?«

»Ich versuche es jedenfalls. Ob ich alle Bälle in der Luft halten kann, wird sich zeigen. Wie läuft es mit Anna?«

Es fiel ihm nicht ganz leicht umzuschalten, als sie so abrupt das Thema wechselte. »Gut, soweit ich es beurteilen kann. Ich war gestern bei ihr und habe Grace kennengelernt. Sie ist sehr höflich und scheint fleißig zu sein. Anna ist bis jetzt sehr zufrieden mit der Lösung.«

»Wenigstens kann ich diese Krise von meiner Liste streichen.« Sie schaute auf ihre Uhr, stöhnte leise auf und griff nach ihrer Handtasche. »Ich muss jetzt los. Ich wollte nur fünf Minuten hier sitzen. Irgendwie ist daraus eine halbe Stunde geworden. Aber die Sonne hat gutgetan.«

»Sie ist jetzt sowieso verschwunden.« Er betrachtete den Himmel. Die Wolken, die vor wenigen Minuten noch am Horizont gewesen waren, schoben sich mit rasender Geschwindigkeit über den Himmel. »Daran, wie schnell sich hier das Wetter ändert, habe ich mich immer noch nicht gewöhnt. In der einen Minute scheint die Sonne und in der nächsten ist es grau und düster. Ich muss zugeben, dass mir die Sonne viel besser gefällt.«

Sie setzte ihre Sonnenbrille wieder auf, nahm ihre Handtasche und ihre Schuhe und stand auf. Das alles geschah in Sekundenschnelle.

Als er aufgestanden war, hatte sie sich bereits ihre Tasche über die Schulter geworfen und einen deutlichen Abstand zu ihm aufgebaut. Plötzlich wirkte sie auf ihn abwehrend.

»Stimmt etwas nicht?«

»Doch, alles ist bestens.«

Ihre angespannte Miene und ihre abwehrende Haltung sagten etwas ganz anderes als ihre Worte.

»Tracy, ich …«

Sie ging ein paar Schritte weg. »Ich muss los. Man sieht sich.«

Hastig drehte sie sich um und eilte zu den Stufen, die vom Strand zu der Straße über den Klippen führte.

Er stemmte die Hände in die Hüften und schaute ihr nach. Was hatte das jetzt zu bedeuten? War sie auf ihn sauer, weil er sie gestört hatte?

Nein. Seine Fragen über die Farm hatte sie in aller Ruhe beantwortet.

Danach hatten sie über Anna gesprochen und … was noch?

Ein weiterer Windstoß wirbelte den Sand um seine Füße auf. Das Wetter. Das Letzte, was er gesagt hatte, war eine harmlose Bemerkung über das Wetter gewesen, das sich hier schnell änderte.

Warum fühlte sie sich dadurch angegriffen?

Verständnislos schaute er ihr nach, als sie unten an den Stufen stehen blieb, in ihre Schuhe schlüpfte und dann die Treppe hinaufstieg.

Vielleicht war sie einfach nur erschöpft. Wenn Leute müde waren, reagierten sie oft gereizt und empfindlich. Er war nach seiner Nacht in der Notaufnahme auch nicht in Bestform gewesen. Schlaf war ein Luxus, den es in Tracys Leben im Moment nicht zu geben schien. Außerdem stand sie unter großem Druck.

Aber als sie über den Klippen verschwand, ohne sich noch einmal umzudrehen, hatte er das Gefühl, dass hinter ihrer Reaktion mehr steckte als nur zu wenig Schlaf oder Stress.

Viel mehr.

Konnte das mit Annas Bemerkung zu tun haben, er solle Tracy um Rat fragen, wie man mit Schuldgefühlen fertig wird?

Möglich.

Aber da sie gerade ziemlich verärgert war und eine erdrückende To-do-Liste vor sich hatte, war es eher unwahrscheinlich, dass sich ihre Wege in naher Zukunft kreuzen würden. So schnell bekäme er nicht die Gelegenheit, sie um Rat zu fragen.

Es sei denn, er hatte eine Idee, wie sie sich über den Weg laufen konnten.

Keine kluge Idee, Junge. Es ist sicherer, Abstand zu halten.

Richtig.

Er steckte die Hände in die Taschen und setzte seinen Spaziergang fort.

Aber noch während er sich bewusst machte, dass er lieber auf Abstand gehen sollte, war sein Verstand schon damit beschäftigt, eine Gelegenheit zu finden, um Zeit mit der hübschen Cranberryfarmerin zu verbringen.

ෆ

Tracy blieb mitten auf dem Feld stehen und wischte sich mit dem Ärmel ihres T-Shirts die Stirn ab. Dabei begutachtete sie ihre Arbeit.

Nicht schlecht.

Wenn das Wetter so blieb und sie in diesem Tempo weiterarbeiten konnte, hatte sie das Fungizid bis morgen Mittag fertig ausgebracht. Dann würde sie noch den Dünger verteilen. Weil es am Abend geregnet hatte, konnte sie vorerst das Wässern von ihrer To-do-Liste streichen.

Sie betrachtete das hohe Gras, das um die Felder herum wuchs. Auf den Deichen und Straßen wucherte das Gras. Aber das Mähen musste warten. Fungizid und Dünger waren viel dringender.

Sie blinzelte, als ein Mann in Jeans auf dem Deich erschien. Er entdeckte sie und hob eine Hand.

Michael?

Warum tauchte er hier auf, nachdem sie ihn am Strand so abserviert hatte?

Sie schaltete den Motor aus und wischte sich die Hände an ihrer Jeans ab. *Bleib ruhig, Tracy. Er hat keine Ahnung, dass er heute Morgen bei dir einen empfindlichen Nerv getroffen hat. Und er weiß auch nicht, warum du die letzten Stunden so fertig warst.*

Aber *sie* kannte den Grund. Und das gefiel ihr überhaupt nicht. Es war nur eine harmlose Bemerkung über das Wetter gewesen. Aber weil sie sich zu ihm hingezogen fühlte …

Nein, das war nicht der Fall.

Das würde sie nicht zulassen.

Sie warf die Schultern zurück, durchquerte das Feld, stieg den Deich hinauf und setzte ein gezwungenes Lächeln auf. »Ich hätte nicht erwartet, Sie heute noch einmal zu sehen.«

»Ich habe heute Nachmittag nichts vor. Und da dachte ich, Sie könnten vielleicht ein wenig Hilfe gebrauchen.«

Sie runzelte die Stirn. »Wobei?«

»Bei dem hier.« Er bewegte den Arm über das Gelände. »Es hat sich so angehört, als hätten Sie eine lange To-do-Liste.«

Sie hatte Mühe, dieses unerwartete Angebot zu verarbeiten. »Sie wollen auf der Farm arbeiten?«

»Ja.« Er atmete aus. »Ich habe irgendwie das Gefühl, dass ich Sie heute Morgen beleidigt habe. Ich habe zwar keine Ahnung, womit, aber ich möchte mich bei Ihnen entschuldigen. Ich hatte gehofft, ich könnte die Sache mit einem kleinen Arbeitseinsatz wiedergutmachen.«

Sie verschränkte die Arme vor sich. »Das ist nicht nötig. Und Sie brauchen sich auch nicht zu entschuldigen. Es war meine Schuld. Ich bin einfach … ein wenig müde. Sie haben an einem Sonntag sicher Besseres zu tun, als auf einer Farm zu arbeiten.«

»Ehrlich gesagt, habe ich nichts Besseres vor. Und ich brauche ein wenig mehr Bewegung als meine Spaziergänge am Strand. In Chicago habe ich versucht, zwei bis drei Mal in der Woche ins Fitnessstudio zu gehen. Hier liege ich mehr oder weniger auf der faulen Haut und mein Körper fordert mich auf, etwas zu tun, bevor sich alle Muskeln abbauen.«

Muskeln abbauen? Soweit sie sehen konnte, bestand in dieser Hinsicht keine Gefahr.

»Ich kann doch nicht zulassen, dass Sie an Ihrem Sonntag arbeiten.«

»Doch.«

»Auf dieser Farm habe ich das Sagen.«

»Und ich langweile mich.« Er zwinkerte ihr zu. »Ich verspreche auch, dass ich mich bemühe, keinen Schaden anzurichten, falls Sie sich deshalb Sorgen machen.«

Dieser Mann hatte wirklich Charisma.

»Nein. Cranberrys anzubauen ist nicht kompliziert.«

»Dann geben Sie mir eine Arbeit. Was kann jemand tun, der nicht viel Erfahrung hat?«

Tracy betrachtete die überwucherten Deiche. Falls er sein Angebot ernst meinte ...

Sie steckte die Hände in die Hosentaschen. »Wie gut können Sie mit einer Motorsense umgehen?«

»Ich weiß, wie man sie handhabt.« Er legte den Kopf schief. »Aber kann ich Ihnen nicht woanders mehr helfen?«

»Das Gras auf den Deichen und am Rand der Felder muss kurz gehalten werden. Das ist ziemlich viel Arbeit, nicht kompliziert, aber zeitintensiv. Und um diese Jahreszeit ist es schwer, damit nachzukommen, selbst wenn Onkel Bud und ich zu zweit sind. Wenn Sie das übernehmen würden, könnte ich mich auf die Ausbringung des Fungizids und des Düngers konzentrieren.«

»In diesem Fall mähe ich gern das Gras. Sagen Sie mir, wo ich die Motorsense finde. Dann lasse ich Sie weiter...« Er schaute den Sprüher in der Mitte des Feldes an. »Dann lasse ich Sie damit weitermachen, was Sie gerade machen.«

»Fungizid ausbringen.« Sie deutete zum Geräteschuppen, dessen Dachfirst durch die Bäume zu sehen war. »Die Motorsense hängt im Schuppen an der Wand. Sie ist startklar. Dort finden Sie auch Arbeitshandschuhe und eine Schutzbrille. Sie könnten bei diesem Feld anfangen. Die Seiten der Deiche sehen furchtbar aus.«

»Und oben auf den Deichen?«

»Dafür haben wir einen Aufsitzrasenmäher. Wenn Sie keine Lust mehr auf die Motorsense haben, können Sie wechseln.«

»Verstehe. Ich werde schon finden, was ich brauche.«

Er wollte sich schon abwenden, doch als sie ihn am Arm berührte, blieb er stehen und schaute sich zu ihr um.

»Das geht viel zu weit. Und das wissen Sie auch. Rasenmähen stand bestimmt nicht auf Ihrem Plan, als Sie nach Hope Harbor kamen.«

»Seit ich hier bin, habe ich schon einiges getan, das nicht auf meinem Plan stand.« Sein Blick wanderte zu ihrer Hand, die immer noch auf seinem Arm lag. Sie zog sie schnell zurück, als er seine Sonnenbrille aufsetzte und seine Augen vor ihr verbarg. »Und das ist eine Win-win-Situation. Sie bekommen Hilfe und ich kann meine Muskeln trainieren.«

»Wahrscheinlich viel mehr, als Sie nötig haben. Und als Sie wollen.«

»Wenn ich nicht mehr kann, sage ich es.«

Noch bevor sie darauf etwas erwidern konnte, marschierte er über dem Deich davon.

Sie schaute ihm ein paar Momente nach, dann kehrte sie langsam zu dem Sprüher zurück und ließ den Motor wieder an.

Wenn das keine Überraschung war!

Vielleicht suchte Michael tatsächlich einen gewissen sportlichen Ausgleich für das fehlende Fitnessstudio. Aber in Hope Harbor gab es reichlich Gelegenheit dafür, sich körperlich zu betätigen, ohne dass man sich dabei schmutzig machte, von Bienen umschwirrt wurde und Schwielen bekam.

Was war also der wirkliche Grund dafür, dass sich der Geschäftsführer einer gemeinnützigen Organisation aus Chicago freiwillig zu so einer mühsamen Arbeit gemeldet hatte?

War es möglich, dass er einfach gern in ihrer Gesellschaft war, auch wenn er seine Zukunft ohne Partnerin plante?

Sie lenkte das Gerät über das Feld und versuchte, das leichte Kribbeln zu missachten, das ihr neuer Helfer in ihr auslöste. Wie albern! Sie legte viel zu viel Bedeutung in diese nette Geste. Michael Hunter war einfach nicht der Typ, der einem Hilfsbedürftigen den Rücken zukehrte. Mehr war sein Hilfsangebot nicht. Es war nur ein Beispiel für seine mitfühlende, großzügige Art. Mehr hineinzudeuten wäre albern.

Aber als er anfing, das Gras mit gleichmäßigen, gekonnten Bewegungen zu mähen, ertappte sie sich dabei, dass ihr Blick viel zu oft zu ihm hinüberwanderte.

Dabei stellte sie immer wieder fest, dass er auch in ihre Richtung schaute.

Wie sollte sich ihr Herzschlag unter diesen Umständen beruhigen?

Deshalb schloss sie die Arbeit auf diesem Feld, so schnell sie konnte, ab und ging zum nächsten Feld, das mehrere Hundert Meter entfernt war.

Leider half ihr dieser räumliche Abstand auch nicht. Sie konnte immer noch die Motorsense hören, sah im Geiste immer noch den drahtigen Mann vor sich, der auf ihrer Farm seine Muskeln trainierte.

Nach einem kurzen Moment gab sie sich ihrem alten Traum hin, auf den Feldern einen Mann um sich zu haben, der die Farm, die sie so liebte, genauso schätzte wie sie.

So sollte es sein.

So hatte sie sich das immer gewünscht.

Plötzliche erfasste sie eine Sehnsucht, die so stark war, dass sie fast die Kontrolle über den Sprüher verlor.

Sie unterdrückte ihr kindisches Denken und zwang sich, die Richtung nicht zu verlieren. Träume waren gut, solange sie eine realistische Grundlage hatten. Solange man sie mit offenen Augen verfolgte und sich der Risiken bewusst war. Solange man sich nicht durch eine rosarote Brille von der Realität ablenken ließ.

Michael Hunter war ein netter Mann. Wer weiß, was in einer anderen Zeit, an einem anderen Ort hätte sein können?

Aber er war Geschäftsführer und nicht Cranberryfarmer. Schon bald würde er zu seinem Leben in Chicago zurückkehren. Er liebte seine Frau immer noch. Und er mochte kein unbeständiges, wolkiges Wetter.

Das alles sprach gegen eine Zukunft mit ihm, selbst wenn sie daran interessiert wäre.

Sie sollte also dankbar sein, dass sich ihre Wege für diese wenigen Wochen gekreuzt hatten, und sich über die Hilfe freuen, die sie an ihm hatte. Aber wenn er wieder nach Chicago fuhr, würde sie alles tun, um ihn zu vergessen.

Denn das hier war ihr Zuhause. Und solange sie keine Möglichkeit fand, um ihre Schuldgefühle und ihre Trauer abzulegen, solange nicht jemand kam, der sich in Hope Harbor wohlfühlte und der die Cranberryfarm genauso sehr liebte wie sie, würde sie allein bleiben.

Kapitel 13

Das Mähen war Knochenarbeit.
Er spürte schon seine Schultern und den Rücken.
Und diese Arbeit machte Tracy jeden Tag.
Michael stellte den Fuß auf den schrägen Hang des Deichs und stützte die Motorsense auf seinen Oberschenkel, während er seinen Oberarmen, die schon fast taub vor Schmerz waren, eine Pause gönnte. So viel zu den Gewichten, die er in Chicago gestemmt hatte!
Kein Wunder, dass Tracy schlank und fit war.
Aber trotz der schweren körperlichen Arbeit konnte er gut verstehen, warum sie die Farm liebte. Es war eine willkommene Abwechslung, mal nicht den Kopf, sondern den Körper anzustrengen. Und es tat auch gut, seine Lunge mit frischer Luft zu füllen, die Sonne auf den Schultern zu genießen und die Hunde zu streicheln, wenn sie vorbeitrabten.
Ohne die lästigen Bienen, die überall herumschwirrten, wäre die Farm richtig idyllisch.
Als wäre das ihr Stichwort gewesen, summte die nächste Biene um sein Ohr. Wie viele hatte er in den drei Stunden, seit er hier war, schon vertrieben?
Zu viele.
Als er sich gerade anschickte weiterzumähen, tauchte am Ende des Feldes eine schlanke Frau mit kurzen grau durchzogenen Haaren auf. Die Frau des Onkels?
Als sie ihn zu sich winkte, schaltete er die Motorsense aus, legte sie ins Gras und ging über den Deich zu ihr.
Als er näher kam, hielt sie ihm die Hand hin und bestätigte seine Vermutung. »Sie müssen Michael sein. Ich bin Nancy Sheldon, Tracys Tante. Ich habe Tracy auf dem Handy angerufen, um ihr zu sagen, dass ich einen Nachmittagsimbiss vorbereitet habe. Dabei hat sie erwähnt, dass Sie sich angeboten haben zu helfen. Sie will

keine Pause machen, aber ich hoffe, Sie können sie dazu überreden. Wenn sie niemand daran hindert, arbeitet das Mädchen bis zum Umfallen.«

Er nahm seine Schutzbrille ab und gab der Frau die Hand. Tracy war nicht zu sehen, aber das Brummen des Motors verriet, dass sie nicht weit war. »Ich kann es versuchen, aber ich habe den Eindruck, dass sie eine Frau ist, die weiß, was sie will.«

»Das stimmt. Und das ist manchmal wirklich schade.« Ohne diese rätselhafte Aussage genauer zu erklären, deutete Nancy in die Richtung, aus der sie gekommen war. »Ich habe Getränke und einen Imbiss auf die Bank unter der Weide gestellt. Tracy kann Ihnen zeigen, wo Sie die Bank finden. Falls Sie Tracy nicht überreden können, Ihnen Gesellschaft zu leisten, sollten wenigstens Sie sich eine Pause gönnen. Da Bud ausgeschaltet ist, sind wir für Ihre Hilfe sehr dankbar. Wir können Sie zwar nicht bezahlen, aber wenigstens sollen Sie bei uns nicht verhungern.«

»Das ist sehr nett. Danke.«

»Gerne.« Die Frau musterte ihn mit einem Lächeln, das er nicht deuten konnte. »Ich gehe wieder zu meinem Patienten zurück. Tracy hat mich gewarnt, dass Bud ein anstrengender Patient ist, und sie hatte recht. Diesen Mann im Bett zu halten, ist eine Herausforderung.« Mit einem kurzen Winken drehte sie sich um und verschwand wieder.

Michael drehte sich in die andere Richtung und folgte mit den Augen dem Muster der Deiche, die die Felder umgaben, bis er Tracy entdeckte. Sie konzentrierte sich auf ihre Arbeit, bewegte sich in einem gleichmäßigen Rhythmus und bediente den Sprüher auf eine Weise, die verriet, dass sie ein erfahrener Profi war.

Er beobachtete sie einige Minuten und analysierte ihre Vorgehensweise. Sie schien mit dem Feld fast fertig zu sein und bewegte sich in seine Richtung. Es war also nicht nötig, sie zu unterbrechen, bevor sie fertig war. Der Imbiss, den ihnen Nancy gebracht hatte, konnte warten. Im Moment genoss er es einfach, Tracy bei der Arbeit zuzusehen.

Er setzte sich auf den Deich und beobachtete, wie sie am Ende des Feldes wendete und das sonderbar aussehende Gerät mit den schmalen Rädern und einem Balken auf beiden Seiten, das insgesamt ungefähr vier Meter breit war, steuerte. Entweder war das Gerät sehr einfach zu bedienen oder Tracy ließ es nur leicht aussehen.

Er hatte das Gefühl, dass Letzteres der Fall war.

Als sie das Ende des Feldes erreichte, warf sie einen Blick hinter sich, um etwas zu überprüfen. Dabei entdeckte sie ihn.

Der Sprüher bog leicht vom Kurs ab, aber sie reagierte schnell und brachte ihn wieder in die richtige Spur zurück. Sie behielt eine Hand auf dem Lenkrad, hielt einen Finger hoch und fuhr gleichmäßig weiter.

Als sie einige Minuten später mit dem Feld fertig war, erreichte sie den Rand und stellte den Motor ab, blieb aber auf dem Gerät sitzen.

Vielleicht musste er seine Pause doch allein machen.

»Ich wollte nicht stören und habe deshalb gewartet, bis Sie von selbst anhalten.« Er zog die Füße an und stützte die Unterarme auf seine Knie.

»Normalerweise halte ich nicht an.« Sie legte die Hand als Sonnenschild an ihre Augen und deutete mit dem Kinn auf ihn. »Streiken Ihre Schultern?«

»Es geht schon noch, aber ich spüre sie.«

»Warten Sie nur bis morgen.« Ihr Tonfall war trocken, ihre Miene mitfühlend. »Wenn ich die Motorsense nach der Winterpause das erste Mal wieder benutze, kann ich mich immer ein paar Tage kaum bewegen.«

»Danke für die ermutigenden Worte.«

»Sie könnten ja mit dem Aufsitzrasenmäher weitermachen. Oder Sie machen Feierabend, wenn Sie wollen.«

»Ein bisschen geht schon noch. Aber ich hätte nichts gegen eine Pause. Ihre Tante hat etwas von einem Imbiss gesagt. Sie meinte, er sei unter der Weide.«

Zwei Falten bildeten sich über ihrer Nase. »Nancy ist zu Ihnen gekommen?«

»Ja.« Er legte den Kopf schief. »Ist das so ungewöhnlich?«

»Ja. Normalerweise bleibt sie beim Haus, bis die Bienen wieder fort sind.«

»Soll das heißen, dass die Bienen weiterziehen?«

»Nein. Wir haben einen Vertrag mit einem Imker. Er bringt im

Mai pro Hektar fünf bis sechs Völker, die die Cranberrys bestäuben. Und im Juli holt er sie wieder ab.«

Er schlug nach einer Biene, die an seinem Ohr surrte. »Ich könnte nicht behaupten, dass mich das traurig machen würde. Sie sind lästig.«

»Eigentlich sind sie ganz harmlos. Das sind europäische Honigbienen. Normalerweise tun sie Ihnen nichts, solange Sie ihnen nichts tun. Bei Wespen und Hornissen ist das eine andere Geschichte. Die Honigbienen lieben nur den Löwenzahn, neben dem Sie gerade sitzen.«

Er rutschte von dem Unkraut weg. »Da Ihre Tante trotz der Bienen gekommen ist und uns etwas zu essen vorbereitet hat, könnten wir doch eine Pause einlegen, oder? Kommen Sie mit? Ich brauche jemanden, der mir zeigt, wo die Weide ist.«

Sie drehte sich auf ihrem Sitz herum. »Sie ist nicht schwer zu finden. Vom Geräteschuppen aus können Sie das Haus sehen. Gehen Sie darauf zu. Auf halbem Weg finden Sie die Weide. Darunter steht eine Bank.«

Das war nicht die Antwort, die er sich erhofft hatte.

»Heißt das, dass Sie nicht mitkommen?«

Sie zögerte und einen Moment lang glaubte er fast, sie würde es sich anders überlegen.

Aber da hatte er sich geirrt. »Ich kann nicht aufhören. Ich muss noch viel schaffen, bevor es dunkel wird.«

»Macht eine Viertelstunde so viel aus?«

Wieder zögerte sie.

»Kommen Sie schon, Tracy.« Er setzte sein überzeugendstes Lächeln auf. »Es macht keinen Spaß, allein zu essen.«

Sie biss sich auf die Unterlippe.

Er wartete.

Aber sie blieb eisern. »Tut mir leid. Ich muss weitermachen. Ich komme gut voran und ich will den Schwung ausnutzen. Außerdem hatte ich ein reichliches Mittagessen. Das weiß Nancy, denn sie hat es gekocht. Aber Sie sollten gehen und schauen, was sie auf die Bank gestellt hat. Sie ist eine großartige Köchin.«

Seine Überredungskünste schienen nachzulassen.

Er stützte sich mit einer Hand ab, um wieder auf die Beine zu kommen. Den Schmerz in seinen Schultern versuchte er dabei zu ignorieren. »Wenigstens kann ich ihr sagen, dass ich es versucht habe.«

Auch aus mehreren Metern Entfernung hörte er sie schnauben. »Sie hat Sie zu mir geschickt?!«

Scheinbar war das aus irgendeinem Grund ein sensibles Thema, aber er konnte nicht lügen. »Sie hat vorgeschlagen, ich solle versuchen, Sie zu überreden.«

Tracys Schultern wurden steif und sie zog sich die Baseballkappe tiefer in die Stirn. »Genießen Sie das Essen.«

Damit ließ sie den Motor wieder an und rollte davon.

Michael blieb eine ganze Minute lang stehen und kämpfte mit seiner Enttäuschung, auch wenn ihre Entscheidung weiterzuarbeiten wahrscheinlich vernünftig war. Sie wollten beide keine Beziehung eingehen.

Außerdem wäre es für Tracy besser, sich einen Mann zu suchen, bei dem sie sich darauf verlassen konnte, dass er immer für sie da war – falls sie sich je wieder auf einen Mann einließe. In dieser Hinsicht hatte er sich in der Vergangenheit nicht gerade mit Ruhm bekleckert.

Sie wurde immer kleiner, je weiter der Sprüher davonrollte. Er steckte die Hände in die Hosentaschen und ließ die Schultern hängen. Tracy war eine vernünftige Frau und sie zeigte nur, dass sie vorsichtig war, wenn sie Abstand zu ihm hielt. Warum sollte sie sich mit ihm unter eine Weide setzen? Schließlich hatte er ausdrücklich klargestellt, dass er seine Frau immer noch liebte.

In diesem Punkt hatte er sie nicht angelogen. Julie hatte einen festen Platz in seinem Herzen.

Aber könnte es in seinem Herzen trotzdem auch Platz für eine andere Frau geben?

Für eine Frau wie Tracy?

Das musste er sich gut überlegen.

Vielleicht.

Aber dazu musste er das Problem in den Griff bekommen, das seine Ehe belastet hatte.

Und wie würde Tracy reagieren, wenn sie von seiner Geschichte erfuhr.

Zwei offene Fragen.

Er verlor das Interesse an Nancys Essen und kehrte zu der Motorsense zurück, doch das plötzliche Knurren seines Magens erinnerte ihn daran, dass er etwas zu essen brauchte. Und ein wenig Gesellschaft unter der Weide wäre auch ganz nett.

Tracy bewegte sich jedoch immer weiter weg von ihm.

Falls sie einverstanden gewesen wäre und sich mit ihm an diesen friedlichen Platz gesetzt hätte, der so sehr ein Teil von ihr war, dann hätte er ihr vielleicht erzählt, warum er dreitausend Kilometer weit in den Westen gefahren war. Jedenfalls, wenn sich die Gelegenheit dazu ergeben hätte. Er hätte sich vorsichtig herantasten können und hätte dann schnell herausgefunden, ob seine Geschichte alles kaputt machen würde oder nicht.

Während er zum Geräteschuppen ging, sprangen die zwei Hunde an ihm hoch. Er streichelte sie geistesabwesend und sie liefen weiter neben ihm her. Er würde schnell einen Happen von dem, was Nancy ihnen hingestellt hatte, essen und sich dann wieder an die Arbeit machen.

Welchen Sinn hatte es, sich länger im Schatten der Weide aufzuhalten, wenn Shep und Ziggy die Einzigen waren, die ihm Gesellschaft leisteten?

☙

Hatte sie beschlossen, heute besonders grob zu sein, oder was?

Tracy warf einen Blick hinter sich und sah, dass Michael über dem Deich in Richtung Geräteschuppen verschwand und die Collies neben ihm herliefen. Er war so freundlich zu ihr. Würde eine kurze Pause wirklich einen so großen Unterschied ausmachen?

Nein.

Aber sie hatte ihm ja auch gar nicht wegen der Arbeit auf der Farm einen Korb gegeben. Ihre Absage hatte einen anderen Grund.

Sie hatte Angst.

Ihre Finger verkrampften sich um das Lenkrad und sie atmete tief aus. Das war die Wahrheit. Etwas anderes vorzuschieben, war gelogen.

Sie ließ den Motor im Leerlauf laufen, nahm ihre Kappe ab und rieb sich die Stirn. Es wäre leicht, ihre Kopfschmerzen auf die Sonne oder den Motorenlärm oder die Müdigkeit oder zig andere Dinge zu schieben. Das alles war nicht schuld.

Schuld war allein Michael Hunter.

Sie war zwar wild entschlossen, Abstand zu ihm zu halten. Aber das war ja nur die halbe Wahrheit. In Wirklichkeit war sie gern in seiner Nähe, wollte mehr Zeit mit ihm verbringen.

Viel mehr Zeit.

Daraus würde aber nichts werden. Das würde sie zu verhindern wissen. Denn es war unklug.

Andererseits. Was war schon dabei, ein paar Minuten mit ihm unter der Weide zu sitzen? Sie würde kurz etwas trinken, ein paar Bissen von Nancys Essen zu sich nehmen und ihm noch einmal sagen, wie sehr sie seine Hilfe schätzte. Dieser Mann hatte einen großen Teil seines Sonntags geopfert. Sich zu ihm zu setzen, während er seinen Imbiss zu sich nahm, war das Mindeste, was sie tun konnte, um ihm ihre Dankbarkeit auszudrücken.

Sie schaltete den Sprüher ab, schwang ihre Beine auf den Boden und marschierte auf die Weide zu. Dabei versuchte sie das Kribbeln im Bauch einfach zu ignorieren. Das kam doch nur davon, dass sie so lange auf dem vibrierenden Sprüher gesessen hatte. Mit dem Mann, der im Schatten auf sie wartete, hatte das gar nichts zu tun. Oder doch?

»Ich hab's mir anders überlegt. Eine kurze Pause ist doch nicht so verkehrt«, begrüßte sie ihn und ging auf ihn zu. Ihre Worte klangen atemlos. Bei dem kurzen Fußmarsch von den Feldern hierher konnte man schon außer Atem geraten.

»Wunderbar. Ich wollte gerade anfangen.« Er hielt ein angebissenes Sandwich hoch. »Ihre Tante hat von einem Imbiss gesprochen, aber das hier ist ja ein ganzes Mittagessen.« Er deutete mit dem Kopf zu der Bank, wo belegte Brote, ein Teller mit Käse und Kräckern und ein Kuchen standen.

»Das ist typisch Nancy. Sie weiß, dass wir hier draußen viele Kalorien verbrennen.« Tracy ging auf die Bank zu und setzte sich so, dass das Essen zwischen ihnen stand.

»Normalerweise bin ich kein großer Fan von Geflügelsalat, aber der hier schmeckt köstlich.« Er biss wieder von seinem Brot ab.

»Sie mischt Trauben und Mandeln darunter.« Tracy nahm eine Limonade aus der kleinen Kühltasche, die auf dem Boden stand, und drehte sich vom Haus weg, das keine fünfzig Meter hinter ihnen stand. Da das Schlafzimmer im ersten Stock einen ungehinderten Blick auf die Bank ermöglichte und Nancy ihnen sonst nie einen Nachmittagssnack servierte, ging sie davon aus, dass ihre Tante und ihr Onkel wahrscheinlich da oben waren und sie beobachteten.

Sie war froh, dass sie nicht auch noch in Hörweite waren.

Michael nahm sich einen Kräcker und etwas Käse. »Wenn Sie sich nicht beeilen, kann es passieren, dass ich das alles aufesse, ohne Ihnen etwas übrig zu lassen.«

»Ich hatte wirklich ein reichliches Mittagessen. Ich habe mehr Durst als Hunger.« Sie nahm ein Stück Käse und biss ein kleines Stück ab.

Sie aßen schweigend, während Michael die Brote und den Käse verputzte und dann zu dem Kuchen überging.

»Der Kuchen schmeckt lecker.« Er betrachtete das Stück. »So ähnlich wie Früchtebrot, aber besser. Viel besser.«

»Das ist Cranberry-Nusskuchen. Ein altes Familienrezept, das sich meine Großmutter selbst ausgedacht hat, als sie hier mit der Farm anfingen. Nancy hat immer einen da.« Sie nahm ebenfalls ein Stück.

»Der Kuchen hat etwas Besonderes.« Er kaute genießerisch.

»Das ist wahrscheinlich der Bourbon.«

Er zog eine Braue hoch und bemühte sich, nicht zu lächeln.

»Das heißt nicht, dass wir ihn trinken würden. Und ich glaube, es ist auch nur eine Vierteltasse in dem ganzen Kuchen. Aber dank des Alkohols hält er monatelang. Er wird sogar immer besser, je älter er wird. Bis zu einem bestimmten Punkt natürlich.«

»Das glaube ich gern.« Er nahm sich noch ein drittes Stück.

»Sie müssen wirklich Hunger haben.«

»Die Motorsense zu bedienen ist wirklich anstrengend. Gibt es denn keine leichtere – und schnellere – Möglichkeit, die Deiche sauber zu halten?«

»Ein Seitenarmmäher wäre herrlich. Aber der ist sehr teuer. Es ist billiger, einen Schüler für die Arbeit zu bezahlen. Allerdings ist im Moment dafür kein Geld da. Unser Traktor hat sich für seinen

Totalschaden einen äußerst ungünstigen Zeitpunkt ausgesucht.« Sie aß den Kuchen auf, obwohl sie schon satt war, und trank ein wenig von ihrer Limonade.

»Das klingt, als stünde es um das Cranberrygeschäft nicht besonders gut.«

Seine Bemerkung war leise. Fast vorsichtig. Als befürchte er, sie würde sich wieder aufregen und ihn einfach stehen lassen, wie sie es heute Morgen getan hatte.

Das würde nicht passieren. Aber wie sollte sie darauf am besten reagieren?

Sie senkte den Blick und spielte mit dem Rand ihrer Serviette. Seine taktvolle Formulierung ermöglichte es ihr, der indirekten Frage auszuweichen, ohne grob zu sein. Aber sollte sie ehrlich über ihre angespannte Situation sprechen? Michael sah nicht so aus, als wäre er eine Plaudertasche, und die meisten in der Stadt vermuteten wahrscheinlich ohnehin, dass es um *Harbor Point Cranberries* nicht gerade zum Besten stand. Keiner Farm hier draußen ging es übermäßig gut.

Außerdem strahlte dieser Mann Anstand aus. So gut kannte sie ihn zwar nicht, aber ihr Bauchgefühl sagte ihr, dass sie ihm vertrauen konnte. Vielleicht würde sie ihm auch andere Geheimnisse anvertrauen können, wenn sie den Mut dafür aufbrächte.

Sie hob eine Cranberry auf, die auf ihre Serviette gefallen war, und ging das Wagnis ein. »Das stimmt. Besonders für kleinere Betriebe. Der Preis für das Pfund Cranberrys ist in den letzten Jahren stark gesunken und immer mehr Familienbetriebe müssen schließen. Für kleinere Betriebe war es schon immer schwer, über die Runden zu kommen, aber jetzt ist es fast unmöglich. Jeder Farmer hier hat noch eine andere Arbeit. Trotzdem kann man kaum überleben.« Sie atmete tief ein und sprach ihre größte Angst aus. »Wenn wir keine Möglichkeit finden, uns neue Einnahmequellen zu erschließen, werden wir bis zur nächsten Saison nicht durchhalten können.« Die letzten Worte klangen heiser.

Er legte ihr mitfühlend seine Hand auf den Arm. Die Wärme seiner Geste tat ihr gut und berührte ihr Herz. »Das tut mir leid. Ich hatte keine Ahnung, dass die Situation so schwer ist.«

»Danke für Ihr Mitgefühl.« Der Druck hinter ihren Augen wurde fast unerträglich und sie zerdrückte die Cranberry zwischen ihren Fingern. »Aber ich habe die Hoffnung noch nicht aufgegeben. Wer weiß? Vielleicht haben wir ja Glück und es läuft bald wieder besser.« Das war zwar nicht sehr wahrscheinlich, aber sich auf das Negative zu konzentrieren half auch nicht weiter. Sie biss in die Cranberry und schaute ihn an. »In Ihrem Beruf stehen Sie bestimmt auch vor großen finanziellen Herausforderungen. Sicher ist es nicht leicht, eine gemeinnützige Organisation über Wasser zu halten.«

»Nein.« Er zog die Hand zurück und sofort vermisste sie seine Berührung. »Fundraising ist ein großer Teil meiner Arbeit, aber ich war auch immer jemand, der gern anpackt. Ich arbeite gern mit den Menschen zusammen, denen wir zu helfen versuchen. Aber um die Zahlen kümmere ich mich genauso gern.« Er schwieg einen Moment. »So habe ich auch meine Frau kennengelernt.«

Sie schaute ihn von der Seite an. War diese Mitteilung, die fast wie ein Nachgedanke angehängt war, eine Einladung, weiter nachzufragen? Oder würde er dann dichtmachen?

Es gab nur eine Möglichkeit, das herauszufinden.

»Das klingt nach einer interessanten Geschichte.« Sie hielt den Atem an und wartete auf eine Abfuhr.

Doch er sprach offen weiter. »Bevor ich die Stelle im St.-Joseph-Zentrum angenommen habe, war ich für eine Organisation in Kansas City tätig, die Essen verteilte. Neben einem sozialen Lebensmittelladen haben wir eine Suppenküche betrieben, die jeden Tag warme Mahlzeiten verteilte. Ich habe die ehrenamtlichen Mitarbeiter koordiniert und Julie war eine von ihnen. Ich hatte nie Gelegenheit, viel mit ihr zu reden. Das änderte sich jedoch an einem Thanksgivingtag. An den Feiertagen hatten wir immer viele Ehrenamtliche, sodass wir nicht wirklich viel zu tun hatten. Wir sind uns bei einem Stück Truthahnbraten nähergekommen, haben festgestellt, dass wir vieles gemeinsam haben, und ein halbes Jahr später haben wir geheiratet.«

»Das klingt wie aus einem Liebesroman.«

»Ja. Bis auf den Schluss.«

Seine Stimme war heiser. War es nun an ihr, ihm die Hand auf den Arm zu legen und ihm so ihr Mitgefühl zu zeigen? So wie er es eben bei ihr gemacht hatte. Andererseits ging es jetzt nicht um die Zukunft eines Familienbetriebs, sondern um seine verstorbene Frau. Das war viel persönlicher.

Sie wollte ihre Grenzen nicht überschreiten.

»Wie lange waren Sie verheiratet?«

»Vier Jahre. Wir hatten immer noch zwei Stücke von unserer Hochzeitstorte eingefroren, die auf unseren fünften Hochzeitstag warteten.« Er musste schlucken. »Eines Morgens fuhr sie zu der Schule, in der sie unterrichtete, und kam nicht mehr nach Hause. Es war ein Aneurysma.«

Während die tragische Geschichte zwischen ihnen im Raum stand, zog sich Tracys Magen zusammen.

»Ich kann gar nicht sagen, wie leid mir das tut.« Es gelang ihr, die abgedroschene Plattitüde über die Lippen zu bringen, aber sie wünschte, sie könnte ihm mehr Trost bieten.

»Das ist okay. Worte können sowieso nicht helfen. Ich habe versucht, mich mehr in meiner Arbeit zu vergraben, weil ich hoffte, dass ich damit die Trauer auf Abstand halten könnte. Doch das hat nur dazu geführt, dass ich einen Burn-out bekommen habe. Und nun bin ich quer durchs ganze Land gefahren, um Antworten zu finden.« Er schaute sie fragend an, als überlege er, ob er noch mehr von sich preisgeben solle. Schließlich sprach er wieder. »Ich habe auch versucht, den Schuldgefühlen zu entfliehen.«

Die Verzweiflung in seinen Augen zehrte an ihrem Herzen, während sie versuchte, aus seinen Worten schlau zu werden. »Das verstehe ich nicht. Ein Aneurysma kann man doch nicht vorhersehen. Oder kontrollieren.«

»Nein, das kann man nicht. Das lag in Gottes Hand. Deshalb bin ich auch immer noch wütend auf ihn. Das ist einer der Gründe, warum ich nicht so oft in die Kirche gehe. Aber ich bin auch wütend auf mich selbst, weil ich in unserer Ehe nicht mehr für Julie da war.«

Wieder konnte sie seine Selbstvorwürfe nicht nachvollziehen. »Das kann ich mir nicht vorstellen. Alles, was Sie getan haben, seit Sie hier sind, zeigt, dass Sie freundlich, einfühlsam und großzügig sind. Fast sogar zu sehr.«

»Nicht fast. Eindeutig *zu* sehr.« Er ließ die Schultern sinken und er wischte sich mit der Hand übers Gesicht. »Meine gemeinnützige Arbeit hat mein ganzes Leben beherrscht. Das ging so weit, dass ich deshalb andere wichtige Dinge vernachlässigt habe. Auch Menschen. Julie hat sich selten beklagt, wenn ich abends oder am Wochenende oder im Urlaub weggerufen wurde. Sie war sogar bereit, sich mit einer verkürzten Hochzeitsreise abzufinden, damit ich rechtzeitig zum Start eines neuen Programms für Obdachlose zurück war. Aber sie hatte etwas Besseres verdient.« Er atmete langsam aus. »Sie hat mich nur darum gebeten, dass ich mir eine Woche freinehme, um mit ihr da Urlaub zu machen, wo sie schon als Kind war und wo es ihr so gut gefallen hat.«

»Hope Harbor.« Endlich hatte sie die Antwort auf die Frage, warum er hier war.

»Ja. Wir hatten diesen Urlaub sogar schon geplant, aber ich habe ihn abgesagt, weil wieder etwas Dienstliches dazwischenkam. Ich hatte ihr versprochen, dass wir diesen Urlaub nachholen würden. Aber zwei Monate später war sie tot.« Er schloss die Augen und ein Muskel zuckte in seiner Wange. »Und als sie starb, war ich auch nicht für sie da.«

Tracys Magen zog sich zusammen. Konnte diese Geschichte denn noch schlimmer werden?

»Das Krankenhaus rief mich an, aber ich hatte mein Handy auf lautlos geschaltet, da ich gerade in einem Krisengespräch festsaß. Eine Frau, die häuslicher Gewalt ausgesetzt war, bat uns um Hilfe.« Seine Stimme wurde heiser. »Als ich die Nachricht abhörte und ins Krankenhaus kam, war sie schon tot.«

In der Stille, die nun folgte, versuchte Tracy zu verarbeiten, was Michael ihr gerade erzählt hatte. Aber sie konnte einfach nicht klar denken. Ihr war nur eines bewusst: Er war nach Hope Harbor gekommen, weil er Antworten suchte. Trost. Vergebung. Absolution. Er wollte mit diesem schmerzlichen Kapitel seines Lebens abschließen und nach vorne blicken. Aber seine angespannten Schultern und die Leere in seinen Augen verrieten ihr, dass er seine Schuldgefühle und Selbstvorwürfe noch lange nicht besiegt hatte.

Das war etwas, das sie gemeinsam hatten. Aber im Gegensatz zu ihm hatte sie nicht versagt, weil sie zu selbstlos gewesen oder zu viel Mitgefühl gehabt hätte. Ganz im Gegenteil. Michaels Schuldgefühle waren viel weniger berechtigt als ihre.

Konnte sie ihm das klarmachen, ohne die Schuld ihrer eigenen Vergangenheit anzusprechen?

Sie hörte auf ihr Bauchgefühl und rutschte näher zu ihm. Nur noch die Teller waren zwischen ihnen. Sie legte die Hand auf seine Finger, mit denen er krampfhaft die Kante der alten Holzbank festhielt. »Sie haben versucht, Menschen zu helfen, die in Not waren. Viele Situationen, mit denen Sie es zu tun hatten, waren bestimmt Notfälle, die nicht warten konnten. Wirkt sich das viele Gute, das Sie getan haben, nicht mildernd auf Ihre Selbstvorwürfe aus?«

»Ich habe auch versucht, mich damit zu rechtfertigen. Manchmal ist es mir fast gelungen, mir einzureden, dass es entschuldbar wäre, dass ich sie und unsere Ehe vernachlässigt habe. Aber tief in meinem Herzen weiß ich, dass das nicht stimmt. Aber da sie sich nicht oft beklagt hat, habe ich es mir leicht gemacht und mir eingeredet, dass ich es in Zukunft besser machen würde und dass ich ja noch viel Zeit hätte, um es wiedergutzumachen. Aber eines Tages hatte ich dafür plötzlich keine Gelegenheit mehr.«

Während sich Tracy bemühte, eine vernünftige, einfühlsame Antwort zu formulieren, sprach Michael weiter.

»Ich muss noch ein anderes Geständnis machen. Ich möchte zwar glauben, dass ich meine Lektion zum Thema Prioritäten gelernt habe, aber ich fürchte, ich liebe meinen Beruf einfach zu sehr und könnte wieder in diese Zwickmühle aus konkurrierenden Pflichten geraten, falls ich je wieder eine Beziehung eingehen sollte.«

Von allem, was er gesagt hatte, blieben diese letzten Worte bei ihr am deutlichsten hängen.

Wieder eine Beziehung eingehen.

Und das aus dem Mund eines Mannes, der gesagt hatte, dass er seine Zukunft ohne Partnerin sah?

Sie schaute ihn fragend an. Wollte er damit andeuten, dass er trotzdem für eine neue Beziehung offen war? Mit *ihr*? Hatte er ihr deshalb seine traurige Geschichte erzählt? Weil er von Anfang an die Karten offen auf den Tisch legen und sie vorwarnen wollte?

So viele Fragen. So wenige Antworten.

Aber wollte sie die Antworten darauf überhaupt wissen? Dann wäre sie gezwungen, sich selbst tiefere Fragen zu stellen? Den

Schmerz ans Licht zu bringen, den sie in einem dunklen Winkel ihrer Seele eingesperrt hatte?

Während ihr Verstand auf Hochtouren arbeitete, zog Tracy langsam die Hand zurück. Dafür war sie nicht bereit. Aber sie musste etwas sagen.

»Warum suchen Sie sich keine andere Arbeit, falls Sie das für eine ernsthafte Gefahr halten.«

Als sie diese sachliche Antwort laut aussprach, um einen weiten Bogen um ihr Herz zu machen, ließ ein Gefühl der Enttäuschung – oder war es Resignation, Traurigkeit? – den Glanz in seinen Augen erlöschen.

»Ja.« Sein Blick richtete sich auf die leeren Teller zwischen ihnen und sein Tonfall verriet keine Gefühlsregung. »Soll ich Ihnen helfen, die Reste einzupacken?«

»Das ist nicht nötig.«

Ohne ihr zu widersprechen, stand er auf und setzte seine Sonnenbrille wieder auf. »Die Motorsense ruft. Bis später.«

Er schritt davon, noch bevor sie etwas erwidern konnte.

Shep und Ziggy liefen zu ihm. Er streichelte beide, ohne seine Schritte zu verlangsamen, und hatte es sichtlich eilig, von ihr wegzukommen.

Wer konnte ihm daraus einen Vorwurf machen? Dieser Mann hatte ihr sein Herz geöffnet und ihr seinen tiefsten Schmerz anvertraut. Und sie hatte tatsächlich nur gesagt, dass es ihr leidtue und dass er sich eine andere Arbeit suchen solle.

Tracy wand sich innerlich, während sie aufstand und langsam die Teller einpackte. Sie hatte es vermasselt. So richtig.

Und jetzt?

Sie sah zwei Möglichkeiten: Entweder wurde ihm bewusst, dass er ihr sehr viel auf einmal aufgetischt hatte, und er ließ ihr etwas Zeit, um das alles zu verdauen, oder er zog sich zurück und sie sah ihn während seines restlichen Aufenthalts in Hope Harbor nicht wieder.

Sie wusste nicht genau, welche dieser beiden Möglichkeiten besser war.

Aber eines wusste sie mit Gewissheit: Wenn sie diese Beziehung vertiefen wollte, musste der nächste Schritt von ihr kommen.

Kapitel 14

»Sind Sie sicher, dass Sie ihn freilassen wollen?« Grace hielt Klopfer in den Armen und schob mit der Schulter die Schiebetür auf.

Anna trat auf die Terrasse. »Ja. Er ist alt genug, um allein zurechtzukommen. Ich hätte ihn schon vor einer Woche freilassen sollen, aber ich habe ihn ins Herz geschlossen, auch wenn er einiges angestellt hat.« Sie streichelte sein weiches Fell. »Liebe kann viel verkraften, weißt du.«

Es war gewagt, ein so sensibles Thema anzusprechen. Aber das Mädchen brauchte *jemanden,* mit dem sie sprechen konnte. Sich hinter einem Buch in der Wohnzimmerecke zu verkriechen, wie sie es in den letzten drei Tagen gemacht hatte, würde ihre Probleme nicht lösen.

Grace ignorierte ihre Worte und drückte den Hasen enger an sich. »Wo soll ich ihn aussetzen?«

»Am Ende des Gartens. Ich denke, er wird da hinten im Wald bald Freunde finden. Ich begleite dich, aber geh bitte langsam. Ich will nicht wieder stürzen.« Anna ging absichtlich langsam, um ein paar Minuten mehr mit dem Mädchen zu verbringen. Sobald sie wieder im Haus wären, würde sich das schweigsame Mädchen zweifellos erneut hinter einem Buch verstecken, bis Anna sie bat, etwas für sie zu erledigen.

Nachdem mehrere Versuche, sie in ein Gespräch zu verwickeln, nur zu einsilbigen Antworten geführt hatten, schwieg Anna, bis sie am Ende des Gartens angekommen waren. »Du kannst ihn dort drüben absetzen.« Sie deutete zu einem Busch am Ende des Grundstücks. »Wir warten hier, bis er sich an seine neue Umgebung gewöhnt hat.«

Grace befolgte ihre Anweisung und trat dann neben Anna.

Eine schweigende Minute verging, während der Hase regungslos sitzen blieb.

»Warum läuft er nicht weg?« Grace zupfte an ihrem Nagellack.

»Vermutlich hat er Angst. Das ist für ihn fremdes, neues Terrain.«

»Ja.« Grace seufzte. »Neue Sachen können Furcht einflößend sein.« Anna warf einen Blick auf das Mädchen. Grace hatte das Gesicht verzogen, als versuche sie, nicht zu weinen.

Eine halbe Minute später hob Klopfer die Schnauze, schaute sich in seiner neuen Umgebung um und wagte dann einen vorsichtigen Sprung.

»Das ist ein positives Zeichen.« Anna hielt sich den Ellbogen und versuchte, etwas Gewicht von der Schlinge um ihren Hals zu nehmen. »Wenn er ein Gespür für seine Umgebung bekommt und weiß, was er zu erwarten hat, kommt er gut zurecht.«

Er hoppelte vorsichtig ein Stück weiter. Noch ein Stück. Schließlich drückte er sich durch die Hecke und hoppelte in den Wald hinein, ohne sich noch einmal umzudrehen.

»Das war's.« Anna schaute dem Hasen nach. »Ich werde den kleinen Kerl vermissen.«

»Warum haben Sie ihn dann nicht behalten?« Grace drehte sich zu ihr um. Das einzige Anzeichen, dass sie mit den Tränen rang, waren ihre glänzenden Augen.

»Man kann kleine Geschöpfe nicht ewig pflegen und beschützen. Irgendwann muss man sie freilassen und kann nur hoffen, dass sie in keine Probleme geraten.« Ein Prinzip, das für Kinder genauso galt wie für Tiere. Vielleicht verstand Grace die doppelte Bedeutung ihrer Worte.

Das Mädchen ging neben ihr her, während sie langsam zum Haus zurückspazierten, es sprach aber kein Wort, bis sie fast die Terrasse erreicht hatten. »Wie kommt es, dass Sie mir keine Fragen stellen über ... über alles?«

Anna blieb am Tisch stehen und deutete zu den Stühlen. »Komm, setzen wir uns eine Minute.«

Die Schultern des Mädchens wurden steif. »Werden Sie mir jetzt Vorhaltungen machen, wie es meine Mutter und mein Vater getan haben?«

»Nein.« Anna setzte sich auf einen der Stühle. »Ich will einfach den Sonnenschein genießen und mich ein wenig ausruhen.«

Grace beäugte sie mit einem vorsichtigen Blick. »Sie wollen mich nicht fragen, was ... was passiert ist?«

»Nein. Aber wenn du darüber sprechen willst, höre ich dir gern zu.«

Grace setzte sich auf die Kante des anderen Stuhls. »Sie haben die Geschichte schon gehört.«

»Nicht von dir.«

»Meine Sicht spielt anscheinend keine Rolle.« Statt Ärger oder Trotz sprachen ein tiefer Schmerz und eine große Traurigkeit aus ihrer erstickten Antwort.

Trotz der schlechten Entscheidungen, die das Mädchen getroffen hatte, zog sich Annas Herz zusammen. Was für eine schwierige Lage für ein Mädchen in diesem Alter, egal, wie sie in diese Lage hineingeraten war! »Für mich schon.«

Das Mädchen beugte sich vor und spielte nervös mit einem der Bänder an ihrem Kapuzenpullover. »Ich bin kein schlechter Mensch, auch wenn meine Eltern vielleicht etwas anderes glauben.« Tränen begleiteten ihre Worte.

»Haben sie das gesagt?«

»Das war nicht nötig. Ich habe es ihren Gesichtern angesehen, als ich ihnen sagte, was los ist. Ich wusste, dass sie sich darüber aufregen würden, aber Mama … Sie hat ein Gesicht gemacht, als wäre jemand gestorben. Und Papa war …« Sie schluckte. »Er ist völlig durchgedreht. Er fing an zu schimpfen und zu toben und auf und ab zu gehen, und er schaute mich immer wieder an, als könne er nicht glauben, dass ich seine Tochter bin. Ich habe mich so ge-geschämt.« Ihre Stimme bebte und sie wischte sich die Augen. »Ich wollte immer, dass sie stolz auf mich sind. Da, wo wir früher gewohnt haben, hatte ich gute Noten und war im Diskussionsteam und engagierte mich ehrenamtlich bei der Wasserwacht. Und jetzt hat ein einziger dummer Fehler alles kaputt gemacht. Nichts wird wieder so sein, wie es war.«

Das stimmte. Aber das bedeutete nicht, dass sie keine Familie mehr sein könnten.

»Grace.« Anna wartete, bis das Mädchen sie wieder ansah. »Du hast recht. Das, was passiert ist, wird deine Familie für immer verändern. Aber es muss sie nicht zerstören. Solange ihr drei zusammenhaltet, könnt ihr das überstehen. Natürlich sind deine Mutter und dein Vater aufgeregt. Das wären alle Eltern. Aber das bedeutet nicht, dass sie dich nicht lieben würden. Wenn du ihnen nicht wichtig wärst, würden sie nicht so sehr versuchen zu verhindern, dass alles außer Kontrolle gerät. Ihnen ist bewusst, dass es kein Zurück mehr gibt, wenn das passiert.« Wenigstens war es der Mutter bewusst. Manchmal reichte eine Stimme der Vernunft, um eine Katastrophe abzuwenden.

Eine Träne hing an den Wimpern des Mädchens. »Ich will eigentlich gar nicht weglaufen.«

»Was willst du?«

»Das weiß ich nicht genau. Aber ich will das Kind nicht abtreiben lassen.«

Anna runzelte die Stirn. »Hat das jemand vorgeschlagen?«

»Mein Freund. Aber wenn man zweimal etwas Falsches tut, wird es dadurch nicht richtig. Auch wenn das die einfachste Lösung wäre.«

»Hast du das deinen Eltern gesagt?«

»Nein. Wir haben uns alle nur angeschrien. Keiner hat dem anderen zugehört.«

Anna seufzte. Das kannte sie nur zu gut. Wenn niemand zuhörte, konnten einem die Dinge schnell entgleiten. »Was würdest du am liebsten mit dem Baby machen?«

Grace biss sich wieder auf die Lippe. »Ich bin noch nicht bereit, Mutter zu sein. Ich habe gehofft, dass vielleicht jemand das Kind adoptieren könnte.«

»Eine seriöse Adoptionsagentur hätte bestimmt kein Problem, ein gutes Zuhause für dein Baby zu finden. Es gibt viele gute Ehepaare, die gern eine Familie gründen würden.«

»Das habe ich mir auch gedacht, aber ...« Angst sprach aus ihren Augen. »Was soll ich machen, bis das Baby geboren ist? So, wie die Dinge stehen, kann ich nicht zu Hause wohnen.«

Anna hielt ihren Arm eng an ihrem Körper. »Du wirst in den nächsten Wochen die Unterstützung von Menschen brauchen, die dich lieben. Deine Entscheidung, das Baby auszutragen, ist mutig. Ich bewundere dich dafür, aber du musst mit unangenehmen Reaktionen rechnen. Einige werden dich verurteilen, andere werden nichts mehr mit dir zu tun haben wollen. Es könnte auch Probleme an der Schule geben. Und du musst die Sache mit dem Vater des

Babys klären. Deine Eltern sind am besten dafür geeignet, dich zu unterstützen.«

Grace schüttelte den Kopf. »Nein. Ich bin für sie nur eine Schande. Vielleicht könnte ich … Ich könnte irgendwohin gehen, bis das alles vorbei ist.«

Nicht die beste Idee. Wegzulaufen würde nichts an den Fakten ändern und die räumliche Distanz zwischen ihr und ihren Eltern könnte zu einer emotionalen Distanz führen, die sie womöglich nie wieder würde überbrücken können.

Aber jetzt war nicht der richtige Zeitpunkt, um das anzusprechen. Es wäre besser, wenn Grace und ihre Eltern selbst zu dieser Schlussfolgerung kämen.

Anna machte eine Faust mit ihrer linken Hand und öffnete sie wieder. Durch die fehlende Bewegung waren ihre Finger ganz steif geworden. »Ich mache dir einen Vorschlag: Lass uns ein paar Tage darüber nachdenken. Zu zweit fällt uns vielleicht etwas ein. Was hältst du davon?«

»Okay, vielleicht.« Sie verkrampfte die Hände auf ihrem Schoß. »Und … danke, dass Sie mich so freundlich behandeln. Ich weiß, dass das, was ich getan habe, falsch war, aber ich war einsam und er hat mich verstanden und … und wir haben uns hinreißen lassen.« Sie atmete stockend ein. »Es tut jedenfalls gut, mit jemandem zu sprechen, der die Ruhe behält.«

»Wenn man nicht persönlich involviert ist, ist es auch leichter, ruhig zu bleiben.« Viel leichter. »Was hältst du davon, wenn wir noch ein paar Minuten hier sitzen bleiben und dann zu Charley fahren und uns Tacos zum Essen holen? Du hast doch einen Führerschein, oder?«

Grace sah sie mit großen Augen an. »Soll das heißen, dass Sie mich mit Ihrem Auto fahren lassen?«

Eigentlich lieber nicht. Aber dieses Mädchen brauchte dringend eine Dosis Selbstvertrauen.

»Wenn du die Führerscheinprüfung bestanden hast, kannst du doch fahren, oder.«

»Ja. Die Prüfung habe ich bestanden und selbst mein Vater sagt, dass ich gut fahre. Ich werde auch wirklich gut aufpassen.« In diesem Moment wich die Anspannung ein wenig aus ihrem Gesicht.

»Davon bin ich überzeugt. Jetzt lass uns die Sonne noch ein paar Minuten genießen, bevor wir zu Charley fahren.«

Sie schloss die Augen und das Mädchen neben ihr schwieg. Die Sonne fühlte sich angenehm an, aber die Sonnenstrahlen waren nicht der Grund für die neue Wärme in ihrem Herzen.

Endlich hatte sie in ihrem Leben ihre Neigung gezügelt, andere vorschnell zu verurteilen und dieses Urteil dann auch noch lauthals zu verkünden. Grace mochte viel falsch gemacht und unverantwortliche Entscheidungen getroffen haben, aber dieses Mädchen litt sehr darunter und hatte Angst. Das anfängliche Trotzverhalten war nur gespielt gewesen. Es war erstaunlich, wie sie sich geöffnet hatte, als sie jemanden gefunden hatte, der ihr zuhörte, ohne sie zu verurteilen.

Anna atmete die frische Luft tief ein. Und langsam wieder aus. Wie sehr bereute sie es, dass sie sich bei John nicht auch so verhalten hatte. Die Sache hätte ganz anders ausgehen können, wenn sie ihre Meinung für sich behalten und ihm zunächst einmal unvoreingenommen zugehört hätte.

Aber auch wenn sich die Zeit nicht zurückdrehen und sich an dem, was geschehen war, nichts mehr ändern ließ, so konnte sie vielleicht doch ihren Teil dazu beitragen, dass diese Familie eine Zukunft hatte.

ଓଃ

Heute würde er sich nicht auf die Terrasse setzen und sein Buch lesen können.

Michael lehnte sich mit der Schulter an das hintere Fenster des Apartments. Anna und Grace saßen immer noch am Tisch und waren in ein Gespräch vertieft.

Interessant.

Was war seit gestern geschehen, als ihm Anna gesagt hatte, dass sich Grace lieber hinter einem Buch verkroch, als sich mit ihr zu unterhalten? Was hatte das Mädchen veranlasst, sich jetzt doch zu öffnen? Die Mauer einzureißen, die das Mädchen zwischen ihnen errichtet hatte, verlangte Feingefühl und Diplomatie. Zwei Eigenschaften, die er seiner Vermieterin gar nicht zugetraut hätte.

Diese Frau steckte voller Überraschungen.

Er ging zum Tisch und trank einen Schluck Limonade. Als sich seine schmerzende Schulter meldete, verzog er das Gesicht. Dass er gestern den ganzen Nachmittag die Motorsense geschwungen hatte, war, wie Tracy vorhergesagt hatte, nicht spurlos an ihm vorübergegangen. Wenigstens gönnte er seinen Muskeln heute eine Pause. Tracy hingegen arbeitete wahrscheinlich seit Sonnenaufgang auf der Farm.

Dann klappte er seinen Laptop auf und rief seine E-Mails ab. Er hatte eine von seinem Vater bekommen. Und auch eine von seiner Schwester. Beiden schuldete er ein ausführlicheres Lebenszeichen. Das schloss er aus der Betreffzeile, wo seine Schwester geschrieben hatte: »Houston an Michael.« Mehrere Vorstandsmitglieder von *Helfende Hände* hatten auf die Abschlussempfehlungen geantwortet, die er ihnen gestern geschickt hatte, darunter auch die zwei Pfarrer.

Tracy hatte sich nicht zu seinem Bericht geäußert. Aber angesichts ihres übervollen Arbeitstages hatte sie in den letzten 24 Stunden wahrscheinlich noch gar keine Gelegenheit gehabt, ihre Mails zu checken.

Oder wollte sie ihm zu verstehen geben, dass sie nichts mit ihm zu tun haben wollte? Wie sie es gestern getan hatte.

Er trank sein Glas Limonade mit wenigen, großen Schlucken leer und zerdrückte dann die dünne Aluminiumdose. Es war riskant gewesen, ihr von seinem Versagen in seiner Beziehung zu Julie zu erzählen. Aber auch ehrlich. Und richtig. Er hatte so gehofft, dass er das Knistern zwischen ihnen, wenn er in ihrer Nähe war, richtig gedeutet hatte.

Aber da hatte er sich wohl getäuscht. Tracy hatte sich zwar nicht anmerken lassen, dass sie ihn verachtete, weil er seine Ehe und Julie vernachlässigt hatte, aber sie hatte auch mit keinem einzigen Wort signalisiert, dass sie ihn verstehen oder ihm vergeben konnte. Sie hatte ihre Hand von ihm zurückgezogen. Aber das war nicht das Einzige gewesen. Mit ihrer sachlichen Bemerkung, er könne sich ja eine andere Arbeit suchen, hatte sie komplett einen Rückzieher gemacht.

Aber konnte er ihr daraus einen Vorwurf machen? Angenommen, sie würde sich überreden lassen, der Liebe noch einmal eine

Chance zu geben, warum sollte sie sich dann ausgerechnet auf einen Mann einlassen, der seine Prioritäten nicht auf die Reihe bekam? Der die Bedürfnisse seiner Frau denen von wildfremden Menschen unterordnete. Der wie besessen von seiner Arbeit war.

Es war vernünftig von ihr, ihn abzuweisen. Er verdiente ihr Mitgefühl und ihre Freundlichkeit nicht.

Plötzlich klopfte es an seiner Tür. Er warf die zerdrückte Dose im Vorbeigehen in den Recyclingeimer und öffnete.

Es war Grace, die vor ihm stand. Michael warf einen Blick auf den Garten hinter ihr, aber die Terrasse war jetzt leer.

»Hallo.« Sie lächelte ihn scheu an. »Mrs Williams hat mir erzählt, es war Ihre Idee, dass ich bei ihr wohne. Dafür wollte ich mich bei Ihnen bedanken. Ich weiß nicht, was ich sonst getan hätte. Sie ist wirklich wunderbar.«

Trotz seiner eigenen Niedergeschlagenheit gelang es ihm, das Mädchen anzulächeln. »Es freut mich, dass es geklappt hat. Hast du dich schon ein wenig eingelebt?«

»Ja. Sie hat mir gerade gesagt, dass ich meine Sachen in das Zimmer ihres Sohnes räumen kann, damit ich ein wenig mehr Privatsphäre habe. Das werde ich auch gleich machen, bevor sie es sich anders überlegen kann. Aber nochmals danke. Mrs Williams ist wirklich eine coole Frau, auch wenn sie schon so alt ist.«

Während Grace über die Terrasse zur Schiebetür lief, konnte ihr Michael nur sprachlos nachschauen. Sein Vorschlag, dass Grace doch im Zimmer ihres Sohnes unterkommen konnte, war auf massiven Widerstand gestoßen, aber das Mädchen hatte Annas Herz erweicht.

Er schloss die Tür und schüttelte den Kopf. Wer hätte das gedacht? Die Eremitin der Stadt hatte eine neue Freundin.

Aber Anna war nicht die mürrische alte Frau, wie alle glaubten. Wenigstens nicht mehr.

Für Anna und für ihre neue Mitbewohnerin schienen sich die Dinge positiv zu entwickeln.

Das musste schön sein.

Er nahm den spannenden, actiongeladenen Krimi und blätterte darin. Er hatte noch rund fünfzig Seiten zu lesen. Der spannendste Teil des Buches, wie er in den Rezensionen gelesen hatte.

Aber wen interessierte schon, wie erfundene Personen ihre Schwierigkeiten lösten, wenn das wahre Leben viel spannendere Geschichten schrieb?

Er warf das Buch auf den Tisch und ging unruhig in seinem Apartment auf und ab. Er wollte sein Gewissen ignorieren, aber es ließ ihm keine Ruhe. Schließlich wusste er, dass Tracy draußen auf der Farm alles versuchte, um allein klarzukommen. Es bestand kein Grund dafür, sich verpflichtet zu fühlen, ihr zu helfen, nur weil er mehr Zeit hatte, während sie ständig gegen die Uhr arbeitete. War er nicht auch hierhergekommen, um seine überaktiven Schuldkomplexe unter Kontrolle zu bekommen? Um eine neue Perspektive zu finden und die Tatsache zu akzeptieren, dass er nicht alle Probleme dieser Welt lösen konnte?

Ja und ja.

Er nahm seine Jacke. Ein entspannender Abendspaziergang am Strand würde ihm jetzt guttun.

Und er würde *nicht* an Tracy denken. Er wollte sich auf seine eigene Zukunft konzentrieren.

Aber als er aus der Tür trat und hinter sich zuschloss, hatte er das Gefühl, dass es ihm schwerfallen würde, an seine Zukunft zu denken, *ohne* an Tracy erinnert zu werden.

03

Jemand klopfte an ihre Tür.

Tracy blickte von ihrem Laptop auf. Ihre Augen brannten vor Müdigkeit. Im Zimmer war es inzwischen stockdunkel, nur das Licht, das von ihrem Laptop ausging, erhellte den Raum ein wenig. Sie hatte so lange wie möglich bei Tageslicht auf der Farm gearbeitet und sich dann erst an den Schreibtisch gesetzt.

Es klopfte noch einmal.

Wer konnte das sein? Um neun Uhr abends?

Sie legte die Hände auf den Küchentisch und erhob sich mühsam. Dann ging sie in Socken zum Eingangsbereich und spähte durch den Spion in der Haustür.

Ihr Herz stockte.

Michael?

Schnell machte sie einen Schritt zurück. Nach seinem höflichen, aber kühlen Abschied gestern auf der Farm war sie davon ausgegangen, dass der Ball eindeutig bei ihr lag. Das hieß allerdings nicht, dass sie auch die Absicht hatte, den Ball aufzunehmen. Der Cranberry-Nusskuchen stand zwar als Versöhnungsgeschenk auf dem Küchentisch. Aber nur für den Fall, dass sie sich doch entschließen würde, auf Michael zuzugehen. Das war allerdings unwahrscheinlich.

Ein drittes Klopfen ertönte und sie fuhr zusammen.

Offenbar war ihr diese Entscheidung aus der Hand genommen. Mit zitternden Fingern schloss sie auf und öffnete die Tür.

»Hallo.« Sein Mundwinkel zog sich nach oben. »Störe ich?«

»Nein. Ich habe gerade, ähm, Ihre Empfehlungen für *Helfende Hände* gelesen. Ich habe es früher einfach nicht geschafft.«

»Ein anstrengender Tag auf der Farm?«

»Viel Arbeit wie immer.«

Ein paar Sekunden vergingen, während sie überlegte, was sie noch sagen könnte. Das Schweigen wurde nur unterbrochen von dem Tosen der Wellen, die am Fuß der Klippen aufschlugen.

Er ersparte ihr die Mühe, die richtigen Worte zu finden. »Ich habe einen Abendspaziergang am Strand gemacht. Da gerade Vollmond ist, ist es ziemlich hell und jetzt ist Flut. Da dachte ich mir, es könnte entspannend sein, mir kurz die Beine zu vertreten, bevor ich schlafen gehe. Obwohl ich gestern Abend wie ein Stein ins Bett gefallen bin.«

»Frische Luft und körperliche Arbeit sind das beste Heilmittel gegen Schlaflosigkeit.«

»Dann haben Sie wahrscheinlich nie Schlafprobleme.«

Ihr gelang es, weiterhin zu lächeln. »Wenn man mal von den Bienen absieht, hat die Arbeit auf der Farm auch ihre Vorteile.«

Falls er merkte, dass sie seiner Frage auswich, zeigte er das nicht. »Das habe ich gestern gemerkt. Jedenfalls habe ich beschlossen, die Abkürzung über die Klippen zurück zur Stadt zu nehmen, und da ich hier vorbeikam, dachte ich, dass ich kurz Hallo sagen könnte.« Er lächelte sie erneut an, dieses Mal etwas vorsichtiger.

Jetzt, da er direkt vor ihr stand, fiel es ihr schwer, einen klaren Gedanken zu fassen. Das Licht neben der Haustür warf einen goldenen Schein auf sein ausdrucksstarkes Gesicht und betonte die dunklen Bartstoppeln an seinem markanten Kinn. Und dann noch der kobaltfarbene Glanz in seinen Augen, seine vom Wind zerzausten Haare ... Puh. Dieser Mann war dermaßen attraktiv ...

Tracy hielt sich an der Tür fest, um sich abzustützen. Sie sollte diese zweibeinige Versuchung sofort wegschicken. Andererseits war das *die* Gelegenheit, sich für ihre armselige Reaktion auf seine Geschichte zu entschuldigen. Das war sie ihm schuldig.

Sie brauchte nur das Kribbeln ignorieren, das ihr durch Mark und Bein ging.

»Möchten Sie, ähm, ein paar Minuten hereinkommen? Ich habe Limonade oder Kaffee. Frisch gekocht.«

Er warf einen Blick auf seine Armbanduhr und zog die Brauen hoch. »Eine frische Kanne Kaffee um neun Uhr abends?«

»Ich werde noch eine Weile auf sein. Es gibt eine Menge zu tun.«

Er zögerte. »Dann sollte ich Sie nicht länger aufhalten. Ich will nicht, dass Sie meinetwegen noch später ins Bett kommen.«

»Ehrlich gesagt hätte ich nichts gegen etwas Gesellschaft. Bis auf ein kurzes Mittagessen mit Nancy und ein paar Besuchen von Shep und Ziggy war ich den ganzen Tag über allein. Ich liebe die beiden Collies, aber unsere Gespräche sind doch sehr einseitig. Außerdem würde ich, wenn Sie Zeit haben, ähm, gern über einige Ihrer Empfehlungen für *Helfende Hände* sprechen.«

Er schaute sie kurz an und nickte dann. »Okay. Für ein paar Minuten.«

Er folgte ihr zum Küchentisch und sie lud ihn mit einer Handbewegung ein, sich zu setzen. »Kaffee oder Limonade?«

»Irgendetwas ohne Koffein wäre nett.« Er schlüpfte aus seiner Windjacke und warf sie über einen leeren Stuhl.

»Dann also keinen Kaffee.« Sie ging an den Kühlschrank und holte eine Limonade heraus. »Ich brauche immer viel Koffein.« Sie setzte sich zu ihm an den Tisch und schob ihm die Getränkedose zu.

»Danke.« Er öffnete die Dose. »Worüber wollten Sie sprechen?«

Über meine erbärmliche Reaktion gestern, als du mir so viel Vertrauen entgegengebracht hast.

Aber sie wollte lieber mit *Helfende Hände* anfangen und hoffte, es ergäbe sich eine natürliche Überleitung zu persönlicheren Themen.

Sie überflog das Dokument, das er geschickt hatte, bis sie zu seinen Empfehlungen kam, und überlegte krampfhaft, was sie fragen könnte. Da seine ganzen Vorschläge klar verständlich und konkret waren, gab es eigentlich keine Unklarheiten.

»Diese Ideen sind alle sehr gut.« *Denk nach, Tracy, denk nach.* »Wenn *Sie* die Entscheidung treffen sollten, ähm, welche Richtung würden Sie dann einschlagen?«

Er spielte mit seiner Limonadendose. »Ich möchte die Entscheidung nicht beeinflussen, indem ich meine persönliche Meinung äußere. Die Vorstandsmitglieder kennen die Leute und ihre Dynamik am besten und sie sind auch diejenigen, die etwaige Veränderungen umsetzen müssen. Der gesamte Vorstand sollte hinter der Entscheidung stehen.«

»Da haben Sie recht. Trotzdem würde ich Ihre Meinung sehr schätzen. Sie haben viel mehr Erfahrung als wir alle zusammen.«

Er tippte mit einem Finger auf den Tisch, dann faltete er die Hände. »Wie ich schon in dem Bericht angemerkt habe, ist *Helfende Hände* ein Opfer seines Erfolgs. Die wachsende Nachfrage zwingt Sie dazu, Ihre Mitarbeiter zu überfordern. Das wird irgendwann zum Burn-out und zum Verlust von Ehrenamtlichen führen, was das Problem verschärft. Um das jetzige Niveau halten zu können, wäre eine Person nötig, die nicht nur mehr Zeit hätte als eines der ehrenamtlichen Vorstandsmitglieder, sondern die auch ein breiteres Netzwerk an Mitarbeitern aufbauen und koordinieren könnte. Ich würde mich für diese Lösung entscheiden.«

»Sie sprechen von einem bezahlten Angestellten?«

»Ja.«

»Sie haben unseren Haushalt gesehen. Dafür haben wir kein Geld.«

»Das nötige Geld bekämen Sie, wenn Fundraising zu den Aufgaben dieser Person gehören würde. Eine feste Spendenzusage für das Gehalt wäre am Anfang nötig, aber wenn Sie den Richtigen einstellen, sollte sich nach einer Anfangsphase diese Stelle selbst finanzieren.«

»Das nötige Startkapital für diesen Arbeitsplatz wäre ein großes Problem. Wir könnten zwar die beiden Kirchengemeinden um Zusagen bitten, aber die Leute sind eher bereit, ihre Dienste anzubieten, als sich zu Spenden zu verpflichten. Wir leben in schwierigen Zeiten. Ich bezweifle, dass wir jemanden für diese Stelle finden würden, ohne ihn zumindest für ein Jahr anzustellen.«

»Das stimmt. Deshalb habe ich verschiedene andere Vorschläge aufgeführt.« Er trank seine Limonade leer.

Tracy überflog seine Vorschläge noch einmal. Die meisten sahen vor, den Umfang der Leistungen einzuschränken und/oder die Zielgruppe, der man half, zu begrenzen oder einfach Anfragen abzuweisen, wenn die Organisation überfordert war. Er hatte auch eine Liste mit Fundraising-Ideen beigefügt, da die finanziellen Ressourcen von *Helfende Hände* sehr begrenzt waren.

»Keine der anderen Ideen wird uns dorthin bringen, wohin wir wollen. Es ist, wie Pater Kevin bei der Vorstandssitzung gesagt hat: Wie kann man Menschen, die uns um Hilfe bitten, eine Absage erteilen?«

Seine leere Limonadendose knackte. »Wenn ich die Antwort auf diese Frage wüsste, wäre ich nicht in Hope Harbor.«

Das war die Steilvorlage für ihre Entschuldigung. Vielleicht würde er sie ja annehmen. Zeigte sein spontaner Besuch heute Abend nicht, dass er ihr aus ihrem mangelnden Mitgefühl gestern keinen Vorwurf machte?

Tracy legte die Finger um ihre Kaffeetasse, nippte an dem starken Gebräu und schickte eine stumme Bitte zum Himmel.

Herr, hilf mir, die Worte zu finden, die trösten und heilen, ohne dass er falsche Schlüsse zieht und meint, ich würde mich für ihn interessieren.

Sie atmete tief ein, stellte langsam ihre Tasse auf den Tisch und legte eine Hand auf die Faust, die er neben der zerdrückten Getränkedose liegen hatte.

Sein Blick wanderte von ihrer Hand zu ihrem Gesicht und seine Miene wurde vorsichtig.

Sie schluckte. »Wenn wir schon bei diesem Thema sind, würde ich gern etwas zu unserem gestrigen Gespräch unter der Weide sagen, wenn es Ihnen recht ist.«

»Dazu habe ich nicht viel zu sagen.«

»Aber ich.« Sie fühlte wieder dieses nervöse Kribbeln und wollte schon ihre Hand zurückziehen, so wie sie es gestern gemacht hatte, aber heute ignorierte sie es. Sie würde nichts tun, das er als Ablehnung deuten könnte. »Zuerst möchte ich Ihnen danken, dass Sie mir Ihre Geschichte anvertraut haben. Das war bestimmt nicht leicht.«

»Da haben Sie recht. Obwohl ich meinen Eltern und meiner Schwester sehr nahestehe, haben noch nicht einmal sie eine Ahnung davon, welche Leichen ich in Bezug auf Julie im Keller habe.«

Trotzdem hatte er ihr das alles anvertraut.

So viel dazu, dass sie die Sache unpersönlich halten wollte!

Er sprach weiter, als erwarte er gar keine Antwort von ihr. »Alle dachten, ich wäre der ideale Ehemann gewesen. Das zeigt, wie trügerisch der Schein sein kann. Dinge, die äußerlich ideal aussehen, sind nicht immer so perfekt, wie man meint.«

Plötzlich durchbohrte ein brennender Pfeil ihr Herz und verdrängte alle etwaigen romantischen Gefühle. Ihre Hand zuckte.

Michael kniff die Augen zusammen. »Ist alles in Ordnung?«

Nein.

Wie sollte alles in Ordnung sein, wenn diese Worte auch *ihre* angeblich so perfekte Ehe beschrieben?

»Tracy?«

Sie versuchte zu lächeln und klammerte sich an die erste Ausrede, die ihr in den Sinn kam. »Entschuldigung. Anscheinend sind Sie nicht der Einzige, der seine Muskeln überstrapaziert hat.« Sie ließ die Schultern kreisen und bewegte ihren Nacken. »Ich habe heute Abend auch mit der Motorsense gearbeitet.«

»Dann weiß ich genau, wo Sie Schmerzen haben.«

Bevor sie seine Absicht durchschaute, war er schon aufgestanden und hatte sich hinter sie gestellt. Mit seinen kräftigen Finger massierte er ihr die Schultern.

Ihr Herz pochte wie wild. »Wa-was machen Sie denn da?«

»Ich versuche, Ihre schmerzenden Muskeln zu lockern.« Er begann, sanft zu kneten. »Besser? Ich fühle, dass Sie angespannt sind. Versuchen Sie, sich zu entspannen.« Seine Finger bearbeiteten weiter ihre angespannten Muskeln.

Wie konnte sie sich entspannen – oder auch nur klar denken –, wenn ihr das Blut in den Kopf schoss? Es war erstaunlich, was die Berührung seiner Hände mit ihr machte. Aber sie musste sich auf das Gespräch konzentrieren: Verständnis für die Schuldgefühle gegenüber seiner Frau zeigen, versuchen, ihn davon zu überzeugen, dass er zu streng mit sich selbst war, und Mitgefühl mit seiner Angst zeigen, dass er denselben Fehler bei einer neuen Beziehung wiederholen könnte. Und dabei einen weiten Bogen um seine Andeutung machen, dass eine Beziehung zu *ihr* für ihn eine eventuelle Möglichkeit sein könnte.

»Ähm ... Michael?«

»Ja?«

»Danke, dass Sie mir meine unsensible Reaktion von gestern nicht übel nehmen. Ich ... wusste einfach nicht, was ich sagen sollte.«

»Das ist verständlich. Ich habe Ihnen ziemlich viel hingeworfen.« Seine Hände arbeiteten ruhig und gleichmäßig weiter. »Ehrlich gesagt, habe ich Ihre Reaktion erwartet. Und verdient. Jeder mitfühlende Mensch muss von meiner Geschichte schockiert sein.«

»Nun, mich hat eigentlich mehr schockiert, dass Ihre Frau so plötzlich gestorben ist. Es ist doch verständlich, dass es in Ihrem Beruf nicht leicht ist, beidem gerecht zu werden, dem Privatleben und dem Job. Aber nach dem, was passiert ist, sind Sie in Zukunft bestimmt viel vorsichtiger und überfordern sich nicht mehr so sehr in Ihrem Beruf.«

»Ich wünschte, ich hätte Ihre Zuversicht.«

»Die sollten Sie haben. Jeder kluge Mensch lernt aus einer solchen Erfahrung. Und Sie sind klug. Sie sind außerdem freundlich und einfühlsam und gewissenhaft. Die Wahrheit ist, dass ich ... Sie sehr bewundere. Ihre Geschichte hat daran nichts geändert.«

Mission erfüllt. *Bewundern* war genau das richtige Wort. Loben, aber nicht zu persönlich werden.

Sie wartete auf seine Antwort.

Doch statt etwas zu sagen, bearbeitete er nach einem kurzen Zögern schweigend ihre Schultern weiter.

Oh, oh.

Vielleicht war ihre Wortwahl doch nicht so perfekt gewesen. Vielleicht war es *zu* unpersönlich gewesen.

Sag noch etwas, Tracy!

»Falls ... falls Ihnen das hilft, muss ich Ihnen sagen, dass Sie nicht der Einzige sind, der Schuldgefühle hat. Oder der Einzige, der in seiner Beziehung Fehler gemacht hat.« Als ihr diese Worte über die Lippen kamen, war sie entsetzt.

Dieses Thema wollte sie doch gar nicht ansprechen.

Wieder zögerten Michaels Hände einen Moment. Dann massierte er sie weiter. »Ich denke, leichte Schuldgefühle sind normal, wenn der Partner so früh stirbt. Keine Beziehung ist perfekt und es gibt bei jedem Dinge, die er ändern würde, wenn er eine Chance dazu bekäme. Aber Sie haben doch nie ein Problem mit Ihren Prioritäten gehabt, da bin ich mir sicher.«

Sie knirschte mit den Zähnen und kämpfte mit dem plötzlichen Druck hinter den Augen und in ihrer Kehle.

Nicht weinen! Nicht weinen! Nicht weinen!

Wie ein Mantra wiederholte Tracy diese Worte immer wieder, aber es half alles nichts. Eine Träne lief ihr über die Wange. Dann eine zweite. Und eine dritte. So unauffällig wie möglich wischte sie sie weg und versuchte das Schluchzen zu unterdrücken. Sie zwang sich …

»Tracy?« Michaels Hände erstarrten und sie drehte leicht den Kopf.

Na toll. Er hatte ihre Tränen entdeckt.

Panik erfasste sie, als er um den Stuhl herumging. Noch bevor er sie richtig ansehen konnte, sprang sie auf die Beine und stürmte ins Badezimmer.

»Ich bin glei-gleich wieder da.« Mit diesen abgehackten Worten schloss sie die Tür hinter sich ab und lehnte die Stirn an die glatte Wand.

Was für eine Katastrophe!

Die Tränen liefen unaufhaltsam weiter und sie tastete nach dem Handtuch. Sie war seit Monaten nicht mehr wegen Craig zusammengebrochen, sondern trug ihre Schuld und versuchte weiterzuleben. Was sollte sie auch sonst tun? Tränen änderten ja nichts. Und sie hatte bereits genug Tränen für ein ganzes Leben geweint.

Aber eine einzige Bemerkung von Michael hatte genügt und … Wumm! Sie heulte wie ein Schlosshund.

Das ergab überhaupt keinen Sinn.

Es sei denn …

Schniefend starrte sie ihre roten Augen im Spiegel an und musste sich der Wahrheit stellen.

Es sei denn, sie war dabei, sich in einen Touristen aus Chicago zu verlieben, der selbst genug Gepäck mit sich herumschleppte und kein bewölktes Wetter mochte.

Nein!

Das konnte sie nicht zulassen.

Selbst wenn er zufällig das Gleiche fühlen sollte und seine Probleme in den Griff bekommen könnte. Sie war jedenfalls nicht zur Ehefrau geschaffen. Er dachte vielleicht, *er* würde eine riesige Last an Schuldgefühlen mit sich herumschleppen, aber sie hatte so viel Schuld auf sich geladen, dass darunter ein Ochse zusammenbrechen würde. Sie hatte bei Craig viel schlimmer versagt als er bei Julie.

Ein freundlicher, einfühlsamer Mann wie er würde ihre Vergangenheit nie verzeihen können.

Aber wenn er so freundlich und einfühlsam ist, wie es scheint, kann er das vielleicht doch. Und dieses Mal wärst du vielleicht eine bessere Ehefrau. Hast du ihm nicht gerade gesagt, dass man aus seinen Fehlern lernen kann?

Tracy biss sich auf die Lippe. War das, was diese leise Stimme in ihrem Kopf sagte, nur Wunschdenken, oder war es die Wahrheit?

Ganz bestimmt war es nur Wunschdenken.

Ein winziger Hoffnungsfunke flackerte in ihrem Herzen auf, trotz ihrer Bemühungen, ihn zu ersticken.

»Tracy?« Michaels gedämpfte Stimme verriet seine Sorge.

Sie umklammerte das Waschbecken. »Ich bin in einer Minute fertig.«

Nach einigen Momenten hörte sie, dass sich seine Schritte entfernten.

Langsam atmete sie wieder aus, nachdem sie den Atem angehalten hatte.

Sie musste sich zusammenreißen. Hier drinnen konnte sie sich höchstens noch ein paar Minuten verkriechen.

Außerdem musste sie eine Entscheidung treffen, die ihr Leben verändern könnte.

Gestern war Michael das Risiko eingegangen und hatte ihr den Schmerz anvertraut und die Selbstvorwürfe gebeichtet, die er sich nach dem Tod seiner Frau gemacht hatte. Es war ein ehrliches und mutiges Geständnis gewesen, das zeigte, wie anständig er war und dass sie ihm nicht gleichgültig war. Er wollte keine Geheimnisse vor ihr haben. Für den Fall, dass zwischen ihnen mehr entstehen könnte.

Wenn sie auch so empfand, war sie ihm das ebenfalls schuldig.

Aber hatte sie dazu den nötigen Mut?

Und wenn ja, würde dann ihr winziger Hoffnungsfunke heller aufleuchten oder würde er für immer erstickt werden?

Kapitel 15

Michael tigerte unruhig durch Tracys Cottage und warf immer wieder einen besorgten Blick zu der geschlossenen Badezimmertür.

Was war nur mit Tracy los?

Ihre untypischen Tränen – und ihre Flucht – passten überhaupt nicht zu ihr. Sie war eine starke Frau, die die Schwierigkeiten des Lebens mutig anpackte. Es musste viel passiert sein, dass sie weinte oder weglief.

Waren die Fehler und Schuldgefühle, von denen sie gesprochen hatte, so erdrückend?

Aber wenn sie seine Fehler akzeptieren und vergeben konnte, könnte er das im umgekehrten Fall doch bestimmt auch. Vorausgesetzt, sie hatte Vertrauen zu ihm und erzählte ihm, was passiert war.

Der Griff an der Badezimmertür bewegte sich und einen Moment später tauchte sie auf. Ihre Augen waren immer noch rot und geschwollen, aber sie weinte nicht mehr.

»Entschuldigung.« Sie blieb neben der Tür stehen, wie als Vorsichtsmaßnahme, um beim kleinsten Anlass wieder im Badezimmer verschwinden zu können. »So schlimm bin ich seit über einem Jahr nicht mehr zusammengebrochen.«

»Die Trauer überkommt einen zu unerwarteten Momenten und manchmal weiß man nicht einmal, was der Auslöser war.«

Das flache und schnelle Heben und Senken ihres Brustkorbs verriet deutlich, wie angespannt sie war. Sie verschränkte die Arme vor sich und umfasste mit verkrampften Fingern die Ellbogen. »Ich weiß genau, was der Auslöser war.«

Er behielt seine offene Körperhaltung bei. »Wollen Sie es mir erzählen?«

»Nein, eigentlich nicht. Aber ich denke, ich muss es loswerden. Es sei denn, Sie wollen lieber nichts von meinem emotionalen Ballast hören.«

»Beruflich habe ich jeden Tag mit emotionalem Ballast zu tun.

Wenn ich mir die Geschichten von Fremden anhören kann, dann wohl erst recht auch Ihre.«

Ihre Augen glänzten wieder feucht, aber sie blinzelte die Tränen zurück und nickte kurz. »Möchten Sie noch eine Limonade?«

»Nein, danke. Setzen wir uns einfach.« Er deutete zum Sofa im Wohnzimmer. »Dort ist es vielleicht gemütlicher.«

Statt ihm zu antworten, schaltete sie bis auf die Lampe über dem Herd alle Lichter in der Küche aus, nahm ihren Kaffee und setzte sich in die hinterste Sofaecke.

Man musste kein Genie sein, um ihre Strategie zu durchschauen. Im Halbdunkel sah man die Miene und die Gefühle des anderen nicht so gut. Vielleicht hatte sie auch Angst vor seiner Reaktion. Eine ähnliche Angst, wie er sie gehabt hatte.

Aber diese Angst war unbegründet. Er hatte eine hohe Meinung von ihr und konnte sich nicht vorstellen, was ihn derart beeinflussen konnte, dass er sie änderte.

Er ging ums Sofa herum und setzte sich neben sie, ließ aber genügend Platz zwischen ihnen.

Sie nippte an ihrem Kaffee und umklammerte die Tasse mit beiden Händen. »Haben Sie, seit Sie hier sind, Geschichten über meinen Mann gehört?«

Das war nicht die Einleitung, die er erwartet hatte.

»Nur das, was Sie mir erzählt haben. Dass er vor zwei Jahren gestorben ist.«

»Das überrascht mich. In Hope Harbor gibt es nicht viele Geheimnisse.«

»Ich schätze, Besucher erfahren nichts von dem, was man sich in der Stadt erzählt. Außer mit Ihnen habe ich nur mit Charley und Anna länger gesprochen. Und sie gehören beide nicht zu den Leuten, die über andere tratschen.« Er erwähnte lieber nicht, was seine Vermieterin ihm vorgeschlagen hatte; dass er Tracy um Rat fragen solle, wenn es darum ging, wie man mit Schuldgefühlen umging.

»Dann erzähle ich die Geschichte am besten von Anfang an.« Sie stellte den Kaffee ab, nahm eines der Sofakissen und drückte es sich an die Brust. »Auch wenn ich die Cranberryfarm immer geliebt habe und immer überzeugt war, dass ich hier mein Leben verbringen will, hielten es Onkel Bud und Tante Carol für wichtig, dass ich eine gute Ausbildung bekomme. Sie wollten, dass ich einen Beruf habe, falls es mit der Farm irgendwann bergab gehen sollte. Das klingt jetzt fast so, als wäre es prophetisch gewesen …« Sie brach ab und schluckte.

Michael verdrängte die Versuchung, seine Finger zwischen ihre zu schieben. Das wäre nicht angemessen. Wenigstens jetzt noch nicht.

Nach ein paar Sekunden sprach sie weiter. »Also habe ich an der Universität von Oregon in Eugene Betriebswirtschaft studiert. In diesen Jahren hat Onkel Bud Leute eingestellt, wenn er Hilfe brauchte, aber in der Hauptsaison bin ich an den meisten Wochenenden nach Hause gekommen, um ebenfalls zu helfen. Mein ursprünglicher Plan für die Zeit nach dem Studium sah vor, das zu tun, was ich jetzt tue: auf der Farm arbeiten und für ein paar Klienten die Buchhaltung machen. Aber meine Tante und mein Onkel wollten, dass ich auch die Welt außerhalb von Hope Harbor kennenlerne. Ich sollte wissen, worauf ich verzichte, falls ich mich entscheide hierzubleiben. Als ich in meinem letzten Jahr ein gutes Stellenangebot in Phoenix bekam, drängten sie mich, es anzunehmen.«

»Sie haben Hope Harbor verlassen?« Es war schwer, sich Tracy woanders als hier, an diesem Ort, vorzustellen. Er passte so gut zu ihr.

»Ja, aber nur, nachdem sie mich dazu überredet haben. Eigentlich war es eine positive Sache. Ich habe dort nicht schlecht verdient und das Geld konnten wir gut gebrauchen, als die fallenden Preise für Cranberrys die Reserven der Farm immer mehr aufbrauchten. Außerdem begriff ich in dieser Zeit, dass ich nirgendwo anders als in Hope Harbor wohnen wollte.«

»Wie lange waren Sie in Arizona?«

Tracy zupfte an den Fransen des Kissens. »Sieben Jahre. Viel länger, als ich geplant hatte. Aber die Farm brauchte das Geld. Und dort lernte ich meinen Mann kennen, der aus Phoenix stammte. Er wusste von Anfang an, dass ich irgendwann hierher zurückkehren wollte, und war damit einverstanden. Vor drei Jahren, als unsere Buchhalterin in den Ruhestand ging und nach Florida zog, war das Geld zu knapp, um eine feste Hilfskraft auf der Farm einzustellen.

Da zogen wir hierher. Craig war Regionalleiter einer Restaurantkette und konnte eine Versetzung ins Büro nach Coos Bay ermöglichen.«

Bis jetzt hatte Tracy ihre Geschichte sachlich und nüchtern erzählt. Aber als sie wieder ihre Kaffeetasse nahm, verriet das Zittern ihrer Hand, in welcher emotionalen Verfassung sie war. Sie musste die Tasse mit beiden Händen festhalten, um nichts zu verschütten. Dann stellte sie sie vorsichtig wieder auf den Tisch, aber nun war ihre Stimme nicht mehr so ruhig.

Er stellte sich darauf ein, dass jetzt der schwere Teil der Geschichte kam.

»Nach unserem Umzug war viel zu tun. Ich gewöhnte mich wieder auf der Farm ein und brachte die Bücher auf Vordermann und Onkel Bud und ich bereiteten alles für die bevorstehende Pflanzsaison vor. Craig war viel unterwegs und machte sich mit dem neuen Gebiet, das er betreute, vertraut. Wir hatten das Haus auf der Farm für uns. Onkel Bud hatte darauf bestanden, sich in der Stadt eine Wohnung zu nehmen. Er sagte, dass wir unsere Privatsphäre bräuchten, um uns hier einzugewöhnen. Aber dazu kam es nicht. Wir waren noch kein Jahr hier, als Craig starb.«

Sie zog ein Taschentuch aus ihrer Jeanstasche.

»War es ... ein Unfall?«

»Nein.« Sie wischte sich die Tränen aus den Augen. »Sagt Ihnen der Begriff Saisonal-Affektive Disorder etwas?«

»SAD. Ja, ich habe davon gelesen.« Er kramte in seinem Gedächtnis. »Sind das nicht Depressionen, die immer zur selben Jahreszeit auftreten, meistens im Winter?«

»Ja. Rückblickend denke ich, dass Craig unter dieser Winterdepression litt. Der Umzug nach Hope Harbor verschlimmerte diesen Zustand, weil es hier das ganze Jahr über meist bedeckt oder neblig ist. Wenn es in Phoenix mehrere Tage hintereinander grau war, war er niedergeschlagen und schwermütig. Aber das kam nur sehr selten vor, da es dort meistens sonnig ist. Deshalb bin ich gar nicht auf die Idee gekommen – und er auch nicht, glaube ich –, dass er eine ernste Krankheit hatte, die man ärztlich hätte behandeln müssen.«

Ein leichtes Unbehagen zog über Michaels Rücken, als er zu ahnen begann, was wahrscheinlich geschehen war.

»Als wir hierher zogen, wurde aus seiner Schwermut eine richtige Depression.« Tracy drückte sich das Kissen fester an die Brust und zog die Beine an. »Aber ich war auf der Farm beschäftigt und er war viel unterwegs. Deshalb habe ich gar nicht gemerkt, wie ernst es um ihn stand. Bis ich eines Abends von einer Farmerversammlung nach Hause kam und ihn in der Garage fand. Das Tor war geschlossen und der Motor lief.«

Sie konnte nicht weitersprechen. Michaels Vorahnung bewahrheitete sich auf schockierende Weise.

Tracys Mann hatte Selbstmord begangen.

Obwohl sich sein Magen zusammenzog, zwang er sich weiterzuatmen. So tragisch sein eigener Verlust auch war, so konnte er sich doch nicht im Entferntesten vorstellen, wie es sein musste, wenn ein geliebter Mensch eine solche Verzweiflungstat beging.

Er wollte ihre Hand nehmen, aber sie wich weiter in die Ecke des Sofas zurück. Die Traurigkeit in ihren Augen zerriss ihm das Herz. »Ist Ihnen klar, was ich gesagt habe, Michael? Dadurch, dass ich Craig überredet habe hierher zu ziehen, habe ich ihn in die schreckliche Situation gebracht, die schließlich zu seinem Tod führte. Wenn ich mehr auf ihn geachtet hätte, als wir hier waren, hätte ich erkannt, dass er nicht nur Probleme hatte, sich an eine neue Umgebung und an ein neues Zuhause zu gewöhnen. Ich hätte mich besser informiert, ich hätte ihn gebeten, sich professionelle Hilfe zu suchen. Vielleicht hätte ich ihn davon abhalten können, diesen tragischen Schritt zu tun. Es stimmt also gar nicht, dass ich meine Prioritäten im Griff habe. Ich habe die Farm an die erste Stelle gesetzt.« Sie schluckte und ihr Kinn zitterte. »Ich war eine furchtbare Ehefrau.«

Und ich verdiene keine zweite Chance.

Diese Worte sagte sie zwar nicht laut, aber die Botschaft war unmissverständlich.

Sie irrte sich. Aber ihre Behauptung, dass sie am Tod ihres Mannes schuld wäre, konnte er nicht einfach so vom Tisch wischen. Wenn sie mehr auf ihren Mann geachtet hätte, hätte sie vielleicht tatsächlich einige Warnsignale wahrgenommen. Etwas anderes zu behaupten, wäre unaufrichtig.

Aber wie *sollte* er das, was sie ihm da gerade erzählt hatte, ansprechen?

Als könne sie seine Gedanken lesen, sprach sie weiter. »Sie brauchen nichts zu sagen. Die Wahrheit lässt sich nicht beschönigen. Das wusste Craig auch. An einem seiner wirklich schlechten Tage, nicht lange bevor er ... bevor er starb, warf er mir vor, dass ich die Farm mehr lieben würde als ihn. Ich dachte, er übertreibe und das wäre Unsinn. Aber rückblickend glaube ich, dass er recht hatte: Ich habe mich mehr darum gekümmert, dass es der Farm gut ging, als darum, dass er sich wohlfühlte«, gestand sie ihm mit erstickter Stimme und senkte den Kopf. Aus ihrer resignierten Haltung sprach ein tiefer, herzzerreißender Schmerz.

Es war Zeit, etwas zu tun.

Er rutschte näher an sie heran und nahm ihr sanft das Kissen aus den Händen.

Sie hob das Kinn. Ihre grünen Augen waren voller Tränen und sie sah ihn mit schmerzerfülltem Blick an. »Wa-was machen Sie da?«

Behutsam legte er das Kissen beiseite und streckte die Arme nach ihr aus. »Ich denke, es wird Zeit, dass wir du zueinander sagen. Und ich finde, dass wir beide eine Umarmung gut vertragen könnten.«

»Nein.« Sie drückte die Handflächen an seine Brust und hielt ihn auf Abstand, während ein tiefer Schmerz aus ihrem Gesicht sprach. »Warum solltest du mich umarmen wollen?«

»Weil es mir leidtut, dass du das alles durchgemacht hast. Weil ich verstehe, wie leicht es passiert, dass man sich ablenken lässt und seinen Partner vernachlässigt, und weil ich weiß, wie es ist, wenn einen die Schuldgefühle erdrücken. Weil ich dir dankbar bin, dass du mir deine Geschichte anvertraut hast. Weil ich dich mag. Sehr sogar.«

Ein Zittern erfasste sie. »Auch nach allem, was ich gerade erzählt habe?«

Er zog seine Arme zurück. Die Umarmung würde noch ein paar Minuten warten müssen. »Wir haben beide Fehler gemacht, auf die wir nicht stolz sind, Tracy. Aber das heißt nicht, dass wir schlechte Menschen sind. Es bedeutet nur, dass wir Menschen sind. Und Menschen machen eben Fehler. Ich wünschte, ich könnte mein Leben mit Julie noch einmal von vorn anfangen. Dann würde ich vieles anders machen. Und ich weiß, dass du dir für deinen Mann das Gleiche wünschst. Aber das können wir nicht. Vielleicht ehren wir ihr Andenken am meisten, wenn wir aus unseren Fehlern lernen und es beim nächsten Mal besser machen. Falls wir eine zweite Chance bekommen.«

Sie betrachtete ihn. »Das könnte Charley gesagt haben.«

Ja, das stimmte. Der philosophierende Tacokoch hatte immer interessante Einsichten, die er Michael weitergab, wenn er nach seinen Strandspaziergängen bei ihm sein Mittagessen kaufte. Aber dieser Satz stammte nicht von Charley.

»Ehrlich gesagt, weiß ich nicht, woher mir dieser Gedanke gekommen ist. Er ist für mich auch neu. Aber er klingt sinnvoll.«

»Er ist aber auch beängstigend.« Sie verstummte und zeichnete das geometrische Muster auf dem Kissen nach, das auf ihrem Schoß lag. »Weißt du, ich dachte, ich hätte mit meinem Leben Frieden geschlossen. Und mit meiner Entscheidung, allein zu leben. Aber ich bin verwirrt ... und aufgewühlt, seit du in Hope Harbor aufgetaucht bist.«

Er verdrängte den Wunsch, die Sorgenfalten aus ihrer Stirn zu streichen. »Warum?«

Nach einem kurzen Moment hob sie den Blick und schaute ihn an. »Weil die Chemie zwischen uns einfach stimmt. Wenigstens kann ich das von mir so sagen.«

Die Anziehungskraft war also nicht nur einseitig.

Er atmete tief aus und ein Teil der Anspannung verschwand aus seinen Schultern. »Das sehe ich genauso.«

Eine leichte Röte verdrängte ihre Blässe. »Trotzdem ist es zu früh für ... das.« Sie deutete auf die Arme, die er ausgestreckt hatte. »Wir kennen uns doch kaum. Außerdem gibt es da ein paar Hindernisse. Schließlich fährst du in ein paar Wochen wieder nach Chicago zurück. Und du magst es nicht, wenn es draußen bewölkt ist.«

Bewölkt?

Ah!

Jetzt verstand er, warum sie gestern am Strand nach seiner negativen Bemerkung über das Wetter in Hope Harbor so schnell geflüchtet war. Sie hatte Gefühle für einen Mann entwickelt, dem trübe Tage nicht gefielen. Und in einen solchen Mann hatte sie sich schon einmal verliebt, aber das hatte verheerende Folgen gehabt.

»Ich möchte deine Bedenken in umgekehrter Reihenfolge ansprechen. Erstens, wenn man trauert, kann ein grauer Himmel auf die Stimmung drücken, aber ich bekomme von trübem Wetter keine Depressionen. In Chicago und Kansas City ist der Winter oft lang und kalt und die Sonne lässt sich kaum sehen. Aber damit hatte ich noch nie Probleme. In dieser Hinsicht kann ich dich also beruhigen. Zweitens, in wenigen Wochen kann viel passieren. Zum Beispiel kann man sich viel besser kennenlernen. Drittens, es ist nie zu früh für einfache Zeichen der Zuneigung unter Freunden. Sie müssen auch nicht zu mehr führen, solange wir dazu nicht bereit sind.«

In dem Halbdunkel schaute sie ihn mit zusammengekniffenen Augen an. »Bist du immer so logisch und analytisch?«

Logisch? Analytisch? Sie saß nur wenige Zentimeter neben ihm, er konnte ihren Duft riechen und am liebsten hätte er ihr das goldbraune Haar geöffnet, das sie zu einem zerzausten Pferdeschwanz zurückgekämmt hatte.

»Nein.« Er war nicht einmal sicher gewesen, ob seine Argumentation schlüssig war. »Aber aufgrund unserer Vorgeschichte gebe ich dir recht, dass wir es langsam und vorsichtig angehen lassen sollten.«

Er fühlte, wie sie sich leicht entspannte. »Damit kann ich leben.«

»Was ist jetzt mit einer Umarmung?«

Sie schaute ihn an. »Eine Umarmung zum Abschied, wenn du gehst, wäre okay.«

Ohne ein Wort zu sagen, stand er auf und hielt ihr die Hand hin.

Sie zog die Stirn in Falten. »Was hast du vor?«

»Ich gehe. Du hast heute Abend noch zu tun und ich will dich nicht noch länger als nötig vom Schlaf abhalten. Außerdem kann ich es nicht erwarten zu gehen, weil du mich dann zum Abschied in den Arm nimmst.«

Sie zögerte, dann nahm sie seine Hand und ließ sich von ihm hochziehen. »Aber nur eine kurze Umarmung, ja?«

»Vorerst schon.« Mehr konnte er ihr nicht versprechen.

Sie wischte sich die Hände an ihrer Jeans ab und ging in die Küche. »Ich habe noch etwas für dich.«

Er folgte ihr und schlüpfte in seine Windjacke, während sie das Licht anmachte und den Cranberry-Nusskuchen hochhielt.

»Ich habe Nancy überredet, mir diesen Kuchen zu überlassen.

Als wir gestern Nachmittag auf der Farm diesen Kuchen gegessen haben, hatte ich danach das Gefühl, dass ich dich nie mehr wiedersehen würde, es sei denn, ich würde den ersten Schritt tun. Der Kuchen sollte mein Versöhnungsgeschenk sein.« Sie hielt ihm den Kuchen hin.

Er nahm ihn entgegen, wandte aber nicht den Blick von ihrem Gesicht ab. »Heißt das, dass du zu mir gekommen wärst, wenn ich heute Abend nicht an deiner Tür aufgetaucht wäre?«

»Das weiß ich nicht.« Sie strich mit den Fingerspitzen über die Rückenlehne des Küchenstuhls. »Ich hatte gestern das Gefühl, dass du dich vielleicht für mich interessieren könntest, und ich war der Meinung, dass das keine Zukunft hätte.«

»Und was meinst du jetzt?«

Sie atmete zitternd aus. »Ich meine, dass ich mich vielleicht geirrt haben könnte.«

»Gut.« Das war nicht so eindeutig, wie er es sich gewünscht hätte, aber es war ein großer Fortschritt. »Begleitest du mich zur Tür?«

Sie schaute auf die Hand, die er ihr hinhielt. »Ich wusste nicht, dass Händchenhalten inbegriffen ist.«

»Betrachte es als Vorgeschmack auf die Umarmung.«

Nach einem weiteren kurzen Zögern schob sie ihre Finger zwischen seine.

Ihre Hand war ganz anders, als er erwartet hatte.

Tracy strahlte zwar Stärke und Robustheit und Unabhängigkeit aus und ihre Handflächen hatten von der täglichen körperlichen Arbeit Schwielen, aber ihre Finger waren klein und zart und zerbrechlich. Und sehr, sehr feminin.

»Michael?«

Ihre unsichere Frage riss ihn aus seinen Gedanken. Er drückte sanft ihre zarten Finger und führte sie die paar Schritte zur Tür, auch wenn er wünschte, sie würden stundenlang Hand in Hand über den endlosen Strand schlendern.

An dieser Idee müsste er noch arbeiten.

Am Eingang stellte er den Kuchen auf einen kleinen Tisch neben der Tür. »Ich will dich schon mit beiden Händen in die Arme schließen.«

Sie verlagerte ihr Gewicht, als er sich zu ihr umdrehte. »Ich komme mir ein wenig untreu vor. Kannst du das verstehen?«

Ja, dieses Gefühl kannte er. Aber er wollte jetzt keinen Rückzieher machen. In Trauer und Selbstvorwürfen zu versinken, hatte ihm nicht weitergeholfen.

»Vielleicht hilft eine Umarmung, die Dinge zu klären.«

»Oder alles wird nur noch verworrener.«

»Wir sollten lieber optimistisch sein.« Er ließ ihre Finger los und legte die Hände um ihre Taille. »Auf die Plätze.«

»Nein.«

»Fertig.«

»Michael …«

»Los.« Er trat näher und nahm sie in die Arme. Sie hatte recht. Diese Umarmung machte die Sache tatsächlich noch verworrener.

Es war nur eine freundschaftliche, zurückhaltende Umarmung. Rein platonisch.

Aber er spürte, dass Tracy in seine Arme gehörte, hier war ihr Platz. Die Luft war erfüllt von ihrem frischen Landgeruch, ihr weiches Haar kitzelte ihn am Kinn und er spürte ihren Herzschlag. Ganz dicht an seinem.

Er wollte mehr.

Tracy legte die Arme um ihn. Ihre Berührung war vorsichtig, als sie seine Umarmung erwiderte. Und als sie ein leises Seufzen ausstieß, verflog jeder Zweifel, jede Sorge, jedes Zögern.

Er legte eine Hand an ihren Hinterkopf und drückte ihre Wange an seine Schulter.

Sie passte perfekt hierher.

Die Sekunden vergingen. Wie viele, konnte er nicht sagen. Nur das Pfeifen des Windes um die Hausecke, das leise Klappern einer Jalousie und das ferne Rauschen der Brandung verrieten, dass die Zeit verging.

Tracy unternahm keine Anstalten, die Umarmung zu beenden.

Schließlich nahm er seine ganze Willenskraft zusammen und trat einen Schritt zurück. Aber dabei hielt er ihre Hände fest, bevor sie mehr Abstand zu ihm aufbauen konnte.

Mit großen Augen sah sie ihn an. Dann atmete sie scharf ein, als hätte sie vergessen zu atmen und brauche jetzt dringend Luft.

Das konnte er gut nachvollziehen.

So viel zu einer einfachen, harmlosen Umarmung!

»Ich gehe jetzt lieber.« Er tastete hinter sich nach dem Türgriff. »Aber ich kann morgen gern zur Farm kommen, wenn du Hilfe brauchst.«

Sie nahm den Cranberry-Nusskuchen und hielt ihn mit beiden Händen fest, als brauche sie etwas, an dem sie sich festhalten konnte. »Du bist nicht den weiten Weg nach Hope Harbor gekommen, um auf einer Cranberryfarm zu arbeiten.«

»Das stimmt. Aber mein Aufenthalt hier verläuft sowieso ganz anders, als ich erwartet hatte. Im Moment halte ich es für den besten Plan, mich Tag für Tag neu überraschen zu lassen. Und ich kann es nicht erwarten, die Motorsense zu schwingen.«

Sie lächelte und sein Blick wanderte zu ihren Lippen.

Tu das nicht, Hunter.

»… falls dir das recht ist.«

»Entschuldige, ich war einen Moment in Gedanken woanders. Was hast du gesagt?«

»Du könntest mir helfen, den Zaun an einigen Stellen zu reparieren, wenn du Lust dazu hast.«

»Ja, klar. Gerne.« Er machte die Tür auf. Er musste *sofort* verschwinden oder sein ganzer Plan, es langsam und vorsichtig angehen zu lassen, wäre hinfällig. »Um wie viel Uhr fängst du an?«

»Sobald es hell wird. Aber komm einfach, wenn du ausgeschlafen hast.« Sie hielt ihm den Kuchen hin. »Vergiss den Kuchen nicht. Der Heimweg macht dich vielleicht hungrig.«

Er nahm den Kuchen entgegen und trat auf die Veranda. Nebel war aufgezogen und verdeckte den Mond. Er zog den Reißverschluss an seiner Windjacke zu. »Ich hebe ihn für morgen auf. Heute Abend hatte ich schon etwas Süßes.« Mit einem Zwinkern trat er in die Nacht hinaus, auch wenn er bei jedem Schritt mit der Versuchung rang, sich noch einmal umzudrehen.

Als er auf der Straße ankam, schaute er zum Cottage zurück. Die Szene wirkte im Nebel gespenstisch, aber im warmen Licht, das aus der offenen Tür drang, sah er die Umrisse der schlanken Frau, die sein Herz immer mehr eroberte.

Er konnte es noch gar nicht richtig glauben, dass bei seiner Reise in den Westen, wo er einen Schlussstrich hatte ziehen wollen, die Tür zu einer neuen Liebe aufgestoßen wurde.

Aber Tracy hatte mit ihrer Vorsicht recht. In vier Wochen musste er nach Chicago zurückfahren. Es war schon schwer genug gewesen, die Freistellung für zwei Monate zu bekommen; er konnte sie unmöglich verlängern. Über eine Entfernung von dreitausend Kilometern eine Beziehung zu pflegen, wäre eine große Herausforderung.

Andererseits wäre es auch riskant, seinem Leben in Chicago den Rücken zu kehren und in Hope Harbor neu anzufangen.

Michael atmete tief aus und ging den Hügel hinunter, der ihn in die Stadt und zu seinem vorübergehenden Zuhause zurückbringen würde.

Das Leben schlug manchmal wirklich sonderbare Wege ein. Er war hierhergekommen, um Antworten auf ein ganzes Fragenpaket zu finden, aber jetzt stand er vor einem völlig neuen Paket an Fragen, mit denen er sich auseinandersetzen musste. Das alles war sehr verwirrend.

Für Julie wäre es nicht verwirrend gewesen. Seine Frau war in dem festen Glauben durchs Leben gegangen, dass alles aus einem bestimmten Grund geschah. Hinter allem hatte sie Gottes Handeln gesehen. Ihr festes Vertrauen zu ihm war unerschütterlich gewesen. Sie hatte kein einziges Mal mit Gott gehadert oder war wütend auf ihn gewesen, selbst wenn schlimme Dinge passiert waren.

Der Nebel verdichtete sich. Den Kuchen hielt er schützend in seiner Jacke, während er an der Kirche von Pastor Baker vorbeijoggte. Sein erster Besuch in dieser Kirche war ein Reinfall gewesen. Sollte er Julies Beispiel folgen und Gott seine Sorgen hinlegen und darauf vertrauen, dass seine Erlebnisse in Hope Harbor Teil eines größeren Plans waren?

Vielleicht.

Er bog um die Kurve und in die Zielgerade zu Annas Haus ein. Als er seinen Schlüssel aus der Tasche zog, um aufzuschließen, traf er eine Entscheidung.

Am nächsten Sonntag wollte er das Gespräch mit Gott wieder aufnehmen und ihn um seine Hilfe bitten, Antworten auf seine vielen Fragen zu finden.

Kapitel 16

»Funktioniert dieser Sprühkopf immer noch nicht richtig? Ich dachte, ich hätte ihn repariert.«

Tracy fuhr herum. Dann verschränkte sie die Arme vor sich und schaute ihren Onkel mit einem strengen Blick an. »Was machst du denn hier draußen?«

»Ich versuche, nicht den Verstand zu verlieren. Im Haus werde ich noch wahnsinnig.«

»Weiß Nancy, dass du hier draußen bist?«

»Nein.« Er steckte die Hände in die Hosentaschen. Seine Jeans saß tiefer als gewohnt auf seinen Hüften. Durch seine Krankheit hatte er abgenommen. »Sie muss heute Nachmittag im Café arbeiten. Der Bridgeklub, der sich jeden zweiten Donnerstag im Monat trifft, ist heute da und sie brauchten noch jemanden, der mitarbeitet.«

»Du solltest dich wieder hinlegen.«

»Mach ich ja gleich, aber erst brauche ich ein paar Minuten frische Luft. Wo ist heute dein Helfer?« Er ließ seinen Blick über die Felder schweifen. »Nancy sagt, er ist ein Geschenk des Himmels.«

Da hatte er recht. Zog ihr Onkel etwa seine Genesungszeit unnötig in die Länge, um ihr und Michael mehr Gelegenheit zur Zusammenarbeit zu geben? Nein. Er wirkte völlig ausgelaugt und erschöpft. Er war richtig krank.

»Er hat Anna heute Nachmittag zur Physiotherapie in Coos Bay gefahren.«

»Was du nicht sagst!« Er nickte lobend. »Mir gefällt dieser Junge. Er ist hilfsbereit, zuvorkommend und er sieht auch noch gut aus.« Onkel Bud grinste sie an. »Um keine Missverständnisse aufkommen zu lassen: Der letzte Punkt stammt von Nancy. Was meinst du?«

»Ich meine, dass du wieder ins Haus gehen und mich nicht von meiner Arbeit abhalten solltest.«

»Und was meinst du zu dem, was ich über Michael gesagt habe?«

»Du hast recht, er ist sehr hilfsbereit und zuvorkommend.« Sie wandte sich ab und konzentrierte sich wieder auf den Sprühkopf.

»Ich meinte, ob er gut aussieht.«

Natürlich hatte er das gemeint.

Sie nahm einen Schraubenschlüssel. »Das ist wahrscheinlich Geschmackssache.«

»Was ist Geschmackssache?«

Als sie plötzlich die Stimme von Michael hörte, wurde ihr Gesicht ganz warm. Musste er ausgerechnet jetzt auftauchen? Wie viel hatte er gehört?

Onkel Bud grinste. »Wir haben davon gesprochen, dass ...«

»... dass du nach Coos Bay gefahren bist«, fiel Tracy ihrem Onkel ins Wort und bedachte ihn mit einem drohenden Blick. »Wie lief es?«

»Es ging schneller als erwartet. Anna kann langes Herumreden nicht ertragen und sie hat mit dem Therapeuten kurzen Prozess gemacht: Zeigen Sie mir die Übungen, sagen Sie mir, ob ich sie richtig mache, und dann gehe ich wieder.«

»Eine Frau ganz nach meinem Geschmack«, mischte sich Onkel Bud ein. »Ich halte auch nicht viel von diesen Therapeuten.«

»Anna geht es genauso. Sie hat das dem Therapeuten ungeniert ins Gesicht gesagt. Grace wäre am liebsten im Erdboden versunken, weil ihr das so peinlich war.«

»Es ist nett von Anna, dass sie das Mädchen bei sich aufgenommen hat. Tracy hat mir davon erzählt. Und es war auch nett von Ihnen, das alles zu arrangieren.«

Michael zuckte die Achseln. »Es war eine gute Lösung für beide Seiten. Eine Win-win-Situation.« Er schaute den älteren Mann genauer an. »Sie sehen viel besser aus als noch am Montag, als Tracy uns einander vorstellte.«

Tracy verschränkte die Arme und bedachte ihren Onkel mit dem gleichen finsteren Blick, mit dem sie ihn schon vor drei Tagen angesehen hatte, als er unter einem lahmen Vorwand aufs Feld gekommen war. Dabei hatte er nur den Mann begutachten wollen, der angeboten hatte, kostenlos für sie zu arbeiten.

Zum Glück war ihm Nancy gefolgt, hatte etwas vom störrischen Patienten gebrummt und ihn wieder ins Haus geschleppt.

»Danke. Mir geht es auch schon besser.«

»Aber du bist noch nicht wieder ganz gesund. Geh jetzt ins Haus oder ich verpetze dich bei Nancy.« Tracy schaute ihn mit hochgezogener Braue an.

»Willst du mir Angst einjagen?« Er zog ebenfalls eine Braue hoch.

»Ja.«

»Also gut. Ich gehe.« Er schaute wieder Michael an. »Es war mir eine Freude, Sie wiederzusehen, junger Mann. Und lassen Sie sich von Tracy nicht zu sehr herumkommandieren. Sie kann eine Sklaventreiberin sein, wenn es um Cranberrys geht. Und auch sehr herrisch.«

»Onkel Bud!«

»Aber sie hat ein wunderbares Herz und eine fröhliche Seite, die wir in letzter Zeit nicht mehr oft erleben.« Er ignorierte ihr genervtes Knurren. »Wenn Sie sie dazu bringen könnten, sich ein wenig zu entspannen, und vielleicht zu den Gärten im Shore Acres State Park hinauffahren, würden Sie …«

»Onkel Bud!« Sie stemmte die Hände in die Hüften und verschärfte ihren Ton. »Ich muss wieder an die Arbeit und du musst ins Bett. Und zwar sofort.«

»Sehen Sie, was ich meine? Herrisch.« Ihr Onkel stieß ein mitleiderregendes Seufzen aus, aber seine Augen funkelten.

Es schien ihm tatsächlich schon wieder besser zu gehen.

»Sie führt wirklich ein strenges Regiment.« Michael grinste und spielte mit. »Obwohl ich diese Woche jeden Tag von Sonnenaufgang bis Sonnenuntergang da bin, hatte ich Angst, dass sie mich rügen würde, nur weil ich mir ein paar Stunden freigenommen habe, um Anna nach Coos Bay zu fahren. Der einzige Lohn für meine ganze Mühe ist das köstliche Essen Ihrer Frau.«

»Der einzige Lohn. So, so!« Onkel Bud warf wieder einen Blick in ihre Richtung. »Ich muss wirklich ein ernstes Wort mit …«

»Michael!« Was zu viel war, war zu viel. »Ich bin hier so gut wie fertig. Wenn du gekommen bist, um zu arbeiten, kannst du mir dabei helfen, Unkrautvernichtungsmittel zu sprühen.«

»Ja, dafür bin ich gekommen. Anna ist wieder zu Hause und ich habe heute nichts anderes mehr vor.«

»Da drei einer zu viel sind, lasse ich euch beide jetzt lieber weitermachen.« Mit immer noch funkelnden Augen schlenderte Onkel Bud zum Haus zurück und blieb nur stehen, um die Collies zu streicheln, die angelaufen kamen und ihn begrüßten.

»Ich mag ihn.« Michael schaute ihm nach.

»Für den Fall, dass du es nicht gemerkt haben solltest, ich mag ihn auch.« Sie wischte sich die Hände an ihrer Jeans ab. »Bist du sicher, dass es dir nicht zu anstrengend ist, hier zu arbeiten?«

Er drehte sich zu ihr um. Trotz der vielen Arbeitsstunden auf der Farm sah er mit jedem Tag entspannter aus. Die Sonne, die immer wieder zwischen den Wolken herausschaute, bräunte seine Haut und die angespannten Falten um seinen Mund und seine Augen wurden weniger. Die Arbeit im Freien schien ihm gutzutun. Wenigstens eine Weile.

»Ganz sicher. Und auch wenn ich zu deinem Onkel etwas anderes gesagt habe, bekomme ich hier viel mehr Lohn als nur Nancys Essen.«

Meinte er die frische Luft und die Bewegung? Oder sie?

»Ich meine genau das, was du denkst.« Seine blauen Augen lächelten sie vertraut an.

»Ähm, Michael …«

»Ich weiß, ich weiß. Langsam und vorsichtig. Aber ich bin jemand, der gerne plant. Und ich denke gern einige Schritte voraus. Arbeite mich vor. Möchte kleine Fortschritte sehen. Hast du Einwände dagegen?« Die Frage klang ungezwungen, aber sie hatte auch einen ernsten Unterton.

»Das kommt ganz darauf an.«

»Auf was?«

Sie bückte sich, um Ziggy zu streicheln, der an ihr hochsprang. Michael hatte nicht gesagt, was er vorhatte, wenn seine Freistellung vorbei war. Sich in einen Mann zu verlieben, der in drei Wochen aus ihrem Leben verschwinden würde, war nicht besonders klug.

Selbst wenn sie allmählich glaubte, dass sie vielleicht – ganz vielleicht – ihre Lektion gelernt haben könnte und bei ihrem zweiten Versuch eine bessere Ehefrau wäre.

Selbst wenn ihr Herz sie drängte, diesen Sprung zu wagen.

Selbst wenn Michael der Mann war, der ihr Vertrauen und ihre Liebe verdiente.

Da sie offen zueinander waren, konnte sie ihm ihre Bedenken doch sagen, oder?

Als sie den Sprühkopf richtig eingestellt hatte, ging sie zum Deich hinüber und kletterte den steilen Hang hinauf. Er hielt ihr die Hand hin und half ihr beim letzten Stück.

Als sie sich gegenüberstanden, schob sie ihre Sonnenbrille zurück und schaute ihn an. »Ich mache mir Sorgen, weil wir so weit voneinander entfernt wohnen.«

Er schaute sie an. »Wärst du, wenn es dieses Problem nicht gäbe, einverstanden, Grundlagen zu legen?«

Der Moment der Wahrheit war gekommen.

Sie verscheuchte eine Biene und konzentrierte sich auf das Logo des St.-Joseph-Zentrums auf seinem T-Shirt. »Willst du damit sagen, dass du bereit wärst, deine Stelle aufzugeben und umzuziehen?«

»Ich würde das nicht ausschließen. Das hängt davon ab, wie sich die Dinge zwischen uns entwickeln. Aber wenn wir nicht zulassen, dass sie sich entwickeln, werden wir nie erfahren, wohin das Ganze führen könnte.«

Diesem Argument konnte sie nicht widersprechen.

»Selbst wenn wir … selbst wenn wir zulassen, dass sich zwischen uns etwas ergibt, werden wir uns nach deinem Aufenthalt hier nicht so gut kennen, dass wir das schon entscheiden können. Und ich würde dich nie bitten, deine Arbeit nur aufgrund von ungewissen Spekulationen aufzugeben. Das wäre zu riskant.«

»Theoretisch stimme ich dir zu, aber weißt du was? Mit dir hier zu stehen, fühlt sich überhaupt nicht riskant an.«

Er berührte sie nicht. Nicht mit den Händen. Aber seine Augen … Sie waren eine zärtliche Liebkosung.

Ja, sie könnte sich in diesen Mann verlieben.

Oder war das längst geschehen?

Ihn gehen zu lassen, ohne einen Versuch zu wagen, war keine Option mehr.

»Okay.«

Er legte den Kopf schief. »Was okay?«

»Wahrscheinlich ist es Zeit, sich weiter vorzuwagen.«

Ein herrliches Grübchen erschien auf seiner Wange.

Warum war ihr das bis jetzt nicht aufgefallen?

Er kam näher auf sie zu.

»Besteht die Möglichkeit, dass uns hier jemand sieht?« Seine leise, heisere Frage jagte ihr ein angenehmes Kribbeln über den Rücken.

»Hier nicht.«

»Gut.« Er spielte mit einer Haarsträhne, die sich aus ihrem Pferdeschwanz gelöst hatte, und lächelte sie an. »Hm. Rätsel gelöst. Sie sind so weich, wie sie aussehen.« Er spielte weiterhin mit ihren Haaren, während sie mit dem plötzlichen Wunsch, sich an ihn zu lehnen, kämpfte. »Du hast die Frage deines Onkels nicht beantwortet.«

»Welche Frage?«

»Ob mein Aussehen nach deinem Geschmack ist.«

Warum wurde sie nur immer so schnell rot?

»Du hast unser Gespräch also gehört.«

»Nur den letzten Teil. War sehr interessant.«

»Onkel Bud ist ein Romantiker.«

»Du weichst meiner Frage aus. Dann fange ich an.« Er ließ ihr Haar los und legte ihr die Hand auf die Schulter. Das Gewicht seiner Hand war fest und beruhigend. »Meine Antwort lautet Ja. Sehr sogar. Deine Augen haben die Farbe von polierter Jade und mir hat Jade schon immer gefallen. Mir gefällt, wie die Sonne deine Haare golden funkeln lässt. Du bist eine sehr hübsche Frau. Und am besten gefällt mir, dass du innerlich genauso schön bist wie äußerlich.«

Oh.

Meine.

Güte.

Michael hatte gerade einen Quantensprung vollzogen von Freundschaft zu … viel mehr als Freundschaft.

Hoffnung keimte in ihr auf und erfüllte ihr Herz. Und auch wenn die Sonne mit den Wolken Verstecken spielte, war ihr Tag plötzlich viel strahlender geworden.

Aber auch beängstigender.

»War das zu viel?« Michael schaute sie fragend an. Er lächelte immer noch, aber in seinem Tonfall schwang eine unüberhörbare Sorge mit. Als habe er Angst, er könnte zu weit gegangen sein und sie würde jeden Moment flüchten.

»Solche Worte können einer Frau den Kopf verdrehen.«

»Mich interessiert dein Herz viel mehr.«

Wenn er so weitermachte, würde sie noch vor seinen Füßen dahinschmelzen.

»Dann bin jetzt wahrscheinlich ich dran.«

»Du brauchst nicht ins Detail zu gehen. Ich will keine Komplimente. Ein einfaches Ja oder Nein genügt.«

»Ja. Mir gefällt, wie du aussiehst.«

»Dann haben wir genug geredet.«

Er hob wieder die Hand und berührte sanft ihr Gesicht. Mit der anderen Hand berührte er sie am Rücken und zog sie näher zu sich. Dann beugte er den Kopf, bis sein Mund nur wenige Zentimeter von ihren Lippen entfernt war. »Nur ein kleiner, harmloser Kuss.«

Sagte er das zu sich selbst oder um sie zu beruhigen? Das konnte sie nicht sagen. Als seine Lippen ihren Mund berührten, spielte das auch keine Rolle mehr.

Tracy schloss die Augen und gab sich ganz seinem Kuss hin. Er war behutsam und süß, aber alles andere als harmlos. Ihre Hände schoben sich in seinen Nacken, als er sie näher an sich heranzog. Seine Arme waren stark, seine Berührung sicher, als er sie festhielt und ihr in einer Sprache, die viel mehr sagte als Worte, zu verstehen gab, was er sich für die Zukunft erhoffte und wie viel sie ihm bedeutete.

Der Kuss war so, wie ein erster Kuss sein sollte.

Und er war viel zu früh zu Ende.

Als sich seine Lippen von ihrem Mund gelöst hatten, drückte er sie an sich. »Ich würde sagen, wir sind offiziell einen Schritt weitergegangen und sind mehr als nur Freunde.«

»Ja.« Mehr brachte sie nicht über die Lippen.

»Beängstigend, nicht wahr?«

»Ja.« Sie zog den Kopf leicht zurück, um ihn anschauen zu können. »Und was machen wir jetzt?«

»Unkrautvernichtungsmittel sprühen?«

»Das habe ich nicht gemeint.«

»Ich weiß. Aber meine Antwort steht. Ich schlage vor, dass wir so weitermachen wie bisher. Mit ein paar kleinen Zwischenstopps. Ein Kuss – ein *großartiger* Kuss – ist ein Anfang, kein Abschluss. Ich denke, wir sollten versuchen, es langsam angehen zu lassen und abzuwarten, was passiert.«

Er deutete zum Geräteschuppen. »Die Pflicht ruft.«
Richtig.
Das Unkraut.
Sie ging auf den Schuppen zu und er schlenderte mit dem Arm auf ihren Schultern neben ihr her.

»Wie kommst du mit deiner To-do-Liste hier draußen voran?« Seine Finger kneteten sanft ihre schmerzenden Muskeln.

»Dank dir besser als erwartet. Es könnte sogar sein, dass ich mir am Sonntag freinehmen kann. Von der Farm wenigstens. Ich muss allerdings noch ein bisschen Buchhaltung nachholen.«

»Ich dachte, das hättest du gestern Abend gemacht?«

»Eleanor Cooper hat angerufen. Sie brauchte ein Medikament, das abgeholt werden musste.«

»Du übernimmst dich, Tracy.«

Sie musste ihm nicht ins Gesicht sehen, um zu wissen, dass er die Stirn runzelte. Sie konnte es in seiner Stimme hören. »Ich bin nicht lange geblieben. Sie hat mich übrigens nach dir gefragt. Du hast einen bleibenden Eindruck bei ihr hinterlassen.«

Er tat diese Bemerkung mit einer Handbewegung ab. »Sie war nur froh, dass jemand ihre Regenrinne repariert hat.«

»Es war mehr als das. Du hast Mitgefühl und dein Umgang mit den Menschen weckt bei ihnen ... ich weiß auch nicht, Vertrauen vielleicht. Das muss bei deiner Arbeit ein großer Vorteil sein. Cranberrys anzubauen, ist ein Kinderspiel verglichen mit dem, womit du jeden Tag konfrontiert bist.«

»Cranberrys anzubauen, bringt genügend Herausforderungen mit sich. Das stelle ich immer mehr fest. Und ich meine damit nicht die schmerzenden Muskeln.« Shep lief ihnen entgegen, als sie sich dem Geräteschuppen näherten. Michael bückte sich und streichelte ihn, ohne seine Schritte zu verlangsamen. »Was passiert, wenn ihr die Farm nicht halten könnt?«

Der bekannte Stein bildete sich in ihrem Magen. »Ich versuche, darüber nicht allzu viel nachzudenken. Aber ich habe einen Plan B. Ich werde einen kleinen Teil des Landes behalten und hier wohnen, mir in Hope Harbor und den umliegenden Städten einen Kundenstamm aufbauen und mich auf Buchhaltung konzentrieren.«

»Ich hoffe nicht, dass es so weit kommt.«

Sie schluckte. »Das hoffe ich auch. Aber ich fürchte, allmählich ist ein Wunder nötig, um die Farm zu retten. Unsere Reserven sind …« Sie blieb abrupt stehen, als sie Onkel Bud aus dem Geräteschuppen kommen sah. »Was machst du denn hier draußen? Ich dachte, du wolltest dich wieder hinlegen.«

Sein Gesicht rötete sich schuldbewusst. »Das mache ich gleich. Ich habe nur kurz in den Geräteschuppen geschaut, ob wir genug Vorrat an Insektiziden haben. Ich will in diesem Jahr keinen Rüsselkäferbefall.«

»Wir haben genug. Ich habe alles im Blick.«

»Davon bin ich überzeugt.« Sein Blick blieb an Michaels Arm auf ihrer Schulter hängen.

Sie schlüpfte darunter hervor und bemühte sich nach Kräften, nicht zu erröten. »Wir wollen Unkrautvernichtungsmittel sprühen.«

»Gute Idee.« Er schlenderte an ihr vorbei und musterte sie immer noch. »Dein Pferdeschwanz ist verrutscht.« Er zupfte daran und verschwand mit einem Grinsen um die Ecke des Gebäudes.

Sie tastete nach ihren Haaren. Na toll.

Mit einem verärgerten Murmeln brachte sie ihren Pferdeschwanz wieder in Ordnung.

»Ich glaube, er hat Verdacht geschöpft, dass da draußen etwas passiert ist.« Michael deutete zu den Feldern.

»Dann muss ich Schadensbegrenzung betreiben. Ich kann mir eine Erklärung einfallen lassen, warum dein Arm auf meinen Schultern lag. Und mein Pferdeschwanz verrutscht oft, wenn ich auf den Feldern bin.«

»Das wird nicht funktionieren.«

»Warum nicht?«

»Du kannst nicht leugnen, wie du aussiehst.«

»Was soll das denn jetzt heißen? Wie sehe ich denn aus?«

»Wie eine Frau, die gerade geküsst wurde.«

Sie schaute ihn mit zusammengekniffenen Augen an. »Du machst Scherze.«

»Nein.«

»Wie sieht man denn aus, wenn man gerade geküsst wurde?«

»Das lässt sich schwer erklären. Ich glaube, das ist eine intuitive Männersache. Aber ich garantiere dir, dass dein Onkel es weiß.«

Sie schnaubte laut. »Das bedeutet, dass er viel zu viel hineininterpretiert, voreilige Schlüsse zieht und enttäuscht ist, wenn nichts daraus wird.«

»Damit wäre er nicht allein.« Michael beugte sich zu ihr und gab ihr einen flüchtigen Kuss. »Aber legen wir die Sache in Gottes Hände und warten wir ab, wohin er uns führt.«

»Ich dachte, du wärst auf Gott sauer.«

»Ich bin dabei, die Gesprächsverbindung wieder aufzubauen. Willst du diese Woche jemanden, der dich zum Gottesdienst am Sonntag begleitet?«

Erneut keimte Hoffnung in ihr auf. »Du willst wieder zur Kirche gehen?«

»Ja. Aber jetzt müssen wir erst einmal das Unkrautvernichtungsmittel ausbringen.«

Er nahm ihre Hand und führte sie in den Geräteschuppen. Damit war das Thema vorerst beendet.

Aber sein Schritt auf Gott zu war sehr gut.

Und ein weiterer Grund dafür, warum Onkel Bud und Michael nicht die Einzigen waren, die enttäuscht wären, wenn aus dieser beginnenden Beziehung nichts werden würde.

Kapitel 17

»Wenn wir aus der heutigen biblischen Geschichte eine Botschaft mitnehmen können, dann folgende: Fehler können vergeben werden. Gräben können überwunden werden. Unser himmlischer Vater wartet darauf, uns wieder bei sich aufzunehmen. Wir müssen ihn nur darum bitten.«

Pastor Baker stand auf der Kanzel und ließ seinen Blick über seine Gemeinde schweifen. »Ich stelle Sie diese Woche vor folgende Herausforderung: Folgen Sie diesem Beispiel. Viele haben in ihrem Leben einen verlorenen Sohn oder eine verlorene Tochter. Vielleicht waren wir selbst so ein verlorener Sohn. Beschließen Sie heute, auf die Menschen zuzugehen, die Sie beleidigt haben, oder auf Menschen, die vom Weg abgekommen sind. Wie diese Geschichte zeigt, ist es nie zu spät, noch einmal von vorne anzufangen. Gehen Sie voller Zuversicht und Gottvertrauen los.«

Als der Pfarrer seine Predigt beendete, nahm Anna ihr Gesangbuch und warf aus dem Augenwinkel einen Blick auf Grace. Die Jugendliche hätte sich zwar vielleicht geweigert, sonntags zum Gottesdienst zu gehen, aber sie hielt ihr Versprechen, Anna zu helfen. Und dazu gehörte auch, dass sie Anna zum Gottesdienst fuhr. Anna hatte eigentlich gar nicht beabsichtigt zu kommen, aber das Thema des Gottesdienstes, das Anna am Dienstag auf der Ankündigungstafel vor der Kirche gelesen hatte, hatte geklungen, als wäre die Predigt eigens auf Grace zugeschnitten.

Es war jedoch schwer zu sagen, ob die Worte des Pastors irgendeine Wirkung bei dem Mädchen erzielten. Ihre Miene war neutral, ihre vor der Brust verschränkten Arme eher abweisend. Kein positives Zeichen.

Aber sonderbarerweise war es Pastor Baker gelungen, *Annas* Herz anzurühren.

Sie fuhr mit den Fingern über das Gesangbuch, dessen Gewicht ihr vertraut war, auch wenn sie es lange nicht mehr in der Hand gehalten hatte. Sie hatte die Geschichte vom verlorenen Sohn schon x-mal gehört und gelesen und konnte sie im Schlaf aufsagen. Und sie hatte auch schon viele Predigten darüber gehört.

Aber Pastor Bakers Predigt hatte einen anderen Gedanken angeregt: Man sollte auf andere zugehen, statt darauf zu warten, dass das schwarze Schaf nach Hause kam. Das stand nicht in der Bibelstelle. Der Vater in der biblischen Geschichte hatte seinen Sohn nicht gesucht. Vielleicht hatte er wie sie zugelassen, dass der Ärger sein Herz verhärtete. Vielleicht hatte er die Zeit verstreichen lassen und jede Hoffnung auf Versöhnung aufgegeben. Aber am Ende war die Geschichte gut ausgegangen.

Ihr Griff um das Gesangbuch verkrampfte sich.

John war anders als der verlorene Sohn nicht zurückgekommen. Aber bestand die Chance, dass ihre eigene Geschichte auch gut enden könnte, wenn sie Pastor Bakers Vorschlag befolgte und die Initiative ergriff?

»Mrs Williams, der Gottesdienst ist zu Ende.«

Anna blinzelte, als Grace ihr diese Worte ins Ohr flüsterte. Das letzte Lied war verklungen und die Gottesdienstbesucher verließen bereits die Kirche.

»So ist es.« Sie steckte ihr ungeöffnetes Gesangbuch in das Fach vor sich und trat auf den Mittelgang, wo sie sich bei Grace unterhakte.

Die Leute bewegten sich nur langsam zum Ausgang. Während sie sich mit dem Strom bewegte, fühlte sie die neugierigen Blicke, mit denen sie beäugt wurde. Seit sie das letzte Mal hier in der Kirche gesessen hatte, gab es jede Menge neue Gesichter, aber trotzdem waren ihr viele Gottesdienstbesucher bekannt. Doch niemand sprach sie an.

Warum sollten sie auch? Sie benahm sich seit Jahren abweisend und gleichgültig und schenkte ihre Zuneigung lieber Tieren, die nicht mit ihr sprechen konnten. Vor allem nicht hinter ihrem Rücken. Im Laufe der Jahre hatte ein Freund nach dem anderen die Signale, die sie aussandte, verstanden und hatte sie als verbitterte, alte Frau abgeschrieben und sie ihrem einsamen, zurückgezogenen Leben überlassen. Das war ihr auch ganz lieb so gewesen.

Bis Michael aufgetaucht war und ihre stille, friedliche, vorhersehbare Welt auf den Kopf gestellt hatte. Jetzt brachte jeder neue Morgen eine neue Herausforderung mit sich.

Aber sie war nicht mehr so einsam. Mit Menschen zusammen zu sein war zwar vielleicht komplizierter, aber es machte das Leben auch schöner und interessanter.

Sie schaute sich um. Ihr Mieter war hier irgendwo mit dem Sheldon-Mädchen. Er hatte ihr gestern gesagt, dass er kommen wolle. Sie mussten durch eine Seitentür gehuscht sein, um dem Gedränge am Ausgang zu entgehen.

Kein schlechter Plan.

Auf der anderen Seite des Ganges trat Joyce Alexander aus einer Kirchenbank und konzentrierte ihren Blick bewusst nach hinten zum Ausgang, ohne ihre alte Freundin anzusehen.

Resigniert versuchte Anna, diese Abweisung zu akzeptieren. Früher einmal waren sie Freundinnen gewesen, als ihre Kinder noch klein gewesen waren. Sie waren genauso alt, hatten einen Sohn gehabt, waren in derselben Kirchengemeinde aktiv gewesen. Sie hatten noch viele andere Gemeinsamkeiten gehabt, die ihre Freundschaft gefestigt hatten.

Aber Freunde teilten Freud und Leid miteinander. Und über John zu sprechen, wäre viel zu schmerzhaft gewesen. Es war leichter gewesen, Mauern aufzuziehen, statt Türen zu öffnen.

Sie sah, wie sich Joyce durch die Menge quetschte und versuchte, so schnell wie möglich von ihr wegzukommen. Wer konnte ihr daraus schon einen Vorwurf machen? In den ganzen Jahren war der einzige Kontakt, der von Anna ausgegangen war, eine Beileidskarte gewesen, als der Sohn von Joyce vor zehn Jahren im Irak gefallen war. Ihre alte Freundin hatte darauf nicht geantwortet. Aber das hatte Anna gar nicht gewollt. Ihre Freundschaft zu erneuern, war nicht ihre Absicht gewesen und sie hatte ihre Worte auf der Karte so formuliert, dass sie das unterschwellig vermittelt hatte.

Seitdem war viel Zeit vergangen. Wunden heilten und Herzen konnten weich werden, nicht wahr? Würde diese Frau auf einen vorsichtigen Versöhnungsversuch positiv reagieren?

Bevor sie der Mut verließ, zog Anna Grace durch die Menge und schob sich mit ihrer unverletzten Schulter weiter, bis sie hinter ihrer alten Freundin stand.

»Hallo, Joyce.« Die Begrüßung klang zittrig und sie atmete nervös ein.

Joyce drehte sich leicht zu ihr um und neigte mit einer unübersehbaren Zurückhaltung den Kopf. »Anna.«

Wenigstens hatte sie ihren Gruß nicht ignoriert.

»Eine gute Predigt.«

»Ja.« Die Frau musterte sie vorsichtig. »Ich bin überrascht, dich hier zu sehen.«

»Ich habe einen Gast bei mir zu Hause und ich wollte, dass sie in die Kirche geht.« Sie zog das Mädchen neben sich. »Das ist Grace Lewis. Grace, das ist Joyce Alexander, eine ... Freundin von mir.«

»Guten Tag«, murmelte Grace höflich.

Joyce antwortete ebenso höflich, aber ihr Blick galt nicht dem Mädchen. »Bist du ... kommst du jetzt wieder öfter in die Kirche?«

Anna bewegte sich mit der Menge weiter in Richtung Ausgang. »Vielleicht.«

»Am nächsten Sonntag gibt es nach dem Gottesdienst Donuts.« Joyce öffnete den obersten Knopf ihres Pullovers und zog den Saum nach unten. »Sie haben ... es gibt immer noch die Schokodonuts, die du so gern gegessen hast.«

Aus einem unerklärlichen Grund begannen Annas Augen zu brennen. Sie löste ihren Arm von Grace und tastete in ihrer Tasche nach einem Taschentuch. Das musste an der Luftfeuchtigkeit liegen.

Du weißt, woran es liegt, Anna. Du bist gerührt, weil Joyce, obwohl du so abweisend warst, auf dein Friedensangebot eingeht.

Sie schniefte und tupfte sich die Augen. »Ein feuchter Tag.«

»Wahrscheinlich bekommen wir bald Regen.« Die Frau schaute zum grauen Himmel hinauf, während sie durch die Tür trat und dem Pfarrer die Hand gab.

Als Anna an der Reihe war, ihm die Hand zu geben, lächelte er sie breit an. »Ich dachte doch, dass ich Sie heute in der Gemeinde entdeckt hätte. Ich bin so froh, dass mich meine alten Augen nicht getäuscht haben. Hallo, Grace, wie schön, dich hier zu sehen.« Er drückte beiden die Hand. »Wie geht es Ihrer Schulter?«

»Schon viel besser. Ich habe auch eine große Hilfe.« Sie deutete auf das Mädchen.

»Ausgezeichnet. Ich muss zugeben, dass ich aus ganz egoistischen Motiven hoffe, dass Sie schnell wieder gesund werden. Ich vermisse Ihren Hackbraten. Gott sei Dank gibt es Charley. Pater Kevin und ich sind inzwischen Stammkunden bei ihm, aber wir waren uns bei unserem Golfspiel am Donnerstag einig, dass wir seine Fischtacos zwar sehr gern mögen, aber irgendwann ist es des Guten zu viel. Bitte verraten Sie aber Charley nicht, dass ich das gesagt habe.«

»Ihr Geheimnis ist bei mir gut aufgehoben.«

»Diskretion ist eine große Tugend. Apropos Tugend, ich hoffe, wir sehen Sie bald wieder im Gottesdienst.«

»Vielleicht komme ich nächste Woche wieder. Ich habe gehört, dass es dann Donuts gibt.«

»Wenn Sie versprechen zu kommen, garantiere ich Ihnen, dass es Donuts gibt.«

Sie zögerte. »Eine Woche ist eine lange Zeit.«

»Beten Sie darüber. Ich werde auch beten.«

Die Menschen hinter ihnen warteten darauf, sich ebenfalls verabschieden zu können. Deshalb nahm Anna nach einem schnellen »Auf Wiedersehen« wieder Graces Arm und führte sie die Stufen hinunter.

»Wie hast du den Gottesdienst gefunden?« Sie gab dem Mädchen die Schlüssel, als sie zum Auto gingen.

»Er war okay, denke ich.«

»Pastor Baker hat eine bemerkenswerte Predigt gehalten.«

»Kann gut sein.« Grace hielt ihr die Autotür auf.

Anna hielt ihren Arm und rutschte auf den Beifahrersitz. »Ich schaffe es, mich anzuschnallen. Allmählich komme ich mit einer Hand immer besser zurecht.«

Grace schloss die Tür, ohne ihr zu antworten.

Offensichtlich hatte die Predigt des Pastors die Einstellung des Mädchens nicht verändert. Aber vielleicht hatte sie den Boden für den Samen vorbereitet, den sie aussäen wollte.

Während sich Grace hinters Lenkrad setzte und den Motor anließ, drehte sich Anna zu ihr. »Wir könnten zu den Klippen fahren. Ich kann zwar noch nicht die Stufen zum Strand hintersteigen, aber bei diesem Himmel ist die Aussicht von oben auch herrlich.«

Grace tat, was sie sagte, und fünf Minuten später bogen sie auf einen Parkplatz, der einen unglaublichen Blick auf die Brandungspfeiler, den kobaltblauen Ozean und den weiten Strand bot. Auf dem Sand waren einige Leute unterwegs, unter anderem … Sie schaute zum Wasser hinab. Waren das nicht Michael und Tracy? Hand in Hand?

Hm.

Kein Wunder, dass sie so schnell aus der Kirche verschwunden waren!

»Mama, Papa und ich haben einmal hier gepicknickt.«

Bei Graces wehmütiger Bemerkung schenkte Anna dem Mädchen ihre volle Aufmerksamkeit. »Darüber wollte ich mit dir sprechen.«

Grace schaute sie mit vorsichtiger Miene an, sagte aber kein Wort.

»Die zwei Wochen, die du bei mir bleiben wolltest, sind am Freitag vorbei.«

»Ich weiß, aber … ich könnte auch länger bleiben, wenn Sie mich brauchen. Das würde mir nichts ausmachen. Ich kann Ihnen bei vielem helfen, bis …«

»Grace.« Sie bemühte sich um einen ruhigen Tonfall. »Du und deine Eltern müsst euch früher oder später mit der Sache auseinandersetzen. Wenn ihr es noch länger vor euch herschiebt, wird es dadurch nicht leichter. Ich spreche jeden Tag mit deiner Mutter und halte sie auf dem Laufenden, wie ich versprochen habe. Ich glaube, dass es inzwischen möglich ist, mit deinen Eltern ein ruhiges, vernünftiges Gespräch zu führen.«

Grace zupfte einen Fussel von ihrem Pullover. »Ist Papa nicht mehr so sauer?«

»Deine Mutter sagt, dass er die Sache akzeptiert hat.« Das war zwar eine ausweichende Antwort, aber wenn sie Glück hatte, würde Grace nicht genauer nachfragen.

»Er hat meine Handydaten nicht kontrolliert?«

»Er hat gesagt, dass er das nicht machen würde. Hat dich dein Vater schon einmal angelogen?«

Ihre Unterlippe zitterte. »Nein.«

»Dann würde ich sagen, du kannst davon ausgehen, dass er auch jetzt sein Wort hält. Was hältst du davon, wenn wir zu dir nach Hause fahren und alles besprechen?«

»Jetzt?« Panik flackerte in ihren Augen auf.

»Warum nicht?«

»Aber ich weiß nicht einmal, ob Mama und Papa zu Hause sind.«

»Sie sind zu Hause. Ich habe ihnen gestern Abend gesagt, dass wir vielleicht kommen, aber ich habe nichts versprochen. Ich wollte dir die Entscheidung überlassen.« Für heute. Aber wenn sich diese Sache zu sehr in die Länge zöge, wäre es etwas anderes. Jemand musste diese Leute zur Vernunft bringen.

Grace zupfte den letzten Rest ihres glitzernden lila Nagellacks ab. Anna wartete schweigend.

Schließlich seufzte das Mädchen. »Wir können uns ja anhören, was sie zu sagen haben. Vielleicht geht die Sache ja so aus wie in der Geschichte, über die der Pfarrer heute gesprochen hat.«

Sie hatte der Predigt also doch zugehört.

»Ich bin sehr zuversichtlich, dass Gott alles dafür tut. Solange wir unseren Teil auch erfüllen.«

Falls das Gespräch eskalieren sollte, hätte sie eine Geheimwaffe in der Hinterhand.

Hoffentlich brachte sie auch den Mut auf, sie einzusetzen.

☙

»Das ist so schön. Ich kann von diesem Blick nie genug bekommen.« Der Wind fuhr durch Tracys Haar, das sie heute offen trug.

Michael strich mit dem Daumen über ihren Handrücken und beobachtete sie, während sie begeistert den Möwen zusah, die wie Drachen am tiefblauen Himmel schwebten. Die schäumende Brandung krachte gegen die Brandungspfeiler und der weite Horizont lockte mit dem Versprechen auf Abenteuer.

»Ich auch nicht.« Sie richtete ihre Aufmerksamkeit auf ihn. Und lächelte. »Ich spreche von Gottes Schöpfung.«

»Ich auch.« Er drückte ihre Hand, während sie über den Sand schlenderten, ohne jedoch den Blick von ihr abzuwenden.

Sie ließ die Schultern hängen. »Dieses spezielle Exemplar von Gottes Schöpfung hat viele Fehler.«

»Nein. Gott arbeitet einfach noch daran. Wie an jedem Menschen.«

»Diese Verdrehung der Tatsachen klingt nett.«

»Das ist die Wahrheit und keine Verdrehung von Tatsachen.«

Eine Möwe hob den Kopf von der Muschel, an der sie pickte, als sie sich dem Vogel näherten. Plötzlich blieb Tracy stehen. »Schau nur, wer hier ist!«

Michael warf einen Blick auf den Vogel. »Ein Freund von dir?«

»Das ist Floyd.«

Er betrachtete die Möwe mit zweifelndem Blick. »Woher willst du das wissen? Sie sehen doch alle gleich aus.«

»Aus der Nähe nicht. Sie haben unterschiedliche Gesichtszüge. Genauso wie Menschen. Floyd hat auf der rechten Schnabelseite eine Einbuchtung und auf dem Kopf hat er einen schwarzen Fleck.«

»Wenn du das sagst.« Der Vogel sah für ihn immer noch genauso aus wie alle anderen.

»Du kannst mir glauben. Er und ich sind uns nahegekommen und haben uns gut kennengelernt, da er immer wieder an meine Hintertür klopft. Das geschieht fast jeden Abend. Ich glaube, er sucht nicht nur Futter, sondern auch Gesellschaft.«

»Weckt er dich aus dem Schlaf?«

»Nein. Er geht immer schlafen, bevor ich …« Sie brach ab und zog ihr Handy aus der Hosentasche. Sie runzelte die Stirn. »Das ist Onkel Bud. Sonntags ruft er mich normalerweise nie an. Stört es dich, wenn ich drangehe?«

»Natürlich nicht. Ich unterhalte mich inzwischen mit Floyd.«

Er ließ ihre Hand los und ging ein paar Schritte weg. Aber der Wind trug das Gespräch trotzdem in seine Richtung.

»Seit wann fühlt sie sich schlecht? … Das hört sich ganz so an. Was kann ich tun? … Mach dir deshalb keine Sorgen. Sag mir einfach, was du brauchst … Nein, natürlich nicht. Du musst bei ihr bleiben … Warte, ich muss erst etwas zu Schreiben finden.«

Während Tracy in ihrer Umhängetasche kramte, bemühte sich Michael, seine Enttäuschung zu verbergen. Die Fahrt in den Shore Acres State Park, den er hatte vorschlagen wollen, würde warten müssen.

»Alles klar. Ich bin in spätestens einer Stunde da.« Sie beendete das Gespräch, atmete aus und steckte das Handy wieder ein. »Ich muss unseren Spaziergang leider abbrechen. Nancy hat jetzt auch die Grippe.«

»Das habe ich vermutet.«

Sie schob wieder die Finger zwischen seine. »Ist es egoistisch, wenn ich sage, dass ich den Tag lieber mit dir am Strand verbringen würde, als mich schon wieder um eine Krise zu kümmern?«

»Wenn das egoistisch ist, mache ich mich der gleichen Sünde schuldig. Vielleicht können wir den Strandtag nächsten Sonntag nachholen.« Sie drehten sich um und kehrten zu den Stufen zurück, die zu den Klippen führten. »Ich begleite dich nach Hause.«

Auf dem Rückweg sprach sie nicht viel und war zweifellos in Gedanken damit beschäftigt, die neuen Arbeiten, die ihr unerwartet auferlegt worden waren, zu planen.

Bekam diese Frau eigentlich nie eine Pause?

Als sie an der Einfahrt waren, die zurück zum Cottage führte, löste sie ihre Finger aus seinen. »Du brauchst nicht mit zur Tür zu kommen.«

»Willst du mich loswerden?«

»Du weißt genau, dass das nicht stimmt.« Sie stellte sich auf Zehenspitzen und gab ihm einen flüchtigen Kuss. Aber als er sie festhalten wollte, wich sie zurück. »Ich muss los. Hebst du mir einen Kuss für später auf?«

»Das ist nicht nötig. Du kannst dich jederzeit bedienen, so viel du willst.«

»Gut zu wissen.« Sie lächelte ihn kurz an.

»Kann ich irgendwie helfen?«

»Nein. Es hat keinen Sinn, wenn wir uns beide den Krankheitserregern aussetzen. Aber danke für das Angebot.« Zum Abschied hob sie die Hand und eilte zum Cottage.

Er wartete, bis sie durch die Tür verschwunden war, dann ging er weiter zu seinem Apartment. Vielleicht würde er die freien Stunden, die er jetzt plötzlich hatte, nutzen, um den Krimi fertig zu lesen, der in seiner Küche lag.

Aber zuerst schuldete er seinem Vater einen Anruf zum Vatertag.

Zwanzig Minuten später hatte er sich umgezogen und trug eine bequeme Jeans und ein Sweatshirt, schaltete die Kaffeemaschine ein, packte das letzte Stück von Nancys Cranberry-Nusskuchen aus und griff zum Handy. Wahrscheinlich waren seine Eltern inzwischen auch vom Gottesdienst zu Hause.

Er gab ihre Kurzwahl ein, während der angenehme Kaffeeduft sich im Apartment ausbreitete.

Sein Vater meldete sich schon beim ersten Klingeln. Es war fast, als hätte er neben dem Telefon gewartet. »Michael? Ich habe mich darauf gefreut, mit dir zu sprechen. Wie geht es dir, mein Junge?«

Bei dem besorgten Unterton in der Stimme seines Vaters zog sich Michaels Kehle zusammen. Der regelmäßige E-Mail-Kontakt mit seiner Familie hielt alle auf dem Laufenden, aber nichts konnte die Stimme eines Menschen, den man liebte, ersetzen. Und zu wissen, dass man geliebt wurde.

»Mir geht es besser, Papa. Wirklich. Ich bin viel entspannter. Wie geht es dir und Mama?«

»Gut. Ich habe mir wegen meiner Frühpensionierung und des Umzugs hierher nach New Mexico Sorgen gemacht, aber ich muss sagen, es ist gut. Ich habe mein Golfspiel verbessert. Und ich werde den Gutschein, den du mir geschickt hast, im Golfladen gut einsetzen. Aber wir vermissen es, dich und deine Schwester und unsere Enkel zu sehen.«

»Beths E-Mails klingen, als hätte sie viel zu tun.« Er brach ein Stück von dem Cranberry-Nusskuchen ab und schob es sich in den Mund. Der Kuchen schmeckte heute sogar noch besser als am Dienstag, als er die Packung geöffnet hatte. War das überhaupt möglich?

»Mit drei kleinen Kindern kann ich mir das gut vorstellen.«

»Hast du heute von ihr gehört?«

»Ja. Sie hat angerufen. Ich habe ihr gesagt, dass ich schon die Hälfte des Früchtebrots gegessen habe, das sie geschickt hat.«

»Früchtebrot im Juni?«

»Früchtebrot schmeckt zu jeder Jahreszeit.«

Michael schüttelte den Kopf. Sein Vater war der einzige Mensch, den er kannte, der tatsächlich gern Früchtebrot aß.

»Ich habe hier einen Kuchen, der dir wahrscheinlich noch besser schmecken würde.« Er brach sich ein weiteres Stück ab.

»Das kann ich mir nicht vorstellen. Das Früchtebrot, das diese

Mönche backen, ist köstlich. Wenn du mich fragst, lassen sie sich eine große Einnahmequelle entgehen. Sie könnten diese Brote das ganze Jahr über verkaufen, wenn sie die richtige Vermarktungsstrategie hätten. Sie müssten nur die Leute davon überzeugen, dass es nicht nur an Weihnachten schmeckt. Andererseits kann ich verstehen, dass sie kaum mit der Nachfrage für Weihnachten nachkommen. Sie verkaufen mehrere Tausend Früchtebrote im ganzen Land. Damit verdienen sie nicht schlecht. Ich glaube, sie verlangen inzwischen über dreißig Dollar pro Stück.«

Mehrere Tausend Früchtebrote?

Dreißig Dollar pro Stück?

Michael hörte auf zu kauen.

Er stimmte zwar seinem Vater nicht unbedingt zu, dass Früchtebrot das ganze Jahr über schmeckte, aber warum sollte der Markt für ein köstliches Weihnachtsgebäck den Mönchen allein gehören, wenn Cranberrys der eigentliche Star der Wintersaison waren?

»Michael? Bist du noch da?«

»Ja. Ja.« Die Kaffeemaschine begann zu zischen und er stand auf, um sich eine Tasse einzuschenken. »Du hast mich gerade auf eine Idee gebracht.«

»Siehst du! Es lohnt sich, deinen alten Herrn anzurufen. Vielleicht solltest du das ruhig öfter tun, wenn du verstehst, was ich meine.«

Michael setzte sich wieder und betrachtete den Rest seines Kuchens. »Es lohnt sich immer, wenn ich höre, dass es dir und Mama gut geht. In Zukunft werde ich mich wieder jede Woche bei euch melden. Bei mir war alles einfach eine Weile aus dem Gleichgewicht geraten.«

»Ich weiß. Du hast viel durchgemacht. Das verstehen wir. Findest du dort oben an der Küste, was du gesucht hast?«

»Ich glaube schon. Es ist zwar anders, als ich erwartet habe, aber es ist interessant.«

»Du brauchst nur anzurufen, wenn du eine nette Stimme hören willst. Aber ich hoffe, dass du dort, wo du bist, auch einige nette Stimmen hörst.«

»Ich habe viele nette Menschen kennengelernt.«

Darunter einen ganz besonders netten Menschen.

»Es freut mich, das zu hören. Erzähl mir, was du dort so machst.«
Michael kam seiner Aufforderung gern nach, versuchte aber, nicht zu viel über seine Beziehung zu Tracy zu sagen. Doch als er seine Tasse leer getrunken hatte und seinen Bericht abschloss, bewies sein Vater, dass sein analytischer Verstand immer noch gut funktionierte, auch wenn er nicht mehr jeden Tag von neun bis siebzehn Uhr als Stratege einer Firma arbeitete.

»Diese Cranberryfarmerin scheint eine nette Frau zu sein. Es wird nicht leicht sein, angesichts der angespannten wirtschaftlichen Lage zu bestehen.«

»Nein. Sie arbeitet sehr viel.«

»Ist sie hübsch?«

Hübsch?

Sie war umwerfend schön.

Aber er zügelte seine Antwort. »Ja.«

»Nett?«

»Ja.«

»Unverheiratet?«

Er zögerte. »Ja.«

Sein diplomatischer Vater wusste, wann er aufhören musste. »Pass gut auf dich auf. Und wenn dir die Arbeit auf dieser Cranberryfarm hilft, wieder einen klaren Blick zu bekommen, dann mach damit weiter.«

»Das ist mein Plan.«

Während sie sich voneinander verabschiedeten, spielte er bereits mit einer Idee, die viel besser dazu beitragen könnte, *Harbor Point Cranberries* über Wasser zu halten, als seine schweißtreibende Arbeit auf den Feldern.

Kapitel 18

Die Familienzusammenführung der Familie Lewis lief nicht besonders gut.

Von ihrem Sessel im Wohnzimmer aus beobachtete Anna die einzelnen Beteiligten. Ellen Lewis' Gesicht war verkrampft, als habe sie Mühe, sich ein Schluchzen zu verkneifen. Das Gesicht ihres Mannes hatte eine rötliche Färbung angenommen. Graces Haltung war so angespannt, als würde sie bei der leisesten Berührung zerbrechen.

Dabei waren sie erst seit fünf Minuten zusammen.

»Ich habe Ihnen ja gesagt, dass ich hier nicht bleiben kann!« Grace richtete ihre Worte an Anna, während sie ihren Vater mit einem giftigen Blick bedachte. »Er hat mein Leben schon geplant, ohne mit mir darüber zu sprechen.«

»Du bist erst sechzehn!« Ken wollte aufstehen, aber als Ellen ihm die Hand auf den Arm legte, sank er aufs Sofa zurück. »Ich denke, deine Mutter und ich wissen, was am besten ist.«

»Was ich will, spielt also keine Rolle?«

»Was du willst, hat dich doch überhaupt erst in diesen Schlamassel gebracht.«

Grace sprang auf und sah aus, als würde sie gleich aus dem Haus stürmen. »Jedes Mal, wenn du so etwas sagst, würde ich am liebsten kotzen!«

»Schatz! Bitte setz dich.« Ellens Worte waren zittrig. »Ken, wir waren uns einig, dass wir in aller Ruhe darüber sprechen wollen, weißt du noch? Wir sollten alle erst einmal tief durchatmen.«

Während die Spannung in der Luft zum Greifen war, mischte sich Anna ein. »Soll ich lieber auf der Veranda warten?« Das war zwar nicht ihre erste Wahl, da die Zukunft dieser Familie so gefährlich in der Schwebe hing, aber vielleicht würden sie mit Ellens Eingreifen selbst eine Lösung finden.

Wenn nicht, müsste sie vielleicht doch noch ihre Geheimwaffe zücken.

»Nein!« Grace warf ihr einen panischen Blick zu. »Sie sind der einzige Mensch, der mir zuhört. Ich will, dass Sie bleiben.«

»Ja, bitte bleiben Sie, Mrs Williams.« Ellen massierte die zwei Falten über ihrer Nase. »Uns würde jemand, der die Ruhe behält, guttun und es klingt so, als würden Sie und Grace sich verstehen.«

»Weil sie mir *zuhört*! Außerdem behandelt sie mich nicht so, dass ich mich ständig schrecklich fühlen muss. Und wisst ihr was? Das muss sie auch nicht. Ich fühle mich auch so schon schrecklich! Ich weiß, dass es falsch war, okay? Ich habe einen großen Fehler gemacht.« Ihre Stimme zitterte und statt Wut lag ein tiefes Bedauern in ihrem Tonfall. »Ich kann gut verstehen, dass ihr euch meinetwegen schämt.«

»Ach, Liebes, wir schämen uns doch nicht. Wir machen uns nur Sorgen und sind beunruhigt. Das ist doch so, Ken? Ken!« Ellen stieß ihren Mann in die Seite.

»Ja.«

Eine erdrückende Stille breitete sich im Raum aus, als sich Grace und ihr Vater finster anstarrten.

Anna seufzte. Jemand musste dieses Gespräch lenken und anscheinend war das ihre Aufgabe.

»Wenn ich schon hier bin, würde ich vorschlagen, dass Sie Grace erzählen lassen, was sie denkt. Wir haben uns über die Situation unterhalten und ich habe festgestellt, dass sie sehr gut formulieren kann, was sie fühlt und welche Möglichkeiten sie sieht.«

»Ja, unbedingt. Wir wollen hören, was du zu sagen hast, Schatz. Nicht wahr, Ken?« Ellen schaute ihren Mann mit einer stummen Bitte an.

Er atmete aus. Schließlich öffnete er seine geballten Fäuste und lehnte sich auf dem Sofa zurück. »Ja. Fang du an, Grace.«

Grace schaute zu Anna.

Die nickte ihr ermutigend zu. »Fang am besten ganz von vorne an. Wie du dich gefühlt hast, nachdem ihr hierher gezogen seid, und wie schwer es war, Freunde zu finden.«

Grace sank langsam auf ihren Sessel, beugte den Kopf und ihre Stimme war jetzt eher leise als trotzig. »Ich glaube nicht, dass Papa das alles hören will.«

Ellen nahm die Hand ihres Mannes und schaute ihn an.

»Doch.« Ken klang jetzt ruhiger und beherrschter. »Ich wusste, dass es für dich schwer sein würde, mitten im Schuljahr umzuziehen. Deine Mutter und ich hätten mehr Zeit für dich haben sollen, als wir hier ankamen. Aber wir waren damit beschäftigt, uns einzugewöhnen, und du warst immer so selbständig ...« Er atmete aus. »Willst du einen der Gründe wissen, warum wir so aufgewühlt sind? Wir haben das Gefühl, dass diese Situation auch zum Teil unsere Schuld ist.«

Grace hob das Kinn und schaute ihn vorsichtig an. »Im Ernst?«

»Ja.«

Ihre Schultern entspannten sich ein wenig. »Aber ihr seid nicht schuld daran. *Ich* habe schlechte Entscheidungen getroffen.«

»Erzähle von der Schule, Grace.« Anna legte ihren Arm auf die Sessellehne, um ihren Nacken zu entlasten. Wenn sie diese Schlinge nicht bald loswürde, hätte sie nicht nur in der Schulter, sondern auch im Hals Schmerzen.

Sie musste beiden Elternteilen zugutehalten, dass sie Grace nicht unterbrachen, als sie zögernd schilderte, wie schwer es war, in den bestehenden Cliquen Freunde zu finden, und dass ihr Freund diese Lücke gefüllt und ihre Einsamkeit vertrieben hatte. Sie erklärte, was sie von einer Abtreibung hielt, und ihre Eltern gaben ihr recht, dass eine Adoption die bessere Lösung wäre. Gott sei Dank. Am Ende verriet Grace ihnen den Namen des Jungen.

»Endlich!« Ken sprang auf. »Ich werde mit seinen Eltern ein ernstes Wort reden.«

Grace sprang auch auf und nahm wieder eine Verteidigungshaltung ein. »Nein! Ich will nicht, dass du dorthin gehst und herumschreist und Schuld zuweist. Ich bin an dem, was passiert ist, genauso schuld wie er.«

»Ich bin sicher, dass er dich dazu gedrängt hat.«

»Nein, das hat er nicht! Wir haben uns beide ... hinreißen lassen. Er ist wirklich ein netter Junge.«

»Na, klar.« Sarkasmus klang aus seinen Worten.

»Doch, das ist er!«

»Ken.« Ellen stand auf und berührte ihn am Arm. »Wir wollen ruhig bleiben. Es ist wichtiger, darüber zu sprechen, wie es jetzt weitergehen soll, als darüber, was passiert ist.«

»Dieser Junge und seine Familie müssen die Verantwortung auch mittragen.«

»Hast du mir eigentlich zugehört?« Grace lief eine Träne über das Gesicht und ihre hohe Stimme wurde fast hysterisch. »Mama hat recht. Ich will nicht noch länger über das reden, was passiert ist. Ich will entscheiden, wie es weitergeht.«

»Das können wir, wenn wir mit diesem Jungen gesprochen haben und …«

»Wir sollten uns wieder setzen und versuchen …«

»Vielleicht laufe ich doch weg und …«

Sie redeten alle gleichzeitig und niemand hörte mehr zu.

Das war nicht gut.

Anna umklammerte die Sessellehne. Offenbar fiel ihr die Aufgabe zu, die Situation zu lösen. Und sie hatte dafür nur ein Mittel zur Verfügung.

Aber konnte sie ihr tiefstes Geheimnis mit diesen Menschen teilen? Sie waren doch Fremde für sie. Würden sie dann verstehen, dass sich die Entscheidungen, die sie heute trafen, auf den Rest ihres Lebens auswirken konnten?

Während sie sich weiterhin anschrien, verkrampfte Anna die Hände um das Polster unter ihren Fingern. Vor Jahren hatte sie geglaubt, dass Gott Menschen dort hinstellte, wo sie ihren Mitmenschen auf ihrem Lebensweg am besten dienen konnten. Könnte dies eine Situation sein, in der das zutraf? In der sie einer anderen Familie helfen konnte, nicht denselben Fehler zu machen, der ihre Beziehung zu ihrem Sohn zerstört hatte?

Vielleicht.

Sie hoffte, dass Gott bei ihr war, wenn sie diesen Sprung wagte, da sie sonst nicht den nötigen Mut aufbringen würde.

Anna nahm ihren ganzen Mut zusammen und mischte sich ein.

»Wenn ich bitte auch etwas sagen dürfte …«

Die Streiterei ging weiter.

»Entschuldigung.«

Ihre erhobene Stimme drang zu Ellen durch, die verstummte und die anderen beiden ebenfalls aufforderte zu schweigen. »Ich glaube, unser Gast hat etwas zu sagen.«

»Wenn Sie sich alle setzen würden, möchte ich etwas sagen.«

Einen Moment lang war sie sich nicht sicher, ob Grace oder ihr Vater ihrer Aufforderung nachkommen würden, aber als Ellen sich hingesetzt hatte, folgten sie ihrem Beispiel.

»Wir sind Ihnen dankbar, wenn Sie uns Ihre Meinung zu der ganzen Situation sagen, Mrs Williams. Wir wollen das tun, was für Grace das Beste ist, und wenn Sie uns einen Rat geben können, hören wir ihn uns gerne an.« Ellen schaute ihren Mann und ihre Tochter mit der stummen Aufforderung an, sich zu beherrschen. Beide blieben still.

Anna verknotete die Finger auf ihrem Schoß und zwang sich, das Atmen nicht zu vergessen. »Ich will Ihnen eine Geschichte erzählen, die niemand in dieser Stadt je gehört hat. Und ich möchte Sie bitten, dass sie auch nicht nach außen dringt. Es ist ein sehr trauriges Kapitel in meinem eigenen Leben. Ein Kapitel, auf das ich nicht stolz bin und das ich bis heute bedaure. Ich will es Ihnen erzählen, weil ich hoffe, dass es Sie vielleicht davon abhalten kann, den gleichen traurigen Weg einzuschlagen wie ich.« Sie tastete nach dem Wasserglas, das man ihr angeboten hatte, und trank einen Schluck.

»Vor zwanzig Jahren habe ich meinen Mann George sehr plötzlich durch einen Herzinfarkt verloren. Eines Samstagmorgens stand er nach dem Frühstück auf, um das Geschirr zu spülen, wie er es an den Wochenenden immer machte. Auf dem Weg zur Spüle brach er zusammen. Es ging ganz schnell. In der einen Sekunde scherzte er noch über das Wetter und in der nächsten war er schon tot. Ich kann immer noch hören, wie das Porzellan auf dem Küchenboden zerbrach. Es war fast wie ein Omen für alles, was danach kam.«

Ihre Stimme war heiser und sie trank wieder einen Schluck Wasser.

»Mein Sohn, John, war damals am College. Er stand seinem Vater sehr nahe. Nicht nur, weil George ein wunderbarer Vater war, sondern weil mein Mann auch ein geborener Vermittler war, der zuhören konnte. John war eher wie ich, leicht aufbrausend. Deshalb gerieten wir auch oft aneinander. Aber dank des Eingreifens meines Mannes waren unsere hitzigen Auseinandersetzungen immer schnell wieder vergessen. Bis zum Frühling von Johns zweitem Studienjahr, einige Monate nach Georges Tod.«

Anna brach ab und kramte in ihrer Westentasche nach einem Taschentuch.

»Geht es Ihnen gut, Mrs Williams?« Grace beugte sich mit besorgter Miene vor.

»Ja, mein Kind. Es ist schwer, darüber zu sprechen, aber ich schaffe es.« Sie schnäuzte sich die Nase und zerknüllte das Taschentuch in den Händen. »An einem Wochenende kam John nach Hause. Ich sah ihm an, dass er aufgewühlt war. Ich hatte seit Georges Tod mit Schlafstörungen zu tun und war völlig unausgeglichen. Ich hätte ihm etwas Freiraum lassen sollen, aber stattdessen bedrängte ich ihn und wollte wissen, was los war. Schließlich erzählte er es mir.« Sie benetzte ihre trockenen Lippen und zwang sich, die schmerzhaften Worte auszusprechen. »Es stellte sich heraus, dass unser Sohn, den wir nach höchsten moralischen Werten erzogen hatten, eine Freundin hatte. Und diese Studentin war schwanger.«

Nur ihr abgehacktes, schweres Atmen durchbrach die Stille im Zimmer. Aber die Aufmerksamkeit jedes einzelnen Mitglieds dieser Familie war auf sie gerichtet.

»Ich war entsetzt. Noch schockierter war ich, als ich hörte, dass sie nicht heiraten würden. Die junge Frau wollte in diesem Stadium ihres Lebens genauso wenig einen Mann, wie John eine Frau wollte. Ich schimpfte los und er schoss zurück. Wir warfen uns wüste Anschuldigungen an den Kopf. Harte Worte fielen. Ich sagte ihm, dass er verantwortungslos sei, dass ich von ihm enttäuscht sei, dass sich sein Vater geschämt hätte … und noch viele andere hässliche, verletzende Dinge. Innerhalb einer Stunde packte er so viel von seinen Sachen, wie er in zwei Koffern unterbringen konnte, und stürmte aus dem Haus.«

Ihre Kehle fühlte sich so trocken an wie der Baum in dem Hiob-Zitat, das Charley Michael gegeben hatte. Sie nahm einen Schluck Wasser zu sich.

»Was geschah dann?« Grace saß auf ihrer Sesselkante.

»Ich habe seitdem nie wieder etwas von ihm gehört und ihn nie wieder gesehen.«

Die Kinnlade des Mädchens fiel nach unten. »Sie meinen, er ist einfach so verschwunden?«

»Nein. Er ist ans College zurückgegangen, aber nach Hause ist er nie wieder gekommen. Ich hatte immer gedacht, er würde einsehen, dass er falsch gehandelt hatte, und die Frau heiraten oder sich wenigstens für seinen mangelnden Respekt an jenem Tag entschuldigen, aber das tat er nicht. Wie ich schon sagte: Wir waren uns zu ähnlich. Wir haben uns angeschrien und waren unversöhnlich. Ich habe gar nicht erst versucht, seine Sicht zu verstehen oder seine Entscheidung nachzuvollziehen, die zweifellos mit der Trauer und Einsamkeit zu tun hatte, die nur jemand verstehen kann, der einen geliebten Menschen verloren hat. Ich hatte kein Mitgefühl und war mit meinem Urteil viel zu schnell bei der Hand.«

»Aber haben Sie denn in den ganzen Jahren, die seitdem vergangen sind, gar nicht daran gedacht, den Kontakt zu ihm wieder aufzunehmen?« Ellen schien diese schockierende Geschichte genauso nahezugehen wie ihrer Tochter.

»Nein. Ich glaube, wir hatten beide das Gefühl, der andere hätte falsch gehandelt. Natürlich haben wir beide einen Fehler gemacht. Jeder hat darauf gewartet, dass der andere den ersten Schritt tun würde. Doch irgendwann wurde die Kluft zwischen uns so groß, dass wir sie nicht mehr überbrücken konnten.«

»Sie wissen also nicht, was aus der Frau oder dem Baby geworden ist? Oder wo Ihr Sohn lebt? Oder irgendetwas über ihn?« Grace schaute sie bestürzt an.

»Ich habe keine Ahnung, was aus der Frau und dem Kind wurde. Aber aus dem Internet weiß ich, dass mein Sohn in Seattle lebt, verheiratet ist und eine Tochter hat.« Sie löste den verkrampften Griff um das Taschentuch und bewegte die Finger, damit das Blut wieder zirkulieren konnte.

»Könnten Sie sich nicht bei ihm melden? Der Pfarrer hat heute doch gesagt, dass es nie zu spät ist, um Beziehungen zu heilen.«

»Fast zwanzig Jahre sind eine lange Zeit, Grace. Und es gibt auf beiden Seiten vieles, das der Vergebung bedarf. Aber ich habe Ihnen das nicht erzählt, um Sie mit meinen Problemen zu belasten. Ich habe Ihnen das erzählt, weil ich hoffe, dass meine Geschichte Sie dazu ermutigt, Schritte aufeinander zuzugehen. Es ist so wichtig, sich gegenseitig zuzuhören, ohne den anderen gleich zu verurteilen. Ich wollte Ihren Blick dafür öffnen, dass es manchmal so weit kommt, dass man eine Kluft nicht mehr überbrücken kann. Bitte zerstören Sie Ihre Familie nicht so, wie mein Sohn und ich unsere Familie zerstört haben.«

Wieder kehrte Schweigen ein. Ellen wischte sich über die Augen. Grace schniefte. Kens Miene war nachdenklich und reumütig, wenn Anna sie richtig deutete.

Seine nächsten Worte bestätigten diese Schlussfolgerung.

»Ich möchte Ihnen danken, dass Sie uns diese schmerzliche Geschichte anvertraut haben, Mrs Williams. Das war ein Weckruf. Meine Frau und meine Tochter bedeuten alles für mich und Sie haben mir gezeigt, wie leicht wir das alles zerstören können. Wir dürfen nicht vergessen, dass es bei Problemen darauf ankommt, mit Liebe zu reagieren.« Er nahm die Hand seiner Frau und schaute Grace an, die immer noch allein auf der anderen Seite des Zimmers saß. »Als du ein kleines Mädchen warst, haben wir uns immer die Drei Musketiere genannt, erinnerst du dich?«

Sie nickte.

»Ich würde mir wünschen, dass wir das wieder werden. Einer für alle, alle für einen. Wenn wir zusammenhalten, schaffen wir das.« Er stand auf und zog Ellen auf die Beine. Er trat zu seiner Tochter und hielt ihr die Hand hin. »Können wir das versuchen?«

Annas Hand verkrampfte sich um ihre Sessellehne, als Grace zögerte.

Gott, bitte gib dieser Familie eine zweite Chance!

Schließlich stand das Mädchen auf und machte vorsichtig einen Schritt nach vorn. Dann noch einen. Als sie die Hand in die ihres Vaters legte, zog er sie in seine Arme. Ellen legte die Arme um beide.

Anna atmete langsam aus und entspannte sich.

Diese Familie würde es schaffen.

Während sie die drei betrachtete und über Pastor Bakers Predigt nachdachte, keimte ein winziger Hoffnungsfunke in ihrer Seele auf.

Wenn die Familie Lewis ihre Probleme lösen konnte, gab es dann vielleicht auch für sie und John noch eine Chance?

Da die Kluft zwischen ihnen so tief war und schon so lange bestand, war das sehr unwahrscheinlich.

Aber jetzt, da es Michael gelungen war, sie aus ihrer selbst auferlegten Isolation herauszuholen, wollte sie nicht mehr dorthin zurückkehren. Und wenn sie wieder am Leben teilnehmen wollte,

wollte sie, dass ihr Sohn und seine Familie ein Teil ihrer Welt waren.

Aber auf ihn zuzugehen war mit Risiken verbunden. Wenn er ihre ausgestreckte Hand ausschlug, wäre diese Tür für immer geschlossen.

Und sie war sich nicht sicher, ob sie einen solchen endgültigen, niederschmetternden Schlag überleben würde.

☙

»Es tut uns wirklich leid, dass wir deine Pläne für diesen Sonntag durchkreuzt haben, Liebes.« Onkel Bud nahm die Medikamente und ging mit ihr in die Küche. »Gott weiß, wie dringend du einen freien Tag brauchst.«

»Das ist kein Problem. Wozu hat man denn eine Familie? Wie geht es Nancy?« Tracy öffnete den Kühlschrank und schaute nach, was sich darin befand.

»Sie ist völlig kraftlos und alles tut ihr weh. Das gefällt ihr überhaupt nicht. Sie sagt, wenn sie gewusst hätte, dass die Gütergemeinschaft in unserer Ehe auch Krankheitserreger einschließt, hätte sie es sich vielleicht noch einmal überlegt, ob sie wirklich Ja sagen sollte.«

Tracy schmunzelte, während sie die aufgetauten Hähnchenbrustfilets aus dem Kühlschrank holte, die Nancy wohl für das Sonntagsessen vorgesehen hatte. »Das glaube ich nicht. Mit dir hat sie einen Glückstreffer gelandet.«

»Nein. Ich bin hier der Glückspilz.« Er füllte ein Glas mit Wasser und holte aus der Schublade einen Teelöffel für die Hustenmedizin. »Was machst du da?«

»Essen kochen.«

»Ach, Liebes, das brauchst du nicht. Verbring den Nachmittag doch lieber mit Michael. Ihr könntet am Strand spazieren gehen oder euch in den Hafen setzen oder einen Ausflug unternehmen.«

Es hatte keinen Sinn, ihm zu sagen, dass sie bis zu seinem Anruf von diesen Dingen geträumt hatte.

»Ich brauche auch etwas zu essen. Dann kann ich doch auch gleich für uns alle kochen. Es sei denn, du hattest ein 5-Gänge-Menü geplant?« Sie lächelte ihn über die Schulter hinweg an. Auch nach Jahren als Witwer hatte er nicht gelernt, mehr als ein Omelett und einen Käsetoast zu machen.

Er zuckte die Achseln. »In der Speisekammer ist bestimmt irgendeine Suppe.«

Sie schaute ihn kritisch an. »Du brauchst mehr als nur eine Suppe. Wie viel hast du abgenommen, während du krank warst?«

»Ein Pfund oder zwei.«

»Eher fünf oder sechs. Wir müssen dafür sorgen, dass du wieder ein wenig Fleisch auf die Rippen bekommst. Und dafür reicht eine Suppe nicht. Geh jetzt und bring Nancy ihre Medizin. Ich fange an zu kochen.«

»Du solltest angesichts der vielen Krankheitserreger lieber nicht so lange hier im Haus bleiben.«

»Die Fenster stehen offen und ich wasche mir die Hände. Oder magst du mein Hähnchen in Weißweinsoße nicht?«

Seine Augen leuchteten auf. »Du weißt, dass das mein Lieblingsessen ist.«

»Ja. Und Nancy hat alles da, was ich für das Rezept brauche. Soll ich immer noch gehen?«

»Na ja ...«

Sie grinste. »Geh und kümmere dich um deine kranke Frau.« Mit einer Handbewegung verscheuchte sie ihn aus der Küche.

Er ging, ohne ihr weiter zu widersprechen.

Als er zurückkam, waren die Essensvorbereitungen in vollem Gang.

»Wie geht es ihr?«

»Sie ist schlecht gelaunt.« Onkel Bud setzte sich an den Küchentisch. »Ich hatte keine Ahnung, dass sie ein so anstrengender Patient sein kann.«

»Ein Esel schimpft den andern Langohr.«

»Sehr witzig. Bei welchen Plänen haben wir dich heute denn gestört?«

Sie holte einige Frühlingszwiebeln und begann, sie zu hacken. »Ich habe noch einige Buchhaltungsarbeit zu erledigen.«

»Ich dachte, du hättest gestern gesagt, dass du dir heute freinimmst.«

»Von der Farmarbeit.«

Er brummte missbilligend. »Warst du in der Kirche?«

»Natürlich.«

»Gibt es etwas Neues? Ich habe das Gefühl, ich wäre ein ganzes Jahr nicht mehr dort gewesen, obwohl es nur zwei Wochen waren.«

»Du errätst nie, wer heute im Gottesdienst war. Anna Williams mit dem Mädchen, das sie bei sich aufgenommen hat.«

»Anna war in der Kirche?« Er zog die Brauen hoch. »Wenn ich das Nancy erzähle! Das Mädchen taut auf ihre alten Tage tatsächlich wieder auf.«

»Auch Michael war überrascht, als er sie in der Kirche sah.« Als sie diese Worte ausgesprochen hatte, wand sie sich innerlich. Onkel Bud würde das nicht auf sich beruhen lassen.

»Michael war in der Kirche?«

Bud Sheldon war wirklich leicht zu durchschauen.

»Ja. Willst du Karotten oder Stangenbohnen zu deinem Hähnchen?«

»Ich mag beides. Hattest du eine Chance, länger mit ihm zu sprechen?«

Ihr Versuch, ihn von Michael abzulenken, ging schief.

Vielleicht würde es ihr sogar helfen, wenn sie mit jemandem über ihn sprach. Schließlich hatte sie in der Stadt keine engen Freundinnen, denen sie sich anvertrauen konnte. Wer hatte schon Zeit, seine Beziehungen zu pflegen?

»Wir haben während des Gottesdienstes nebeneinandergesessen und sind danach am Strand spazieren gegangen. Und dann hast du mich angerufen.«

Keine Antwort.

Sie drehte sich zu ihm um und sah, dass er die Stirn runzelte.

»Was ist los?«

»Jetzt tut es mir doppelt leid, dass ich deinen Tag durcheinandergebracht habe. Du hast nicht oft Gelegenheit, dich gemütlich mit anderen Leuten zu treffen. Und schon gar nicht mit einem interessanten Mann.«

Sie wendete das Hähnchen in der Pfanne und testete, ob die Kartoffeln schon gar waren. Dann gab sie das Gemüse dazu. Schließlich drehte sie sich zu ihm herum.

Er hielt die Hände hoch. »Ich weiß, ich weiß. Ich soll aufhören mit dem Verkuppeln.«

Sie wischte ihre Hände an einem Geschirrtuch ab und lehnte sich an die Arbeitsplatte. »Ehrlich gesagt, wäre ich dir für einen guten Rat dankbar.«

Angesichts ihres ernsten Tonfalls faltete er die Hände auf dem Tisch und schenkte ihr seine ganze Aufmerksamkeit. Genauso wie er es in ihrer Jugend getan hatte, wenn sie zu ihm gekommen war, weil eine Freundin ihre Gefühle verletzt hatte oder weil sie nicht zu einer Party eingeladen worden war oder weil sie mit einem Jungen ausgegangen war und es nicht gut gelaufen war. Schon damals hatte er genau das Gleiche gesagt wie jetzt.

»Sag mir, wie ich dir helfen kann.«

»Ich bin nicht sicher, ob du mir helfen kannst. Niemand kann die Zukunft vorhersagen und so etwas bräuchte ich.«

»Darf ich annehmen, dass es um Michael geht?«

»Ja. Wir sind inzwischen ... Freunde.«

»So wie du neulich beim Geräteschuppen ausgesehen hast, vermute ich, dass ihr inzwischen mehr als nur Freunde seid.«

Eine Warnglocke meldete sich in ihr. »Wie meinst du das?«

»Du hast ausgesehen, als hätte er dich gerade geküsst.«

Ein Punkt für den Mann aus Chicago.

»Kein Kommentar.«

»Nicht nötig. Wie dem auch sei, ich nehme an, die Entfernung ist ein Problem.« Ihr Onkel schaute sie forschend an.

»Ja. Und er fährt in drei Wochen zurück.«

»Wie geht es ihm hier in Hope Harbor?«

»Die Stadt scheint ihm zu gefallen. Und er ist gern auf der Farm.« Sie zerknüllte das Geschirrtuch in ihren Händen. »Es ist ein angenehmes Gefühl, ihn bei mir auf den Feldern zu haben, selbst wenn wir in verschiedenen Bereichen arbeiten. Allein schon zu wissen, dass er in der Nähe ist, gibt mir ein Gefühl von Frieden.« Druck baute sich hinter ihren Augen auf. »Aber er hat in Chicago eine gute Arbeitsstelle. Und sein Leben spielt sich dort ab.«

»Warum hat er sich dann freistellen lassen, um nach Hope Harbor zu kommen?« Onkel Bud hob eine Hand. »Das war nur eine rhetorische Frage. Ich will meine Nase nicht in die Angelegenheiten dieses Mannes stecken. Was ich damit sagen will: Vielleicht will er diese Arbeit und dieses Leben nicht mehr. Vielleicht ist er ja bereit, über eine Veränderung nachzudenken.«

»Selbst wenn das so ist, kann ich ihm so früh in unserer Beziehung nichts versprechen. Was ist, wenn es schiefläuft? Was ist, wenn er in Chicago alles aufgibt und hierher zieht und das mit uns dann doch nicht klappt? Ich will nicht noch mehr Schuldgefühle bekommen.«

Er tippte mit dem Finger auf den Tisch. »Hat er denn von dir verlangt, dass du dich festlegst?«

»Nein.«

»Wenn er sich dazu entscheidet hierzubleiben, ist es also seine Sache. Vergessen wir für einen Moment den Verstand. Was sagt denn dein Herz?«

Sie spielte mit einem Stück Frühlingszwiebel, das an ihrer Hand klebte. »Dass Michael Hunter meine zweite Chance sein könnte.«

»Und was, glaubst du, fühlt er?«

»Das Gleiche.«

Ihr Onkel faltete wieder die Hände. »Ich kann dir nicht sagen, was du tun sollst, Liebes. Diese Entscheidung kann dir keiner abnehmen. Aber ich kann dir sagen, was ich sehe: Ihr seid beide keine Teenager mehr, die sich von ihren Hormonen treiben lassen. Das heißt nicht, dass keine Funken fliegen würden, aber sie schalten nicht eure kleinen grauen Zellen aus. Das ist ein großer Vorteil. Vorsicht ist zwar grundsätzlich gut, aber trotzdem solltest du nicht zulassen, dass dein Verstand oder deine Angst oder Zweifel oder schlechte Erfahrungen die Stimme deines Herzens ersticken. Gefühle *sind* wichtig. Und wenn ihr beide auch nur halb so viel füreinander empfindet, wie ich vermute, lohnt es sich, der Sache eine Chance zu geben.«

Sie verschränkte die Arme vor sich und betrachtete ihn. »Wie schaffst du es nur immer, so schnell zum Kern eines Problems zu kommen und so gute Ratschläge zu geben?«

»Ich bin einfach der geborene Seelsorger.« Er zwinkerte ihr zu. »Aber wenn man genauer hinsieht, ist es bei den meisten Dingen …« Er schnupperte. »Was riecht hier so angebrannt?«

Mit einem leisen Entsetzensschrei fuhr sie herum. Die Pfanne mit dem Hähnchen rauchte. Ein schneller Blick bestätigte ihr, dass es heute angebranntes Fleisch zu essen gäbe.

Mit einem verbrannten Hähnchen konnte sie leben.

Mit einem verbrannten Herzen jedoch nicht.

Aber als Onkel Bud einige Minuten später ein Tischgebet sprach und Gott um Führung für seine Nichte bat, fühlte Tracy einen tiefen Frieden, wie sie ihn nicht mehr erlebt hatte, seit Michael in ihr Leben getreten war.

Denn ihr Onkel hatte recht: Michael hatte sie um keine Garantien oder Versprechen gebeten. Wenn er sich zum Bleiben entschloss, dann glaubte er genauso wie sie daran, dass zwischen ihnen etwas entstehen könnte.

Und wenn er nicht blieb?

In Büchern funktionierten Fernbeziehungen.

Vielleicht war das ja auch im wirklichen Leben möglich.

Kapitel 19

»Ich weiß ja nicht, wie es dir geht, aber ich würde gern Feierabend machen.«

Michael hatte den Tank des Aufsitzrasenmähers aufgefüllt und drehte sich um. Er sah Tracys Umrisse im Türrahmen des Geräteschuppens. Die untergehende Sonne in ihrem Rücken beleuchtete ihre schlanke Figur und ließ ihr Haar golden glänzen.

Reizvoll.

Der Gedanke, mit ihr einen freien Abend zu verbringen, wäre auch reizvoll.

»Einverstanden.«

»Gut.« Sie trat in den Schuppen. Ihre Schultern hingen müde herunter und unter ihren Augen waren leichte Schatten zu sehen. »Ich brauche ein heißes Bad und Schlaf. Aber vorher muss ich noch ein paar Dinge erledigen, die nichts mit Cranberrys zu tun haben.«

Ach, ja! Ein gemeinsamer freier Abend *wäre* reizvoll, wenn sie nicht so erschöpft wäre, wenn nicht ihre unerledigte Buchhaltungsarbeit auf sie warten würde, wenn sie nicht Besorgungen für ihre kranken Verwandten erledigen müsste, keine Vorstandssitzung von *Helfende Hände* hätte, keine Verpflichtung in der Kirche und keine zig anderen Verpflichtungen hätte, die ihre Zeit in Anspruch nahmen.

Aber es gab ein Thema, über das er mit ihr sprechen musste, und wenn sie früher als gewohnt hier auf der Farm Feierabend machten, hätte er dazu vielleicht Gelegenheit. Vorausgesetzt, sie schenkte ihm eine halbe Stunde ihrer Zeit.

Er wusste schon, womit er sie ködern konnte.

»Möchtest du, bevor du das alles tust, bei Charley ein paar Tacos essen?«

Sie stellte ihren Sprüher ins Regal. »Dazu könnte ich mich überreden lassen. Ich habe für Onkel Bud und Nancy vorgekocht, als ich gestern Nachmittag bei ihnen war. Wenn wir zusammen Tacos essen, bräuchte ich nicht zu kochen und würde etwas Zeit sparen. Willst du dich vorher noch waschen?«

»Nur, wenn du das auch machst.« Er schraubte den Tankdeckel wieder zu, wischte sich die Hände an einem Lappen ab und klopfte sich dann den Staub von der Hose. »Ich habe Hunger.«

»Die Leute in Hope Harbor haben mich schon in einem schlimmeren Zustand gesehen. Ich würde vorschlagen, dass wir sofort aufbrechen. Wer weiß, ob Charley um diese Zeit überhaupt noch da ist.«

»Wenn nicht, kaufen wir uns woanders etwas.« Er holte seine Autoschlüssel aus der Tasche, nahm ihre Hand und zog sie zur Tür. »Gehen wir.«

»Du hast anscheinend keine Witze gemacht, als du sagtest, dass du Hunger hast.«

»Wenn es ums Essen geht, mache ich nie Witze.«

Als sie zehn Minuten später auf dem Parkplatz im Hafen ankamen, grinste Tracy. »Wir haben Glück. Er hat noch offen.«

»Wir sollten uns nicht zu früh freuen. Dieses Fenster kann jeden Augenblick zugehen.«

Sie war schon ausgestiegen, als er um das Auto herumging. Er nahm ihre Hand und beschleunigte seine Schritte, dass sie laufen musste, um mitzukommen.

»Hey! Ich bin müde. Er wird schon nicht vor unserer Nase zumachen.« Sie winkte Charley zu.

Er winkte zurück.

»Entschuldige.« Michael verlangsamte seine Schritte. »Bei meinem Hunger ist der Duft dieser Tacos wie Löwenzahn für eine Honigbiene.«

Sie schmunzelte. »Ein Cranberry-Gleichnis, ja? Ich mache vielleicht doch noch einen Farmer aus dir.«

Als sie das Fenster erreichten, stützte Charley die Unterarme auf die Theke und lächelte. »Eigentlich wollte ich vor zehn Minuten schließen, aber eine leise Stimme hat mir gesagt, dass ich noch ein wenig offen lassen soll. Jetzt weiß ich den Grund. Ihr beide seht aus, als hättet ihr Hunger.«

»Wenn man den ganzen Tag auf den Cranberry-Feldern arbeitet, bekommt man eben Hunger. Wir hätten gern zwei Portionen des

Tagesgerichts.« Es spielte keine Rolle, welchen Taco es heute gab. Nach seinen vielen Besuchen bei Charley vertraute Michael darauf, dass sie ein köstliches Essen bekamen.

»Sie helfen auf der Farm aus?« Charley holte Fischfilets aus einer Kühlbox und legte sie auf den Grill. Dann begann er, eine Avocado zu schneiden.

»Ja. Seit letzter Woche«, antwortete Tracy für ihn. »Da Onkel Bud die Grippe hat, weiß ich nicht, was ich getan hätte, wenn er mir seine Hilfe nicht angeboten hätte. Das war Vorsehung.«

»So sehe ich das auch.« Charley fügte einige Scheiben roter Zwiebeln unter die Mischung. »Wie ist es auf der Farm mit dem Wasser? Es war in letzter Zeit ziemlich trocken.«

»Ja. Wir wässern jeden zweiten Tag. Man sollte meinen, dass es bei diesem bedeckten Himmel bald regnen würde.« Tracy betrachtete den mit Wolken überzogenen Himmel. »Aber den Cranberrys ist es egal, woher die Feuchtigkeit kommt.«

»Das stimmt.« Charley breitete einige Papierstücke auf der Theke aus und legte auf jedes eine Maistortilla. »Es ist erstaunlich, was ein wenig Wasser bei einer ausgetrockneten Pflanze bewirken kann, nicht wahr?« Der mexikanische Künstler bedachte ihn mit einem vielsagenden Blick.

Michael kramte in seiner Jeanstasche und zog den Zettel mit dem Hiob-Zitat heraus. Genauso wie der Baum, der gefällt war, erlebte er, dass aus seinem Stumpf wieder frische Triebe nachwuchsen. Das verdankte er der Frau, die neben ihm stand.

Natürlich hatte Charley nicht ahnen können, wie sich die Dinge entwickeln würden, als er ihm diese Tacos mit dem Bibelvers geschenkt hatte. Er hatte nur die Traurigkeit eines Fremden gefühlt und dieses Bibelzitat aufgeschrieben, um ihm ganz allgemein Hoffnung zu machen.

Oder?

»Hier ist das Essen.« Charley gab einen Klecks einer geheimnisvollen Soße auf jeden Taco, wickelte sie ein und steckte sie in eine Tüte.

Michael holte sein Geld heraus.

»Ich kann meinen selbst bezahlen.« Tracy begann, einige Scheine aus ihrer Jeans zu ziehen.

Er legte die Hand auf ihren Arm, um sie daran zu hindern. »Das geht auf mich. Betrachte es als Geschäftsausgabe. Ich muss mit dir über ein Thema sprechen, das mit Cranberrys zu tun hat.«

»Worum geht es genau?«

»Nimmst du das Wasser?« Er deutete zu den zwei Flaschen, die Charley auf die Theke gestellt hatte, und nahm die Essenstüten.

»Was für ein Thema?« Sie nahm die Flaschen.

»Wir sprechen am Konferenztisch weiter.« Er deutete zu der Bank, auf der er Anna kennengelernt hatte. »Danke, Charley. Diese Tacos schmecken köstlich.«

»Bitte. Guten Appetit.«

Noch bevor sie auf der Bank Platz genommen hatten, war das Fenster von Charleys Wagen geschlossen.

»Puh! Das war knapp.« Der Duft aus der Tüte löste ein Knurren in Michaels Magen aus.

»Eigentlich nicht. Er hat auf uns gewartet. Du hast ihn ja gehört.«

Er versuchte nicht einmal, seine Skepsis zu verbergen. »Woher konnte er wissen, dass wir kommen? Wir wussten es bis vor zwanzig Minuten ja selbst nicht.«

»Vielleicht war er nicht sicher, wer es war, aber sein Instinkt sagte ihm, dass *jemand* kommen würde. Ich habe gelernt, Charleys Instinkte nie infrage zu stellen. Sagst du mir nun endlich, worüber du mit mir sprechen willst?«

»Ich habe viel über die finanziellen Probleme auf der Farm nachgedacht, und als ich gestern mit meinem Vater telefoniert habe, kam mir eine Idee, wie man die Einnahmen verbessern könnte. Über diese Idee wollte ich mit dir sprechen.«

»Für Ideen, wie wir unseren Umsatz verbessern können, bin ich immer offen.« Sie nahm einige Stücke geriebenen Käse und steckte sie in die Tortilla zurück, aber ihre Aufmerksamkeit war ganz auf ihn gerichtet.

»Hast du je daran gedacht, den Cranberry-Nusskuchen deiner Familie in größerem Rahmen zu vermarkten?«

Etwas Soße tropfte aus ihrem Taco auf die Serviette auf ihrem Schoß, ohne dass sie es bemerkte.

»Du meinst, wir sollten eine Bäckerei aufmachen?«

»Nein. Ich spreche davon, ein einziges Produkt in großen Mengen herzustellen. Wie die Mönche, die das Früchtebrot backen, das mein Vater so gern isst.« Er schilderte das Gespräch mit seinem Vater und gab ihr die Informationen, auf die er bei seiner Internetrecherche gestoßen war. Zum Schluss nannte er ihr die Preise, die die Mönche verlangten, und die Stückzahlen, die sie verkauften.

Sie schluckte. »So viel bekommen sie für ein Früchtebrot?«

»Ja. Ich weiß nicht, wie eure Cranberry-Produktion aussieht, aber ich schätze, aus einem kleinen Anteil der Ernte ließe sich eine Menge Kuchen backen. Der Rest könnte wie gewohnt verkauft werden. Du könntest es am Anfang als Weihnachtsangebot anpreisen und später die Produktion ausweiten.«

»Aber ich habe keine Ahnung, wie man in größeren Mengen Kuchen backt. Und wir müssten Verpackungen entwerfen und die Auslieferung organisieren und eine Vermarktungskampagne erstellen ...«

»Vergiss nicht die Verkostungen und die Werbung.« Michael beugte sich zu ihr vor. »An die entsprechenden Fachleute könnten wir ohne große Probleme herankommen. Ich habe Kontakte, da wir für das St.-Joseph-Zentrum alle möglichen Marketingkampagnen brauchen. Ich könnte meine berufliche Erfahrung bei der Vermarktung und bei der Organisation einbringen. Und wir kennen beide eine Frau, die Erfahrung damit hat, in großen Mengen zu kochen und zu backen.«

»Wen denn?« Noch mehr Soße tropfte von ihrem Taco.

»Du solltest lieber essen, bevor noch mehr leckere Soße auf deinem Schoß landet.«

Sie schaute nach unten. Als sie die verschmutzte Serviette zusammengeknüllt und sie durch eine saubere ersetzt hatte, biss sie in den Taco.

»Anna Williams. Sie hat jahrelang für die Schule gekocht.«

Tracys Augen weiteten sich. Sie schraubte ihre Wasserflasche auf und nahm einen großen Schluck. »Warum in aller Welt sollte sie bereit sein, bei dieser Sache mitzumachen?«

»Ich weiß nicht, ob sie dazu bereit wäre. Aber ich glaube, sie fängt an, wieder unter Menschen zu gehen. Dafür gibt es mehrere Beweise: Sie lässt mich bei sich wohnen. Sie hat Grace aufgenommen. Sie hat sich wieder in der Kirche blicken lassen. Und gestern habe ich gesehen, dass sie zum ersten Mal, seit ich hier bin, alle Jalousien geöffnet hat.«

»Hm.« Sie nahm wieder einen Bissen von ihrem Taco.

Michael konnte die Räder in ihrem Kopf fast rattern hören. Sie hatte bei dieser Idee nicht gleich Freudensprünge gemacht, aber die Idee war auch etwas kühn und würde ihr einiges abverlangen. Aber bei ihrer Erfahrung mit Buchhaltung und Cranberrys und seinen Kenntnissen in Management und Marketing war er zuversichtlich, dass sie es schaffen könnten.

Falls er sich entschied, langfristig hierzubleiben.

Aber selbst wenn er das nicht machte, könnte er ihr helfen, die Sache ins Rollen zu bringen. Und Leute finden, die sie unterstützten.

»Das ist eine interessante Idee.« Ein Anflug von aufregender Begeisterung flackerte in ihren Augen auf. »Aber würde es klappen? Ich denke, man könnte das Rezept für größere Mengen abändern. Aber würden die Leute den Kuchen kaufen?«

»Das Früchtebrot wird jedenfalls gekauft. Es schmeckt gut. Ich habe es selbst probiert. Aber seitdem ich dein Familienrezept gekostet habe, kann ich nur sagen: Dein Kuchen ist konkurrenzlos. Wir müssen nur dafür sorgen, dass wir genügend Werbung dafür machen. Und es gibt viele reizvolle Ansatzmöglichkeiten: Beeren, die auf einer Familienfarm in der dritten Generation angebaut werden, ein Kuchen nach einem alten Familienrezept. Die Kunden mögen solche Ansätze, die einen menschlichen Bezug haben. Und auch die Medien stürzen sich auf solche Geschichten.«

»Das stimmt.« Doch im nächsten Moment erlosch ihre Begeisterung. »Aber wir haben nicht das Anfangskapital, das dafür nötig wäre.«

Natürlich war Geld ein Problem. Aber er hatte sich schon alles überlegt.

»Es ist vielleicht gar nicht so teuer, wie du denkst.«

»Egal, was es kostet, es ist zu viel.« Sie schob ein Zwiebelstück in den Taco zurück.

»Es gibt Kredite für kleine Betriebe und vielleicht findest du ja auch mögliche Investoren. Ich kenne zum Beispiel zufällig den Geschäftsführer einer gemeinnützigen Organisation aus Chicago, der gern in ein solches Unternehmen investieren würde.«

Sie schaute ihn abwehrend an. »Ich kann von dir doch kein Geld annehmen.«

»Das wäre kein Geschenk, sondern eine Investition. Eine Investition, die vermutlich eine viel höhere Rendite abwirft als die mageren Zinsen, die man zurzeit auf der Bank bekommt. Außerdem glaube ich, dass nicht so viel nötig wäre, um dieses Geschäft ins Rollen zu bringen. Aber wir sollten einen Schritt nach dem anderen tun. Was hältst du davon, wenn ich zuerst einmal Anna frage, ob sie bereit wäre, sich das Rezept anzusehen? Ich würde sie auch fragen, wie schwer es wäre, es für große Mengen anzupassen und die Kuchen im großen Stil zu produzieren.«

Tracy kaute an ihrem Taco. »Es kann wahrscheinlich nicht schaden, sie nach ihrer Meinung zu fragen. Aber lass mich vorher mit Onkel Bud über die Idee sprechen. Er und ich führen die Farm gemeinsam, und auch wenn er immer wieder von Rente spricht, sind wir gleichberechtigte Partner. Ich will sichergehen, ob es ihm recht ist, mit jemandem außerhalb der Familie über unsere finanzielle Situation zu sprechen. Wenn wir gegessen haben, fahre ich zu ihm und bespreche die Sache mit ihm.«

»Ich dachte, du hast für heute Abend eine lange To-do-Liste?«

»Das hat jetzt oberste Priorität.« Sie fing den nächsten Soßenklecks auf, bevor er auf der Serviette landen konnte. »Glaubst du, es hat Potenzial?«

»Ich denke schon. Wenn dein Onkel einverstanden ist, kannst du mir ja das Rezept mailen. Ich kann Anna fragen, wenn ich sie morgen zu ihrem Arzttermin beim Orthopäden nach Coos Bay fahre.«

»Ist die Fahrt zu weit, um Grace als Anfängerin die Strecke fahren zu lassen?«

»Wahrscheinlich. Aber das ist nicht der Grund. Inzwischen wohnt Grace wieder bei ihren Eltern. Sie hat vor, jeden Tag ein paar Stunden zu kommen, um Anna in dieser Woche noch zu helfen, aber gestern ist sie wieder nach Hause gezogen.«

»Unglaublich.« Als Tracy ihren zweiten Taco gegessen hatte, nahm sie ihren dritten in Angriff, um mit ihm Schritt zu halten.

»Ob Pastor Bakers Predigt dazu beigetragen hat, dass sie ihre Einstellung geändert hat?«

»Das könnte sein. Aber ich vermute, dass Anna wesentlich mehr damit zu tun hatte.«

»Warum?«

»Ich habe den Eindruck, dass sie und Grace sich gut verstehen.« Tracy schüttelte den Kopf. »Das Leben steckt voller Überraschungen, nicht wahr?«

»Ja.«

Eine der größten Überraschungen saß direkt neben ihm.

Während sie ihre Tacos verspeisten, behielt er diesen Gedanken für sich, aber als er sie vor ihrem Cottage abgesetzt hatte und zu seinem Apartment zurückfuhr, ging ihm ihre letzte Bemerkung wieder durch den Kopf.

Nicht nur das Leben steckte voller Überraschungen.

Hope Harbor war auch voll davon.

Und er hatte das Gefühl, dass er noch mehr Überraschungen erleben würde.

CB

Anna umklammerte die dünne Papiertüte und hielt sich die Hand an die Stirn, während sie den Parkplatz nach Michaels Ford Focus absuchte. Er war zwar sehr hilfsbereit, aber sie fürchtete, sie könnte seine Geduld überstrapazieren, wenn sie ihn noch öfter zu Fahrten nach Coos Bay einspannte. Und ihn dann auch noch bat, vor einem Geschäft anzuhalten und auf sie zu warten. Zum Glück war der Spezialist mit dem Heilungsprozess sehr zufrieden.

Ein Focus fuhr einige Reihen vor ihr rückwärts aus einem Parkplatz und keine Minute später hielt Michael vor der Ladentür an. Er ließ den Motor laufen und ging um das Auto herum, um ihr die Tür aufzuhalten und ihr dann mit dem Sicherheitsgurt zu helfen.

»Ihre Mutter hat Ihnen gute Manieren beigebracht.«

Er grinste. »Ich sage ihr, dass Sie das gesagt haben. In meiner Jugend gab es Zeiten, in denen sie fast verzweifelt wäre. Ich werde nie den Sonntag vergessen, an dem ich einen Frosch in meiner Jackentasche in die Kirche geschmuggelt habe. Der Frosch hat sich während der Predigt selbständig gemacht und ist zur Kanzel gehüpft. Auch meine Mutter wird das nie vergessen.«

»Das kann ich mir denken.« Anna versuchte, streng zu klingen. Mit wenig Erfolg.

»Und das war nur einer der vielen Streiche, die ich als Kind ausgeheckt habe.«

Als er wieder hinter dem Lenkrad saß, erzählte er weiter und steuerte das Auto durch den dichten Verkehr auf die 101 zu. »Ich denke, die meisten kleinen Jungen haben einen Drang zu wagemutigen Dingen, der sie in Schwierigkeiten bringt.«

»Das kann sein.« Aber wenn sie ehrlich war, hatte John, auch wenn er und sie in vielen Fragen verschiedener Meinung gewesen waren, nie wirklich etwas Schlimmes angestellt.

Bis nach Georges Tod.

Im Auto wurde es still, während sie auf die Bundesstraße bogen und Michael mehr Gas gab. Sie bemerkte, dass er sie mehrmals von der Seite anschaute, und ahnte, dass er etwas sagen wollte. Es war ein ähnliches Gefühl wie an dem Tag, an dem er vorgeschlagen hatte, dass sie Grace bei sich aufnehmen sollte.

Er führte etwas im Schilde.

Sie kniff die Augen zusammen und drehte sich zu ihm herum. Es hatte keinen Sinn, um den heißen Brei herumzureden. »Was ist los?«

Er überholte einen langsamen Lastwagen und schaute sie amüsiert an. »Ich glaube, Sie kennen mich inzwischen zu gut.«

»Ich hatte früher ein gutes Gespür dafür, wie es anderen geht.«

»Das haben Sie anscheinend immer noch. Ich möchte Sie um einen Gefallen bitten.«

»Sie haben nicht schon wieder eine junge Frau, die einen Ort braucht, an dem sie wohnen kann, oder?«

»Nein. Aber ich habe eine junge Frau, die von Ihrer kulinarischen Erfahrung profitieren könnte.«

Sie zog eine Braue hoch. »Ich bin keine Expertin auf dem Gebiet.«

»Sie haben jahrelang die Cafeteria in der Schule betrieben. Sie kochen für beide Pfarrer in der Stadt. Ich würde sagen, das macht Sie zur Expertin.«

»Aber eine offizielle Ausbildung habe ich nicht.«
»Sie haben etwas viel Besseres: Erfahrung. Sind Sie interessiert?«
»Vielleicht.« Besonders wenn dieses Projekt ihr wieder das Gefühl gab, lebendig zu sein, wie sie es bei der Familie Lewis erlebt hatte. »Wer ist die Frau und welche kulinarische Hilfe braucht sie?«

Michael zog einen zusammengefalteten Zettel aus seiner Jackentasche und reichte ihn ihr. »Tracy Campbell. *Harbor Point Cranberries* hat finanzielle Probleme und ich habe eine Idee, die ihnen helfen könnte, ihre Einnahmen zu verbessern. Sie halten die Idee in der Hand.«

Sie faltete das Papier auseinander und überflog es. »Das ist ein Kuchenrezept.«

»Ich hoffe, es kann das Rezept zu einem profitablen Geschäft werden.«

Während er ihr alles erzählte und ihr seine Idee unterbreitete, las Anna das Rezept genauer und versuchte, die plötzliche Begeisterung zu bändigen, die in ihr aufkam.

Ein solches Projekt wäre mit viel Arbeit verbunden, aber es könnte auch befriedigend sein. Und vielleicht sogar Spaß machen.

Spaß war ein Wort, das lange nicht mehr in ihrem Wortschatz vorgekommen war.

»Ich weiß, dass der Kuchen gut schmeckt.« Michael schaltete die Scheinwerfer ein, als sie um eine Kurve bogen und von der Sonne in den Nebel eintauchten. »Letzte Woche habe ich einen ganzen Kuchen verdrückt. Ich habe also keine Bedenken, dass er sich gut verkaufen lässt. Die Frage ist nur, ob das Rezept auch in großen Mengen gebacken werden kann. Hier ist Ihre Erfahrung gefragt.«

»Ich wüsste nicht, warum das nicht gehen sollte. Es muss vielleicht etwas abgewandelt werden, aber ich bin es gewohnt, Rezepte für große Mengen abzuändern. Diese Ingwerplätzchen, die ich Ihnen gegeben habe, waren an der Schule sehr beliebt. Das ursprüngliche Rezept war für eine Familie gedacht.« Sie ließ das Blatt auf ihren Schoß sinken. »Wer wird das Unternehmen leiten und wo wollen Sie die Kuchen backen?«

»Bei solchen Detailfragen sind wir noch lange nicht. Wir haben auch noch nicht geklärt, wie die Sache finanziert werden soll. Wir sind noch ganz am Anfang.«

»Wir?«

Michaels Gesicht rötete sich leicht. »Ich helfe Tracy ein wenig.« Er ging auch Hand in Hand mit ihr am Strand spazieren.

Neben seinem Bemühen, die Cranberryfarm zu retten, hatte er sich anscheinend auch in Tracy verliebt.

»Wenn Sie jemanden brauchen, der das Backen koordiniert, könnte ich daran interessiert sein. Die Schulküche wäre ideal. Ich habe gute Beziehungen dorthin. Abends, an den Wochenenden und im Sommer wird sie nicht benutzt. Damit hätten wir reichlich Zeit, um Kuchen zu backen. Wenigstens in der Anfangsphase des Projekts. Ich vermute, wenn die Schule einen kleinen Prozentsatz der Einnahmen bekommt, stellt sie ihre Küche gern zur Verfügung. Für die Sportprogramme kann sie immer Geld brauchen.«

Michael schaute sie an. »Haben Sie früher in der Geschäftswelt gearbeitet?«

»Nein.«

»Sie wären bestimmt richtig gut gewesen. Das sind alles geniale Ideen.«

»Mir fallen sicher noch mehr Ideen ein, wenn ich mir einen oder zwei Tage Gedanken darüber mache. Was die Finanzierung angeht …« Sie atmete tief ein. Auf ihrem Konto war mehr als genug, um für den Rest ihrer Tage gut leben zu können, da sie und George ihr Geld klug investiert hatten. Warum sollte sie nicht einen Teil davon nehmen und damit einem anderen Menschen helfen, auf die Beine zu kommen?

»Wir haben schon einen Investor.« Michael grinste sie an. »Mich.«

Der Mann wollte sein eigenes Geld in diese Sache investieren?

Hier lag eindeutig Liebe in der Luft.

»Ich könnte auch daran interessiert sein, eine kleine Summe zu investieren. Sie scheinen einen klaren Verstand und eine solide Arbeitsethik zu haben und ich weiß, dass Tracy das auch hat. Wenn Sie beide hinter dieser Sache stehen, rechne ich damit, dass es gut läuft. Wir sollten uns zu dritt zusammensetzen und darüber sprechen. Das heißt, natürlich nur, wenn Sie wollen, dass ich mich beteilige.«

»Ich spreche später mit Tracy darüber, aber ich denke, Sie wären eine wunderbare Bereicherung für das Team.«

Annas Kehle schnürte sich zusammen. Sie drehte sich zur Seite und tat so, als rücke sie ihren Sicherheitsgurt zurecht. Wann war sie das letzte Mal als Bereicherung angesehen worden? Oder als Teil eines Teams? Ja, die Pfarrer vermissten ihr Essen, aber Hackbraten konnte jeder machen. Außerdem war das keine Teamarbeit. Doch für dieses herausfordernde Projekt waren gemeinsame Anstrengungen nötig. Und sie würde sich daran beteiligen können. George hatte immer ihren Sinn fürs Geschäft gelobt und in einer professionellen Küche kannte sie sich aus.

Wäre es nicht herrlich, wenn dies der Anfang eines völlig neuen Kapitels für sie wäre? Das alles verdankte sie dem Mann, der hier neben ihr saß. Einem Fremden, der vor einem Monat in ihr Leben marschiert war und es verändert hatte.

Er zahlte ihr Geld dafür, dass er in ihrem Apartment wohnte, aber nach allem, was er für sie getan hatte, müsste eigentlich *sie ihn* bezahlen.

Zu schade, dass er ihr nicht helfen konnte, ihr traurigstes Problem zu lösen.

Diese Sache musste sie allein in Angriff nehmen. Während das Problem bei *Harbor Point Cranberries* vielleicht mit Arbeit und dem nötigen Kapital gelöst werden konnte, würde beides nicht ausreichen, um ihre Probleme mit John zu bereinigen.

Dafür bräuchte sie ein anderes Rezept. Ein Rezept mit einer großen Portion Demut, Reue, Verständnis, Mitgefühl ... und Liebe.

Aber selbst wenn sie diese ganzen Zutaten zusammenrührte, wäre das fertige Produkt viel schwerer an den Mann zu bringen als ein leckerer Cranberry-Nusskuchen.

Kapitel 20

Michael war umwerfend.

Während Tracy mit dem Rad in die Stadt fuhr und im Geiste die Besorgungen durchging, die sie seit zwei Tagen vor sich herschob, ließ sie das Gespräch mit Anna an diesem Morgen Revue passieren.

Michael hatte das Gespräch professionell geleitet. Effizient, sachlich und in jedem Punkt zielorientiert. Sie hatten einige Verpackungsdesigns durchgesehen, die er bereits von ihm bekannten Unternehmen bekommen hatte. Sie hatten sich Annas Bemerkungen zu dem Rezept angehört und die positive Antwort, die sie von der Schule bekommen hatte. Und sie waren die vorläufige Kosten-Gewinn-Analyse durchgegangen, die sie aufgrund ihrer begrenzten Informationen und vieler Schätzungen erstellt hatte.

Dass die alte Frau bereit war, Geld in dieses Unternehmen zu investieren, verblüffte sie.

Wer hätte je geahnt, dass ein altes Familienrezept …

»Tracy!«

Als jemand ihren Namen rief, bremste sie und stellte einen Fuß auf den Asphalt.

Pater Kevin und Pastor Baker winkten ihr von der anderen Straßenseite aus zu. Jeder hatte eine braune Tüte von Charley in der Hand. Sie überquerten die Straße und wichen den Autos auf der Dockside Drive aus, bis sie schließlich bei ihr ankamen.

»Guten Morgen.« Stimmte das noch? Sie schaute auf die Uhr. Oh, es war schon nach zwölf. »Entschuldigung. Der Morgen ist ja schon vorbei.«

»Ich weiß manchmal nicht einmal, welcher Tag ist, geschweige denn, ob noch Vormittag oder schon Nachmittag ist.« Pater Kevin grinste sie an. »Haben Sie eine Minute Zeit? Paul und ich haben eine Idee, zu der wir gern Ihre Meinung hören würden.«

Noch eine Idee? Ihr kleinen grauen Zellen waren von den vielen Ideen, die sie heute Vormittag gehört hatte, schon überlastet.

Sie verkniff sich ein Seufzen und drängte das Backprojekt für den Moment in den Hintergrund. »Natürlich.«

»Wir haben Michaels Bericht gelesen. Paul und ich glauben, wenn *Helfende Hände* so effektiv wie möglich sein soll, wäre ein bezahlter Geschäftsführer die beste Option.«

»Das sehe ich auch so, aber dafür fehlt uns das Geld. Wir haben nicht einmal das nötige Anfangskapital, um eine solche Stelle für ein paar Monate zu finanzieren, bis ein Geschäftsführer die ersten Fundraising-Projekte zum Laufen bringen könnte. Ich habe mit Michael darüber gesprochen und kann mir nicht vorstellen, dass jemand eine solche Stelle annimmt, für die er am Anfang kein Gehalt bekommt. Er müsste ja von irgendetwas leben.«

»Natürlich.« Pastor Baker nahm seine Tüte in die andere Hand. Ein verführerischer Duft stieg ihr in die Nase. Irgendwie hatte sie bei ihrem vollen Terminkalender das Frühstück ganz vergessen. »Aber wir überlegen, ob man die Arbeit nicht vielleicht mit einer Teilzeitkraft bewältigen könnte. Wenigstens am Anfang. Wenn die Person, die wir einstellen, die nötige Erfahrung mitbringt, könnte es vielleicht sogar auf lange Sicht eine Teilzeitstelle bleiben.«

»Weil ein Profi in viel weniger Zeit viel mehr schaffen könnte als wir mit unserem gut gemeinten, aber amateurhaften Stückwerk«, ergänzte Pater Kevin den Gedanken seines Freundes.

»Ja, und wenn es eine Teilzeitstelle wäre, könnte sich die Person ja auch noch eine andere Arbeit suchen. Damit könnte sie ihren Lebensunterhalt verdienen, bis wir Geld haben, um ihr bei *Helfende Hände* ein Gehalt zu zahlen.«

Tracy schob ihre Sonnenbrille zurück. »Es wird nicht leicht sein, in dieser Gegend jemanden mit der professionellen Erfahrung zu finden, von der Sie sprechen, und mir fällt keine zweite Teilzeitstelle in Hope Harbor für jemanden mit einer solchen Qualifikation ein.«

Die zwei Geistlichen wechselten einen vielsagenden Blick. Dann sagte Pastor Baker: »Es sei denn, wir könnten jemanden finden, der die nötigen Mittel hat und bereit wäre, das kostenlos zu machen, bis die Sache richtig angelaufen ist. Jemanden wie Michael.«

Tracy starrte die beiden an. »Michael?«

»Er hat die idealen Voraussetzungen und er kennt sich mit unserer Organisation bereits aus.« Pater Kevin wippte auf seinen Füßen nach vorne und strahlte vor Begeisterung. »Wir wollten ihn damit nicht überrumpeln, aber da Sie beide offensichtlich gute Freunde geworden sind, haben wir beschlossen, zuerst mit Ihnen zu sprechen. Es müsste keine langfristige Verpflichtung sein. Wir brauchen nur jemanden, der die Sache ins Rollen bringt und die richtigen Weichen stellt. Natürlich hängt alles davon ab, wie lange er hierbleiben will.«

»Nicht lange genug. Er muss am 14. Juli wieder an seinem Arbeitsplatz in Chicago sein.«

Über beide Gesichter zog eine große Enttäuschung.

»Dann war unsere Idee wahrscheinlich doch nicht so inspirierend, wie wir dachten.« Pater Kevin atmete mit einem tiefen Seufzen aus.

»Ich bin froh, dass wir mit Ihnen darüber gesprochen haben, bevor wir diese Idee bei der nächsten Vorstandssitzung vorbringen.« Pastor Baker lächelte sie resigniert an. »Entschuldigen Sie, dass wir Sie aufgehalten haben, meine Liebe. Und bitte richten Sie Michael unsere herzlichen Grüße aus. Kommen Sie beide am Sonntag wieder in den Gottesdienst?«

»Wir haben noch nicht darüber gesprochen, aber ich denke schon.«

»Gut. Kevin und ich haben uns schriftlich bei ihm für seine ganze Arbeit bedankt, aber ich würde ihm meinen Dank gern auch noch persönlich aussprechen.«

»Oder Sie kommen stattdessen zur Messe um zehn Uhr dreißig. Wir freuen uns immer über neue Gottesdienstbesucher.« Pater Kevin zwinkerte ihr zu.

»Du versuchst schon wieder, meine Gemeindeglieder abzuwerben, wie ich sehe.« Pastor Baker tat, als wäre er erbost.

»Es passieren immer wieder Wunder, weißt du.«

»Ha! Wenn ich du wäre, würde ich mich lieber mehr auf mein Golfspiel konzentrieren. Wenn du deinen Schlag unter Par schaffen würdest, wäre das auch ein Wunder.«

Tracy verkniff sich ein Grinsen. Trotz der Wortgefechte und der freundschaftlichen Rivalität der beiden hatte Pater Kevins Begrüßungsgeschenk – professionelle Golfbälle und eine Einladung auf den Golfplatz – den Anfang einer schönen Freundschaft gebildet.

»Wenn Sie beide sonst nichts mehr brauchen ...«

»Nein. Wir haben Sie schon lang genug aufgehalten. Außerdem wird unser Mittagessen kalt.« Pater Kevin raschelte mit der Tüte in seinen Fingern. »Einen gesegneten Tag noch.«

Die beiden Männer hoben gemeinsam ihre Tüten hoch, gingen wieder über die Straße und schlenderten auf den kleinen Park bei Charleys Wagen zu.

Tracy fuhr weiter zu *Sweet Dreams*, um einen Kaffeekuchen zu kaufen, der Nancy so schmeckte. Aber in Gedanken war sie ganz woanders als bei der Bäckerei. Die Idee der beiden Geistlichen beschäftigte sie viel zu sehr.

Michael in Teilzeit als Leiter von *Helfende Hände*?

War es möglich, dass diese Idee funktionieren könnte, *falls* sich Michael entscheiden sollte zu bleiben?

Aber selbst wenn er sich dafür entscheiden sollte: Könnte er es sich leisten, eine Stelle anzunehmen, in der er in den ersten Monaten nichts verdiente? Er hatte offenbar *etwas* Geld gespart, sonst wäre er nicht bereit, in das Backprojekt zu investieren, aber durch diese großzügige Investition waren seine Mittel vielleicht erschöpft.

Außerdem reizte ihn die Arbeit in einer gemeinnützigen Organisation vielleicht gar nicht mehr, da er offenbar überlegte, in seinem Leben gewisse Veränderungen vorzunehmen. Aufgrund seiner Geschichte war es sehr wahrscheinlich, dass er sich vielleicht eine andere Arbeit suchen wollte.

Tracy reichte der Bäckereiverkäuferin mit einem geistesabwesenden »Danke« das Geld für den Kuchen und ging zu ihrem Fahrrad zurück. Es war sinnlos, sich über diese Fragen den Kopf zu zerbrechen. Warum fragte sie ihn nicht einfach nach seinen Plänen? Eine offene, ehrliche Kommunikation war wichtig, wenn sie ihre Beziehung vertiefen wollten.

Auch wenn man auf ehrliche Fragen nicht immer die erhoffte Antwort bekam.

ෆ

Anna füllte den Futterbehälter und stellte ihn wieder in den Käfig. Dann beugte sie sich vor, um die Meise zu begutachten.

»Mein Freund, dein Aufenthalt bei mir ist bald vorbei. Du kannst es bestimmt nicht erwarten, aus diesem Käfig herauszukommen, jetzt da Klopfer und dein Freund, der Waschbär, fort sind, nicht wahr?«

Der Vogel pfiff leise, dann widmete er sich wieder seinem Futter.

Als das Telefon klingelte, bedachte Anna es mit einem verärgerten Blick. Wahrscheinlich wieder eine Bitte um irgendeine Spende. Oder ein Werbeanruf, bei dem ihr eine neue Kreditkarte angeboten wurde. Sie sollte ihren Festnetzanschluss kündigen. War das nicht reine Geldverschwendung? Ihr einfaches Handy genügte doch für die wenigen Telefongespräche, die sie führte.

Aber John kannte diese Nummer.

Anna atmete tief aus, verschloss die Futtertüte und stellte sie ins Regal zurück, während sich der Anrufbeantworter einschaltete. Wie kam sie nur auf diesen albernen Gedanken? Als würde er tatsächlich eines Tages aus heiterem Himmel zum Hörer greifen und …

»Anna? Hier ist Joyce.«

Ihr Brustkorb zog sich zusammen und sie tastete nach der Kante der Arbeitsplatte.

»Ich … ich war nicht sicher, ob diese Nummer noch stimmt, aber ich … ich nehme an, dass du diesen Anschluss noch hast. Ich wollte dir Bescheid geben, dass wir am Samstagabend ein Gemeindeessen haben. Vielleicht hast du das ja schon im Gemeindebrief gelesen.« Die Frau hörte sich an, als wäre sie gerannt, so abgehackt und atemlos klangen ihre Worte. »Wie dem auch sei, dein Kartoffelgratin war immer sehr begehrt, und falls du kommen willst … Ich bin auch da. Ich könnte … Ich könnte dir einen Platz freihalten.« Sie schwieg einen Moment. »Und … ich hatte am Sonntag gar keine Gelegenheit, dich wegen der Schlinge um deinen Arm zu fragen, aber falls du … falls du Hilfe brauchst, lass es mich wissen. Pass gut auf dich auf.«

Die Verbindung wurde beendet.

Ganze sechzig Sekunden lang rührte sich Anna nicht vom Fleck. Wann hatte sie zum letzten Mal über ihren Festnetzanschluss einen persönlichen Anruf bekommen?

Das war so viele Jahre her, dass sie es nicht mehr wusste.

Jetzt kam dieser Anruf von Joyce. Nur, weil sie vorsichtig auf sie zugegangen war.

In ihren Augen brannten Tränen. Obwohl so viele Jahre vergangen waren, war ihre alte Freundin bereit, ihr noch einmal eine Chance zu geben. Wie der Vater im Gleichnis vom verlorenen Sohn.

Ihr Blick wanderte zu dem flachen, beigefarbenen Umschlag, der auf der Arbeitsplatte lag. Dort hatte sie ihn am Montag nach ihrer Fahrt nach Coos Bay hingelegt. Ein spontaner Kauf, den sie noch am selben Abend fast bereut hatte.

Langsam ging sie darauf zu. Sie fuhr mit dem Finger darüber. Dann zog sie die Karte heraus und las die Worte auf der Vorderseite.

Alles Gute zum 40. Geburtstag für einen ganz besonderen Sohn.

Kaum zu glauben, dass John am Samstag schon vierzig wurde.

Mit der Karte in der Hand ging sie ins Wohnzimmer und blieb hinter dem Klavier stehen, an dem er immer konzentriert und entschlossen geübt hatte, um die schweren, herausfordernden Stücke zu meistern, die ihm sein Klavierlehrer aufgetragen hatte.

Mit einer Hand strich sie über den Notenhalter und fuhr mit den Fingern über die Tasten. Das Instrument war wie immer perfekt gestimmt. Eine weitere unnötige Ausgabe. Der Einzige in der Familie mit musikalischem Talent war John gewesen. Sie konnte kaum einen Violin- von einem Bassschlüssel unterscheiden.

Aber trotzdem stand dieses Klavier seit fast zwei Jahrzehnten hier und nahm viel Platz ein. Ein Teil von John, den sie nie hatte loslassen können.

Er hatte so schöne Musik in ihr Leben gebracht. Auf vielfältige Weise.

Sie ging in die Küche zurück und blieb stehen, als sie an dem altmodischen Anrufbeantworter vorbeiging, auf dem die Nachricht von Joyce gespeichert war. Ein deutlicher Beweis, dass es positive Folgen haben konnte, wenn man auf andere zuging. Selbst wenn sehr alte Verletzungen da waren.

Ihre Finger verkrampften sich um die Karte. Könnte eine ähnliche ausgestreckte Hand auch bei John etwas bewirken?

Wenn nicht, wäre diese Tür für immer verschlossen.

Sie setzte sich auf den Stuhl vor dem kleinen Schreibtisch und strich mit dem Finger über das Wort *Sohn*. Die Prägeschrift ließ die

Karte größer wirken. Seit fast zwei Jahrzehnten fehlte ihr Sohn in ihrem Leben. Seit dem Tag, an dem John gegangen war, war ihre Welt eintönig und leer.

War es möglich, dass sie ihre Beziehung tatsächlich wieder erneuern könnten?

Wenn sie sich von ihrer Angst lähmen ließ, würde das nie passieren. Ja, es war möglich, dass er ihren Versöhnungsversuch ignorierte. Und ja, es wäre schwer, eine endgültige Ablehnung zu verkraften. Aber dann wäre sie genauso allein wie auch jetzt schon.

Doch sie wollte nicht länger allein sein.

Sie atmete tief durch, klappte die Karte auf, nahm einen Füller zur Hand und begann zu schreiben.

☙

»Autsch!«

Bei Tracys Aufschrei hielt sich Michael die Hand an die Stirn und schaute sie mit zusammengekniffenen Augen an. Sie stand ein Stück von ihm entfernt am Wildzaun. »Was ist los?«

»Eine Biene hat mich gestochen.«

Er ließ seine Schaufel fallen und marschierte zu ihr. Die Stelle an ihrem Unterarm färbte sich an der Einstichstelle schon rot. »Was kann ich tun?«

»Nichts. Wenn man gestochen wurde, lässt sich das nicht mehr ändern. Ich muss nur den Stachel sofort herausziehen.« Sie zog ihre Arbeitshandschuhe aus, dann fuhr sie mit dem Fingernagel über die Stelle und zog den Stachel heraus. »Sie war recht aggressiv.«

»Sie?«

»Nur weibliche Honigbienen können stechen. Und die hier hat kräftig zugestochen.« Sie hielt den Stachel mit den Fingerspitzen hoch.

»Ich dachte, die Bienen wären friedlich?«

»Das sind sie auch. Solange man nicht den Arm auf sie legt.«

Er verzog das Gesicht und beugte sich näher vor, um den Stachel zu begutachten. »Was ist das Ding am Ende?«

»Eine wirkungsvolle kleine Pumpe, die Gift in die Wunde

pumpt. Sehr intelligent gemacht.« Sie schnippte den Stachel weg und zog eine kleine Zahnpastatube aus ihrer Tasche. Sie drückte etwas Zahnpasta auf ihren Finger und verteilte sie auf dem Stich.

»Ein Hausmittel?«

»Es hilft.«

»Solltest du die Stelle nicht zuerst reinigen?«

Sie schaute ihn neckend an. »Du bist wirklich ein Stadtkind. Hier auf dem Land arbeiten wir einfach weiter. Ich kann problemlos weitermachen, solange der Stich nicht anschwillt.«

Michael runzelte die Stirn. Wann war er das letzte Mal von einer Biene gestochen worden? Beim Schulpicknick in der fünften Klasse vielleicht? Das Datum wusste er zwar nicht mehr genau, aber er konnte sich erinnern, dass die Stichstelle wie wild gehämmert und gebrannt hatte.

»Tut es nicht weh?«

»Doch.« Sie setzte ihre Baseballkappe wieder auf und verscheuchte eine andere Biene. »Aber Bienenstiche gehören beim Cranberry-Anbau zum Berufsrisiko. Ich bin schon so oft gestochen worden, dass ich aufgehört habe zu zählen. Die Zahnpasta lindert in ein paar Minuten den Schmerz. Wenn die Stelle anschwillt, lege ich Eis darauf.« Sie deutete zu einer schattigen Stelle neben dem Deich. »Was hältst du von einer Pause? Ich könnte etwas Wasser vertragen.«

»Eine sehr gute Idee.«

Er folgte ihr zum Traktor. Sie zog zwei Flaschen aus der kleinen Kühlbox, die sie mitgebracht hatte, und reichte ihm eine.

Michael schraubte den Deckel ab und trank einen großen Schluck. Sie tat das Gleiche.

»Wir sollten uns in den Schatten setzen.« Ohne auf eine Antwort zu warten, ging sie zu einer schattigen Stelle und setzte sich ins Gras. Dann nahm sie ihre Baseballkappe ab.

Er setzte sich zu ihr und genoss den Frieden und die Ruhe. Die Verspannungen in seinem Nacken und in seinen Schultern, die ihn seit Julies Tod gequält hatten, lösten sich immer mehr. Das erlebte er an jedem Tag, den er an der frischen Luft verbrachte und körperlich arbeitete. An der Seite von Tracy.

Er drehte den Kopf und sah, dass sie ihn beobachtete. Ihre Miene war … Was? Nervös? Beunruhigt? Vorsichtig? Welche Gefühle es auch waren, seine Antennen fuhren sofort aus.

»Du siehst aus wie eine Frau, die etwas beschäftigt.«

»Mich beschäftigt so einiges.« Sie hob die Flasche und trank einen großen Schluck. Er beobachtete sie. »Unter anderem beschäftigst du mich und deine Pläne.«

Ah! Jetzt wusste er, was dieses Gefühl war.

Es war Sorge.

»Ich bete darüber. Leider habe ich noch keine Erleuchtung bekommen.«

»Heißt das, dass es immer noch möglich ist, dass du vielleicht hierher ziehst?«

»Diese Möglichkeit schließe ich nicht aus.« Er ließ die Flasche zwischen seinen Knien baumeln. Sollte er ihr gestehen, dass er gemischte Gefühle dabei hatte, in eine Stadt zu ziehen, die seine verstorbene Frau so geliebt hatte? Oder ihr verraten, dass er von Schuldgefühlen geplagt wurde, weil sich neu verliebt hatte? Dabei hatte er bei Julie so erbärmlich versagt.

Nein.

Das musste er mit sich ausmachen. Tracy hatte auch so schon genug Probleme.

Als sich das Schweigen in die Länge zog, sprach sie schließlich wieder. »In diesem Fall will ich dir von einem Gespräch erzählen, das ich heute mit unseren beiden Geistlichen geführt habe.«

Er hörte ihr aufmerksam zu, als sie ihm verriet, dass sie sich nach ihm erkundigt hatten, ob er Interesse an dieser unbezahlten Teilzeitstelle haben könne.

»Ich habe ihnen aber gesagt, dass du in knapp drei Wochen wieder fährst, und habe ihnen keine große Hoffnung gemacht. Aber wenn du überlegst zu bleiben und Interesse an einer Teilzeitstelle hast, um die Leitung von *Helfende Hände* zu übernehmen, wären sie natürlich begeistert. Der ganze Vorstand wäre begeistert. Vorausgesetzt, du könntest es finanziell verkraften, in den ersten Monaten kein Gehalt zu bekommen.« Sie nahm ihre Flasche und trank sie leer.

Auch er nahm einen Schluck aus seiner Flasche und gewann dadurch ein wenig Zeit, in der er nachdenken konnte. Eine Arbeit, die seinen Stärken entsprach, war reizvoll. Besonders dass es eine Teilzeitstelle war. Das würde es ihm leichter machen, sein Leben nicht von der Arbeit beherrschen zu lassen. Wenn er *Helfende Hände* organisiert und auf eine stabile finanzielle Grundlage gestellt hatte, könnte er die Stelle an einen geeigneten Kandidaten übergeben, falls er das wollte.

Das war in vielerlei Hinsicht ideal, auch wenn er dadurch gezwungen war, schon sehr bald eine Entscheidung für oder gegen Chicago zu treffen.

Tracy schaute ihn schweigend an und wartete auf seine Reaktion.

»Finanziell könnte ich es schaffen.« Am besten fing er mit dem sachlichen Teil ein. »Annas Miete ist erschwinglich und vielleicht senkt sie die Miete, wenn ich länger bleibe. Meine täglichen Ausgaben sind minimal, und selbst wenn ich in das Cranberry-Projekt investiere, habe ich noch einige Reserven. Das Angebot ist in vielerlei Hinsicht reizvoll. Was hältst du davon?«

Sie richtete ihren Blick auf die Cranberryfelder. Der Wind spielte mit den blonden Haarsträhnen, die aus ihrem Pferdeschwanz gerutscht waren. Kleine Falten zogen über ihre Stirn. Als sie sprach, hatte er das Gefühl, dass sie ihre Worte sehr sorgfältig abwog. »Das ist deine Entscheidung, Michael. Ich könnte es mir nicht verzeihen, wenn ich dich jetzt dazu überreden würde und du die Sache später bereuen solltest.«

Wieder summte eine Biene neben ihrem Gesicht. Sie hob eine Hand, um sie zu verscheuchen. Dabei gewährte sie ihm einen guten Blick auf ihren Unterarm. Trotz der Zahnpasta war die Stelle geschwollen. Er nahm ihre Hand. »Ich glaube, du solltest das mit Eis kühlen.« Er legte den Finger sanft neben die gerötete Stelle.

Sie warf nur einen flüchtigen Blick auf den Stich. »Ich warte noch eine halbe Stunde.« Als sie versuchte, ihre Hand zurückzuziehen, hielt er sie fest.

»Kann ich dir etwas sagen?«

Sie schaute ihn an. »Natürlich.«

»Wenn ich meinen Instinkten folgen würde, würde ich morgen beim St.-Joseph-Zentrum kündigen, die Stelle bei *Helfende Hände* annehmen, auf der Farm mitarbeiten und mich darauf konzentrieren, dich zu umwerben.«

Ihre Gesichtszüge entspannten sich, aber ihr Blick blieb ernst. »Aber?«

»Aber angesichts unserer Vergangenheit sollten wir eine Entscheidung, die den Rest deines und meines Lebens bestimmen könnte, nicht überstürzen.«

»Vor Kurzem hat mich Onkel Bud gefragt, wie es zwischen uns läuft. Er hat gesagt, ich solle nicht zulassen, dass mein Verstand, meine Angst, meine Zweifel oder schlechte Erfahrungen die Stimme meines Herzens ersticken. Seiner Meinung nach sind Gefühle wichtig.«

»Ein kluger Mann.«

»Ja, das ist er und sein Rat ist normalerweise vernünftig. Ich finde also, dass du dir Zeit lassen solltest …«

»Aber dass ich auch auf mein Herz hören sollte.«

»Das würde dir Onkel Bud raten.«

Er drehte sich zu ihr herum, rutschte näher und schob seine Finger zwischen ihre. »Weißt du, was mein Herz in diesem Moment sagt?«

»Ich glaube, ich ahne es. Aber das ist nicht sehr vorsichtig.«

Nein, es war nicht vorsichtig. Außerdem war er nicht der Einzige, für den viel auf dem Spiel stand. Solange er nicht klarer wusste, wie er vorgehen sollte, war es Tracy gegenüber nicht fair, eine emotionale Beziehung aufzubauen. Falls er doch nach Chicago zurückkehren würde, würde sie das sehr schmerzen.

Aber unter dem wolkenlosen, blauen Himmel mit dem Salzgeruch in der Luft und dem zwitschernden Gesang der Vögel und Tracys zarter Hand in der seinen erschien es ihm nicht nur richtig, mit dieser Frau zusammen zu sein. Er hatte auch das Gefühl, dass es so sein sollte.

Für immer.

Am liebsten wollte er sie küssen.

Jetzt.

Er beugte sich zu ihr vor, legte die Hand in ihren Nacken und zog sie sanft zu sich.

Sie wehrte sich nicht, schlang die Arme um seinen Hals und erwiderte seinen Kuss leidenschaftlich.

Das war nicht der zurückhaltende Kuss, den er beabsichtigt hatte.

Das war ihre Art, ihm ohne Worte mitzuteilen, wie viel er ihr inzwischen bedeutete.

Er ließ seinem Herzen freien Lauf, drückte sie näher an sich und antwortete mit der gleichen Leidenschaft.

Einen Moment später löste sie sich aus seinen Armen, nahm ihre Kappe und sprang auf die Beine.

»Wer eher beim Zaun ist!«

Noch bevor er etwas antworten konnte, lief sie schon los. Schlank, geschmeidig, blitzschnell.

Hatte sie es so eilig, zum Zaun zu kommen? Oder wollte sie vor den turbulenten Gefühlen weglaufen, die der Kuss in ihnen beiden ausgelöst hatte?

Er hatte es weniger eilig aufzustehen. Ihm war klar, dass sie weglaufen wollte. Aus Angst? Sie war vorsichtig. Wie jede andere Frau auch.

Als er die Nagelpistole aufgehoben hatte, mit der er den Maschendraht an den Holzpfosten befestigt hatte, folgte er ihr aufs Feld zurück. Er bereute diesen Kuss nicht. Der Kuss hatte ihm die Augen geöffnet.

Tracy hatte sich in ihn verliebt. Und er sich in sie.

Um ihnen beiden weiteren Kummer zu ersparen, musste er einige Entscheidungen treffen, die seine Zukunft betrafen.

Und damit sollte er sich nicht so lange Zeit lassen.

Kapitel 21

»Hey, Papa, schau mal! Eine Geburtstagskarte von jemandem aus deiner Heimatstadt.« Kelsey Williams kam ins Wohnzimmer gesprungen. In der einen Hand hatte sie einen ganzen Stapel Briefe und in der anderen einen beigefarbenen Umschlag. Mit dem sie herumwedelte.

Stirnrunzelnd blickte John von seinem Laptop auf.

Eine Karte aus Hope Harbor? Wie sonderbar! Er war mit keinem einzigen Menschen aus seiner Jugend in Kontakt geblieben.

Kelsey, wie üblich ein grenzenloses Energiebündel, sprang neben ihn aufs Sofa und hielt ihm den Umschlag hin.

Er brauchte weder den Absender zu lesen noch den Umschlag zu öffnen. Er wusste, von wem diese Karte war. Auch nach über neunzehn Jahren erkannte er die Handschrift seiner Mutter sofort.

Kelsey erstarrte neben ihm. »Ist das von meiner Großmutter?«

Für eine Vierzehnjährige hatte seine Tochter ein unvergleichliches Gespür für die Stimmung ihrer Mitmenschen.

»Ja.«

»Genial!«

Das war nicht das Wort, das er gewählt hätte.

»Was ist genial?« Seine Frau kam mit einer riesigen Schüssel Popcorn und dem alten Film, den er als Einstieg zu seinem Geburtstagsessen ausgesucht hatte, ins Zimmer.

Kelsey wedelte mit dem beigefarbenen Umschlag. »Er hat eine Geburtstagskarte von seiner Mutter bekommen.«

Während Denise die Schüssel auf den Wohnzimmertisch stellte, schaute sie ihn verwirrt an. Eine angemessenere Reaktion als die seiner Tochter.

Aber Denise war die Einzige, die die ganze Geschichte kannte.

»Geht es dir gut?« Ihre Frage war leise und ihre Berührung auf seinem Arm sanft.

»Ja.«

Wieder hielt Kelsey ihm den Umschlag hin. »Willst du den Brief denn nicht aufmachen?«

»Später.« Vielleicht. »Leg ihn zu der anderen Post auf den Tisch.«

Seine Tochter stieß ein theatralisches Seufzen aus, tat aber, was er gesagt hatte. »Ich kann nicht verstehen, warum du nicht wissen willst, was sie geschrieben hat.«

»Das läuft mir doch nicht davon.« Er schaltete seinen Laptop aus und klappte ihn zu. »Jetzt will ich einfach mit den zwei Menschen, die ich auf der ganzen Welt am liebsten habe, einen Film anschauen.«

»Ich lege den Film ein.« Denise öffnete die DVD-Box. »Kelsey, holst du uns etwas zu trinken?«

»Wird gemacht. Für alle wie immer?«

»Ja.« Denise setzte sich neben ihn und nahm seine Hand, während ihre Tochter aus dem Zimmer hüpfte. »Was denkst du?«

Er zwang sich zu einem Lächeln. »Dass ich Glück habe, mit einer genialen Psychologin verheiratet zu sein. Es könnte nämlich gut sein, dass ich deine professionelle Hilfe brauche, falls ich mich entscheide, diesen Umschlag zu öffnen.« Er deutete mit dem Kopf zu der Karte.

»Ich frage dich als deine Frau und nicht als Psychologin.«

»Ja, ich weiß.« Er zog sie an sich heran und legte die Arme um die Frau, die seinem Leben in den dunkelsten Stunden Halt und einen neuen Sinn gegeben hatte. Er liebte sie mehr als sein Leben. »Ich denke, dass das irgendwie surreal ist. Seit langer Zeit will sie nichts mehr von mir wissen. Sie hat mich aufgegeben.«

Denise setzte sich leicht zurück, als das Klirren der Eiswürfel in den Gläsern aus der Küche drang. »Ich denke, ihr habt euch gegenseitig aufgegeben.«

»Das stimmt.« Der Abstand hatte ihm zumindest eine klare Sicht geschenkt. Beide Seiten waren daran schuld, dass diese tiefe Kluft zwischen ihnen bestand. Aber seine Mutter hatte mehr Schuld auf sich geladen. Dieser Punkt stand für ihn nach wie vor unverrückbar fest. »Ich frage mich, warum sie sich nach so langer Zeit bei mir meldet.«

Denise hielt die DVD vorsichtig am Rand fest, um die empfindliche Scheibe nicht zu beschädigen. »Manchmal kann ein lebensveränderndes Ereignis Menschen dazu bringen, ungelöste Probleme aus ihrer Vergangenheit klären zu wollen.«

»Zum Beispiel eine schlimme ärztliche Diagnose.« Das war ihm auch als Erstes in den Sinn gekommen. Vielleicht hatte der Arzt seiner Mutter gesagt, dass sie nicht mehr lange zu leben hatte.

Es war sonderbar, dass sich sein Magen bei diesem Gedanken zusammenzog, obwohl sie seit fast zwei Jahrzehnten nicht mehr Teil seines Lebens war.

»Das ist eine Möglichkeit. Aber ich würde keine voreiligen Schlüsse ziehen.« Sie deutete mit dem Kopf zu der Karte. »Es gibt einen leichten Weg, das herauszufinden.«

»Nein. Das ist überhaupt nicht leicht.« Egal, was auf der Karte stand, er war noch nicht bereit, sie zu lesen.

»Ich dachte, du wolltest schon mal den Film einlegen?« Kelsey tauchte wieder im Türrahmen auf. Sie hatte ein Tablett mit drei Gläsern in den Händen und kam zum Sofa.

»Wird sofort gemacht.« Denise drückte noch einmal seine Hand, dann stand sie auf und legte die DVD ein.

Ein Blitz, gefolgt von einem Donner, bei dem das Fenster klirrte, ließ seine Nackenhaare sich aufstellen, als die Eingangsmusik zu *Der unsichtbare Dritte* erklang. Das turbulente Wetter war der perfekte Hintergrund zu dem klassischen Hitchcock-Krimi.

Und auch zu der Unruhe, die in seinem Inneren tobte.

Denise kuschelte sich an ihn und Kelsey saß auf der anderen Seite neben ihm und machte sich über das Popcorn her. Das war das beste Geschenk, das er sich zu seinem vierzigsten Geburtstag wünschen konnte. Ein perfekter Nachmittag und Abend mit der Familie, die der Mittelpunkt seines Lebens war.

Aber als der Film begann und Cary Grant aus seinem ruhigen, vorhersehbaren Leben herausgerissen wurde und Gefahren und Intrigen auf ihn lauerten, konnte John seinen Schmerz nachempfinden. Das lag an dem beigefarbenen Umschlag, der vor ihm auf dem Tisch lag.

Denn darin konnten Sätze stehen, die seine Welt für immer verändern würden. *Falls* er den Mut aufbrachte, den Umschlag aufzumachen und die Karte zu lesen.

༄

»Sind Sie sicher, dass ich Sie nicht überreden kann mitzukommen? Beim Gemeindeessen gibt es immer mehr als genug zu essen.« Anna nahm den Arm, den Michael ihr anbot, und stieg aus seinem Auto.

Er öffnete die Tür und nahm das Kartoffelgratin vom Rücksitz. »Nein, danke. Nach einer ganzen Woche auf der Farm bin ich zu müde, um mich mit anderen Leuten zu unterhalten. Soll ich Ihnen das hineintragen?«

»Danke, aber ich bin es gewohnt, mit Essen zu hantieren.« Sie nahm den Griff mit ihrer freien Hand.

»Vergessen Sie nicht, dass ich Sie später gern abhole, wenn Sie möchten. Sie brauchen mich nur anzurufen.«

»Wenn mich niemand mitnimmt, rufe ich an. Aber eine alte Freundin hat vor, heute hier zu sein, und vielleicht fährt sie mich nach Hause. Wie sehen Ihre Pläne für den Abend aus?«

»Abendessen bei Charley und anschließend will ich am Strand spazieren gehen.«

»Klingt nach einem angenehmen Abend.« Sie atmete tief ein und nickte zum Gemeindesaal. »Hoffen wir, dass sich alle Pastor Bakers Predigt vom letzten Sonntag zu Herzen genommen haben. Ich habe einiges wiedergutzumachen.«

»Ein paar Leute sind vielleicht zuerst etwas zurückhaltend, aber ich habe das Gefühl, dass Sie sie für sich gewinnen können.«

»Hoffentlich haben Sie recht. Und ich habe eine Verbündete. Sie kann mir vielleicht den Weg bereiten.« Anna warf die Schultern zurück. »Los geht's.«

Damit marschierte sie zur Tür des Gemeindesaals und zog in die Schlacht.

Diese Frau hatte wirklich Mut, das musste er ihr lassen. Ein Schritt ins Unbekannte war immer schwer, egal, wie alt man war. Oder wie die Umstände waren.

Mit einem leisen Seufzen ging Michael wieder zur Fahrerseite herum und fuhr zu Charleys Wagen, um sich dort in der Schlange anzustellen. Eine Familie und zwei Paare standen vor ihm, aber das Warten würde sich lohnen, auch wenn die Zeit viel schneller verging, wenn er Gesellschaft hatte. Wirklich schade, dass sich Tracys

Buchhaltungsarbeit stapelte und sie den Abend nicht gemeinsam verbringen konnten.

Aber um fair zu sein, musste er zugeben, dass sie von diesem Samstagabend auch nicht viel hatte.

Das Paar vor ihm diskutierte, ob sie lieber ins Kino oder in einen Klub in Coos Bay gehen wollten. Er hörte nicht hin, sondern richtete den Blick lieber auf die Boote, die in Hope Harbor einen sicheren Hafen gefunden hatten. Wäre diese Stadt für ihn auch ein sicherer Hafen, falls er hierbliebe? Oder würde hier das tiefe, schmerzliche Bedauern darüber, dass er an Julie schuldig geworden war, ständig neu aufbrechen, weil sie diesen Ort so geliebt hatte?

Und war es seiner verstorbenen Frau gegenüber fair, endlich in diese Stadt zu kommen, um sich ausgerechnet hier in eine andere Frau zu verlieben?

Michael schob die Hände in seine Taschen und ballte sie zu Fäusten. In zwei Wochen würde er seine lange Rückfahrt nach Chicago antreten. Aber eine Antwort auf seine Fragen hatte er noch nicht.

»Was darf's denn heute sein, Michael?«

Als Charley ihn ansprach, drehte er sich schnell zu dem Taco-Stand herum. Die anderen Kunden waren inzwischen mit braunen Tüten in der Hand davongegangen und hatten es sich auf den Bänken oder an einem Picknicktisch im Park bequem gemacht.

Er trat ans Fenster. »Eine Portion.«

»Ist Tracy heute Abend nicht dabei?« Charley begann, die Tacos mit seinen gewohnten, geübten Bewegungen zuzubereiten.

»Nein. Sie macht für irgendwelche Klienten die Buchhaltung.«

»Sie arbeitet viel.«

»Zu viel.«

»Das Cranberry-Geschäft ist hart. Heutzutage kann man damit kaum seinen Lebensunterhalt verdienen.«

»Das habe ich auch herausgefunden.«

Charley streute klein gehackten Kohl auf drei Tortillas und gab einen Klecks von ... irgendetwas darauf. »Helfen Sie immer noch auf der Farm aus?«

»Ja. Und ich arbeite mit an einem neuen Projekt, das die Farm finanziell auf gesunde Füße stellen könnte. Das Problem ist nur, dass der Termin für meine Rückfahrt immer näher rückt.«

»Termine kann man ändern.«

»Aber Arbeitsplätze werden nicht ewig frei gehalten. Ich bin mit meinen zwei Monaten Freistellung sowieso schon an die Grenze gegangen.«

»Sind Sie denn bereit zurückzufahren?« Er drehte den Fisch um, den er auf den Grill gelegt hatte.

»Noch lange nicht.«

»Hope Harbor hat viel zu bieten.« Charley setzte sich auf einen Hocker und schenkte ihm seine ganze Aufmerksamkeit, während die Filets grillten.

Michael schluckte. »Ich bringe aber auch schweres Gepäck mit.«

Der Künstler zog die Brauen hoch. »Waren Sie früher schon einmal hier?«

»Nein. Aber meine verstorbene Frau. Ihre Familie hat hier regelmäßig Urlaub gemacht, als sie noch ein Kind war. Es war immer ihr Wunsch gewesen, mit mir hierher zu fahren, aber dann waren andere Dinge immer wichtiger.« Er fuhr sich mit den Fingern durchs Haar. »Ich fürchte, diese Stadt wird mich immer daran erinnern, dass ich falsche Prioritäten gesetzt habe.«

Als er dieses Geständnis ausgesprochen hatte, erstarrte er. Es war nicht seine Art, Freunden und seiner Familie seine Seele zu öffnen. Wie kam er dann dazu, einem flüchtigen Bekannten sein Herz auszuschütten?

»Das kann ich verstehen. Wie hieß denn Ihre Frau?«

Er hatte sich zu tief hineinmanövriert, um jetzt noch einen Rückzieher machen zu können. »Julie.«

»Und sie war im Sommer regelmäßig zum Urlaub hier? Wann? Vor zwanzig, fünfundzwanzig Jahren?«

»Das könnte ungefähr hinkommen.«

»Können Sie mir beschreiben, wie sie als Mädchen aussah?«

Michael versuchte, sich an die Fotos zu erinnern, die sie ihm aus ihrer Kindheit gezeigt hatte. Viele waren am Strand von Hope Harbor aufgenommen worden. »Sie war schlank, hatte langes, gewelltes blondes Haar und große blaue Augen, die verschmitzt funkelten.«

»Hatte sie ein rosa T-Shirt mit der Aufschrift ›I Love Hope Harbor‹ mit einem Herz an Stelle des Wortes?«

Michael schaute den Mann mit zusammengekniffenen Augen

an. »Ja.« Sie hatte das T-Shirt auf einem der Fotos getragen, die er unter ihren Erinnerungsstücken gefunden hatte, als er ihre Sachen durchgesehen hatte.

Charley stand auf, warf eine Handvoll gehackter Tomaten auf die Tacos, drehte den Fisch noch einmal um und trat an die Wand, die mit Kinderzeichnungen tapeziert war. Er zog eine Zeichnung heraus und legte sie auf die Theke.

»Ich glaube, diese Zeichnung ist von ihr. Sie und ihre Familie waren Stammgäste. Am letzten Tag bei einem ihrer Aufenthalte hier hat sie es mir geschenkt.«

Während Charley die Tacos fertig machte und sie in Papier einwickelte, starrte Michael die Wachsmalkreidezeichnung an. Ein blondes Mädchen stand in der Mitte. Es war am Strand, hinter ihm waren die Brandungspfeiler abgebildet. Es hatte die Arme ausgestreckt und ein breites Lächeln im Gesicht. Die Künstlerin hatte die Worte »Sei glücklich!!!« in großen Buchstaben über den wolkenlosen blauen Himmel geschrieben.

Dieses Bild könnte von jedem Kind stammen.

Aber dieses Mädchen hatte ein rosa T-Shirt mit der Aufschrift »I Hope Harbor« an.

Und unten in der Ecke standen ein Datum und eine Widmung.

Für Charley, den besten Tacomacher der Welt. Julie.

Die Unterschrift war zwar kindlich, aber es war die Schrift seiner Frau. Die gleiche Neigung, die gleichen eckigen Großbuchstaben, die gleichen Schnörkel am Ende des Buchstabens e.

Julie hatte dieses Bild gemalt, als sie zehn gewesen war.

»Glauben Sie, dass das von ihr ist?« Charley steckte die Tacos in eine Tüte.

»Ich weiß, dass es von ihr ist. Wie wussten Sie …? Warum haben Sie …? Das ist zwanzig Jahre alt.«

»Was soll ich sagen?« Charley zuckte die Achseln. »Ich liebe Kunst. Besonders die Kunst von Kindern. Und wie kann man ein solches Geschenk, das von Herzen kommt, wegwerfen?« Er tippte auf die Zeichnung, die im Laufe der Jahre vergilbt war und einige Fettspritzer abbekommen hatte. »Ich hänge nicht alle Bilder auf, die mir meine jungen Kunden schenken; einige habe ich auch im Studio in einer Schachtel. Aber meine liebsten Bilder hängen hier.«

Michael zog seine Brieftasche heraus und legte einen 10-Dollar-Schein auf die Theke, während er sich bemühte, den neuesten Ball, den ihm Hope Harbor zuwarf, zu verarbeiten.

»Mir gefällt diese Botschaft. Gefällt sie Ihnen nicht auch?« Der Mann zählte sein Wechselgeld ab und deutete auf die Worte *Sei glücklich!* »Das ist zeitlos.«

Ja, das stimmte. Diese Worte fingen Julies Persönlichkeit perfekt ein. Die Frau, die er geliebt hatte, hatte Freude ausgestrahlt und sie hatte immer gewollt, dass alle ihre Freunde ebenfalls diese Freude empfanden.

So war sie anscheinend schon immer gewesen. Mit zitternder Hand fuhr Michael mit den Fingerspitzen die jahrzehntealte Zeichnung nach.

»Wenn Sie möchten, können Sie die Zeichnung mitnehmen.« Charley strich eine umgeknickte Ecke glatt. »Ich habe das Gefühl, dass ich sie nur für Sie aufbewahren sollte.«

»Danke.« Mehr als dieses eine Wort brachte er nicht über die Lippen.

Mit Julies Zeichnung in der einen und der Tüte in der anderen Hand kehrte Michael zu seinem Auto zurück. Als er sich noch einmal zum Taco-Stand umdrehte, hatte sich schon wieder eine neue Schlange davor gebildet.

Seltsam, dass niemand dazugekommen war, als er an diesem Samstagabend, an dem viele Menschen hier im Hafen unterwegs waren, an dem Fenster gestanden hatte. Das war … Schicksal.

Oder eine Macht, die noch stärker war.

Michael steckte den Schlüssel ins Zündschloss, legte den Gang ein und fuhr zum Strand. Dort wollte er essen, einen langen Spaziergang machen und gründlich nachdenken.

Am Ende der Straße bog er links ab und fuhr zu den Klippen herunter. Dieser Gedanke ging ihm immer noch nicht aus dem Kopf.

Eine Macht, die noch stärker ist.

Gott?

In den ganzen Wochen hatte er sich gefragt, ob Gott seine verzweifelten Bitten um eine klare Führung gehört hatte. Er hatte keinen Blitz aus heiterem Himmel gesehen, keine Schrift an der Wand. Nicht einmal einen kleinen Fingerzeig.

Aber rückblickend hatte er den Eindruck, dass Gott ihn ständig geführt hatte. Alles, was geschehen war, seit er in Hope Harbor angekommen war, hatte sein Leben verändert. Neue Türen geöffnet. Ihn auf Wege geführt, die er nie erwartet hätte.

Und jetzt das!

Er warf einen Blick auf die Zeichnung, die neben ihm auf dem Beifahrersitz lag. Ein letztes Geschenk von der Frau, die er so geliebt hatte.

Sei glücklich!!!

Das kam einer Schrift an der Wand ziemlich nahe.

Jetzt musste er nur noch klären, wie er der Aufforderung nachkommen konnte, die Julie vor zwei Jahrzehnten aufgeschrieben hatte.

☙

Das rote Licht blinkte und verriet ihr, dass sie eine neue Nachricht hatte.

Mit hämmerndem Herzen stellte Anna die Auflaufform auf die Arbeitsplatte, wischte ihre feuchten Handflächen an ihrer Hose ab und ging zum Anrufbeantworter.

Der Anruf war bestimmt nicht von John. Das konnte nicht sein. Eine einzige Karte würde nicht den Schmerz von neunzehn Jahren auslöschen. Wenigstens nicht so schnell.

Oder doch?

Bitte, Gott, lass es eine Nachricht von John sein!

Mit zittrigen Fingern drückte sie auf die Abspieltaste.

»Mrs Williams, hier ist Ellen Lewis. Wir haben vor, morgen in die Kirche zu gehen, in der Sie und Grace letzte Woche waren. Und wir wollten fragen, ob wir Sie mitnehmen sollen. Sie brauchen nur anzurufen. Und nochmals danke für Ihre große Hilfe. Hier läuft es schon viel besser. Bis bald.«

Das war die einzige Nachricht auf dem Band.

Anna schluckte ihre kindische Enttäuschung hinunter und wandte sich von dem Gerät ab.

Natürlich würde John nicht so schnell anrufen. Vielleicht würde er in Erwägung ziehen, sich bei ihr zu melden. Wenn er ein paar Tage über das, was sie geschrieben hatte, nachgedacht hatte. Vorausgesetzt, er hatte den Umschlag überhaupt aufgemacht. Sie konnte es ihm nicht verdenken, wenn er den Umschlag postwendend in den Abfall geworfen hatte.

Sie ging an die Spüle und wollte die Auflaufform aus dem Beutel ziehen. Aber weil ihre Finger so zitterten, benötigte sie dafür drei Anläufe. Das war auch albern. Sie war zu alt und hatte zu viele unangenehme Erfahrungen in ihrem Leben gemacht, um sich jetzt unrealistischen Träumen hinzugeben. Solche Träume waren nur etwas für die Jungen, die von der grausamen Realität des Lebens noch nicht so viel Ahnung hatten. Sie sollte dankbar sein, dass Joyce ihr eine zweite Chance gegeben hatte, statt sich Unmögliches zu wünschen.

Sie stellte die Auflaufform ins Spülbecken und drehte das heiße Wasser auf, um die Kartoffelreste einzuweichen, die festgeklebt waren.

Es gab noch mehr, für das sie dankbar sein konnte. Die Familie Lewis war wieder zusammen und der heutige Abend war viel besser gelaufen, als sie erwartet hatte. Das verdankte sie Joyce. Sie war zwar vorsichtig begrüßt worden, aber niemand hatte sich von ihr abgewandt. Wenn sie sich bemühte, würde sie wieder Teil dieser Gemeinschaft werden können. Außerdem stand ein Backunternehmen in den Startlöchern, das ihr eine neue Aufgabe gab und …

Als plötzlich das Telefon klingelte, zuckte sie zusammen. Ihre unverletzte Hand flog an ihre Brust, als wieder Hoffnung in ihr aufkeimte, obwohl sie sich nach Kräften bemühte, sie zu ersticken.

Sie wischte sich die Hände an einem Handtuch ab, eilte durchs Zimmer und nahm atemlos den Hörer ab.

»Anna? Hier ist Joyce. Du klingst außer Atem.«

Sie schloss die Augen und lehnte sich an die Arbeitsplatte. »Ich, ähm, musste mich beeilen, um ans Telefon zu kommen, bevor sich der Anrufbeantworter einschaltet.«

»Ach so. Ich wollte dir nur sagen, dass ich auf dem Boden des Beifahrersitzes dein Portemonnaie gefunden habe, als ich nach Hause kam. Es muss dir aus der Tasche gefallen sein. Soll ich es dir gleich bringen?«

Ihre Lunge begann wieder zu arbeiten. »Nicht nötig. Ich gehe heute Abend nirgends mehr hin.«

»Dann gebe ich es dir, wenn ich dich morgen zum Gottesdienst abhole.«

»Das wäre nett. Und Joyce. Es war wirklich schön, heute Abend mit dir zu plaudern. Das hat viele glückliche Erinnerungen geweckt.«

»Bei mir auch.« Das letzte Wort der Frau klang heiser, und als sie weitersprach, zitterte ihre Stimme. »Dann sehen wir uns morgen.«

Als sie sich verabschiedet hatten, rief Anna kurz Ellen Lewis an, um ihr zu sagen, dass sie schon eine andere Mitfahrgelegenheit hatte, und um sich für ihr Angebot zu bedanken. Dann trat sie wieder an die Spüle. Die verkrusteten Kartoffelreste hatten sich gelöst. Sie spülte die Schüssel, obwohl sie nur mit einer Hand arbeiten konnte, so sauber, dass sie wieder glänzte wie neu.

Vielleicht würde ihre Beziehung zu John auch wieder wie neu werden können. Falls er ihre Karte las.

Mit einem reumütigen Kopfschütteln räumte sie die saubere Schüssel weg. In ihrem Alter sollte sie eigentlich wissen, dass es meistens nur in Büchern ein Happy End gab.

Aber so sehr sie sich auch bemühte, sie konnte den winzigen Hoffnungsfunken, der in ihrem Herzen aufgelodert war, nicht ersticken.

Kapitel 22

»Hier sind die Sachen, Eleanor.« Tracy reichte der alten Frau die kleine Einkaufstüte mit dem bestellten Backpulver und den Schokostreuseln.

»Vielen Dank, meine Liebe. Es tut mir leid, dass ich Sie an einem Sonntagnachmittag belästige. Ich hatte völlig vergessen, dass ich mich gemeldet hatte, diese Woche für Pastor Baker die Nachspeise zu machen. Margie hat mich nach dem Gottesdienst daran erinnert.« Sie beugte sich zur Seite und spähte auf den Weg vor dem Haus. »Haben Sie wieder Michael mitgebracht? Sie beide waren heute Morgen im Gottesdienst so ein schönes Paar.«

Nur mit Mühe konnte Tracy lächeln. Michael hatte zwar neben ihr gesessen, aber in Gedanken war er weit weg gewesen.

Irgendetwas war mit ihm.

»Nein. Er ist auf der Farm und hilft Onkel Bud, einen Zaun zu reparieren. Das muss heute sein, weil Shep und Ziggy nicht rund um die Uhr Wache stehen können. Ich fahre auch gleich zu ihnen.«

»Er hilft Ihnen auf der Farm, wie ich sehe.« Die alte Frau nickte zustimmend. »Mir gefällt ein Mann, der sich nicht zu schade ist, sich die Hände schmutzig zu machen.«

Damit waren sie schon zwei.

Aber Tracy hatte nicht vor, mit Eleanor über die Vorzüge von Männern zu sprechen. Und schon gar nicht, nachdem sich der Mann, dessen Vorzüge ihr gefielen, ihr gegenüber heute Morgen so beunruhigend verhalten hatte.

Sie trat von der Tür zurück. »Ich muss jetzt los. Auf mich wartet heute noch viel Arbeit.«

»Vergessen Sie aber nicht, auch ein wenig Spaß zu haben. Am besten mit diesem netten jungen Mann. Ich habe das Gefühl, dass er weiß, wie man einer Frau einen unvergesslichen Tag bereitet.«

Jetzt reichte es Tracy endgültig.

»Bis bald.« Mit einem Winken lief sie den Weg entlang, stieg auf ihr Rad und fuhr eilig davon. Je früher sie diesen netten jungen Mann sah, umso eher konnte sie versuchen herauszufinden, was ihn heute Morgen so beschäftigt hatte.

Doch als sie eine knappe Viertelstunde später zu *Harbor Point Cranberries* einbog, war sein Auto nirgends zu sehen.

»Du bist aber schnell hier.« Onkel Bud kam mit der Nagelpistole in der Hand aus dem Geräteschuppen.

»Wo ist denn Michael?«

»Er hat vor zehn Minuten einen Anruf bekommen und ist dann gefahren. Er sagte, er müsse etwas Geschäftliches erledigen. Hilfst du mir bei den Eckpfosten? Ich könnte ein zweites Paar Hände gut gebrauchen.«

»Klar.« Sie ging zum Schuppen, um ihre Arbeitshandschuhe zu holen.

»Hey.«

Sie blieb stehen und drehte sich um.

»Kopf hoch.«

»Mir geht es bestens.«

»Was du nicht sagst.«

Ihrem Onkel entging aber auch nichts.

Sie zuckte die Achseln und stieß mit der Schuhspitze gegen einen Stein, während sie die Finger in die Hosentasche ihrer Jeans steckte. »Ich denke nur über diesen Anruf nach, den Michael bekommen hat. Es muss wichtig gewesen sein, wenn er gefahren ist, obwohl er versprochen hat, uns heute zu helfen.«

»Vermutlich.« Onkel Bud schaute sie an. »Du machst dir Sorgen, dass er wieder fährt, nicht wahr?«

Warum sollte sie es nicht zugeben? »Ja.«

»Als wir heute zusammen gearbeitet haben, hat er ziemlich viel von dem Kuchenprojekt gesprochen. Und er hat ganz oft das Wort *wir* benutzt. Wenn er wirklich für immer weggehen wollte, hätte er das wahrscheinlich nicht gemacht. Wenn du dir Sorgen machst, dann frag ihn doch am besten, welche Pläne er hat.«

»Das habe ich schon. Als wir das letzte Mal darüber gesprochen haben, wusste er noch nicht, was er tun soll.«

»Es ist ja auch eine schwerwiegende Entscheidung.«

»Ich weiß.« Sie wischte sich die Haare aus der Stirn. »Ich hole meine Handschuhe.«

Keine halbe Minute später kam sie mit ihren Handschuhen wieder aus dem Schuppen. Ihr Onkel stand immer noch an derselben Stelle und wartete auf sie.

»Liegst du Gott damit in den Ohren?«

»Ein bisschen.«

»Bete weiter. Ich bete auch mit. Ein Mensch, der vor so einer Entscheidung steht, braucht viel Führung. Am besten legen wir die Sache in Gottes Hände und überlassen alles ihm.«

Sie schlüpfte in einen Handschuh und ließ die Schultern hängen. »Das klingt gut. Wenigstens in der Theorie.«

»Wem sagst du das!« Er bückte sich und streichelte Ziggy, als der Collie angesprungen kam. »Sorgen lassen sich nur schwer abschütteln, egal, wie stark der Glaube eines Menschen ist. Kluge, fähige, kompetente Menschen wie wir …«, er zwinkerte ihr zu, »… wollen die Sache gern selbst in die Hand nehmen und sofort eine Antwort bekommen. Das Problem ist nur, dass Gott meist einen anderen Zeitplan hat als wir. Wir können nur beten, dass Michael die Entscheidung trifft, die für alle Beteiligten die richtige ist.«

Sie schlüpfte in den anderen Handschuh und bemühte sich um einen ungezwungenen Tonfall. »Was würdest du denn davon halten, wenn er bleiben würde?«

»Willst du die Wahrheit hören?«

Ihr Magen zog sich zusammen. Onkel Bud konnte den Charakter anderer Menschen gut einschätzen, und falls er irgendwelche Vorbehalte gegen Michael hatte, würde sie sich ernsthaft Gedanken machen müssen.

Vielleicht hätte sie lieber nicht fragen sollen.

Aber davon, dass man den Kopf in den Sand steckte, verschwanden die Probleme auch nicht. Das hatte Onkel Bud sie immer gelehrt.

Sie schluckte. »Ja.«

»Nach allem, was ich gesehen habe, ist er ein guter Mann. Du hast mich zwar nicht gefragt, aber ich sage es dir trotzdem: Ich finde, dass ihr gut zusammenpasst. Ich habe Craig gemocht, aber nachdem ich dich mit Michael gesehen habe, würde ich sagen, dass er noch besser zu dir passt.«

»Wie kannst du das jetzt schon wissen? Er ist doch erst seit einem Monat hier.«

»Ich brauche nicht lang, um jemanden einzuschätzen. Bei Nancy wusste ich schon am ersten Tag, dass sie etwas Besonderes ist. Natürlich haben wir uns Zeit gelassen und nichts überstürzt. Aber ich liege mit meinem Instinkt meistens richtig.« Er schwang die Nagelpistole hoch. »Können wir jetzt den Zaun reparieren?«

»Ja.«

Sie folgte ihm zu den Feldern und blieb nur kurz stehen, um Shep zu streicheln, der daraufhin begeistert mit dem Schwanz wedelte. Dann lief der Collie davon, um mit seinem Gefährten wieder Sumpfratten zu jagen. Beide bellten begeistert.

Wenn sich Menschen doch auch so leicht freuen konnten!

Aber ihr Onkel hatte recht: Ihre Sorgen sollte sie an Gott abgeben. Sie hatte Michael bereits auf jede erdenkliche Weise zu verstehen gegeben, dass sie ihn gern hier haben wollte, auch wenn sie es so direkt noch nicht ausgesprochen hatte. Er wusste, dass sie tiefe Gefühle für ihn hatte.

Jetzt lag die Entscheidung bei ihm. Und bei Gott.

CB

»Ich danke Ihnen beiden, dass Sie sich so kurzfristig Zeit für mich genommen haben.« Michael reichte den beiden Geistlichen die Hand und setzte sich an den Tisch, der in Pastor Bakers Büro stand.

»Kein Problem. Ihre Bitte hat mich vor einer Sitzung des Altarteams gerettet.« Pater Kevin setzte sich grinsend. »Ich weiß zwar nicht, worum es hier geht, aber jedes Thema ist besser, als zuzuhören, wie die Frauen über Blumenschmuck diskutieren und darüber, ob die Altardecke gebügelt werden muss oder nicht.«

»Mir geht es da wie Kevin.« Pastor Baker setzte sich. »Zu meinem Sonntagnachmittag hätte eine monatliche Pastorensitzung in Coos Bay gehört, wo das wichtigste Thema meistens Football ist. Die Leute sind ganz nett, aber es ist keine lebensnotwendige Veranstaltung. Also, was können wir für Sie tun?«

Michael faltete die Hände auf dem polierten Walnusstisch. »Tracy hat mir von dem Gespräch erzählt, das Sie drei geführt haben. Über *Helfende Hände*. Und dass Sie daran interessiert wären, mich als Geschäftsführer anzustellen. In Teilzeit.«

Die zwei Geistlichen schauten sich an, dann sagte Pater Kevin: »Ich hoffe, wir haben Sie nicht beleidigt, weil wir hinter Ihrem Rücken darüber gesprochen haben, aber wir wollten Sie nicht unter Druck setzen. Es war eine spontane Idee. Tracy hat uns erklärt, dass Sie bald nach Chicago zurückfahren. Ich nehme an, dass ein Wunder nötig ist, um jemanden zu finden, der die nötige Erfahrung für diese Stelle mitbringt und dazu noch bereit ist, einige Monate ohne Gehalt zu arbeiten.«

Michael atmete tief ein. Sein Gebet hatte ihn hierher geführt, aber es war trotzdem ein großer Schritt. »Dann kann es sein, dass dieses Wunder geschehen ist.«

Pastor Baker legte den Kopf schief. »Aber ich dachte ... Haben Sie nicht vor, bald nach Chicago zurückzufahren?«

»Ja, das hatte ich vor. Aber meine Pläne haben sich geändert.«

»Das ist ja fantastisch!« Der Priester beugte sich vor und seine Augen funkelten begeistert. »Mit Ihrer Erfahrung und unter Ihrer Leitung könnte *Helfende Hände* sehr viel Gutes tun. Es könnte viel mehr werden, als wir uns am Anfang erträumt haben.«

»Es kann aber sein, dass ich nur für kurze Zeit für *Helfende Hände* arbeite.« Er musste die beiden bremsen, bevor sie sich zu sehr hinreißen ließen. »Vielleicht nur so lange, bis das neue Modell angelaufen ist und die Anfangsfinanzierung steht. Ich habe mich noch nicht entschieden, ob ich auf Dauer im gemeinnützigen Bereich bleiben möchte. Aber falls ich mich dagegen entscheide, würde ich mit Ihnen daran arbeiten, einen Ersatz zu finden.«

»Egal, wie lange Sie bleiben, es wäre ein Geschenk des Himmels. Im wahrsten Sinn des Wortes. Wirklich eine Erhörung unserer Gebete.« Pastor Baker stützte die Ellbogen auf den Tisch und legte die Fingerspitzen aneinander. Er wurde ernster. »Aber wir wollen nicht, dass Sie in einen finanziellen Engpass geraten. Tracy hat uns daran erinnert, dass man ja auch von etwas leben muss. Sind Sie sicher, dass Sie das leisten könnten?«

»Ja.« Er war zwar nicht vermögend, aber das Geld von Julies Lebensversicherung würde noch eine Weile reichen. Es war viel besser, es für eine sinnvolle Sache einzusetzen als für sein Vergnügen. Dazu kam, dass Anna angeboten hatte, die Miete zu senken, als er ihr erklärt hatte, er würde eventuell länger bei ihr wohnen wollen.

»Ausgezeichnet. Wir berufen noch diese Woche eine Vorstandssitzung ein, um die Mitglieder darüber abstimmen zu lassen, aber ich denke, wir können davon ausgehen, dass alle zustimmen werden. Niemand sagt Nein, wenn er in der Wüste Manna bekommt.« Pater Kevin grinste ihn an.

Pastor Baker verdrehte die Augen. »Wenn du schon biblische Bilder benutzt, könntest du dir dann nicht etwas Schmeichelhafteres aussuchen? Zum Beispiel die Hochzeit in Kana. Der beste Wein wird erst zum Schluss serviert.«

»Manna ist ein ausgezeichnetes Bild.« Der Priester schnaubte. »Aber ich hätte auch die kostbare Perle nehmen können.«

»Nein. Dieses Beispiel passt auch nicht. Wir bekommen *unsere* Perle kostenlos. Du musst ein bisschen mehr in deiner Bibel lesen.«

Pater Kevin schnaubte. »Fang jetzt nicht wieder an, mit mir über die Bibel zu diskutieren. Katholiken lesen genauso viel in der Bibel wie ...«

»Meine Herren.« Michael versuchte, ernst zu bleiben, als er ihren Wortwechsel unterbrach. Das gut gelaunte Wortgefecht der beiden Pfarrer war zum Brüllen. »Ich möchte gern noch einige offene Fragen klären, bevor Sie eine Vorstandssitzung einberufen. Jetzt, da Sie mir Ihr Interesse bestätigt haben, muss ich mich vergewissern, dass es keine Probleme gibt, die die Dinge verzögern könnten. Aber wenn wir mit der Sache an die Öffentlichkeit gehen, bitte ich Sie, mir den Termin für die Sitzung zu sagen. Dann warte ich vor der Tür, während der Vorstand diese Frage diskutiert, um für eventuelle Fragen zur Verfügung zu stehen.«

Der Pastor und der Priester schauten ihn an. Pater Kevin sagte: »Ich kann mir nicht vorstellen, dass jemand auch nur eine einzige Frage haben könnte.«

»Man wird Ihnen wahrscheinlich eher die Füße küssen.«

Mit einem Grinsen schob Michael seinen Stuhl zurück und stand auf. »Das klingt nicht sehr hygienisch. Ich begnüge mich mit einem Händedruck.«

Die zwei Pfarrer standen ebenfalls auf. Pater Kevin hielt ihm die

Hand hin. »Dann fange ich damit an. Wir sind Ihnen sehr, sehr dankbar.«

Michael erwiderte seinen festen Händedruck.

»Ich gehe davon aus, dass sich Tracy über diese Entwicklung auch sehr freut.« Pastor Bakers Augen funkelten, während er ihm enthusiastisch die Hand schüttelte.

»Ich habe es ihr noch nicht gesagt. Aber das habe ich sehr bald vor. Vorher muss ich jedoch noch ein paar Fragen klären. Deshalb wäre ich Ihnen dankbar, wenn Sie beide diese Sache noch ein oder zwei Tage für sich behalten könnten.«

»Ich behandle diese Sache genauso vertraulich wie die Geheimnisse, die mir in der Beichte anvertraut werden«, versprach Pater Kevin.

»Bei uns hat die Beichte zwar keinen ganz so hohen Stellenwert, aber evangelische Pfarrer können auch ein Geheimnis für sich behalten. Ich werde kein Wort sagen.« Pastor Baker lächelte. »Aber ich habe trotzdem das Gefühl, dass eine gewisse Cranberryfarmerin bald eine Nachricht bekommen wird, die sie sehr glücklich macht.«

»Ihr Wort in Gottes Ohr.«

»Das sage ich auch immer.« Pater Kevin strahlte ihn an.

»Ein katholischer Priester, der einen jüdischen Spruch benutzt?« Pastor Baker zog eine Braue hoch.

»Hey, wir sind sehr ökumenisch.«

Michael verkniff sich ein Schmunzeln. »In diesem Sinne möchte ich mich verabschieden.«

Während er zu seinem Apartment zurückfuhr, um eine längere Mail zu verfassen und den vorläufigen Geschäftsplan, den er für das Kuchenprojekt erstellt hatte, zu aktualisieren, hoffte er, dass Pastor Baker mit dem, was er über Tracy gesagt hatte, recht behielt. Und das nicht nur kurzfristig.

Die Entscheidung, die er nach dem gestrigen Gespräch bei Charley und nach gründlichem Nachdenken und viel Gebet getroffen hatte, würde sein Leben verändern. Und ihres gleich mit. Für immer.

Und auch wenn es die richtige Entscheidung war, gab es keine Garantien.

Er konnte nichts anderes tun, als seinem Herzen zu folgen und darauf zu vertrauen, dass er und Tracy in den kommenden Monaten mit Dankbarkeit und nicht mit Bedauern auf diesen Tag zurückblicken würden.

༶

»Willst du nicht endlich den Brief von deiner Mutter aufmachen?«

Bei Kelseys Frage verkrampften sich Johns Finger um das Steuer seines Wagens. An seinem Geburtstag hatte sie ihn wegen dieses sensiblen Themas nicht weiter gelöchert, aber heute war mit dieser Zurückhaltung Schluss.

Besonders jetzt, da er und seine Tochter allein im Auto waren. Es war keiner da, der sich einmischen und ihn vor Kelseys Fragen abschirmen konnte.

»Keine Ahnung. Hast du Ersatzbälle eingepackt?«

Sie deutete mit dem Fuß auf die Sporttasche, die neben dem Tennisschläger im Fußraum lag. »Eine ganze Packung. Was ist jetzt mit der Karte?«

Erzähl ihr die Geschichte, John. Sie ist alt genug, um sie zu hören.

Der Rat von Denise gestern Abend, als sie in der Dunkelheit den Arm um ihn gelegt hatte und er hellwach an die Zimmerdecke gestarrt hatte, ging ihm wieder durch den Kopf.

Es war nie leicht gewesen, darüber zu sprechen. Nicht einmal mit der Frau, die er liebte.

»So einfach ist das nicht, Kelsey.«

»Das sagst du immer.«

»Aber es stimmt auch.«

Sie drehte sich auf dem Sitz zu ihm herum. »Ich bin kein Kind mehr und kann durchaus auch komplizierte Dinge verstehen. Und ich bin nicht naiv. Ich weiß, dass auf der Welt schlimme Dinge passieren. Fernsehen und Internet sind voll davon.« Sie verschränkte die Arme und er fühlte ihren durchdringenden Blick. »Du tust so, als wäre das, was zwischen dir und deiner Mutter passiert ist, ein Staatsgeheimnis. Außerdem habe ich nicht vor, es zu twittern oder in Facebook zu posten oder es meinen Freundinnen zu erzählen. Ich kann ein Geheimnis für mich behalten.«

Da konnte er ihr nicht widersprechen.

Was *war* also der Grund dafür, dass er dieses Geheimnis immer noch für sich behielt?

Du kennst den Grund, Williams. Du willst vor deiner Tochter nicht das Gesicht verlieren, indem du zugibst, dass du nicht perfekt bist. Hier geht es mehr um deinen Stolz als darum, dass sie nicht reif genug wäre. Du kannst dich nicht mehr damit herausreden, dass sie noch zu klein dafür wäre.

Denise hatte recht.

Es war Zeit, Kelsey seine Geschichte zu erzählen.

Er warf einen kurzen Blick auf die Uhr am Armaturenbrett. Dann bog er auf den nächsten Parkplatz, der zu einem Laden gehörte, der alte Möbel restaurierte. Ein Schild im Schaufenster versprach dem Kunden, dass sich beschädigte Erbstücke so aufarbeiten ließen, dass sie wie neu waren.

Wenn das nicht eine Ironie des Schicksals war!

»Was hast du vor?« Kelsey schaute sich mit gerunzelter Stirn auf dem Parkplatz um.

Er fuhr in eine Parklücke, stellte den Motor ab und drehte sich zu ihr herum. Es wäre leichter, den vorbeifahrenden Verkehr zu beobachten, während er ihr seine Geschichte erzählte. Aber das wäre auch feige. »Wir haben noch ein paar Minuten, bis du zu deinem Tennistraining musst. Deshalb will ich dir erzählen, was zwischen deiner Großmutter und mir vorgefallen ist. Falls wir mehr Zeit brauchen, können wir auch eine Limonade trinken gehen. Wenn du eine Trainingsstunde verpasst, geht die Welt nicht unter.«

Sie schaute ihn mit großen Augen an. »Im Ernst?«

»Ja.« Er tastete nach der Wasserflasche, die er immer im Auto hatte, trank einen kräftigen Schluck, weil seine Kehle trocken war, und begann dann zu erzählen.

Kelsey hörte schweigend zu, statt ihn, wie es sonst ihre Art war, mit Fragen zu löchern. Als er fertig war, sagte sie immer noch nichts.

Als die Sekunden vergingen, traten ihm Schweißperlen auf die Stirn. Ihre Miene verriet, dass sie schockiert war. Desillusioniert. Und von ihm enttäuscht.

Das tat weh.

Sehr.

Aber diese Reaktion hatte er erwartet. Das war auch der Grund, warum er sein Geheimnis so lange für sich behalten hatte.

Er verdiente diese Reaktion.

»Kann ich dich etwas fragen?« Kelsey spielte mit dem Knopf an ihrem Pullover.

»Natürlich.« Er stellte sich auf schwierige Fragen ein. Sie wäre mit seinem zögernden, knappen Geständnis nicht zufrieden: dass er sich nach dem Tod seines Vaters einsam und verlassen gefühlt hatte; dass er der jungen Frau, die ihn in seiner Trauer getröstet hatte, dankbar gewesen war; dass diese Dankbarkeit zu einem unangemessenen Verhalten geführt hatte; dass er in Panik geraten war, als sie ihm gesagt hatte, dass sie schwanger sei; dass sie darauf beharrt hatte, das Baby zur Adoption freizugeben, und dass er schließlich kapituliert hatte. Seine Auseinandersetzung mit seiner Mutter, die kein Mitgefühl gezeigt hatte; seine Entscheidung, aus Hope Harbor wegzuziehen und ein neues Leben anzufangen. Natürlich wollte Kelsey mehr Details wissen über … alles.

»Habe ich eine Halbschwester oder einen Halbbruder?«

»Bruder.«

»Weißt du, wo er ist?«

»Nein. Es war eine geschlossene Adoption. Das hat meine … Seine Mutter hat das so gewollt.«

»Gibt es eine Chance, dass ich ihn kennenlernen kann?« Ihr Gesicht wurde wehmütig. »Ich habe mir immer einen Bruder oder eine Schwester gewünscht.«

»Das bezweifle ich.«

Wieder schwieg sie und er wappnete sich für weitere Fragen.

Doch ihre nächste Frage fiel ganz anders aus, als er erwartet hatte.

»Warum willst du die Karte deiner Mutter nicht aufmachen?«

Nach allem, was er ihr gestanden hatte, wollte sie über die Geburtstagskarte sprechen?

Er runzelte die Stirn. »Willst du denn nicht mehr darüber wissen, was passiert ist?«

Sie zog eine Schulter hoch. »Du hast es recht gut erklärt. Ich habe verstanden, was passiert ist. Es ist zwar ein sonderbares Gefühl, dass ich nicht dein erstes Kind bin, und ich wünschte, es gäbe eine Möglichkeit, meinen Halbbruder kennenzulernen, aber das meiste von dem, was du erzählt hast, ist lange vor meiner Geburt passiert. Das einzig Schlimme, das bis heute wirklich relevant ist, ist die Kluft zwischen dir und deiner Mutter. Ist das nicht jetzt am wichtigsten?«

Aus dem Mund seiner Tochter klang es so einfach.

Vielleicht war es das ja auch.

Vielleicht musste er die Vergangenheit vergessen und sich auf die Gegenwart konzentrieren. Die heutigen Fragen klären und in die Zukunft blicken, statt zurückzuschauen.

»So habe ich es nie gesehen, aber ja, wahrscheinlich hast du recht.«

»Wenn sie dir eine Karte geschickt hat, tut es ihr doch wahrscheinlich auch leid.« Kelsey beugte sich zu ihm hinüber und berührte die Finger, mit denen er krampfhaft das Lenkrad festhielt. »Das könnte deine Chance sein, die Dinge in Ordnung zu bringen, Papa. Du gehst jeden Sonntag in den Gottesdienst. Solltest du nicht das tun, was unser Pastor, Bob, immer über Vergebung und Barmherzigkeit predigt? Dass man anderen und sich selbst eine zweite Chance geben soll? Erst letzte Woche hat er doch gesagt: Es reicht nicht, Gottes Wort zu hören. Man muss auch danach leben.«

Ein Druck baute sich hinter seinen Augen auf. Wann war sein kleines Mädchen erwachsen geworden?

»Du klingst ganz wie deine Mutter.«

»Meint sie auch, dass du die Karte aufmachen solltest?«

»Sie hat es nicht so direkt gesagt wie du, aber ich glaube schon.«

»Was willst du jetzt machen?«

»Sehr gut darüber nachdenken.«

Kelsey seufzte. »Tu es einfach, Papa! Denk nicht zu viel! Das sagt mein Trainer immer, wenn ich meinen Aufschlag übe. Und weißt du was? Es funktioniert.« Sie schaute auf die Uhr am Armaturenbrett. »Apropos Tennis. Ich glaube, wir müssen fahren.«

»Die Einladung auf eine Limo steht nach wie vor, falls du noch mehr Fragen hast.«

»Können wir das auf ein anderes Mal verschieben? Ich möchte wirklich gern zum Training.«

»Klar.« Er ließ den Motor wieder an. Als er den Gang einlegte, berührte sie wieder seine Hand.

»Danke, dass du mir das alles erzählt hast. Und nur damit du es weißt: Ich hab dich sehr lieb. Mehr als je zuvor.«

John nahm sie schweigend in seine Arme und brachte kein Wort über die Lippen.

Auf dem letzten Stück des Weges erfüllte eine Musik, die Kelsey im Radio ausgesucht hatte, das Auto. Als er auf den Parkplatz bei den Tennisplätzen bog, beugte sie sich zu ihm herüber und gab ihm einen Kuss auf die Wange. »Vergiss nicht, dass ich heute bei Linda übernachte. Ihre Mutter bringt mich morgen früh nach Hause.«

»Alles klar.«

Sie holte ihre Übernachtungstasche vom Rücksitz, dann nahm sie ihr Tenniszeug. »Mach den Umschlag auf. Okay?«

»Ich tendiere dazu.«

»Gut.« Mit einem Winken machte sie die Tür zu und lief zum Tennisplatz.

Als sie bei den anderen Tennisschülern ankam, fuhr er nach Hause. Endlich hatte er das Gespräch geführt, vor dem ihm seit Kelseys Geburt gegraut hatte. Es war bei Weitem nicht so schwer gewesen wie erwartet.

War das bei der Karte, die ihm seine Mutter geschickt hatte, vielleicht auch so?

John tippte mit dem Finger aufs Lenkrad. Das würde er nur erfahren, wenn er den Umschlag aufmachte. Wenn ihm das, was darin stand, nicht gefiel, konnte er die Karte immer noch wegwerfen. Oder sie einfach ignorieren.

Aber während er auf das Haus zusteuerte, das für ihn jetzt mehr sein Zuhause war als der kleine Bungalow in Hope Harbor, in dem er aufgewachsen war, hatte er das Gefühl, dass beides keine Option war. Egal, was auf der Karte stand, es würde ihn herausfordern, etwas zu tun.

Er konnte nur beten, dass er dieser Aufgabe gewachsen war.

Kapitel 23

Vierundzwanzig Stunden ohne Michael und sie hatte Entzugserscheinungen.

Tracy atmete tief aus, stand von ihrem Laptop auf und trat ans Fenster, um gegen die untergehende Sonne einen Blick auf die geschotterte Einfahrt zu werfen. Als bräuchte sie sich nur zu wünschen, dass er an ihrer Tür erschien, und er wäre da.

Wie dumm!

Nachdenklich fuhr sie sich mit den Fingern durchs Haar und kehrte zum Tisch zurück. Sie musste die Lohnabrechnung abschließen, statt sich ständig zu fragen, was mit Michael war. Er war gestern Nachmittag unerwartet von der Farm weggefahren und hatte sich heute den ganzen Tag über nicht wieder blicken lassen.

Beruhige dich und mach deine Arbeit, Tracy. Wenn Michael mit dir sprechen will, tut er das. Er hat dir eine Mail geschickt und geschrieben, dass er fast den ganzen Tag zu tun hat. Damit musst du leben.

Mit reiner Willenskraft gelang es ihr, sich wieder auf ihre Arbeit zu konzentrieren. Eine halbe Stunde später klopfte es plötzlich an ihrer Tür.

Ihre Finger zuckten auf den Tasten so sehr zusammen, dass sie zwei Ziffern löschte. Sie zwang sich, das zu korrigieren, bevor sie zur Tür ging.

Das musste Michael sein.

Wer denn sonst?

Sie atmete tief ein und machte die Tür auf.

Er war es. Sein Haar war vom Wind zerzaust und er sah einfach umwerfend aus.

»Hi.« Sein Lächeln war warm.

Ein positives Zeichen, oder?

Oder versuchte er nur, die schlechte Nachricht, die er ihr überbringen würde, abzumildern? Vielleicht kam er, um ihr zu sagen, dass er seine Entscheidung getroffen hatte und nach Chicago zurückkehren würde.

»Hey.« Er berührte sie an der Schulter. Kleine Falten gruben sich in seine Stirn. »Geht es dir gut?«

»Ja.« *Lügnerin, Lügnerin.* »Komm rein.« Sie machte einen Schritt zurück, damit er eintreten konnte.

Er betrat das Haus und warf einen Blick auf den Laptop, der auf dem Küchentisch stand. »Warst du gerade mit etwas beschäftigt?«

Ja. Ich habe an dich gedacht.

Aber sie schüttelte den Kopf. »Nichts, das nicht warten könnte. Nur ein Haufen Zahlen.« Sie deutete zum Sofa. »Willst du dich setzen?«

»Ja.« Er nahm grinsend ihre Hand und zog sie mit sich. »Mit dir.«

Sie ließ sich von ihm zum Sofa führen, hielt aber Abstand zu ihm, als sie Platz genommen hatte.

Mit zusammengekniffenen Augen sah er sie an. »Was ist los?«

Sag ihm, was dich beschäftigt, Tracy. Aber geh dabei behutsam und taktvoll vor.

»Gehst du wieder weg?«

Oh, nein!

Hätte sie diese Frage noch weniger taktvoll formulieren können?

»Entschuldigung.« Wärme trat in ihre Wangen. »Ich wollte nicht so damit herausplatzen.«

Er hob die Hand und strich sanft über die Falten auf ihrer Stirn. »Du machst dir Sorgen.«

»Ja.« Es hatte keinen Sinn, das Offensichtliche abzustreiten. »Gestern im Gottesdienst hast du so geistesabwesend gewirkt. Ich hatte das Gefühl, dass dich etwas Wichtiges beschäftigt. Dass du vielleicht deine Entscheidung getroffen hast, ob du bleiben oder gehen willst.«

»Ich habe sie getroffen.«

Ihr Atem stockte.

»Ich wollte alles geklärt haben, bevor ich es dir sage. Doch jetzt sehe ich, dass ich es dir sofort hätte sagen sollen. Ich bleibe.«

Sie brauchte einen Moment, um seine Worte zu verarbeiten. Um diese Nachricht zu verdauen.

Michael zog nach Hope Harbor.

Gott sei Dank!
»Darüber will ich heute Abend mit dir sprechen. Deshalb bin ich gekommen.« Er hob einen kleinen Aktenkoffer auf, der ihr bis jetzt überhaupt nicht aufgefallen war, stellte ihn auf den Wohnzimmertisch und drehte ihn zu ihr herum. »Es war keine leichte Entscheidung, aber nach viel Gebet und Überlegen – und einem sehr bizarren Erlebnis am Samstagabend – habe ich erkannt, dass Hope Harbor der Ort ist, an den ich gehöre.«

Er erzählte ihr von seinem Gespräch mit den zwei Geistlichen der Stadt; von der Mail, die er dem Vorstandsvorsitzenden des St.-Joseph-Zentrums geschrieben hatte, von den Telefonaten, die er heute geführt hatte, und von dem Geschäftsplan, den er für das Kuchenprojekt ausgearbeitet hatte.

Als er die Kinderzeichnung aus seiner Aktentasche zog, konnte sie sie nur anstarren, während er ihr die Geschichte erzählte, die hinter diesem Bild steckte.

»Das ist wirklich unglaublich.« Sie berührte den Rand des vergilbten Papiers. »Und Charley hatte dieses Bild die ganzen Jahre über in seinem Wagen hängen?«

»Ich weiß. Sehr sonderbar. Aber es war das letzte Argument, das ich brauchte, um meine Entscheidung zu treffen. Ich muss für ein paar Wochen nach Chicago, um privat alles abzuschließen und im St.-Joseph-Zentrum die Geschäfte weiterzuführen, bis sie einen Ersatz für mich finden. Aber danach komme ich zurück und werde mich hier niederlassen. Und für *Helfende Hände* arbeiten und mich auf eine spezielle Cranberryfarm konzentrieren. Und auf eine ganz spezielle Cranberryfarmerin.«

Seine Stimme nahm einen so zärtlichen Klang an, dass ihr ganz warm ums Herz wurde. Dafür hatte sie gebetet, aber er gab so vieles auf und nahm so radikale Veränderungen vor. Eine kleine Sorge trübte ihre Freude. Sie zwang sich, diese Sorge auszusprechen, auch wenn sie sie lieber ignorieren würde.

»Aber was ist, wenn es zwischen uns doch nicht gut geht? Wenn du Chicago verlässt, schlägst du die Tür zu deinem alten Leben zu.«

Sein entspanntes Lächeln verriet, dass er ihre Sorge nicht teilte. »Ich öffne aber auch die Tür zu vielen neuen Möglichkeiten. Egal, was aus uns wird, ich bin bereit, einen neuen Weg einzuschlagen.

Aber weißt du was? Ich habe das Gefühl, dass alles gut werden wird. Warte nur, bis du die Pläne siehst, die ich für das Kuchenprojekt erstellt habe. Ich habe schon einige Vorankündigungen losgeschickt. Du wirst nicht glauben, wie viele Stellen Interesse zeigen, in ihren Räumen eine Verkostung durchzuführen und das Produkt in ihr Sortiment aufzunehmen.«

»Du warst wirklich fleißig.«

»Seit gestern Nachmittag habe ich Vollgas gegeben. Es gibt noch viel zu tun. Du, Anna und ich müssen uns diese Woche treffen und durchstarten. Ich arbeite auch aus der Ferne mit und wir können regelmäßige Telefonkonferenzen abhalten, aber ich möchte sicher sein, dass alles gut anläuft, bevor ich nach Chicago fahre.« Mit einem vertrauten Lächeln zog er sie an sich, um sie zu küssen.

Klopf, klopf, klopf.

Mit einem Stöhnen ließ sie den Kopf hängen.

»Lass mich raten. Floyd will etwas zu fressen?«

»Das nenne ich wirklich schlechtes Timing.« Sie warf einen verärgerten Blick zur Hintertür. »Wir könnten ihn ignorieren.«

Klopf, klopf, klopf.

Michael schmunzelte. »Das wird schwer.«

Wenigstens nahm er die Störung sportlich.

Sie stand auf, lief in die Küche, holte einige Essensstückchen aus dem Kühlschrank und ging zur Hintertür. »Wenn ich ihm etwas gebe, hört er auf zu klopfen.«

»Du hebst extra Reste für ihn auf?«

»Nicht immer.« Das stimmte zwar, aber es kam selten vor. Es gefiel ihr irgendwie, wenn Floyd kam. Meistens. »Außerdem ist er ein guter Abfallverwerter. Ich muss nie …« Sie drehte den Schlüssel und machte die Tür auf. »Sieh einer an! Floyd hat eine neue Freundin gefunden.«

Michael trat hinter sie, um die zwei Seemöwen auf ihrer Türschwelle zu betrachten. Sein Atem berührte warm ihren Hals.

»Ich dachte, du hättest gesagt, dass Möwen ihrem Partner ihr Leben lang treu bleiben.«

»Das stimmt auch.« Sie tat das Essen auf die Veranda und trat dann zurück, als sich die zwei Möwen darüber hermachten. »Aber wenn ihre Trauer vorbei ist, finden sie oft einen neuen Partner.«

»Das klingt, als könnte man von ihnen etwas lernen.« Michael schloss ganz bewusst die Tür und drehte sie zu sich herum. »Wenn Floyd der Liebe eine zweite Chance geben kann, können wir das vielleicht auch.«

Sie legte die Arme um seinen Hals. »Das hört sich gut an. Aber ich finde nach wie vor, dass der Plan, es langsam und vorsichtig angehen zu lassen, weise ist.«

»Einverstanden, solange wir uns dabei vorwärtsbewegen.«

Sie vergrub die Finger in den weichen Haaren in seinem Nacken und versuchte, ihren Verstand nicht auszuschalten. »Du glaubst nicht, dass wir Probleme haben werden, das Geschäftliche und das Angenehme miteinander zu vermischen, oder? Du investierst immerhin Geld in dieses Cranberry-Nusskuchen-Unternehmen. Das macht uns zu Geschäftspartnern.«

»Oh, ich denke, unsere Partnerschaft wird noch viel komplexer werden.«

Sie zog eine Braue hoch.

»Irgendwann in Zukunft natürlich erst.« Er schob die Arme um ihre Taille. »Und meine finanziellen Investitionen sind Peanuts im Vergleich zu den Investitionen, die ich auf einer viel wichtigeren Ebene plane. Und zwar ab sofort. Es sei denn, du hast Einwände?«

Einwände?

Machte er Scherze?

Tracy genoss es, wie er seine Arme um sie legte, und lächelte ihn an. »Ganz und gar nicht. Aber müssen wir nicht über Cranberrys reden?«

»Die Cranberrys können warten. Denn du, Tracy Campbell, stehst für mich an erster Stelle.«

Ohne noch mehr Worte zu verlieren, beugte er sich vor und küsste sie.

Während sie Gott für diesen Mann dankte, der die dunklen Wolken in ihrer Welt durch bleibenden Sonnenschein ersetzt hatte, den kein grauer Himmel vertreiben konnte, beschloss Tracy, alles dafür zu tun, dass sich der neue Bewohner von Hope Harbor auch willkommen fühlte.

☙

»Möchtest du eine Tasse Kaffee?«

John drehte sich auf seinem Stuhl um, als die Terrassentür aufging und Denise mit einer Tasse in der Hand erschien.

»Ja. Danke. Hier draußen wird es ein wenig kühl.«

Sie kam zu ihm an den Tisch, stellte einen Korb auf den Boden und legte eine Gartenschere ab, bevor sie ihm die dampfende Tasse reichte.

»Deine Rosen sind in diesem Jahr wunderschön.«

Sie betrachtete den Garten, der eine Ebene tiefer auf diesem abgestuften Grundstück lag, das in den Wald hineinführte. »Ja, das stimmt. Es ist eine so große Freude, hier Rosen zu haben, nachdem es in der Hitze in Kansas, wo ich aufgewachsen bin, so mühsam war.«

»Vermisst du deine Heimat manchmal?«

Sie lächelte. »Heimat hat mehr damit zu tun, bei den Menschen zu sein, die man liebt, als an einem bestimmten Ort zu wohnen. Wenn ich an Heimat denke, sehe ich zwei Bilder vor mir: du neben mir und meine Eltern in dem Bauernhaus in Kansas, in dem ich aufgewachsen bin.« Ihr Blick wanderte zu der ungeöffneten Karte, die auf dem Tisch lag.

»Ich denke immer noch darüber nach.« Sie brauchte ihre Frage nicht laut auszusprechen. Nach sechzehn Jahren Ehe war das nicht nötig. »Deshalb habe ich sie mit auf die Terrasse genommen.« Er trank einen Schluck von dem Kaffee, den sie so gemacht hatte, wie er ihn mochte: mit ein wenig Zucker, viel Milch und einer Prise Vanillepulver.

Es erinnerte ihn an seine Mutter, die immer gewusst hatte, wie viel braunen Zucker und Milch er als Kind in seinem Haferbrei gemocht hatte.

Denise lehnte den Kopf zurück, um die letzten Strahlen der untergehenden Sonne zu genießen. »Es ist friedlich hier, nicht wahr?«

Normalerweise schon.

»Davon spüre ich im Moment nicht viel.«

Sie drehte sich zu ihm um. Das Mitgefühl in ihrer Miene erwärmte ihn wie die heiße Schokolade, mit der ihn seine Mutter an verregneten, windigen Wintertagen nach der Schule zu Hause begrüßt hatte.

»Es noch länger vor dir herzuschieben macht es nicht leichter. Sich wegen etwas Unbekanntem den Kopf zu zerbrechen ist anstrengender, als sich mit den Fakten auseinanderzusetzen.«

»Danke, Frau Dr. Williams. Schicken Sie mir morgen Ihre Rechnung.« Er bemühte sich um einen humorvollen Tonfall, aber er konnte die säuerliche Note nicht ganz verhindern.

Doch statt beleidigt zu sein, beugte sie sich vor und berührte seine Faust, die neben der Karte auf dem Tisch lag. »Für Menschen, die ich liebe, arbeite ich umsonst.«

Ein Anflug von Reue regte sich in ihm. »Entschuldige. Das kam nicht so heraus, wie ich es gemeint habe. Natürlich bin ich dir für deinen Rat dankbar.«

»Und ich schätze es, dass du dich dieser Sache stellst. Wir haben alle unsere empfindlichen Punkte. Aber soll ich dir etwas sagen: Egal, was auf dieser Karte steht, die Entscheidung, was du tust, liegt bei dir. Deine Mutter hat dir den Ball zugespielt. Ich schätze, dass sie den nächsten Schritt dir überlässt. Aber den kannst du erst tun, wenn du liest, was sie dir zu sagen hat.«

»Vorausgesetzt, ich mache die Karte auf.«

»Du wirst sie aufmachen.«

»Woher willst du das wissen?«

Sie stand mit einem Zwinkern auf, stellte sich hinter seinen Stuhl und umarmte ihn. »Weil ich dich kenne. Du bist kein Mann, der sich vor Schwierigkeiten drückt. Du machst die Karte vielleicht nicht heute Abend auf, aber irgendwann tust du es. Und falls dich meine professionelle Meinung interessiert, will ich dir nur so viel sagen: Wenn deine Mutter dir eine Gelegenheit schenkt, die Kluft, die dir viele Jahre lang so viel Schmerz bereitet hat, zu überwinden, solltest du sie ergreifen. Jetzt lasse ich dich allein und hole einen frischen Blumenstrauß für unseren Tisch.«

Als sie ihren Korb und die Gartenschere genommen hatte, ging sie auf die Steinstufen zu, die eine Ebene tiefer lagen.

John schaute ihr nach. Auch seine Mutter liebte Blumen über alles. Nicht so sehr Rosen, sondern eher die einjährigen Sommerblumen, die sie entlang des Zauns gesät und gepflanzt hatte. In seiner Kindheit hatten sie oft in einer Vase auf dem Küchentisch gestanden.

Denise und seine Mutter würden sich angeregt über die Gartenarbeit unterhalten.

Langsam wanderte sein Blick zu dem beigen Umschlag auf dem Terrassentisch. Seine Frau hatte recht. Irgendwann würde er ihn aufmachen. Warum kürzte er das Ganze nicht ab und brachte es hinter sich?

Während sich sein Puls beschleunigte, trank er noch einen Schluck Kaffee, stellte die Tasse ab und nahm den Umschlag in die Hand.

Er wog nicht viel mehr als die Karte selbst. Er war nicht ausgebeult, als würde eine lange Nachricht darin stecken.

Das sah seiner Mutter ähnlich. Sie redete nie um den heißen Brei herum, sondern kam ohne Umschweife zur Sache.

Genau wie er.

Nur wenn sie aufgebracht war, hatte sie keine Kontrolle über ihre Worte gehabt. Das galt für sie beide.

Wenigstens hatte er in den letzten zwei Jahrzehnten gelernt, seine Zunge zu zügeln und erst dann wieder etwas zu sagen, wenn er sich etwas beruhigt hatte und wieder klar denken konnte. Er hatte gelernt, ein wenig mehr wie sein Vater zu werden.

Wie er diesen Mann und seinen weisen und ruhigen Rat vermisste! Auch noch nach zwanzig Jahren.

Er blinzelte, um wieder klar sehen zu können, schob einen zitternden Finger unter die Lasche des Umschlags, zog sie auf und holte eine Karte heraus.

Die bunte, impressionistische Szene auf der Karte versetzte ihn schlagartig nach Hope Harbor zurück. Der Hafen auf der Karte hatte sehr viel Ähnlichkeit mit dem Hafen, in dem er früher als Kind gespielt hatte. Blühende Gärten säumten den Rand, Boote schaukelten auf dem Wasser, eine Bank stand im Vordergrund. Wie die Bank, die früher bei Charleys Wagen gestanden hatte.

Er las die gedruckten Geburtstagsgrüße und stockte ein wenig bei den letzten beiden Worten. Sie betrachtete ihn immer noch als besonderen Sohn?

Nach dem heftigen Streit und den Jahren verbitterter Distanz konnte er das kaum glauben.

Er holte tief Luft und schlug die Karte auf.

Der abgedruckte Text war kurz und schlicht.

An dem Tag, an dem du geboren wurdest, hat uns Gott mit dem größten Geschenk gesegnet, das wir je bekommen haben. Mögest du in den Jahren, die vor dir liegen, genauso glücklich sein, wie wir es an dem Tag waren, an dem du in unser Leben kamst und es unbeschreiblich bereichert hast.

Uns. Wir. Unser Leben.

Interessant, dass sie eine Karte mit einem Text gewählt hatte, der von Vater oder Mutter stammen konnte.

Ihre handgeschriebene Nachricht begann auf der anderen Seite und setzte sich auf der Rückseite fort.

*Lieber John,
nein, ich liege nicht im Sterben.
Das war sicher dein erster Gedanke, als du diese Karte bekommen hast. Was sonst könnte deine starrsinnige, selbstgerechte Mutter veranlassen, dir nach diesen vielen Jahren zu schreiben?
In letzter Zeit sind einige Dinge passiert, die mir die Augen geöffnet und mich veranlasst haben, über die jahrelange Kluft zwischen uns nachzudenken. Und mir einzugestehen, wie leid es mir tut, dass das alles passiert ist. Wenn ich die Uhr zu diesem furchtbaren Tag zurückdrehen könnte, würde ich es sofort tun und mich ganz anders verhalten und auch etwas völlig anderes sagen. Du hättest Verständnis und Mitgefühl gebraucht und nicht Schuldzuweisungen und Beleidigungen. Es tut mir leid, dass ich dich mit meiner grausamen Verurteilung und meinen noch grausameren Worten aus dem Haus getrieben habe.
Ich habe diese Karte ausgesucht, weil sie sehr gut ausdrückt, was dein Vater und ich immer gefühlt haben. Was ich bis heute fühle.
Ich weiß, dass ich dich tief verletzt habe. Ich weiß, dass dein Leben weitergegangen ist, dass du dir woanders etwas aufgebaut hast. Aber das Alter und die Lebenserfahrung schenken eine klarere Sicht und auch ein gewisses Maß an Weisheit. Sogar für jemanden, der so alt ist wie ich. Ich will nicht für den Rest meines Lebens mit Schuldgefühlen leben. Vielleicht willst du das ja auch nicht. Ich weiß, dass uns George ermutigen würde, uns zu versöhnen. Das will ich auch. Falls du dir vorstellen kannst, eine Versöhnung in Betracht zu ziehen.*

Egal, wie du dich entscheidest: Möge dein Geburtstag voll Liebe sein. Ich liebe dich aus der Ferne. Schon immer.
Mama

Ein Muskel in Johns Kinn zuckte. Dann las er die Worte noch einmal, die seine Mutter mit zittriger Hand zu Papier gebracht hatte. Es war ihre Handschrift. Daran bestand kein Zweifel. Aber der reumütige Ton war überhaupt nicht ihre Art. Und ganz gewiss nicht der Ton, den sie an jenem Tag angeschlagen hatte, an dem er aus dem Haus gestürmt war.

Offenbar war seine Mutter weicher geworden.

Sie wollte ihn wieder in ihrem Leben haben.

Die Worte verschwammen vor seinen Augen und er wischte sich die Tränen aus dem Gesicht. Nicht in einer Million Jahren hätte er erwartet, dass Anna Williams ihren Stolz hinunterschlucken, ihre Fehler eingestehen und auf ihn zugehen würde.

Er hob den Kopf und sah, dass Denise auf den Steinstufen saß und ihn beobachtete.

»Ich wollte dich nicht stören.« Sie deutete zu der Karte.

»Die Karte haut mich ziemlich um.«

»Das sehe ich.«

»Willst du sie lesen?«

Sie stand mit dem Rosenkorb in der Hand auf und trat zu ihm. Als sie die Blumen auf den Tisch gestellt hatte, zog sie sich einen Stuhl heran, setzte sich zu ihm und nahm die Karte in die Hand.

John beobachtete sie, während sie die Nachricht las, und nahm jede kleine Nuance wahr, während der Rosenduft die Luft versüßte: wie ihre Gesichtszüge weicher wurden, das leichte Beben ihrer Lippen, ihr tiefes Einatmen.

Schließlich blickte sie mit glänzenden Augen auf. »Es hat sie viel Mut gekostet, das zu schreiben.«

»Ja.«

Sie bedrängte ihn nicht mit Fragen, was er jetzt tun wollte. Das war nicht ihre Art. Sie vertraute ihm, dass er den richtigen Weg einschlagen und die richtige Entscheidung treffen würde.

Wie diese Entscheidung ausfallen würde, lag auf der Hand. Seine Mutter hatte recht. Das Alter und die Erfahrung schenkten eine klarere Sicht und ein gewisses Maß an Weisheit. Er selbst hatte nicht so viel Weisheit und Mut besessen, den Schritt zu gehen, den seine Mutter gewagt hatte, als sie ihm diese Karte geschrieben hatte, um den Kontakt wiederaufzunehmen, aber er begriff sofort, dass das ein unglaubliches Geburtstagsgeschenk war.

Er nahm die Karte wieder an sich, als Denise sie ihm hinhielt, und las die Worte noch einmal. »Haben wir für das Wochenende vom 4. Juli Pläne, die wir nicht verschieben könnten?«

»Nein. Ein Picknick an der Küste und ein Feuerwerk am Abend wie jedes Jahr.«

»Ich denke, wir könnten an dem Wochenende verreisen.« Er verstärkte seinen Griff um die Karte. »Nach Hope Harbor fährt man sieben bis acht Stunden. Wenn wir am 4. Juli hinfahren, könnte ich meine Mutter am Samstag besuchen, und wenn alles gut geht, könnten wir vielleicht am Abend zu viert essen gehen.«

Mit einem Lächeln beugte sich Denise vor und umarmte ihn. »Das klingt nach einem guten Plan. Und weißt du was? Ich habe das Gefühl, dass das der Beginn eines völlig neuen Kapitels in unserem Leben sein wird.«

Dieses Gefühl hatte er auch.

Während er sie in den Armen hielt und aus der Liebe, die ihm seit über sechzehn Jahren Kraft gab, neue Energie schöpfte, hoffte er, dass sein nächstes Kapitel in Hope Harbor glücklicher wäre als das letzte.

Kapitel 24

»Da es ein Feiertagswochenende ist und ich mein Flugzeug nicht verpassen will, wäre ich dafür, diese Besprechung jetzt abzuschließen. Einverstanden?«

Während er diese Frage stellte, ließ Michael seinen Blick über Annas Terrassentisch wandern. Bud aß sein drittes Stück Kuchen, den Anna nach dem Rezept für eine große Menge, mit dem sie in der Schulküche experimentierte, gebacken hatte. Seine Vermieterin betrachtete einen Verpackungsvorschlag von einem der drei Designer, zu denen er Kontakt aufgenommen hatte. Tracy studierte den Vertrag über die Aufteilung des Gewinns, den er und Anna aufgrund ihrer Investitionen unterschreiben sollten.

»Das finde ich auch.« Bud aß den Teller leer. »Großartige Arbeit, Anna. Der Kuchen schmeckt wie das Original. Vielleicht sogar noch besser.«

»Es war gar nicht schwer, das Rezept anzupassen. Und es hat mir Spaß gemacht, ein wenig zu experimentieren.«

»Bud hat recht. Der Kuchen schmeckt köstlich.« Michael schob die Krümel auf seinem Teller zusammen.

»Danke für die freundlichen Worte, aber ich würde gern hören, was dein Vater dazu sagt. Er scheint in Bezug auf solche Kuchen ein Experte zu sein. Aus Sicht des Kunden.«

Michael nickte. »Das ist er. Und ich habe die beste Nachricht für den Schluss aufgehoben: Er hat mich heute Morgen angerufen und gesagt, dass der Musterkuchen, den ich geschickt habe, gestern eingetroffen ist. Er hat ihn schon halb aufgegessen und er will wissen, wann er ihn bestellen kann. Ich glaube, diese Mönche, von denen er so begeistert ist, könnten ernste Konkurrenz bekommen.«

»Er hat ihm wirklich geschmeckt?« Tracy hob den Blick von dem Vertrag und schaute ihn an.

»*Schmecken* ist zu schwach ausgedrückt. Wörtlich hat er gesagt, dass er ihn verschlungen hat.« Michael grinste sie an. »Ich würde sagen, dass wir für den Moment alles geklärt haben. Bud, du bist sicher, dass Nancy genug tiefgefrorene Cranberrys hat, um die geplanten Verkostungen bestreiten zu können, bevor wir die diesjährige Ernte haben?«

»Sie hat gestern Abend nachgesehen. Kein Problem. Wir haben im Keller eine ganze Gefriertruhe voll Cranberrys. Ich habe keine Ahnung, warum sie letztes Jahr so viele aufgehoben hat. Aber ich bin froh darüber.«

»Okay.« Michael hob das Verpackungsdesign hoch, das ihnen allen am besten gefiel. »Ich benachrichtige diese Firma, dass sie uns ein Angebot für die Produktion schicken soll.«

Tracy fuhr sich mit den Fingern durchs Haar und war überwältigt. »Jetzt müssen wir uns nur noch um einige Details kümmern: den Verkauf, die Vermarktung, den Vertrieb, die Werbung und …«

»Hey.« Michael nahm beruhigend ihre Hände. »Wir schaffen das. Hinter diesem Unternehmen stecken viele kluge Köpfe. Und eine große Begeisterung. Vergiss nicht, wir waren uns alle darin einig, dass es ein Probelauf ist. Wenn wir in diesem Jahr eine positive Resonanz bekommen und den Durchbruch schaffen, steigern wir das Ganze im nächsten Jahr. Erweitern den Vertrieb, erhöhen die Produktion, machen richtig Werbung. Ja?«

Sie atmete langsam aus und zwang sich zu einem Lächeln. »Ja.«

Er drückte kurz ihre Finger und ließ sie dann wieder los. »Ich muss jetzt los, aber ich werde mich in regelmäßigen Abständen melden, bis ich in Chicago alles abgewickelt habe und zurückkommen kann. Anna, danke für den Kuchen und den leckeren Kaffee.«

»Gern geschehen.« Sie hob ihren linken Arm und bewegte die Finger. »Das ganze Rühren und Mixen war hilfreicher als die Übungen, die mir der Physiotherapeut verordnet hat. Ich will keine Armschlinge mehr sehen.«

»Aber übertreiben Sie es nicht. Ohne Sie schaffen wir es nicht.« Tracy berührte den Arm der Frau.

Anna tätschelte ihre Hand. »Machen Sie sich um mich keine Sorgen. Ich bin hart im Nehmen. Und machen Sie sich auch um alles andere keine Sorgen. Ich habe in Bezug auf dieses Projekt ein gutes Gefühl. Diese Sache wird ein Erfolg.«

Während die Augen der Frau vor Begeisterung funkelten, betrachtete Michael ihr strahlendes Gesicht. Was für eine Veränderung im Gegensatz zu den ersten Tagen, die er hier gewesen war. Damals hatte er sie als *missmutig* und *zurückgezogen* erlebt.

»Bei so viel positiver Energie, die hier in der Luft liegt, bekomme ich schon wieder Hunger.« Bud stand auf. »Ich denke, ich fahre nach Hause und schaue, was Nancy zum Mittagessen geplant hat.«

»Es ist erst neun.« Tracy zog eine Braue hoch.

»Ich muss die Kilos, die ich durch die Grippe verloren habe, doch wieder draufpacken. Kommst du später auf die Farm hinaus?«

»Wenn ich früh genug vom Flughafen zurückkomme.«

»Meinetwegen brauchst du nichts zu überstürzen. Dank der zusätzlichen Hilfe, die wir in den letzten Wochen hatten, sind wir ausnahmsweise auf dem Laufenden.« Bud hielt Michael die Hand hin, die er gern ergriff. »Danke für alles, Michael. Und komm bald wieder nach Hause.«

Nach Hause.

Was für eine schöne und passende Beschreibung.

Er war nach Hope Harbor gekommen, um Antworten zu finden, und hatte hier tatsächlich ein Zuhause gefunden.

Während Bud um die Seite des Hauses verschwand und zu seinem Auto ging, stand Tracy auf und begann, den Tisch abzuräumen.

»Lasst das Geschirr einfach stehen. Jetzt, da ich meinen Arm nicht mehr in einer Schlinge tragen muss, schaffe ich das auch allein.« Anna stand auf und winkte die beiden weiter. »Sie müssen Michael zum Flughafen bringen.« Sie rieb mit den Handflächen über ihre Hose und hielt ihm die Hand hin. »Wir werden Sie vermissen.«

Er schüttelte den Kopf. »Ich denke, nach den letzten Wochen können wir das besser.« Er ging einen Schritt auf sie zu und umarmte die alte Frau herzlich.

Als er sie losließ, drückte sie die Hand auf ihr Herz. »Meine Güte! Ich wurde von Grace und ihrer Mutter und von Joyce und jetzt auch noch von Ihnen umarmt. In den letzten Wochen bin ich so oft umarmt worden wie seit Jahren nicht mehr.«

»Darf ich Sie auch umarmen?« Tracy kam um den Tisch herum. »Wenn Sie und Michael dieses Projekt nicht finanzieren würden, könnten wir unsere Farm nicht halten. Dafür bin ich Ihnen ewig dankbar.«

»Das tue ich gern, meine Liebe. Bei einem solchen Projekt mitzuarbeiten gibt meinem Leben einen neuen Sinn.« Anna drückte Tracy und tätschelte ihr den Rücken. »Jetzt fahren Sie beide los. Ihr Flugzeug wartet nicht auf Sie.«

Michael nahm ihre Hand. »Das stimmt. Bis bald, Anna.«

»Eine behütete Reise!«

Tracy warf einen Blick auf ihre Armbanduhr, während sie zu seinem Apartment gingen. »Das wird knapp. Nach Eugene braucht man drei Stunden.«

»Wir schaffen das schon. Das Gepäck ist schon im Kofferraum.«

»Wir könnten auch mit meinem Auto fahren, wenn du willst.«

Damit sie ihr schwer verdientes Geld für Benzin ausgab? Auf keinen Fall! Ihre Finanzen waren viel zu knapp. Aber wenn dieses Projekt so gut laufen würde, wie er erwartete, würde sich das bald ändern.

»Ich bin startklar.« Er hielt ihr die Beifahrertür auf, wartete, bis sie eingestiegen war, und ging dann um den Wagen herum und setzte sich hinters Steuer. »Ich könnte mein Auto auch auf einen Langzeitparkplatz stellen. Damit würde ich dir die lange Rückfahrt ersparen. Du musst nach der langen Feier gestern doch hundemüde sein.«

»Ich bin nicht müde. Und das haben wir doch alles schon geklärt. Ich bin diese Strecke während meines Studiums fast jedes Wochenende gefahren und kenne sie im Schlaf. Außerdem sind wir auf diese Weise noch drei Stunden länger zusammen.«

»Also gut.« Er ließ den Motor an und bog aus der Einfahrt. »Übrigens fand ich das Feuerwerk gestern Abend sehr schön.«

Sie lächelte ihn verspielt an und zog eine Braue hoch. »Welches?«

Er bemühte sich, keine Miene zu verziehen, als er antwortete: »Das Feuerwerk, das geometrische Figuren an den Himmel geworfen hat, war ziemlich eindrucksvoll.«

»Sehr lustig.« Sie stieß ihn verspielt an die Schulter.

»Aber wenn ich es mir recht überlege, würde ich sagen, dass mir …« Er fuhr langsamer und warf einen Blick auf den Autofahrer des Geländewagens, der in diesem Moment an ihnen vorbeifuhr.

»Was ist?« Tracy warf einen Blick in den Rückspiegel, als das andere Fahrzeug hinter ihnen weiterfuhr.

»Ich bin mir fast sicher, dass das Annas Sohn war.«

»Du machst Witze!« Tracy drehte sich um und versuchte, den Geländewagen im Blick zu behalten.

»Ich habe ihn nur kurz gesehen, aber er sah eindeutig wie eine ältere Version des Fotos in ihrem Wohnzimmer aus. Und er hatte sehr viel Ähnlichkeit mit mir.«

»Wow.« Tracy lehnte sich zurück. »Wäre es nicht wunderbar, wenn sich die beiden wieder versöhnen würden?«

»Ja. Aber weißt du was?« Er lächelte die Frau an, die seine Welt umgekrempelt hatte. »Ich habe das Gefühl, dass in Hope Harbor alles möglich ist.«

గ

Anna stellte die Teller in die Spüle, deckte das letzte Stück Cranberry-Nusskuchen mit einer Plastikfolie ab und nahm noch einen Schluck Kaffee.

Der heutige Tag war so viel anders und besser als ihre ruhigen Samstagvormittage, an denen sie außer ihren Tieren keine Gesellschaft gehabt hatte.

Ihr Blick wanderte über den leeren Platz am anderen Ende der Küche. Alle Käfige und Kartons waren dank Michaels Hilfe im Keller verstaut. Das bedeutete nicht, dass sie einem Tier in Not nicht helfen würde, falls sie eines sah, aber sie ging nicht mehr auf die Suche nach ihnen. Sie hatte einfach zu viele andere Dinge zu tun. Zum Beispiel ein Back-Unternehmen, das sie mit aufbauen konnte. Und eine Zukunft, in der sie eine Aufgabe hatte, statt einfach zuzusehen, wie die Tage vergingen.

Nur eines fehlte noch in ihrem Leben.

Als sich ihre Stimmung plötzlich verschlechterte, biss sie die Zähne zusammen und steckte den Stöpsel ins Spülbecken. Nach dem ganzen Segen, mit dem Gott sie in den letzten Wochen überschüttet hatte, sollte sie dankbar sein, statt wegen der einen Sache zu jammern, die nicht so gekommen war, wie sie es sich gewünscht hatte. Zu erwarten, dass eine einfache Geburtstagskarte Johns Herz über Nacht verändern würde, war albern. Vielleicht würde er es sich eines Tages anders überlegen, aber jetzt konnte sie die Sache nur in Gottes Hände legen.

Sie warf die Schultern zurück, drehte das Wasser auf und spritzte etwas Spülmittel ins Spülbecken. Sie hatte keine Zeit, um sich mit der Vergangenheit aufzuhalten. Schließlich wollte sie Pläne machen für ihr neues Geschäft und für die beiden Geistlichen Lebensmittel einkaufen und morgen zur Kirche gehen …

Als es an der Tür klingelte, wischte sie sich die Hände am Geschirrtuch ab. Eine leichte Vorfreude erfasste sie. Das war auch eine positive Veränderung, die sich in letzter Zeit vollzogen hatte. Es war noch nicht lange her, dass es sie gestört und geärgert hatte, wenn es an der Tür geklingelt hatte. Die wenigen Menschen, die in den letzten zwei Jahrzehnten an ihre Tür gekommen waren, waren Fremde gewesen, die sie um Spenden gebeten hatten, für irgendeine Organisation, die sie nicht unterstützen wollte, oder für eine Religion, an die sie nicht glaubte. Oder sie hatten ihr etwas verkaufen wollen, was sie nicht brauchte.

Und jetzt?

Es könnte jemand aus der Gemeinde sein oder ein Nachbar oder Joyce, die kam, um zu fragen, ob sie mit ihr zu *Sweet Dreams* fahren wollte, um sich den Samstagvormittag mit einer Zimtschnecke zu versüßen, wie sie das früher manchmal gemacht hatten.

Vielleicht würde sie sogar mitkommen.

Es war Zeit, wieder zu leben.

Mit dem Geschirrtuch in der Hand eilte sie zur Haustür, machte sie auf und … erstarrte.

Einen kurzen Moment lang glaubte sie, Michael wäre zurückgekommen. Im Bruchteil einer Sekunde begriff sie, dass dieser Mann nicht ihr Mieter war.

Als er den Mund aufmachte, bestätigte der Klang seiner Stimme, die in diesem Haus so lange nicht mehr zu hören gewesen war, wer er war.

»Hallo, Mama.«

Sie drückte sich die Hand an die Brust und wollte etwas sagen, aber es gelang ihr nicht.

John verlagerte sein Gewicht auf das andere Bein. »Ich habe

überlegt, ob ich vorher anrufen soll, aber dann habe ich mich dagegen entschieden. Wahrscheinlich hätte ich es doch lieber tun sollen. Ich wollte dich nicht erschrecken.«

Erschrecken?

Das beschrieb nicht einmal annähernd den Ansturm der Gefühle, die sich in ihr regten.

Sie schluckte und streckte zitternd die Hand aus. »John.« Sein Name kam in einem leisen Flüstern über ihre Lippen.

Er nahm ihre Hand und seine Berührung wärmte ihre kalten Finger.

Erneut versuchte sie, ihre Stimme wiederzufinden. »Komm herein.« Sie zog ihn leicht und machte einen Schritt ins Haus zurück.

Er folgte ihr und trat über die Türschwelle, über die er vor über neunzehn Jahren das letzte Mal getreten war.

Als sie keine Anstalten machte, die Tür zu schließen, übernahm er das. »Ich habe deine Karte bekommen. Sie … hat mich überrascht.« Als das Türschloss einschnappte, drehte er sich zu ihr um.

Sie zerknüllte das Geschirrtuch zwischen ihren Fingern. »In diesem Sommer sind … einige interessante Dinge passiert. Sie haben mir die Augen dafür geöffnet, dass ich mich nicht den Rest meines Lebens mit Schuldgefühlen quälen will.«

»Deine Karte hat auch mir die Augen geöffnet. Und einige Anstöße von meiner Frau und meiner Tochter. Ich weiß, dass es dir sehr schwergefallen sein muss …« Er brach ab und hielt den Kopf schief. »Läuft da irgendwo Wasser?«

Das Spülbecken!

Mit einem entsetzten Aufschrei eilte Anna in die Küche. Das Wasser im Becken stand kurz davor überzulaufen. Sie drehte es gerade noch rechtzeitig ab.

»Das war knapp. Und es war wieder meine Schuld. Wie damals.«

Sie drehte sich zu ihm um und hielt sich an der Arbeitsplatte fest, während sich die Uhr um mehrere Jahrzehnte zurückdrehte. »Es überrascht mich, dass du dich daran erinnerst. Du warst damals erst fünf.«

»Wenn man mit dem Kopf hinter dem Sofa eingeklemmt ist, vergisst man das sein Leben lang nicht.«

»Ja. Das kann ich mir gut vorstellen.« Sie legte das Geschirrtuch hinter sich und ließ die alten, angenehmen Erinnerungen wieder aufleben. »Du warst immer ein neugieriges Kind, das sehen wollte, was in jedem Schrank und hinter jedem Möbelstück und auf jedem Baum war. Du bist so oft vom Apfelbaum im Garten gefallen, dass dein Vater ihn schon fällen wollte. Wir haben uns große Sorgen gemacht, dass du dir den Hals brechen würdest.«

»Nur gut, dass ich keine Katze war. Sonst hätte ich meine neun Leben aufgebraucht, bevor ich zehn war.«

Eine angenehme Freude erfasste sie. Trotz aller Knüppel, die ihm das Leben zwischen die Beine geworfen hatte, hatte er seinen Sinn für Humor nicht verloren.

Er lehnte sich mit der Schulter an die Wand. »Wenn ich mich an den Tag, an dem das mit dem Sofa passiert ist, richtig erinnere, wart ihr beide, du und Papa, so damit beschäftigt, mich zu befreien, ohne mich dabei zu verletzen, dass ihr ganz vergessen habt, dass in der Küche das Wasser lief.«

»Ja. Ich erinnere mich noch gut an den See auf dem Küchenboden.«

»Und ich erinnere mich daran, dass ich eine gefühlte Ewigkeit auf diesem berüchtigten blauen Stuhl sitzen musste.«

»Ich habe diesen Stuhl immer noch.«

Er verzog das Gesicht. »Ich könnte nicht behaupten, dass mich das freut.« Er betrachtete die leere Stelle in der Essecke und steckte seine Hände in die Hosentaschen. »Aber der Tisch ist nicht mehr da.«

»Er war zu groß. Und zu einsam.« Sie deutete zum Wohnzimmer. »Möchtest du dich nicht setzen?«

»Ja, gerne.«

Sie folgte ihm und genoss es, ihn anzuschauen. Im Laufe der Jahre war er muskulöser geworden. Er war nicht mehr der dürre Junge von damals. Aber er sah in seiner Kakihose mit Bügelfalten und dem Sporthemd, das seine breiten Schultern betonte, sehr gut aus. Die Falten um seine Augen und in seinen Mundwinkeln waren ebenso neu wie die silbernen Fäden in seinem dunkelbraunen Haar. Aber er sah einfach herrlich aus!

An der Tür zum Wohnzimmer blieb er abrupt stehen. »Du hast das Klavier noch?«

»Ja.«

Nach einem kurzen Moment ging er hinüber und bewegte die Finger leicht über die Tasten. »Es ist gestimmt.«

»Immer.«

Er drehte sich zu ihr um und schaute sie fragend an.

»Es war ein Teil von dir, den ich nicht aufgeben konnte. Es regelmäßig stimmen zu lassen ...« Sie zuckte die Achseln und verkrampfte ihre Hände. »Ich weiß, dass es sonderbar klingt, und ich habe mir oft gesagt, dass es Geldverschwendung ist, aber irgendwie hat es mir Hoffnung gegeben, dass das Klavier spielbereit ist.«

Er sagte nichts dazu. Stattdessen ging er um den blauen Sessel herum und setzte sich in den Liegesessel, in dem George immer so gern gesessen hatte.

Als er saß, fuhr er mit den Händen über die Armlehnen. »Das mag auch sonderbar klingen, aber wenn ich hier sitze, habe ich fast das Gefühl, Papa wäre bei uns.«

»Mir geht es genauso. Deshalb habe ich diesen Sessel auch behalten.«

Sie setzte sich so dicht wie möglich neben ihn auf die Sofakante. Dicht genug, um ihn festhalten zu können, falls er wieder weglaufen wollte. Das würde sie nie wieder zulassen. »Ich bin froh, dass du gekommen bist, John. Ich ... ich hatte Angst, dass du meine Karte wegwerfen würdest.«

Er schaute sie an. »Ehrlich gesagt, habe ich mit diesem Gedanken gespielt. Aber dann konnte ich es doch nicht. Denn obwohl mein Leben weiterging, obwohl ich eine wunderbare Frau und Tochter und einen guten Beruf habe, hat in meinem Leben immer etwas gefehlt. Ich konnte nie genau sagen, was es war. Vielleicht wollte ich auch nicht zu tief graben. Aber als deine Karte kam, musste ich mir die Wahrheit eingestehen: Das, was fehlte, warst du.«

Die kalte, dunkle Stelle tief in ihrem Herzen, die Stelle, die immer nur John gehört hatte, wurde plötzlich von Wärme und Licht durchflutet.

Hinter Annas Augen baute sich ein Druck auf und sie blinzelte die Tränen fort, um wieder klar sehen zu können. »So ging es mir auch. Ich habe es schon in der Karte geschrieben, aber ich möchte es dir auch persönlich sagen: Es tut mir leid, wie ich reagiert habe, als du mir erzählt hast, was passiert war. Ich hätte dir mit Liebe und Mitgefühl zuhören sollen. Ich hätte verständnisvoll und einfühlsam reagieren sollen. Und es tut mir sehr leid, dass ich dich im Stich gelassen habe und du mit dieser schwierigen Situation allein fertigwerden musstest. Ich kann mir gar nicht ausmalen, wie schwer das gewesen sein muss.«

»Wir waren beide nicht schuldlos. Ich habe an jenem Tag auch einige schreckliche Dinge gesagt. Wenn ich daran denke, schäme ich mich immer noch. Ich habe nicht gedacht, dass du mir das je verzeihen könntest.«

»Das konnte ich auch nicht. Sehr lange nicht. Aber mit der Zeit werden unangenehme Erinnerungen abgemildert. Und die Situation damals war eine Ausnahmesituation. Jeder von uns hat getrauert und war deprimiert und hat versucht, auf seine Weise den Tod von George zu verarbeiten. Und wir beide haben noch leichter als sonst die Beherrschung verloren.«

»Trotzdem habe ich vieles von dem, was du gesagt hast, verdient. Du und Papa, ihr habt mich so erzogen, dass mir schon klar war, dass ich mit meinem Handeln moralisch Schuld auf mich geladen habe. Und ich habe mich dafür geschämt. Ich wusste, dass du von mir enttäuscht sein würdest. Dazu hattest du auch jedes Recht. Ich habe wahrscheinlich gehofft, dass du mich verstehen würdest. Aber ich hätte nicht so streng zu dir sein dürfen. Ich hätte mein Temperament besser zügeln müssen.«

Anna seufzte. »Darüber zu sprechen, was wir hätten tun sollen, ändert nichts an dem, was passiert ist. Aber ich verstehe jetzt, dass Menschen schlimme Fehler machen können, besonders wenn sie traurig sind. Gott weiß, dass ich selbst auch vieles falsch gemacht habe.«

Er beugte sich vor. »Ich würde gern neu anfangen, wenn das möglich ist. Die Dinge zwischen uns bereinigen. Dir von meinem Leben erzählen und von deinem Leben hören.«

Sie winkte ab. »Die Geschichte meines Lebens, seit du weggegangen bist, würde auf eine einzige Seite passen. Ich habe mich zurückgezogen, wurde die Eremitin der Stadt. Ich habe nichts weiter getan, als zur Arbeit zu gehen und mich um dieses Haus zu kümmern. Aber das hat sich in diesem Sommer geändert. Und das aus mehreren Gründen.«

»Möchtest du mir davon erzählen?«

»Ja. Aber wir müssen nicht alles an einem einzigen Tag nachholen.«

»Aber einiges könnten wir schaffen. Ich würde dir gern erzählen, was passiert ist, als ich an jenem Tag weggegangen bin. Danach würde ich dir gern meine Frau und meine Tochter vorstellen. Sie können es nicht erwarten, dich kennenzulernen.«

»Sie sind hier?« Ihr verschlug es den Atem.

»Wir wohnen in einem Hotel in Coos Bay. Morgen fahren wir nach Seattle zurück. Dort lebe ich.«

»Ich weiß.« Sie strich eine Falte aus ihrer Hose. »Das Internet ist eine wunderbare Sache.«

Er zog die Brauen hoch. »Du hast verfolgt, was ich mache?«

»So gut es ging. Aber im Internet war nie viel zu finden.« Sie schluckte. »Ich muss zugeben, dass ich mich oft gefragt habe, was aus diesem Mädchen und dem Baby geworden ist. Meinem ersten Enkelkind.« Die Stimme versagte ihr und sie faltete verkrampft die Hände auf ihrem Schoß.

In der nächsten halben Stunde hörte sie zu, während er ihr alles erzählte, dass die junge Frau eine geschlossene Adoption für das Baby geplant hatte, dass er ihr anfangs widersprochen und sich am Ende aber ihren Wünschen gebeugt hatte. Er erzählte, dass er nachts und an den Wochenenden gejobbt hatte, um sein Studium zu finanzieren; dass er sein Ingenieursstudium als einer der Besten seines Jahrgangs abgeschlossen hatte und zahlreiche Stellenangebote gehabt hatte; dass er beruflich Karriere gemacht und die Frau kennengelernt hatte, mit der er jetzt verheiratet war.

Während er sprach, schwoll Annas Herz vor Stolz an. Trotz seiner Fehler und seiner Rückschläge, trotz ihrer Ablehnung, trotz seines Kampfes, sich allein durchschlagen zu müssen, hatte ihr Sohn die Verantwortung für sein Tun übernommen und war ein Mann geworden, der ein so gutes Herz hatte, dass er seiner Mutter ihr furchtbares Fehlverhalten vergeben konnte.

»Du hast dich gut gemacht, John. Ich bin stolz auf den Mann, der du geworden bist.«

»Ich habe in der Schule des Lebens viel Lehrgeld gezahlt. Aber jetzt erzähl mir von deinem Leben. Was ist passiert, das dich veranlasst hat, zu mir Kontakt aufzunehmen.«

»Wie viel Zeit hast du?«

»Meine Zeit gehört ganz dir. Bis heute Abend. Dann möchte ich dir Denise und Kelsey vorstellen und euch alle zum Essen einladen.«

Sie war überglücklich. Konnte es eine schönere Art geben, den Samstag zu verbringen?

Sie unterhielten sich stundenlang, tranken mehrere Kannen Kaffee und aßen ein schnell zubereitetes Mittagessen, das sie auf der Terrasse einnahmen, bis er schließlich am Nachmittag aufstand, um seine Frau und Tochter abzuholen, die an diesem Tag Hope Harbor erkundet hatten.

Anna folgte ihm ins Haus. Im Wohnzimmer blieb er plötzlich stehen.

»Wie viele Stunden habe ich wohl auf diesem Klavierhocker verbracht?«

»Sehr viele. Und gelegentlich auch unter Druck, wenn deine Freunde draußen Baseball spielten. Spielst du denn eigentlich noch?«

»Ja. Ich springe im Gottesdienst für den Organisten ein, wenn er keine Zeit hat.«

Als sie das hörte, freute sie sich sehr. »Das ist schön. Du hattest immer ein ungewöhnliches Talent.«

»Aber du und Papa hattet recht, als ihr mir geraten habt, einen soliden Beruf zu wählen. Das unsichere Leben eines Musikers wäre nichts für mich gewesen.« Er schaute zuerst das Klavier und dann sie an. »Soll ich dir ein Stück vorspielen, bevor ich gehe?«

Oh, meine Güte! Könnte dieser Tag denn noch schöner werden?

»Das wäre herrlich.«

Er setzte sich ans Klavier und ließ die Finger über die Tasten wandern, die viel zu lange stumm gewesen waren. Dann begann er, »Amazing Grace« zu spielen.

Während die herrliche Melodie ihr Haus – und ihr Herz – mit Musik und Hoffnung erfüllte, schloss Anna die Augen und sang im Geiste die Worte dieses Liedes mit.

Oh Gnade Gottes, wunderbar hast du errettet mich.
Ich war verloren ganz und gar, war blind, jetzt sehe ich.

Wie passend, dass ihr Sohn gerade dieses Lied ausgesucht hatte.

Trotz der Gefahren, Mühen und Fallen, die sie beide erlebt hatten, hatte Gott sie sicher nach Hause geleitet.

Während sie ihm beim Spielen zuschaute, hier auf diesem Klavier, an dem Platz, an den er gehörte, dankte Anna Gott für den unerwarteten Segen dieses erstaunlichen Sommers.

Fünf Monate später

»Aus Hope Harbor, der Heimat von Harbor Point Cranberry-Nusskuchen. Ich bin Lisa Nesbitt mit der heutigen Ausgabe von *Made in Oregon*.«

Während die bekannte Fernsehmoderatorin aus Portland das Mikrofon senkte und den Kameramann anwies, noch eine letzte Nahaufnahme von einem Kuchen zu machen, lächelte Michael. Diese wöchentliche Sendung war in ganz Oregon sehr beliebt und wurde manchmal auch in anderen Bundesstaaten ausgestrahlt.

Er war in der Schulküche, wo die letzte Szene des Interviews gefilmt wurde, und lehnte sich erleichtert an die Wand. Der Verkauf der Cranberry-Nusskuchen lief bereits sehr gut, aber die Werbung durch diese Sendung war Gold wert.

Mit einem herzlichen Händedruck verabschiedeten sich Tracy und Anna von der Reporterin. Er hob lobend den Daumen, als sie auf ihn zukamen. »Ihr zwei wart großartig.«

Anna tat sein Lob mit einer Handbewegung ab. »Tracy ist diejenige, die vor der Kamera eine gute Figur macht und reden kann. Aber ich muss zugeben, dass es wirklich genial war, wie es Kelsey formulieren würde, ein paar Minuten im Rampenlicht zu stehen. Ich kam mir vor wie eine echte Berühmtheit. Ich kann es kaum erwarten, ihr das zu erzählen!«

»Es hat wirklich Spaß gemacht, nicht wahr?« Tracys Augen strahlten dieselbe Begeisterung und Aufregung aus, die sie bei jedem Interview und Werbespot, die sie in den letzten vier Monaten absolviert hatte, gespürt hatte. »Aber ich weiß nicht, ob diese Sendung auch in Seattle empfangen werden kann.«

»Das macht nichts. Ich nehme die Sendung auf und wir schauen sie gemeinsam an, wenn ich zu Weihnachten zu ihnen fahre.« Anna zog sich die saubere Schürze aus, die sie nur für die Kamera angezogen hatte, und band sich die mit Mehl bestäubte Schürze um, die sie zum Arbeiten trug. »Jetzt wird weitergebacken. Wir haben in den nächsten zwei Wochen ziemlich viele Bestellungen abzuarbeiten.«

Während sie losmarschierte, um die Leute zu überwachen, die sie für die Hauptsaison eingestellt hatten, verließ die Reporterin mit dem Kameramann das Gebäude.

»Du warst wirklich sehr gut.« Michael berührte Tracy an der Schulter und lenkte ihre Aufmerksamkeit auf sich.

»Danke.« Sie legte ihre Hand auf seine und ihre Gesichtszüge wurden weicher. Dann ließ sie ihren Blick über das rege Treiben wandern, das seit dem Herbst an jedem Wochenende in der Küche der Schulcafeteria herrschte. Dazu kamen die Backeinsätze bis spät abends, die sie unter der Woche eingeschoben hatten. »Kaum zu glauben, wie gut diese Sache läuft.«

»Das verdanken wir zum größten Teil dir. Es ist einfach genial, wie du der Öffentlichkeit und den Medien deine Geschichte erzählst. Du gewinnst mit jedem Auftritt neue Cranberry-Nusskuchen-Fans. Das stellen die vielen Bestellungen deutlich unter Beweis.«

»Es ist ja auch nicht schwer, von einem Produkt, an das man glaubt, begeistert zu sein. Und sich dafür einzusetzen, wenn das Schicksal der eigenen Familie auf dem Spiel steht.«

»Ich glaube nicht, dass diese Gefahr noch besteht.«

»Nein.« Wenn sie noch mehr strahlen würde, könnten sie in der Küche das Licht ausschalten. »Ich habe die Buchhaltung gestern Abend auf den neuesten Stand gebracht. Trotz der Ausgaben, die nötig sind, um alles ins Rollen zu bringen, werden wir in diesem Jahr so viel Gewinn machen, dass wir in den schwarzen Zahlen bleiben und du und Anna einen großen Teil eurer Investitionen als Gewinn zurückbekommt.«

»Und nächstes Jahr wird es noch besser laufen.«

»Es sieht ganz danach aus.« Sie schüttelte den Kopf. »Ich kann immer noch nicht glauben, dass die Leute fünfundzwanzig Dollar für einen Kuchen zahlen.«

»Das habe ich dir doch vorhergesagt. Wichtig ist nur, dass wir es als qualitativ hochwertiges Spitzenprodukt vermarkten. Der Slogan

›in unserer Küche liebevoll für Sie gebacken‹, der dir eingefallen ist, spricht die Leute an.«

»Aber du hast dem Kuchen mit deinen Verkaufs- und Marketingstrategien zum Erfolg verholfen. Einen großen Teil unseres Erfolgs verdanken wir dir. Und auch den Erfolg von *Helfende Hände.* Ich habe gestern Abend auch diese Zahlen durchgesehen: Inzwischen gehen genügend Spenden ein, dass sich nicht nur das Programm selbst trägt, sondern auch eine Teilzeitstelle für einen Geschäftsführer finanzierbar ist.«

»Es läuft wirklich recht gut.«

»Besser als nur recht gut.« Sie schob ihre Finger zwischen seine. »Es wird auch allmählich Zeit, dass du eine Entlohnung für die ganzen Stunden bekommst, die du in den Aufbau unseres bescheidenen, kleinen Nachbarschaftshilfe-Programms gesteckt hast, von dem Hunderte Menschen profitieren werden. Vielleicht sogar Tausende.«

Er drückte ihre Hand. *Helfende Hände* war eines der Themen, über die er heute mit ihr sprechen wollte. Aber nicht das wichtigste. Und die Schulküche war auch nicht der richtige Ort für dieses Gespräch.

»Hast du Zeit für ein kurzes Mittagessen?«

»Ja. Anna hat hier alles unter Kontrolle. Diese Frau ist ein Energiebündel. Und sie hat ein unglaubliches Organisationstalent. Ich muss sowieso kurz nach Hause und mich umziehen. Diese Kleidung sieht zwar vor der Kamera ganz nett aus …« Sie strich sich über die graue Hose, die sich eng um ihre schlanken Hüften schmiegte, und den weichen Wollpullover, der zu ihren grünen Augen passte. »… aber Jeans sind für die Arbeit viel besser. Warte bitte kurz, damit ich mich bei Anna abmelden kann.«

Michael wartete, während sich die zwei Frauen kurz besprachen.

Eine Minute später hatte Tracy ihre Schürze abgelegt, ihre Jacke genommen und kam auf ihn zu.

»Wohin willst du zum Mittagessen?« Sie schlüpfte in ihre Jacke.

Er nahm ihren Arm und führte sie zur Tür. »Was hältst du davon, wenn wir schauen, ob Charley heute offen hat?«

Sie blickte zum blauen Himmel hinauf, während sie zu seinem Wagen gingen. »Vielleicht hat er tatsächlich offen. Es muss um die fünfzehn Grad haben.«

»Ja. Ich ziehe dieses Wetter dem Winter in Chicago tausendmal vor.«

»Es freut mich, dass es dir hier gefällt, Michael.«

Bei ihrer leisen, ehrlichen Bemerkung zog er sie näher an sich, dann hielt er ihr die Autotür auf. »Es gefällt mir nicht nur. Ich liebe es hier. Ehrlich gesagt ...«

Nein.

Er musste mit diesen Worten warten, bis der richtige Moment gekommen war. Und der richtige Ort.

Und das war definitiv nicht der Schulparkplatz.

Während der kurzen Fahrt achtete er darauf, dass das Gespräch ungezwungen blieb, und bog ein paar Häuser nach Sweet Dreams auf einen Parkplatz.

Tracy sprang aus dem Auto, bevor er ihr die Tür aufmachen konnte, und grinste ihn übers Autodach an. »Hier haben wir uns das erste Mal gesehen, weißt du noch?«

»Das war nicht gerade der beste Anfang.«

»Aber es ging gut weiter.«

»Das stimmt. Jetzt sollten wir uns schnell unsere Tacos holen. Charley kann jede Minute zumachen, um den Rest des Tages in seinem Atelier zu verbringen.« Er nahm ihre Hand, zog sie mit sich über die Straße und deutete zu der Bank, auf der er Anna kennengelernt hatte.

»Besetze doch schon mal die Bank dort, während ich das Essen hole.«

Sie schaute sich in dem menschenleeren Hafen um. »Ich glaube nicht, dass wir befürchten müssen, dass wir keinen Platz bekommen könnten.«

»Man weiß nie. Es könnte einen plötzlichen Ansturm geben.«

»Meinst du?« Sie lächelte ihn neckend an. Ihr strahlendes Gesicht erfüllte ihn mit einer tiefen Dankbarkeit. Sie war ein Geschenk für ihn, das er an dem Tag bekommen hatte, an dem sie in sein Leben geradelt war. »Natürlich hat Charley viele Fans. Jeden Moment könnte eine hungrige Horde über den Park hereinbrechen. Aber keine Sorge! Ich werde mich auf die Bank werfen und alle Eindringlinge vertreiben, während du unser Essen holst.«

Er schaute ihr nach, während sie über den Gehweg schlenderte, den Kopf hoch erhoben, den Blick auf den fernen Horizont gerichtet. Sie war eine schöne Frau. Innerlich und äußerlich. Trotz aller Traurigkeit und Herausforderungen in ihrem Leben lächelte sie viel, hatte ein freundliches Herz und ein festes Glaubensfundament.

Sie war eine Frau, die jeder Mann als Partnerin in seinem Leben schätzen würde.

Und wenn er Glück hatte, würde sie für den Rest seines Lebens die Partnerin an seiner Seite werden.

Sehr, sehr bald.

☙

Tracy nahm auf der Bank, die sie besetzen sollte, Platz und drehte sich dann zum Taco-Stand herum. An diesem Dezembersamstag stand trotz des angenehmen Wetters niemand dort an. Ihr Essen wäre bald fertig.

Das war ganz gut so. Da die Bestellungen für ihren Cranberry-Nusskuchen so gut anliefen, war sie seit Wochen ständig auf den Beinen. Wenn es so weiterging, hatten sie bis zum letzten Liefertermin vor Weihnachten noch alle Hände voll zu tun.

Das verdankte sie zum großen Teil Michael.

Sie beobachtete ihn, während er mit Charley sprach. Sie hatte zwar vielleicht ein schlummerndes Talent für Public Relations in sich entdeckt, aber er war in seinem Beruf einfach phänomenal. Er hatte Kontakte hergestellt, die Werbung geplant, Lieferfirmen abgeklappert und günstige Bedingungen ausgehandelt, die Entwicklung einer faszinierenden Website überwacht ... Die Liste war endlos.

Ganz zu schweigen davon, dass das Ganze seine Idee gewesen war.

Das Gespräch zwischen den zwei Männern war zu leise, um aus dieser Entfernung etwas verstehen zu können, aber beide wirkten entspannt und glücklich. Besonders Michael.

Ganz anders als der angespannte, besorgte Mann, der vor fast sieben Monaten ihr Fahrrad – und ihr Leben – aus seiner gewohnten Bahn geworfen hatte.

Aber sie liebte die neue Richtung, die sie eingeschlagen hatte. Und den Mann, der sie in diese Richtung gelenkt hatte.

Sie legte einen Arm auf die Rückenlehne der Bank und genoss ihre neue, tiefe Zufriedenheit, die genauso konstant und zuverlässig war wie die Gezeiten. Tag für Tag schenkte Michael ihr mit seiner Freundlichkeit, seinem Mitgefühl, seiner Stärke, seiner Intelligenz, seinem Humor, seiner Zärtlichkeit und so vielen anderen Dingen Ermutigung und erfüllte ihr Herz mit Liebe und Hoffnung.

Eines Tages – hoffentlich bald – würde er vielleicht erkennen, dass die Zeit gekommen war, den langsamen und vorsichtigen Kurs, für den sie sich entschieden hatten, aufzugeben und einen Glaubensschritt zu wagen.

Er drehte sich zu ihr um, als spüre er ihren Blick. Sie winkte leicht.

Statt auf ihr Essen zu warten, nahm er die zwei Flaschen Wasser, die Charley auf die Theke gestellt hatte, und kam zu ihr.

»Charley hat gesagt, dass er uns das Essen bringt, wenn es fertig ist. Heute ist anscheinend ein sehr ruhiger Tag.«

Sie rutschte näher zu ihm, als er sich setzte. »Aber es ist auch ein wenig kühl. Stört es dich, wenn ich mich ein wenig an dir wärme?«

»Soll das ein Annäherungsversuch sein, Mrs Campbell?« Er reichte ihr eine Wasserflasche, legte den Arm um ihre Schultern und zog sie an sich.

»Vielleicht.« Sie kuschelte sich an ihn und legte die Wange an seine Schulter. »Wirklich schade, dass wir nicht ein wenig unbeobachteter sind.«

Schmunzelnd schraubte er seine Flasche auf und trank einen Schluck. »Das verschieben wir auf später. Aber jetzt muss ich dir etwas anderes erzählen: Ich habe mich heute Morgen mit Pater Kevin und Pastor Baker getroffen.«

Sie schaute zu, wie ein Fischerboot in den Hafen kam und die Möwen hinter dem Boot ihre Kreise zogen. »Eine neue Krise bei *Helfende Hände*?« Da die Organisation jetzt in seinen fähigen Händen lag, musste sie sich nicht mehr wie früher über alles den Kopf zerbrechen.

»Ich würde es nicht als Krise bezeichnen. Eher als Veränderung.«

Etwas an seinem Tonfall machte sie vorsichtig. Sie richtete sich auf und schaute ihn an. »Was für eine Veränderung?«

»Ich habe jetzt auf Dauer eine Teilzeitstelle und nicht mehr nur vorübergehend. Nachdem ich das Ganze in den letzten Monaten geleitet habe, denke ich, dass sich das auch weiterhin auf dieser Basis machen lässt. Das lässt mir viel Zeit, um auf der Farm zu arbeiten. Was hältst du davon?«

»Ich finde das großartig! Und die beiden bestimmt auch.«

Er lächelte. »Pater Kevin hat das Gefühl, ein Joch werde von seinen Schultern genommen. Und Pastor Baker erklärte ihm daraufhin sofort, dass ihr Joch dadurch zwar leichter werde, dass es aber nicht infrage komme, es ganz von ihren Schultern zu nehmen. Sie diskutierten immer noch über einen Vers aus dem Matthäusevangelium, als sie Golfspielen gingen.«

Sie schmunzelte. »Das sieht den beiden ähnlich.«

»Hier sind die zwei bestellten Portionen Fischtacos.« Charley kam mit einer braunen Tüte in jeder Hand auf sie zu.

»Wir hätten auch kommen und sie selbst holen können.« Tracy sog den köstlichen Duft ein, als ihr der Mann eine Tüte reichte.

»Kein Problem. Es ist ein ruhiger Tag. Bis jetzt.« Charley zwinkerte und schlenderte zu seinem Stand zurück.

Tracy schaute ihm über die Schulter nach. »Was hatte das jetzt zu bedeuten? Und warum hat er uns zwei getrennte Tüten gegeben?«

Michael zuckte die Achseln. »Charley tut, was ihm sein Instinkt sagt. Guten Appetit.«

Sie hatte großen Appetit. Und bei dem verführerischen Duft aus der Tüte konnte sie nicht widerstehen.

Tracy überließ es Michael, den größten Teil des Gesprächs zu bestreiten, und konzentrierte sich auf ihr Essen. Sie murmelte nur kurze Antworten und genoss ihren Taco. Erst als sie ganz unten in die Tüte griff, um ihren dritten Taco herauszuholen, hob sie den Kopf und stellte fest, dass Michael immer noch bei seinem ersten Taco war.

»Hast du denn gar keinen Hunger?« Sie zeigte auf seine Tüte und begann, das Papier abzuschälen.

»Ich habe gut gefrühstückt.«

»Das ist doch für dich sonst auch kein Hindernis. Normalerweise bist du mit dem Essen eher fertig als ich.«

»Ich esse schon noch. Jetzt iss auf. Du willst doch nicht, dass dein Essen kalt wird.« Er deutete auf ihren halb ausgepackten Taco.

Sie schaute ihn fragend an. Irgendetwas war mit ihm los. »Ist mit dir alles in Ordnung?«

»Ja.« Er nahm seinen Taco und biss ab, um es ihr zu beweisen.

Hm.

Was verschwieg er ihr?

Sie wickelte ihren Taco fertig aus, schlug das weiße Papier zurück. Und erstarrte.

Ein Goldring mit einem Diamanten, der in einer Plastiktüte steckte, funkelte ihr entgegen.

»Erinnerst du dich, dass ich vor ein paar Monaten gesagt habe, dass unsere Partnerschaft weit über das Geschäftliche hinausgehen würde?«

Bei seiner heiseren Frage hob sie das Kinn und schaute in seine blauen Augen. »Ja.« Ihre Antwort klang krächzend.

»Ich würde das gern offiziell machen. Deshalb habe ich Charley gebeten, ein Extragewürz zu deinem Taco dazuzutun.«

Sie warf einen Blick hinter Michael und sah, dass der Taco-Mann die Ellbogen auf die Theke gestützt hatte, übers ganze Gesicht lächelte und sie beobachtete. Er hob beide Daumen.

»Da alles, was in Hope Harbor passiert ist, auf dieser Bank begonnen hat, fand ich, dass dies der richtige Ort ist, um dir eine wichtige Frage zu stellen.«

Tracy konzentrierte ihren Blick schnell wieder auf den Mann, der neben ihr auf der Bank saß.

Mit hämmerndem Herzen und zitternden Fingern wickelte sie den Ring aus. »Ja.«

Ein paar schweigende Sekunden vergingen.

»Du machst es mir zu leicht.«

Ihre Finger erstarrten und sie biss sich auf die Unterlippe. »Oh! Du hast bestimmt eine Rede vorbereitet.«

Ein neckisches Funkeln blitzte in seinen Augen auf. »Allerdings. Und einige überzeugende Argumente und Aktionspläne für den Fall, dass ich dich erst überreden muss.«

»Wirklich?« Sie drehte den Ring zwischen den Fingern. Die Sonne fing sich darin und er funkelte so hell, dass daneben das Feuerwerk vom 4. Juli verblassen würde. »Was für Aktionspläne?«

»Sehr überzeugende. Aber ich muss sie anscheinend nicht hervorholen.« Er nahm ihr den Ring ab. »Darf ich ihn dir bitte anstecken?«

Sie versteckte ihre Hände. »Noch nicht. Zuerst will ich deine Rede hören und mehr über diese Aktionspläne erfahren.«

Er schloss die Finger um den Ring, legte sein Essen beiseite und ergriff ihre Hand. Die Belustigung verschwand aus seiner Miene. »Soll ich vor dir niederknien?«

Er meinte es wirklich ernst.

Ihre Kehle schnürte sich zusammen und sie schüttelte den Kopf. »Nein. Nebeneinander ist gut für einen Antrag. Und für unser Leben.«

»Mir gefällt diese Einstellung, Tracy Campbell.« Er strich ihr mit dem Daumen über den Handrücken. »Ich mag alles an dir. Deine Wärme und Freundlichkeit, deinen Sinn für Humor und deinen Mut, deine Stärke und deinen Glauben und noch vieles mehr. Alle Eigenschaften an dir, die mich zu diesem Moment geführt haben. Ich weiß, dass ich den Rest meines Lebens mit dir verbringen will, dass du das Wichtigste für mich bist und ich dir die ganze Liebe schenken will, die in meinem Herzen ist.« Seine letzten Worte klangen etwas atemlos und er schwieg einen Moment.

Sie war selbst auch ziemlich aufgewühlt.

»Als ich meine lange Fahrt in den Westen gemacht habe, hatte ich keine Ahnung, was ich in Hope Harbor finden würde.« Michael schaute ihr in die Augen. »Ich wusste nur, dass meine Seele ausgetrocknet war. Halb tot. Dann habe ich dich kennengelernt. Und alles hat sich verändert. Du hast mein Leben neu gemacht. Solange ich lebe, danke ich Gott jeden Tag für das Geschenk der Liebe und der Heilung, mit dem er hier auf mich gewartet hat. Und auch wenn du mir deine Antwort schon gegeben hast, möchte ich dich jetzt offiziell fragen: Willst du mich heiraten und mir für den Rest meines Lebens erlauben, alles zu tun, um dein Leben mit Freude und Liebe zu erfüllen?«

Sie konnte vor Tränen nicht mehr richtig sehen und tastete nach seinen Fingern, in denen er den Ring hielt. Sie hielt ihm ihre linke Hand hin. »Ja. Denn Gott hat mich an dem Tag, an dem er mich hier vom Fahrrad fallen ließ, auch sehr gesegnet. Damals habe ich das für einen Unfall gehalten. Aber inzwischen habe ich erkannt, dass es ein verdeckter Segen war.«

Er steckte ihr den Ring an den Finger, beugte sich vor und …
Quak, quak, quak.
Bei dieser groben Störung warf Tracy einen Blick nach links. Zwei Seemöwen standen auf den Felsen, die zum Wasser führten.
Eine von ihnen kam ihr sehr bekannt vor.
»Sag nicht, dass dich Floyd überallhin verfolgt.« Michael drückte seine Stirn an ihre.
»Mit seiner Freundin. Ich kann nicht glauben …«
»Floyd! Komm zu mir!«, rief Charley in strengem Ton, den sie noch nie bei ihm gehört hatte. »Und bring Gladys mit!«
»Gladys?«, lachte Michael.
»Frag mich nicht. Floyd hat sie uns nie vorgestellt.« Sie seufzte. »Es ist nett, dass Charley das versucht, aber Seemöwen werden bestimmt nicht …«
Sie brach ab, als die zwei Vögel flatternd in die Luft stiegen und zum Taco-Stand flogen, wo Charley ihnen einige Essensreste zuwarf.
Michael drehte sich um und beobachtete ebenfalls die Szene. »Dieser Mann hat einen siebten Sinn. Aber woher kennt er Floyds Namen?«
»Es könnte sein, dass ich den Namen irgendwann erwähnt habe.« Sie konnte sich zwar nicht daran erinnern, aber welche Erklärung sollte es sonst geben? »Außerdem ist das völlig unwichtig. Wichtig ist, dass wir sie los sind.«
»Richtig.« Er rutschte näher. »Wo waren wir?«
»Ich glaube, du wolltest gerade deinen Aktionsplan umsetzen.« Sie schob die Arme in seinen Nacken.
»Wie stehst du zu Zärtlichkeiten in der Öffentlichkeit?«
Sie schaute sich schnell um. »Außer Floyd, Gladys und Charley ist niemand da. Die Vögel sind mit Fressen beschäftigt. Und Charley entgeht sowieso kaum etwas.«
»Ein gutes Argument.« Er zog sie an sich. »Aber sag mir zuerst, ob du eine Idee für einen Hochzeitstermin hast?«
»Bald. In der Zeit, in der es auf der Farm ruhiger zugeht. Ich möchte, dass wir viel Zeit für uns haben.«
»Ein ausgezeichneter Plan. Aber was die ruhigere Zeit angeht …« Er grinste sie schelmisch an. »Ich denke, diese Zeit wird in diesem Jahr nicht ganz so ruhig sein. Bist du bereit für eine Kostprobe?«

Ein aufgeregtes Kribbeln erfasste sie. »Unbedingt.«

Als sich ihre Lippen berührten und sie in seinem Kuss versank, erfüllte eine große Dankbarkeit ihr Herz.

Auf der Suche nach Antworten war Michael zu einer langen Fahrt quer durchs Land aufgebrochen, aber auch sie hatte ihre Reise beendet und war am Ziel angekommen. Auch sie hatte einen Neuanfang gefunden. Auch sie war nach Hause gekommen.

Hier in Hope Harbor.

Anmerkungen der Autorin

Willkommen in Hope Harbor, einer erfundenen charmanten Kleinstadt an der spektakulären Pazifikküste von Oregon.

Schon seit Langem wollte ich diesen schönen Teil der USA zum Schauplatz einer Buchserie machen. Deshalb habe ich vor einiger Zeit einen Flug gebucht, mir einige reizende Frühstückspensionen ausgesucht und diese Gegend erkundet. Ich war überzeugt, dass diese schöne Landschaft der ideale Schauplatz für die Stadt wäre, die ich bereits Hope Harbor genannt hatte.

Diese Reise hat meine kühnsten Erwartungen übertroffen. In Florence habe ich charmante Geschäfte und unvergessliche Zimtschnecken entdeckt. In Bandon erfuhr ich von der Liebe der Seemöwen. In Cape Perpetua lernte ich Seesterne aus der Nähe kennen. In Brookings erlebte ich in der Gesellschaft eines silberweißen Seehundes, wie die Sonne in einer einsamen Bucht unterging. Und überall habe ich die endlosen Sandstrände und die Brandungspfeiler genossen.

Als ich wieder zu Hause war, erschuf ich aus diesen ganzen Erlebnissen von der echten Oregonküste Hope Harbor. Ich hoffe, Ihnen hat der Besuch in dieser Stadt genauso sehr gefallen, wie es mir Freude gemacht hat, darüber zu schreiben.

Weitere Bücher aus der Hope Harbor Reihe

Der Weg zu den Dünen
ISBN 978-3-96362-043-0
336 Seiten, Paperback
auch als E-Book erhältlich

Aus der Traum, Partner in einer Anwaltskanzlei zu werden. Enttäuscht flieht Eric nach Hope Harbor. Doch sein Elternhaus ist eine Baustelle und der Architektin traut er nicht über den Weg. Wie kann sie eine Großstadtkarriere an den Nagel hängen und in ein Kaff wie Hope Harbor ziehen?

Kobaltblaue Tage
ISBN 978-3-96362-074-4
360 Seiten, Paperback
auch als E-Book erhältlich

Mit dieser Beziehung hat keiner gerechnet in Hope Harbor: Adam Stone, der gemiedene Ex-Straftäter, und Lexie Graham, die beliebte Polizistin. Doch die Funken beginnen zu sprühen, als Lexie Adam bittet, einem Jungen zu helfen, der eine Karriere als Kleinkrimineller einzuschlagen droht.

Der Leuchtturm von Hope Harbor
ISBN 978-3-96362-125-3
361 Seiten, Paperback
auch als E-Book erhältlich

Der ehemalige Militärarzt Ben Garrison will sein Erbe, den Leuchtturm von Hope Harbor, loswerden. Doch als gar der Abriss droht, gehen die Leute auf die Barrikaden. Zeitungsredakteurin Marci Weber entwirft ein Konzept zur Rettung. Kann sie das Wahrzeichen erhalten?

Die Lavendelfarm
ISBN **978-3-96362-149-9**
352 Seiten, Paperback
auch als E-Book erhältlich

Der Arzt Logan West will seiner Nichte Molly in Hope Harbor ein neues Zuhause schaffen. Doch das ist schwerer als gedacht. Kann seine Nachbarin, die Lavendelfarmbesitzerin Jeannette, vielleicht helfen? Aber wie soll er sie dazu bringen, aus ihrem Schneckenhaus herauszukommen?